DICIONÁRIO

DAS

PALAVRAS

PERDIDAS

PIP WILLIAMS

DICIONÁRIO DAS PALAVRAS PERDIDAS

TRADUÇÃO: Lavínia Fávero

Copyright © 2020 Pip Williams

Publicado originalmente pela Affirm Press.
Esta edição foi publicada em acordo com a Kaplan/DeFiore e com a Agência Literária Riff Ltda.

Título original: *The Dictionary of Lost Words*

Todos os direitos reservados pela Editora Gutenberg. Nenhuma parte desta publicação poderá ser reproduzida, seja por meios mecânicos, eletrônicos, seja via cópia xerográfica, sem a autorização prévia da Editora.

EDITORA RESPONSÁVEL
Flavia Lago

EDITORA ASSISTENTE
Samira Vilela

PREPARAÇÃO DE TEXTO
Aline Silva de Araújo

REVISÃO
Samira Vilela
Claudia Vilas Gomes

CAPA
Micaela Alcaino

ADAPTAÇÃO DE CAPA
Isabela Catarina

DIAGRAMAÇÃO
Guilherme Fagundes
Waldênia Alvarenga

Dados Internacionais de Catalogação na Publicação (CIP)
Câmara Brasileira do Livro, SP, Brasil

Williams, Pip
 Dicionário das palavras perdidas / Pip Williams ; tradução Lavínia Fávero.
-- 1. ed. -- São Paulo : Gutenberg, 2022.

Título original: *The Dictionary of Lost Words*
ISBN 978-65-86553-96-3

1. Ficção inglesa I. Título.

22-108755   CDD-823

Índices para catálogo sistemático:
1. Ficção : Literatura inglesa 823

Aline Graziele Benitez - Bibliotecária - CRB-1/3129

A **GUTENBERG** É UMA EDITORA DO **GRUPO AUTÊNTICA**

São Paulo
Av. Paulista, 2.073, Conjunto Nacional
Horsa I . Sala 309 . Cerqueira César
01311-940 . São Paulo . SP
Tel.: (55 11) 3034 4468

Belo Horizonte
Rua Carlos Turner, 420
Silveira . 31140-520
Belo Horizonte . MG
Tel.: (55 31) 3465 4500

www.editoragutenberg.com.br
SAC: atendimentoleitor@grupoautentica.com.br

Para papai e mamãe.

PRÓLOGO

FEVEREIRO DE 1886

Antes da palavra perdida, houve outra. Chegou ao Scriptorium em um envelope reaproveitado, com o destinatário original riscado e "Dr. Murray, Sunnyside, Oxford" escrito embaixo.

Era função de papai abrir a correspondência, e a minha era sentar no seu colo, como uma rainha no trono, e ajudá-lo a tirar cada palavra de seu berço dobrado. Papai então me dizia em que pilha colocar cada palavra e, às vezes, parava o que estava fazendo, cobria minha mão com a sua e guiava meu dedo, subindo, descendo e fazendo a volta, acompanhando as letras, pronunciando-as no meu ouvido. Então dizia a palavra, e eu repetia. Em seguida, ele me contava o significado.

Essa palavra estava escrita em um pedaço de papel marrom, de bordas rasgadas para ficar com as dimensões determinadas pelo Dr. Murray. Papai parou, e eu me preparei para aprendê-la. Só que ele não cobriu minha mão com a sua. E, quando me virei para apressá-lo, desisti ao ver sua cara: apesar de estarmos muito próximos, papai parecia bem distante.

Voltei a olhar para a palavra e tentei entender. Sem a mão de papai para guiar a minha, passei o dedo em cada letra.

– O que está escrito? – perguntei.

– Amarílis – respondeu ele.

– Igual à mamãe?

– Igual à mamãe.

– Então quer dizer que ela vai estar no Dicionário?

– De certo modo, sim.

– E todos nós vamos estar no Dicionário?

– Não.

– Por quê?

Senti meu corpo subir e descer com o movimento da respiração dele.

– Nomes próprios precisam ter algum significado para entrar no Dicionário.

Olhei para a palavra de novo.

– A mamãe era como uma flor? – perguntei.

Papai balançou a cabeça.

– A mais bela das flores – respondeu.

Em seguida, pegou a palavra e leu a frase escrita embaixo dela. Então virou o papel, procurando algo mais.

– Está incompleta – falou.

Mas leu a palavra de novo, percorrendo-a com os olhos. Como se assim fosse encontrar o que faltava. Então, a colocou na menor das pilhas.

Ele empurrou a cadeira para trás, afastando-se da mesa de triagem. Saí de seu colo e me preparei para segurar a primeira pilha de fichas. Essa era outra tarefa na qual eu podia ajudar, e adorava ver cada palavra chegar ao seu devido lugar nos escaninhos. Ele pegou a menor das pilhas, e tentei adivinhar em que escaninho mamãe seria colocada. *Nem lá no alto nem lá embaixo*, cantarolei com meus botões. Mas, em vez de pôr as palavras na minha mão, papai deu três passos largos, aproximando-se da lareira, e as atirou nas chamas.

Eram três fichas. Quando saíram de sua mão, foram sacudidas, uma por uma, pela onda de calor, até que pararam, cada uma em um lugar diferente. Antes mesmo que "Amarílis" pousasse, vi que começava a se enrolar.

Ouvi meu próprio grito enquanto corria em direção à lareira. Ouvi papai gritar meu nome. A ficha estava murchando. Estiquei a mão dentro do fogo para resgatá-la, ainda que o papel marrom estivesse queimado e as letras escritas nele virassem sombras. Achei que eu conseguiria segurá-lo como uma folha de carvalho desbotada e seca pelo inverno, mas, quando fechei meus dedos em volta da palavra, ela se despedaçou.

Eu poderia ter permanecido naquele instante para sempre, mas meu pai me puxou para longe dele com uma força que me deixou sem ar. Saiu correndo comigo do Scriptorium e enfiou minha mão na neve. Como seu rosto estava pálido, falei que não estava doendo. Mas, quando abri a mão, os cacos enegrecidos da palavra estavam grudados na minha pele queimada.

Algumas palavras são mais importantes que outras – aprendi isso ao crescer no Scriptorium. Mas levei um bom tempo para entender o porquê.

PARTE I

1887-1896

BARROTE – DESCONFIOSO

MAIO DE 1887

"Scriptorium." A palavra faz pensar em uma construção grandiosa, onde até o mais leve dos passos ecoaria entre um chão de mármore e um domo folheado a ouro. Mas era só um galpão de jardim, no quintal dos fundos de uma casa, em Oxford.

Em vez de guardar pás e ancinhos, o galpão guardava palavras. Cada palavra existente na língua inglesa era escrita em um pedaço de papel do tamanho de um cartão-postal. Voluntários do mundo inteiro enviavam palavras, e elas eram guardadas, aos montinhos, nas centenas de escaninhos que ocupavam todas as paredes do galpão. Foi o Dr. Murray que batizou o galpão de Scriptorium – deve ter pensado que era uma afronta à língua inglesa ser guardada em um galpão de jardim –, mas todo mundo que trabalhava ali chamava o lugar de "Scrippy". Todo mundo menos eu. Gostava da sensação da palavra "Scriptorium" se movendo pela boca e pousando suavemente entre os lábios. Levei um bom tempo para aprender a pronunciá-la e, quando finalmente consegui, não queria mais usar nenhum outro termo.

Papai, certa vez, me ajudou a procurar "scriptorium" nos escaninhos. Encontramos cinco fichas com exemplos de como a palavra vinha sendo empregada, e todas as citações eram datadas de pouco mais de cem anos. Todas eram mais ou menos iguais, e nenhuma delas fazia referência a um galpão de jardim no quintal dos fundos de uma casa em Oxford.

Um scriptorium, assim me revelaram as fichas, era um cômodo dedicado à escrita em um monastério.

Mas entendi por que o Dr. Murray escolhera esse termo. Ele e seus assistentes eram como monges e, quando eu tinha 5 anos, era fácil imaginar que o Dicionário era o livro sagrado deles. Quando o Dr. Murray me disse que levaria uma vida para compilar todas as palavras, pensei a que vida ele estava se referindo. Seu cabelo já estava branco feito cinza, e a equipe ainda estava na metade da letra B.

Papai e o Dr. Murray haviam lecionado juntos na Escócia, muito antes de o Scriptorium existir. Como eram amigos, e eu não tinha mãe para cuidar de mim, e papai era um dos lexicógrafos nos quais o Dr. Murray mais confiava, todo mundo fingia que não via quando eu estava no Scriptorium.

O Scriptorium parecia um lugar mágico, assim como tudo que já fora e ainda seria guardado entre suas quatro paredes. Havia pilhas de livros em cima de todas as suas superfícies. Dicionários antigos, histórias e contos de muito tempo atrás preenchiam as estantes que separavam uma mesa da outra ou criavam um cantinho para pôr uma poltrona. Os escaninhos se erguiam do chão até o teto. Lotados de fichas. Papai certa vez me disse que, se eu lesse todas, entenderia o significado de tudo o que existe.

No meio do cômodo, ficava a mesa de triagem. Papai sentava em uma ponta, e ainda cabiam três assistentes de cada lado. Na outra ponta, ficava a mesa do Dr. Murray, que era mais alta, de frente para todas as palavras e todas as pessoas que o ajudavam a defini-las.

Sempre chegávamos antes dos outros lexicógrafos e, por aquele breve período, eu tinha papai e todas as palavras só para mim. Sentava no colo dele, na mesa de triagem, e o ajudava a organizar as fichas. Sempre que deparávamos com uma palavra que eu não conhecia, ele lia a citação que a acompanhava e me ajudava a entender o significado. Se eu fizesse as perguntas corretas, papai tentava encontrar o livro de onde a citação fora tirada e lia um pouco mais para mim. Era como uma caça ao tesouro e, às vezes, eu encontrava ouro.

– "Esse menino é um peralta palerma desde que nasceu" – papai leu a citação da ficha que acabara de tirar do envelope.

– Eu sou uma peralta palerma? – perguntei.

– Às vezes – respondeu ele, fazendo cócegas em mim.

Então perguntei quem era o menino, e papai me mostrou o que estava escrito no alto da ficha.

– "Aladim e a lâmpada mágica" – disse ele.

Quando os demais assistentes chegavam, eu ia para debaixo da mesa de triagem.

– Não dê nenhum pio e não atrapalhe os outros.

Era fácil ficar escondida.

No fim do dia, eu sentava no colo de papai, perto do calor da lareira, e líamos *Aladim e a lâmpada mágica*. Papai contou que era uma história antiga sobre um menino chinês. Perguntei se havia outras, e ele disse que havia mais mil delas. A história era diferente de tudo o que eu já ouvira. De todos os lugares que eu conhecera e de todas as pessoas que eu conhecia. Olhei à minha volta e imaginei que o Scriptorium era a lâmpada de um gênio. Tão comum do lado de fora, mas do lado de dentro era cheio de magia. E existem coisas que nem sempre são o que parecem.

No dia seguinte, depois de ajudar papai com as fichas, fiquei atazanando-o, pedindo outra história. No meu entusiasmo, me esqueci de ficar sem dar nenhum pio: estava atrapalhando.

– Peraltas não têm permissão para ficar aqui – advertiu papai, e me imaginei sendo banida dali, obrigada a viver na caverna de Aladim. Passei o resto do dia embaixo da mesa de triagem, e foi aí que um tesouro minúsculo me encontrou.

Era uma palavra, que tinha caído da cabeceira da mesa. *Quando pousar no chão, vou resgatá-la e eu mesma entregarei ao Dr. Murray*, pensei.

Fiquei olhando. Por milhares de instantes, fiquei olhando a palavra ser levada por uma corrente de ar invisível. Esperava que caísse no chão sujo, mas não caiu. Deslizava feito um pássaro, quase pousando, mas aí se erguia de novo e dava uma cambalhota, como se estivesse sendo comandada por um gênio. Nunca imaginei que cairia bem no meu colo, que poderia chegar tão longe. Mas chegou.

A palavra pousou nas pregas do meu vestido feito algo brilhante caído do céu. Não tive coragem de tocá-la. Só tinha permissão de segurar palavras quando estava a sós com papai. Pensei em chamá-lo, mas não sei por que minha língua ficou presa. Fiquei sentada com aquela palavra por um bom tempo, querendo tocá-la, mas não tocando. *Que palavra é essa?*, pensei. *A quem pertence?* Ninguém se abaixou para pegá-la.

Depois de muito tempo, ergui a palavra, com todo o cuidado, para não amassar suas asas prateadas, e a aproximei de meu rosto. Era difícil ler na penumbra do meu esconderijo. Fui me arrastando até um ponto onde uma cortina de poeira brilhante se dependurava entre duas cadeiras.

Levantei a palavra em direção à luz. Tinta preta sobre papel branco. Nove letras: a primeira era A de "amor". Mexi a boca para pronunciar as demais, como papai havia me ensinado: M de "Murray", A de "amor" de novo, C de "casa", A de "amor", T de "toalha", I de "igreja", V de "vaca" e A de "amor". Pronunciei as letras sussurrando. A primeira parte era fácil: "ama". Demorei um pouco mais para ler a segunda, aí lembrei que papai havia me ensinado que o nome daquele tracinho era "hífen" e, depois dele, a gente lia normalmente. "Cativa."

A palavra era "ama-cativa". Debaixo dela, havia outras palavras que se emaranhavam, como um novelo de lã. Não consegui discernir se formavam uma citação enviada por um voluntário ou uma definição escrita por um dos assistentes do Dr. Murray. Papai havia me dito que passava tantas horas no Scriptorium para tentar entender as palavras enviadas por voluntários, para que essas palavras pudessem ser definidas pelo Dicionário. Era importante e significava que eu poderia estudar, receberia três refeições quentes por dia, cresceria e me tornaria uma bela moça. As palavras, disse ele, eram para mim.

— Todas serão definidas? — perguntei, certo dia.

— Algumas ficarão de fora — respondeu papai.

— Por quê?

Ele ficou em silêncio por alguns instantes e disse:

— Porque simplesmente não têm substância. — Fiz uma careta, e ele completou: — Não foram escritas por muitas pessoas.

— O que acontece com as palavras que são deixadas de fora?

— Elas voltam para os escaninhos. Se não há informação suficiente sobre elas, são descartadas.

— Mas podem ser esquecidas se não estiverem no Dicionário.

Papai inclinou a cabeça para o lado e olhou para mim, como se eu tivesse dito algo importante.

— Sim, podem.

Eu sabia o que acontecia quando uma palavra era descartada. Dobrei "ama-cativa" com todo o cuidado e guardei no bolso do meu avental. Pouco depois, o rosto de papai apareceu debaixo da mesa de triagem.

– Pode correr agora, Esme. Lizzie está esperando você.

Espiei entre todas as pernas – das cadeiras, da mesa, dos homens – e vi a jovem criada da família Murray parada, do lado de fora da porta, com o avental amarrado bem apertado na cintura, sobrando tecido em cima e embaixo. Ela havia me contado que ainda precisava crescer para o avental servir direito. Mas, de onde eu a via, debaixo da mesa, Lizzie me parecia alguém brincando de se fantasiar. Fui me arrastando entre os pares de pernas e corri em disparada até ela.

– Da próxima vez, você tem que entrar e me achar. Será mais divertido – falei quando encontrei Lizzie.

– Não é o meu lugar. – Ela me pegou pela mão e me levou até a sombra de um freixo.

– E qual é o seu lugar?

Ela franziu a testa e deu de ombros.

– O quartinho no alto da escada, acho eu. A cozinha, quando ajudo a Sra. Ballard, mas definitivamente não quando não estou ajudando. A Igreja de Santa Maria Madalena aos domingos.

– Só isso?

– O jardim, quando estou cuidando de você, para a gente não atrapalhar a Sra. B. E cada vez mais o Mercado Coberto, por causa dos joelhos mal-humorados dela.

– Sunnyside sempre foi o seu lugar?

– Nem sempre.

Lizzie então balançou a cabeça e olhou para mim. Fiquei imaginando aonde seu sorriso havia ido.

– E onde era antes?

Ela pensou por alguns instantes e disse:

– Com a minha mãe e os nossos *pequeninhos*.

– O que são "pequeninhos"?

– Crianças.

– Como eu?

– Como você, Essymay.

– Eles morreram?

– Não, só a minha mãe. *Os pequeninhos foi levado* embora, não sei pra onde. Eles *era novo* demais para fazer serviço.

– O que é "serviço"?

– Você não vai parar nunca de fazer perguntas? – Lizzie me pegou por baixo dos braços e me girou até nós duas ficarmos tão tontas que caímos na grama.

– E o meu lugar, onde é? – perguntei quando a tontura passou.

– No Scrippy, acho eu, com o seu pai. No jardim, no meu quarto e na banqueta da cozinha.

– Na minha casa?

– Claro que na sua casa. Mas, pelo jeito, você passa mais tempo aqui do que lá.

– Não tenho um lugar para ir aos domingos como você tem – falei.

Lizzie fez careta.

– Tem, sim. A Igreja de São Barnabé.

– Só vamos lá de vez em quando. Quando vamos, papai leva um livro. Ele coloca dentro do hinário e lê, em vez de cantar.

Dei risada, pensando na boca de papai abrindo e fechando, imitando a dos paroquianos, mas sem emitir nenhum som.

– Isso não é engraçado, Essymay.

Lizzie levou a mão ao crucifixo que – eu sabia – ficava por baixo das suas roupas. Tive medo de que ela pensasse mal de papai.

– É porque Amarílis morreu – expliquei.

A careta de Lizzie se transformou em uma expressão de tristeza, e isso tampouco era o que eu queria.

– Mas ele diz que eu é que tenho que decidir o que acho de Deus e do paraíso. É por isso que vamos à igreja. – A expressão de Lizzie relaxou um pouco, e resolvi voltar para um assunto menos delicado. – Sunnyside é meu lugar preferido. No Scriptorium. Em segundo, o seu quarto, depois a cozinha, quando a Sra. Ballard está assando algo, especialmente quando faz bolinhos de pintas.

– Você é uma figurinha engraçada, Essymay. O nome é bolinho de frutas: as pintas são uvas-passas.

Papai havia me dito que Lizzie também era praticamente uma criança. Quando papai falava com ela, eu conseguia perceber. Lizzie ficava o mais parada que conseguia, segurava as mãos para não ficar gesticulando e fazia "sim" com a cabeça para tudo o que ele dizia, mal emitia uma palavra. *Deve ter medo dele*, pensei. Assim como eu tinha medo do Dr. Murray. Mas, quando papai ia embora, Lizzie me olhava de esguelha e dava uma piscadela.

Estávamos deitadas na grama, e o mundo girava lá em cima. Lizzie se aproximou de repente e tirou uma flor detrás da minha orelha, como se fosse mágica.

– Tenho um segredo – falei.

– E que segredo seria esse, meu repolhinho?

– Não posso contar aqui. Outras pessoas podem ouvir.

Atravessamos a cozinha na ponta dos pés, indo até a escada estreita que levava ao quarto de Lizzie. A Sra. Ballard estava debruçada sobre um cesto de farinha, na despensa, e só consegui ver seu traseiro bem grande, coberto por pregas de guingão azul-marinho. Se ela nos visse, encontraria alguma coisa para Lizzie fazer, e meu segredo teria de esperar. Encostei um dedo nos lábios, mas uma risadinha subiu pela minha garganta. Lizzie percebeu, me puxou com os braços magros e subiu as escadas depressa.

O quarto estava gelado. Lizzie tirou a colcha da cama e pôs no chão, como se fosse um tapete. Fiquei imaginando se alguma das crianças da família Murray estava no quarto, do outro lado da parede do quarto de Lizzie. O quarto das crianças ficava ali, e, de vez em quando, ouvíamos a bebê Jowett chorar, mas não por muito tempo. A Sra. Murray logo chegava – ela ou uma das crianças mais velhas. Aproximei a orelha da parede e ouvi os ruídos do bebê acordando, balbucios que não eram exatamente palavras. Imaginei-o abrindo os olhos e se dando conta de que estava sozinho. O bebê choramingou por alguns instantes, então começou a chorar de verdade. Quem veio foi Hilda. Quando o choro parou, reconheci sua voz aguda. A menina tinha 13 anos, como Lizzie. E as irmãs mais novas, Elsie e Rosfrith, sempre estavam por perto. Quando sentei no tapete com Lizzie, imaginei as três fazendo a mesma coisa, do outro lado da parede. Fiquei me perguntando do que iriam brincar.

Eu e Lizzie sentamos de frente uma para a outra, de pernas cruzadas, com os joelhos quase encostando. Levantei as duas mãos para começar um jogo de palmas, mas Lizzie ficou quieta ao ver meus dedos estranhos. A pele estava enrugada e rosada.

– Não dói mais – declarei.

– Tem certeza?

Balancei a cabeça e começamos a bater palmas, só que Lizzie batia bem de leve nos meus dedos estranhos e não fazia barulho direito.

– Então, qual é o seu grande segredo, Essymay?

Eu havia quase esquecido. Parei de bater palmas, pus a mão no bolso do avental e tirei dali a ficha que caíra no meu colo pela manhã.

– Que tipo de segredo é esse? – perguntou Lizzie, pegando o papel e virando para ler.

– É uma palavra, mas só sei ler esse pedaço. – Apontei para "amacativa". – Você pode ler o restante para mim?

Lizzie passou o dedo pelas palavras, do mesmo jeito que eu fizera. Depois de um tempo, me devolveu o papel.

– Onde foi que você encontrou?

– Ela é que me encontrou – respondi. Percebi que minha explicação não fora suficiente e completei: – Um dos assistentes jogou fora.

– Jogou fora, é?

– Sim – confirmei, sem olhar para baixo, nem um pouquinho. – Algumas palavras simplesmente não fazem sentido, e eles jogam fora.

– Bom, o que você vai fazer com o seu segredo?

Eu não havia pensado nisso. Só queria mostrá-lo para Lizzie. Sabia que não podia pedir a papai que guardasse, e a ficha não podia ficar escondida em meu avental para sempre.

– Você pode guardar para mim?

– Acho que sim, se é isso que você quer. Só que não entendi o que tem de tão especial.

Era especial porque tinha vindo até mim. Era quase nada, mas era alguma coisa. A palavra era algo pequeno e frágil e podia até não significar nada de importante, mas eu precisava mantê-la longe da lareira. Não sabia como explicar nada disso para Lizzie, e ela não insistiu. Pelo contrário: ajoelhou, esticou o braço debaixo da cama e tirou de lá um pequeno baú de madeira.

Fiquei observando Lizzie passar o dedo na fina película de pó que cobria a tampa toda riscada. Ela não a abriu de imediato.

– O que tem aí dentro? – perguntei.

– Nada. Tudo o que tinha aqui foi parar naquele guarda-roupa.

– E você não vai precisar dele para viajar?

– Não vou precisar – respondeu ela, abrindo a tranca.

Coloquei meu segredo no fundo do baú e sentei em cima dos calcanhares. A ficha parecia pequena e solitária. Coloquei-a de um lado, depois do outro. Por fim, a peguei de volta e fiquei segurando com as duas mãos.

Lizzie passou a mão em meus cabelos e disse:

– Você vai ter que encontrar mais tesouros para fazer companhia a este.

Levantei, segurei a ficha o mais alto que pude, bem em cima do baú, e soltei. Então, fiquei observando o papel cair, flutuando, indo de um lado para o outro, até pousar em um canto do baú.

– É aí que ela quer ficar – falei. Então me abaixei e alisei o papel. Só que ele não ficava liso. Tinha um volume debaixo do forro de papel que cobria o interior do baú. A ponta já estava levantada, e eu a puxei um pouco mais.

– Não está vazio, Lizzie – avisei ao ver surgir a cabeça de um alfinete.

Lizzie se aproximou para ver do que eu estava falando.

– É um prendedor de chapéu – disse ela, pegando o objeto. A cabeça do alfinete tinha três pequenas contas, uma em cima da outra, e cada uma delas era um caleidoscópio de cores. Lizzie segurou o prendedor entre o dedão e o indicador. Enquanto o girava, pude perceber que se lembrava do objeto. Então o levou até o peito, me deu um beijo na testa e colocou o alfinete com todo o cuidado na mesa de cabeceira, ao lado da pequena fotografia de sua mãe.

Voltar a pé para casa, lá em Jericho, demorou mais do que deveria, porque eu era pequena, e papai gostava de perambular enquanto fumava cachimbo. Eu adorava o cheiro do tabaco.

Atravessamos a larga Banbury Road e fomos pela St. Margaret, passando pelos pares de sobrados, com seus belos jardins e árvores que faziam sombra pelo caminho. E aí comecei a andar em zigue-zague pelas ruazinhas estreitas, onde as casas ficavam espremidas, uma do lado da outra, como as fichas nos escaninhos. Quando viramos na Observatory Street, papai bateu o cachimbo em uma parede para limpá-lo e o guardou no bolso. Em seguida, me colocou nos ombros.

– Logo você vai estar grande demais para isto – falou.

– Vou deixar de ser *pequeninha* quando ficar grande demais?

– É assim que Lizzie chama você?

– É um dos jeitos que ela me chama. Também diz "repolho" e "Essymay".

– "Pequeninha" eu consigo entender, "Essymay" também. Mas por que ela chama você de "repolho"?

"Repolho" sempre vinha acompanhado de um carinho ou de um sorriso bondoso. Fazia todo o sentido, mas eu não conseguia explicar o porquê.

Nossa casa ficava na metade da Observatory Street, logo depois da Adelaide Street. Quando chegamos à esquina, contei em voz alta:

– Um, dois, três, quatro, pare bem aqui, que é a porta da nossa casa.

Nós tínhamos um batedor de metal antigo em formato de mão. Amarílis o havia descoberto em uma banca de coisas usadas no Mercado Coberto – papai me contou que estava todo manchado e arranhado, com areia do rio entre os dedos, mas que ele havia limpado e prendido na porta no dia em que os dois se casaram. Então, ele tirou a chave do bolso, eu me abaixei e cobri a mão de Amarílis com a minha. Bati quatro vezes.

– Não tem ninguém em casa – falei.

– Vão chegar logo, logo.

Papai abriu a porta, e eu me abaixei de novo para ele entrar em casa.

Papai me pôs no chão, deixou a pasta no aparador e se abaixou para pegar as cartas no assoalho. Eu acompanhei seus passos pelo corredor, entrei na cozinha e sentei à mesa enquanto ele fazia nosso jantar. Uma empregada vinha três vezes por semana para cozinhar, limpar e lavar nossa roupa, mas aquele não era um dos dias dela.

– Eu vou fazer o serviço de casa quando deixar de ser *pequeninha*?

Papai remexeu a frigideira para virar as salsichas e olhou para o outro lado da mesa da cozinha, onde eu estava sentada.

– Não vai, não.

– Por que não?

Ele sacudiu as salsichas de novo e disse:

— É difícil de explicar.

Fiquei esperando. Papai respirou fundo, e as rugas de tanto pensar entre suas sobrancelhas se aprofundaram.

— Lizzie tem sorte de fazer esse serviço, mas para você isso seria *falta* de sorte.

— Não entendi.

— Não, acho que você não entende mesmo. — Ele escorreu as ervilhas, amassou as batatas e colocou no prato, junto com as salsichas. Quando finalmente terminou de servir o jantar, falou: — Fazer esse tipo de serviço tem um significado diferente para cada pessoa, Essy, dependendo de sua posição na sociedade.

— E todos esses significados diferentes vão estar no Dicionário?

As rugas suavizaram.

— Amanhã procuramos nos escaninhos, certo?

— Amarílis seria capaz de explicar "serviço"? — perguntei.

— Sua mãe teria as palavras certas para lhe explicar o mundo, Essy. Mas, na falta dela, temos que nos contentar com o Scrippy.

&

Na manhã seguinte, antes de separarmos a correspondência, papai me levantou e me deixou procurar nos escaninhos que continham palavras começando com S.

— Bem, vejamos o que conseguimos encontrar.

Ele apontou para um escaninho que quase ficava alto demais, mas não ficava. Puxei um monte de fichas. "Serviço" estava escrito na ficha de cima e, embaixo disso, "múltiplos sentidos". Sentamos à mesa de triagem, e papai me deixou desamarrar o barbante que segurava as fichas. Estavam separadas em quatro conjuntos menores de citações, cada uma com sua ficha de identificação e uma definição sugerida por um dos voluntários de confiança do Dr. Murray.

— Foi Edith quem organizou estas aqui — explicou papai, dispondo as pilhas em cima da mesa de triagem.

— A tia Ditte?

— A própria.

— Ela também é lexi... *lexiógrafa*, como você?

– Lexicógrafa. Não. Mas é uma moça muito estudada, e tivemos sorte de ela ter feito do Dicionário seu *hobby*. Não passa uma semana sem que Dr. Murray receba uma carta de Ditte com uma palavra ou um verbete para a próxima seção.

Não passava uma semana sem que recebêssemos uma carta de Ditte endereçada a nós. Papai as lia em voz alta, e quase só falavam de mim.

– Eu também sou *hobby* dela?

– Você é afilhada dela, e isso é muito mais importante do que um *hobby*.

O verdadeiro nome de Ditte era Edith, mas quando eu era bem pequena tinha dificuldade de pronunciar. Ela me disse que havia outras maneiras de pronunciar seu nome e me deixou escolher a minha preferida. Na Dinamarca, seria chamada de Ditte. *Ditte quase rima com gulodice*, eu gostava de pensar. Nunca mais a chamei de Edith.

– Agora, vamos ver como Ditte definiu "serviço" – falou papai. Muitas das definições descreviam o que Lizzie fazia, mas nenhuma delas explicava por que "serviço" poderia significar algo diferente para ela e para mim. A última pilha que olhamos não tinha ficha de identificação.

– São duplas – papai disse e me ajudou a lê-las.

– O que vai acontecer com essas fichas? – perguntei. Mas, antes que ele pudesse responder, a porta do Scriptorium se abriu e um dos assistentes entrou, dando um nó na gravata, como se tivesse acabado de colocá-la. Quando terminou, o nó ficou torto, e o assistente se esqueceu de prendê-la embaixo do colete.

O Sr. Mitchell olhou, por cima do meu ombro, para as pilhas de fichas dispostas em cima da mesa de triagem. Uma onda de cabelo castanho-escuro caiu sobre seu rosto. Ele a pôs em seu devido lugar, mas não havia óleo suficiente no cabelo para prendê-la.

– "Serviço" – disse ele.

– Lizzie faz serviço – falei.

– Parece que sim.

– Mas papai disse que, se eu fizesse, seria falta de sorte.

O Sr. Mitchell olhou para papai, que deu de ombros e sorriu.

– Quando você crescer, Esme, acho que poderá fazer o que bem entender – declarou o Sr. Mitchell.

– Eu quero ser lexicógrafa.

– Bem, já é um bom começo – comentou ele, apontando para as fichas.

O Sr. Maling e o Sr. Balk entraram no Scriptorium, debatendo sobre uma palavra a respeito da qual haviam discutido no dia anterior. Em seguida, o Dr. Murray entrou, com sua beca preta esvoaçante. Olhei para cada um daqueles homens e me perguntei se seria capaz de dizer a idade deles baseada no comprimento e no tom de suas barbas. As de papai e do Sr. Mitchell eram as mais curtas e escuras. A do Dr. Murray estava ficando branca e chegava até o primeiro botão de seu colete. As do Sr. Maling e do Sr. Balk ficavam no meio-termo. Agora que todos haviam chegado, estava na hora de eu desaparecer. Fui para debaixo da mesa de triagem e fiquei esperando alguma ficha ser perdida. Queria, mais do que tudo, que outra palavra me encontrasse. Nenhuma me encontrou. Mas, quando papai me mandou sair com Lizzie, meus bolsos não estavam completamente vazios.

Mostrei a ficha para Lizzie e disse:

– Mais um segredo.

– Será que eu deveria permitir que você pegue segredos do Scrippy?

– Papai disse que esta ficha é dupla. Tem outra com exatamente a mesma coisa escrita.

– O que está escrito?

– Que você deve fazer seu serviço, e eu terei que bordar até um cavalheiro querer se casar comigo.

– Mesmo? É isso que está escrito?

– Acho que sim.

– Bom, eu posso te ensinar a bordar.

Pensei a respeito.

– Não. Obrigada, Lizzie. O Sr. Mitchell disse que posso ser lexicógrafa.

Nas manhãs seguintes, depois de ajudar papai com a correspondência, eu ia me arrastando até um dos cantos da mesa de triagem e ficava esperando palavras caírem. Mas, sempre que caíam, eram logo recolhidas por um dos assistentes. Depois de alguns dias, me esqueci de ficar de olho nas palavras e, depois de alguns meses, me esqueci do baú guardado embaixo da cama de Lizzie.

ABRIL DE 1888

—Sapatos? – perguntou papai.
– Engraxados – respondi.
– Meias?
– Puxadas bem pra cima.
– Vestido?
– Meio curto.
– Apertado?
– Não, certinho.
– Ufa – disse ele, passando a mão na sobrancelha. Em seguida, olhou bem para meu cabelo. – De onde sai tudo isso? – resmungou, tentando domá-lo com suas mãos grandes e desajeitadas. Os cachos vermelhos se espalharam entre seus dedos, e ele tentou segurá-los, mas faltou mão. Quando conseguia domar uma mecha, outra escapava. Comecei a dar risada, e papai jogou as mãos para o alto.

Íamos nos atrasar por causa do meu cabelo. Papai disse que isso estava em voga. Quando perguntei o que "em voga" queria dizer, ele explicou que era algo que tinha muita importância para algumas pessoas e nenhuma para outras, e era uma expressão que podia ser usada para tudo, de chapéus a papéis de parede, passando pela hora que alguém chega a uma festa.

– Gostamos de estar em voga? – perguntei.
– Normalmente, não.
– É melhor correr, então.

Segurei sua mão e o arrastei, aos pulinhos. Chegamos a Sunnyside dez minutos depois, levemente sem fôlego.

Os portões estavam decorados com As e Bs de todos os tamanhos, estilos e cores. Colorir minhas próprias letras havia me mantido quieta por horas e horas na semana anterior, e fiquei encantada de vê-las entre os As e os Bs feitos pelas crianças da família Murray.

– Lá vem o Sr. Mitchell. Ele está em voga? – perguntei.

– Nem um pouco.

Papai estendeu a mão quando o Sr. Mitchell foi se aproximando.

– Um grande dia – disse ele, para papai.

– Que demorou para chegar – papai respondeu ao Sr. Mitchell.

O Sr. Mitchell se ajoelhou para ficar na altura do meu rosto. Desta vez seu cabelo tinha óleo suficiente para ficar parado no lugar.

– Feliz aniversário, Esme.

– Obrigada, Sr. Mitchell.

– Quantos anos você está fazendo?

– Faço 6 anos hoje, e sei que esta festa não é para mim. É para *A e B*. Mas papai disse que posso comer dois pedaços de bolo mesmo assim.

– É justo. – Então tirou um pacotinho do bolso e entregou para mim. – Não existe festa sem presente. Para você, mocinha. Se tivermos sorte, você poderá usá-los para colorir a letra C antes do seu próximo aniversário.

Desembrulhei uma caixa pequena de lápis de cor e dei um sorriso radiante para o Sr. Mitchell. Ele se levantou, e vi seus tornozelos. Estava usando uma meia preta e outra verde.

Uma mesa comprida fora posta debaixo do freixo, exatamente como eu havia imaginado. Com uma toalha branca, vários pratos de comida e uma tigela de vidro cheia de ponche. Havia tiras de papel colorido penduradas nos galhos da árvore e mais pessoas do que eu era capaz de contar. *Ninguém quis estar em voga*, pensei.

Longe da mesa, os meninos mais novos da família Murray estavam brincando de pegar, e as meninas pulavam corda. Se eu fosse até lá, elas iriam me convidar para brincar – sempre convidavam –, mas eu não conseguia segurar direito a corda e, quando pulava, nunca conseguia manter o ritmo. As meninas insistiriam, e eu tentaria de novo, mas não teria graça para ninguém, porque eu continuaria a me enroscar na corda. Fiquei olhando Hilda e Ethelwyn girarem a corda, contando os pulos e cantando. Rosfrith e Elsie estavam no meio, de mãos dadas, pulando cada vez mais rápido, acompanhando as irmãs. Rosfrith tinha 4 anos, e Elsie era só alguns meses mais velha do que eu. Suas tranças loiras subiam e desciam, feito asas. O tempo todo em que fiquei observando, a corda não enroscou nem uma vez. Pus a mão em meu cabelo e me dei conta de que a trança que meu pai fizera havia se soltado.

– Espere aí – disse ele.

Papai foi em direção à cozinha, desviando das pessoas. Voltou um minuto depois, acompanhado de Lizzie.

– Feliz aniversário, Essymay – disse ela, pegando em minha mão.

– Aonde estamos indo?

– Buscar seu presente.

Subi atrás de Lizzie pela escada estreita que saía da cozinha. Entramos em seu quarto, ela me fez sentar na cama e pôs a mão no bolso do avental.

– Feche os olhos, meu repolhinho, e estenda as duas mãos.

Fechei os olhos e senti um sorriso se esboçar no meu rosto. Senti algo farfalhante na palma das minhas mãos. Fitas. Tentei não desfazer o sorriso: eu tinha uma caixa ao lado da minha cama transbordando de fitas.

– Pode abrir os olhos.

Duas fitas. Que não eram brilhantes e lisas como as que papai amarrara no meu cabelo naquela manhã. Ambas tinham jacintos bordados nas pontas, as mesmas flores estampadas em meu vestido.

– Elas não escorregam como as outras, você não vai perdê-las tão fácil – explicou Lizzie, enfiando os dedos em meu cabelo. – E acho que vão ficar muito bonitas com tranças de raiz.

Minutos depois, eu e Lizzie voltamos para o jardim.

– A mais bela da festa – disse papai. – E bem na hora.

O Dr. Murray estava sob a sombra do freixo, e havia um livro enorme na mesinha à sua frente. Ele bateu na própria taça com um garfo. Todos ficamos em silêncio.

– Quando o Dr. Johnson assumiu a tarefa de compilar seu dicionário, decidiu não deixar nenhuma palavra sem ser examinada. – Dr. Murray ficou em silêncio por alguns instantes, certificando-se de que todos estavam ouvindo. – Essa decisão logo se erodiu, quando ele se deu conta de que uma pesquisa simplesmente abria a possibilidade de outra, que um livro fazia referência a outro livro, que encontrar nem sempre era descobrir e que descobrir nem sempre era estar bem informado.

Puxei a manga de papai e perguntei:

– Quem é o Dr. Johnson?

– O editor de um dicionário anterior ao nosso – sussurrou ele.

– Se já existe um dicionário, por que vocês estão fazendo um novo?

– Porque o velho não era muito bom.

– E o do Dr. Murray será bom?

Papai levou um dedo aos lábios, pedindo que eu fizesse silêncio, e se virou para ouvir o que o Dr. Murray estava dizendo.

– Se é que tive mais sucesso do que o Dr. Johnson, foi devido à boa vontade e à prestativa cooperação de muitos especialistas eruditos, em sua maioria homens muito ocupados, mas cujo interesse nessa tarefa os levou a dedicar um pouco de tempo a serviço do editor que vos fala e contribuir voluntariamente com seu conhecimento para o trabalho chegar à perfeição. – O Dr. Murray começou a agradecer a todas as pessoas que haviam ajudado a compilar as palavras presentes no volume *A* e *B*. A lista era tão longa que minhas pernas começaram a doer de tanto ficar de pé. Sentei na grama e comecei a arrancar folhas, a puxar camadas para revelar os brotos verdes mais tenros e mordiscar. Só olhei para cima quando ouvi o nome de Ditte e logo depois de ouvir o nome de papai e dos outros homens que trabalhavam no Scriptorium.

Quando o discurso terminou e começaram a cumprimentar o Dr. Murray, papai foi até o livro de palavras e o levantou da mesinha.

Ele me chamou e me fez sentar com as costas apoiadas no tronco áspero do freixo. Então, colocou o livro pesado em meu colo.

– Minhas palavras de aniversário estão aí?

– Certamente estão.

Ele abriu o livro e folheou as páginas até chegar à primeira palavra. "A."

Então avançou mais algumas páginas.

"Aardvark."

Depois mais algumas.

Minhas palavras, pensei. *Encadernadas em couro, com bordas douradas nas páginas.* Achei que o peso delas me manteria ali para sempre.

Papai colocou *A* e *B* de volta na mesa, e as pessoas ali presentes engoliram o livro. Fiquei preocupada com as palavras.

– Cuidado – falei.

Mas ninguém ouviu.

– Lá vem Ditte – disse papai.

Corri na direção dela, que estava passando pelo portão.

– Você perdeu o bolo – falei.

– Eu diria que cheguei na hora certa – respondeu ela, abaixando-se e me dando um beijo na testa. – O único bolo que como é o pão de ló. É uma regra que me ajuda a manter o talhe.

Tia Ditte era corpulenta como a Sra. Ballard e um pouco mais baixa.

– O que "talhe" quer dizer? – perguntei.

– Um ideal impossível e algo com o qual você, provavelmente, não terá de se preocupar – disse ela. Em seguida, completou: – É o formato do corpo ou de alguma coisa. "Talhar" é cortar algo do tamanho certo.

Ditte não era minha tia de verdade, mas minha tia de verdade morava na Escócia e tinha tantos filhos que não sobrava tempo para me mimar. Era isso que papai dizia. Ditte não tinha filhos e morava em Bath com a irmã, Beth. Era muito ocupada, tentava encontrar citações para o Dr. Murray e estava escrevendo um livro sobre a história da Inglaterra. Mesmo assim, tinha tempo para me mandar cartas e me trazer presentes.

– O Dr. Murray disse que você e Beth foram colaboradoras *profílicas* – falei, com um certo tom de autoridade.

– Prolíficas – corrigiu Ditte.

– E isso é uma coisa boa de ser?

– Significa que compilamos um monte de palavras e citações para o Dicionário do Dr. Murray, e tenho certeza de que ele disse isso como um elogio.

– Mas vocês não recolheram tantas quanto o Sr. Thomas Austin. Ele é bem mais *profílico* do que vocês.

– Prolífico. Sim, ele é. Não sei como encontra tempo. Agora vamos lá pegar ponche.

Ditte me pegou pela mão que não estava machucada, e nos dirigimos à mesa da festa.

Fui com ela até o meio das pessoas e fiquei perdida em uma floresta de calças de lã marrons e xadrez e de saias estampadas. Todo mundo queria falar com ela, e cada vez que nos paravam eu brincava de adivinhar de quem eram as calças.

— Será que deveria mesmo ser incluída? — Ouvi um homem perguntar. — É uma palavra tão desagradável que tenho a sensação de que deveríamos desencorajar seu emprego.

Ditte apertou minha mão. Como não reconheci as calças, olhei para cima para ver se reconhecia o rosto, mas só consegui enxergar a barba do homem.

— Não somos juízes da língua, senhor. Nosso trabalho, certamente, é registrar, não julgar — ela falou.

Quando enfim chegamos à mesa debaixo do freixo, Ditte serviu dois copos de ponche e encheu um pratinho de sanduíches.

— Você pode até não acreditar, Esme, mas não me desloquei até aqui para ficar falando de palavras. Vamos encontrar um lugar sossegado para sentar, e aí pode me contar como você e seu pai estão.

Levei Ditte até o Scriptorium. Ela fechou a porta, e a festa foi silenciada. Era a primeira vez que eu entrava no Scriptorium sem a presença de papai, do Dr. Murray ou de algum dos outros homens. Ficamos paradas perto da porta, e senti toda a responsabilidade de apresentar Ditte aos escaninhos cheios de palavras e citações, a todos os velhos dicionários e livros de referência, aos fascículos em que as palavras foram publicadas pela primeira vez antes de haver quantidade suficiente para formar um volume. Levei muito tempo para aprender a pronunciar "fascículo" e queria que Ditte me ouvisse dizendo essa palavra.

Apontei para uma das duas bandejas em cima da mesa pequena que ficava perto da porta.

— É ali que ficam todas as cartas escritas pelo Dr. Murray, papai e os demais. Às vezes, me deixam colocá-las na caixa de correio, no fim do dia — contei. — As cartas que você manda para o Dr. Murray vão para esta bandeja. Se contêm fichas, nós as tiramos primeiro, e papai me deixa colocá-las nos escaninhos.

Ditte remexeu na bolsa e sacou um daqueles envelopes pequenos que eu conhecia tão bem. Mesmo com ela ali, bem ao meu lado, a inclinação tão caprichada e conhecida de sua letra me trouxe uma empolgação minúscula.

— Achei que poderia economizar no selo — disse Ditte, entregando-me um envelope.

Eu não sabia direito o que fazer com ele, sem papai ali para me orientar.

— Tem fichas dentro? — perguntei.

— Nenhuma ficha, só minha opinião a respeito da inclusão de uma palavra antiga que fez os cavalheiros da Sociedade Filológica ficarem um pouco encabulados.

— Que palavra é essa?

Ela ficou em silêncio e mordeu o lábio.

— Temo que não seja muito apropriada. Seu pai não ficará nem um pouco feliz de eu ter lhe ensinado essa palavra.

— Você pediu para o Dr. Murray deixá-la de fora do Dicionário?

— Pelo contrário, querida. Estou insistindo para que ele a inclua.

Coloquei o envelope em cima da pilha de cartas que ficava na mesa do Dr. Murray e continuei a mostrar o lugar.

— Estes são os escaninhos que guardam todas as fichas — falei, erguendo o braço para cima e para baixo diante da parede de escaninhos mais próxima. Depois repeti o gesto na frente de todas as paredes do Scriptorium. — Papai falou que haveria milhares e milhares de fichas, e, sendo assim, seria preciso centenas e centenas de escaninhos. Foram feitos sob medida, e o Dr. Murray projetou as fichas para caberem perfeitamente neles.

Ditte tirou um montinho, e senti meu coração bater mais rápido.

— Não devo tocar nas fichas na ausência de papai — avisei.

— Bem, acho que se tomarmos bastante cuidado, ninguém ficará sabendo. — Ditte me deu um sorriso de cumplicidade, e meu coração bateu mais rápido. Ela foi folheando as fichas até chegar a uma diferente, maior que as outras, e disse: — Olhe, foi escrita no verso de uma carta. Viu? O papel é da cor dos seus jacintos.

— E o que está escrito na carta?

Ela leu o que conseguiu.

— É só um fragmento, mas acho que devia ser uma carta de amor.

— E por que alguém recortaria uma carta de amor?

– Só posso presumir que o sentimento não era correspondido.

Ela colocou as fichas de volta em seu devido escaninho, e não restou nenhuma evidência de que poderiam ter sido removidas dali.

– Essas são as minhas palavras de aniversário – falei, indo até os escaninhos mais antigos, onde ficavam guardadas todas as palavras de "A a anta*". Ditte ergueu a sobrancelha. – São as palavras em que papai estava trabalhando antes de eu nascer. Normalmente, tiro uma no meu aniversário, e ele me ajuda a compreendê-la – contei. Ditte balançou a cabeça. – E esta é a mesa de triagem – prossegui. – Papai senta bem aqui, e o Sr. Balk ali, e o Sr. Maling senta do lado dele. *Bonan matenon.*

Olhei para Ditte, esperando sua reação.

– O que foi que você disse?

– *Bonan matenon.* É assim que o Sr. Maling diz "olá". É *isperanto.*

– Esperanto.

– Isso mesmo. E o Sr. Worrall senta aqui, e o Sr. Mitchell normalmente senta ali, mas gosta de ficar trocando de lugar. Sabia que ele sempre usa uma meia de cada cor?

– E como você sabe disso?

Dei mais uma risadinha.

– Porque meu lugar é ali embaixo.

Fiquei de quatro e engatinhei até a parte de baixo da mesa de triagem. Chegando lá, espiei para cima.

– É mesmo?

Quase convidei Ditte para vir sentar comigo, mas pensei melhor.

– Alguém teria que talhar você para caber aqui embaixo – falei.

Ela deu risada, estendeu a mão para me ajudar a sair e disse:

– Vamos sentar na cadeira do seu pai, sim?

Todo ano, Ditte me dava dois presentes de aniversário: um livro e uma história. O livro era sempre um livro de adultos, com palavras interessantes que as crianças nunca empregavam. Assim que aprendi a ler, ela pedia que eu lesse em voz alta até chegar a uma palavra que não conhecia. E só aí começava a história.

Desembrulhei o livro.

– A... *origem... das... espécies.*

---

* Neste contexto, "anta" se refere a um marco de terra comum em castelos. [N. E.]

Ditte pronunciou a última palavra bem devagar e a sublinhou com o dedo.

– Sobre o que é?

Folheei as páginas, procurando figuras.

– Sobre animais.

– Eu gosto de animais. – Então abri na introdução e comecei a ler. – "Quando estava a bordo do *H.M.S. Beagle...*". – Olhei para Ditte e perguntei: – É sobre um cachorro?

Ela deu risada.

– Não. *H.M.S.* Beagle era um navio.

Continuei:

– "...na condição de..."

Parei e apontei para a próxima palavra.

– "Naturalista" – disse Ditte e então repetiu a palavra bem devagar. – Alguém que estuda o mundo natural. Os animais e as plantas.

– Naturalista – repeti, experimentando a palavra. Fechei o livro. – Agora você vai me contar a história?

– E que história seria essa? – indagou Ditte, com uma expressão atônita, mas sorrindo.

– Você sabe.

Ditte se acomodou na cadeira, e aninhei-me na maciez de seu corpo, entre o colo e o ombro.

– Você está maior do que no ano passado – comentou ela.

– Mas ainda caibo.

Então me recostei, e Ditte me abraçou.

– A primeira vez que vi Amarílis, ela estava fazendo sopa de pepino com agrião.

Fechei os olhos e imaginei minha mãe mexendo a panela de sopa. Tentei vesti-la com roupas normais, mas ela se recusou a tirar o véu de noiva que usa na fotografia que fica ao lado da cama de papai. Adoro aquela fotografia, mais do que todas as outras, porque papai está olhando para ela, e ela está olhando bem nos meus olhos. *O véu vai acabar caindo na sopa*, pensei, com um sorriso.

– Sua mãe estava seguindo as instruções da tia, a Srta. Fernley – continuou Ditte –, uma mulher muito alta e muito capaz, que não apenas era secretária de nosso clube de tênis, onde esta história é ambientada, mas também era professora de um pequeno colégio privado para moças. Amarílis era aluna na escola da tia. E, ao que parece, a sopa de pepino e agrião fazia parte do currículo.

— O que é "currículo"? – perguntei.

— É a lista dos assuntos que se aprende na escola.

— E eu tenho um currículo na São Barnabé?

— Como você acabou de começar, seu currículo é só ler e escrever. Vão acrescentar mais assuntos à medida que você for crescendo.

— O que vão acrescentar?

— Espero que algo menos ligado à economia doméstica do que sopa de pepino com agrião. Posso continuar?

— Sim, por favor.

— A Srta. Fernley exigiu que Amarílis fizesse a sopa e servisse no almoço do nosso clube. Era horrível. Ninguém gostou, e algumas pessoas até falaram isso com todas as letras. Acho que Amarílis pode ter ouvido, porque se escondeu na sede do clube e ficou limpando mesas que não precisavam ser limpas.

— Pobre Amarílis – falei.

— Bem, talvez você não ache isso quando ouvir o resto da história. Se não fosse por aquela sopa horrorosa, você jamais teria nascido.

Eu sabia o que estava por vir e segurei a respiração.

— Não sei como, seu pai conseguiu comer toda a tigela de sopa. Fiquei perplexa, mas aí vi que ele levou a tigela até a cozinha e pediu uma segunda porção para Amarílis.

— E ele comeu a segunda também?

— Comeu. Entre uma colherada e outra, ficou fazendo diversas perguntas para Amarílis, e a expressão dela mudou: de menina tímida e constrangida para moça confiante no espaço de quinze minutos.

— O que papai perguntou para ela?

— Isso não posso contar, mas quando seu pai terminou de comer, parecia que os dois se conheciam há uma vida.

— Você sabia que eles iriam se casar?

— Bem, eu me lembro de ter pensado que era muita sorte Harry saber fazer ovo cozido, porque Amarílis jamais passaria muito tempo na cozinha. Então, sim, acho que eu sabia que os dois se casariam.

— E aí eu nasci, e depois ela morreu.

— Sim.

— Mas, quando falamos dela, Amarílis ganha vida.

— Jamais se esqueça disso, Esme. As palavras são as nossas ferramentas de ressurreição.

Uma palavra nova. Olhei para cima.

— É quando se traz algo de volta à vida — falou Ditte.

— Mas Amarílis jamais vai voltar à vida de verdade.

— Não. Não vai.

Fiquei em silêncio, tentando lembrar o resto da história. Então falei:

— E aí você disse para papai que seria minha tia favorita.

— Disse mesmo.

— E que sempre ficaria do meu lado, mesmo quando eu não me comportasse.

— Eu falei isso? — Virei para ver a expressão dela. Ditte sorriu e completou: — É exatamente o que Amarílis gostaria que eu dissesse, e cada palavra foi sincera.

— Fim.

ABRIL DE 1891

Certo dia, durante o café da manhã, papai disse:
— As palavras com C certamente causarão comoção, considerando, quiçá, que casos corretos continuarão confluindo.

Levei menos de um minuto para matar a charada.

— "Quiçá" – falei. – Quiçá começa com Q, não com C.

Ele ainda estava com a boca cheia de mingau, de tão rápida que fui.

— Achei que, ao incluir "certamente", conseguiria enganar você.

— Mas essa começa com C: vem da palavra "certo".

— *Certamente* que sim. Agora, me diga de qual citação você mais gosta.

Papai empurrou uma página das provas do Dicionário por cima da mesa.

Já fazia três anos desde o piquenique de comemoração ao lançamento de *A e B*, mas ainda estavam trabalhando nas provas da letra C. A página já fora composta, mas algumas linhas haviam sido cortadas, e as margens estavam uma bagunça, de tantas correções que papai fez. Como acabou o espaço, ele prendera um pedacinho de papel com alfinete e escrevera ali.

— Gosto da nova – falei, apontando para o pedacinho do papel.

— E o que está escrito?

— Pera çertefficar tall cousa, chome a dõnzella pera que possaaes ouvir de boquua della.

— Por que você gosta dessa?

— É engraçada, parece que o homem que escreveu não sabia escrever direito e inventou algumas palavras.

– É só uma frase antiga – falou papai, pegando a prova de volta e lendo o que havia escrito. – As palavras mudam com o tempo, sabe? A grafia muda, o som muda. Às vezes até o significado muda. Elas têm sua própria história. – Ele passou o dedo embaixo da frase. – Se você substituir algumas letras, ficará parecendo uma frase moderna.

– O que é uma "dõnzella"?

– É uma mulher jovem.

– Eu sou uma "dõnzella"?

Papai olhou para mim, e uma ruga minúscula surgiu entre suas sobrancelhas.

– Vou fazer 10 anos – falei, esperançosa.

– Você disse "dez"? Bem, acho que basta. Você será uma "dõnzella" logo, logo.

– E as palavras continuarão mudando?

A colher parou antes de chegar à boca de papai.

– É possível, creio, que o significado se torne fixo a partir do momento em que for registrado por escrito.

– Então você e o Dr. Murray poderiam fazer as palavras significarem o que vocês quiserem que signifiquem, e todo mundo terá que usá-las desse jeito para sempre?

– Claro que não. Nosso dever é encontrar um consenso. Pesquisamos nos livros para ver como uma palavra é empregada, então escrevemos verbetes com todas essas acepções. É bem científico, na verdade.

– E o que isso quer dizer?

– "Consenso"? Bem, quer dizer que todo mundo concorda.

– Você pergunta para todo mundo?

– Não, espertinha. Mas duvido que haja um livro já escrito que não tenhamos consultado.

– E quem escreve os livros?

– Todo tipo de gente. Agora pare de fazer perguntas e termine seu mingau: você vai se atrasar para a aula.

❧

O sino do almoço tocou, e vi Lizzie parada no local de costume, do lado de fora dos portões da escola, com uma cara desconcertada. Tive vontade de ir correndo até ela, mas não fiz isso.

– Você não pode deixar que eles *te veja* chorando – disse ela, pegando em minha mão.

– Eu não estava chorando.

– Estava, sim, e eu sei o porquê. Vi quando debocharam de você.

Encolhi os ombros e senti mais lágrimas surgirem em meus olhos. Olhei para os meus pés: eu estava dando passinhos pequenos, um pé bem na frente do outro.

– O que foi? – perguntou Lizzie.

Mostrei meus dedos estranhos. Ela os segurou, beijou e fez barulho de peido na palma da minha mão. Não consegui conter o riso.

– Metade dos pais dessas crianças tem dedos estranhos, sabia?

Olhei para Lizzie.

– É verdade – prosseguiu ela. – Quem trabalha na parte de composição da Gráfica exibe suas queimaduras como se fossem um troféu, mostrando para Jericho inteira qual é a profissão deles. Os *pequeninhos* deles são uns *mequetrefe* por debocharem de você.

– Mas eu sou diferente.

– Todo mundo é diferente – insistiu Lizzie.

Mas ela não entendia.

– Eu sou como a palavra "alfabetário" – expliquei.

– Nunca ouvi falar.

– É uma das minhas palavras de aniversário, mas papai disse que é obsoleta. Não serve para ninguém.

Lizzie deu risada e perguntou:

– Você fala desse jeito na aula?

Encolhi os ombros de novo.

– A família deles é diferente, Essymay. Eles não *é acostumado* a conversar sobre palavras, livros e história, como você e o seu pai conversam. Tem gente que se sente melhor se puder diminuir um pouquinho os outros. Quando você for mais velha, tudo vai mudar, juro.

Caminhamos em silêncio. Quanto mais nos aproximávamos do Scriptorium, melhor eu me sentia.

Depois de comer sanduíches na cozinha com Lizzie e a Sra. Ballard, atravessei o jardim e fui até o Scriptorium. Um por um, os assistentes ergueram os olhos do almoço ou de suas palavras para ver quem havia chegado. Entrei em silêncio e sentei ao lado de papai, que abriu um espaço na mesa. Tirei um caderno da pasta para praticar as letras cursivas que estava aprendendo na escola. Quando terminei, deslizei da cadeira e fui para debaixo da mesa de triagem.

Como não caiu nenhuma ficha, fiz um levantamento dos sapatos dos assistentes. Cada par combinava perfeitamente com seu dono e tinha seus próprios hábitos. Os do Sr. Worrall eram bem curtidos e ficavam bem paradinhos, virados para dentro, ao contrário dos sapatos do Sr. Mitchell, que eram gastos e confortáveis, com os dedões virados para fora e o calcanhar pulando de cima para baixo sem parar. O Sr. Mitchell estava com uma meia de cada cor, saindo de cada pé de sapato. Os sapatos do Sr. Maling eram aventureiros e nunca ficavam onde eu esperava que estivessem. Os do Sr. Balk estavam para trás, embaixo da cadeira, e os do Sr. Sweatman estavam sempre batendo no chão, em um ritmo que, na minha imaginação, era uma melodia que tocava em sua cabeça. Quando eu espiava debaixo da mesa, ele normalmente estava sorrindo. Os sapatos de papai eram os meus preferidos, e eu sempre os inspecionava por último. Naquele dia, estavam um em cima do outro, ambos com a sola à mostra. Parei e pus o dedo no buraquinho minúsculo que recém começara a infiltrar água. O sapato abanava, como se quisesse espantar uma mosca. Encostei nele de novo, e o sapato parou, rígido. Estava esperando. Mexi o dedo, bem de leve. Aí o sapato caiu para o lado, sem vida, ficara velho de repente. O pé que ele continha começou a fazer carinho em meu braço. De um jeito tão estabanado que mal tive espaço nas bochechas para segurar todas as risadas que queriam escapar. Apertei o dedão e fui me arrastando até o ponto da mesa em que havia claridade suficiente para conseguir ler.

Fomos surpreendidos por três batidas fortes na porta do Scriptorium. O pé de papai encontrou seu devido sapato.

Debaixo da mesa, fiquei observando papai abrir a porta para um homem baixinho, com um grande bigode loiro e quase nenhum cabelo na cabeça.

– Crane – ouvi o homem dizer, e papai fez sinal para ele entrar. – Estou sendo esperado.

As roupas que usava ficavam grandes nele, e fiquei imaginando se o homem estava esperando crescer para as roupas servirem direito. Era o novo assistente. Alguns assistentes trabalhavam só por alguns meses, mas outros ficavam para sempre, como o Sr. Sweatman. Ele viera no ano anterior e era o único sem barba dentre todos os homens que sentavam em volta da mesa de triagem. Isso significava que eu podia ver seu sorriso. E ele sorria muito, aliás. Quando papai apresentou o Sr. Crane para os homens sentados em volta da mesa de triagem, o Sr. Crane não sorriu nem uma vez.

— E esta pequena peralta é Esme — disse papai, estendendo a mão para eu levantar.

Estendi a mão para o Sr. Crane, mas ele não a apertou.

— O que ela está fazendo aí embaixo? — perguntou.

— O que as crianças fazem debaixo das mesas, acho eu — respondeu o Sr. Sweatman, dando um sorriso, assim como eu.

Papai se abaixou e pediu:

— Avise o Dr. Murray que o novo assistente chegou, Esme.

Atravessei correndo o jardim e entrei na cozinha, e a Sra. Ballard me acompanhou até a sala de jantar.

O Dr. Murray estava sentado à cabeceira da grande mesa, e a Sra. Murray, na outra ponta. Havia espaço para todos os seus onze filhos entre os dois, "mas três já voaram do ninho", Lizzie me contara. Os demais estavam espalhados por ambos os lados da mesa, o mais velho na ponta do Dr. Murray, e os menores em cadeirões, perto da mãe. Fiquei lá, calada, enquanto terminavam de rezar, e então Elsie e Rosfrith acenaram, e acenei para elas: meu recado, de repente, havia se tornado menos importante.

— O novo assistente? — repetiu o Dr. Murray, por cima dos óculos, ao me ver ali parada.

Balancei a cabeça, e ele levantou da mesa. Os demais integrantes da família Murray começaram a comer.

No Scriptorium, papai estava explicando algo para o Sr. Crane, que se virou quando me ouviu entrar com o editor.

— Dr. Murray, é uma honra fazer parte da sua equipe — disse, estendendo a mão e baixando de leve a cabeça.

O Dr. Murray pigarreou. Pareceu um grunhido. Apertou a mão do Sr. Crane.

— Não é um trabalho para qualquer um — falou. — É preciso ter certa... diligência. O senhor é diligente, Sr. Crane?

— Claro que sim, senhor.

O editor balançou a cabeça e voltou para casa em seguida, para terminar de almoçar.

Papai continuou apresentando o Scriptorium para o Sr. Crane. Toda vez que explicava algo a respeito de como as fichas eram organizadas, o novo assistente balançava a cabeça e dizia:

– Dispensa explicações.

– As fichas são enviadas por voluntários do mundo inteiro – falei, quando papai estava mostrando a ordem dos escaninhos.

O Sr. Crane olhou para mim, franziu um pouco a testa, mas não disse nada. Dei um passo minúsculo para trás.

O Sr. Sweatman pôs a mão no meu ombro e disse:

– Eu já deparei com uma ficha vinda da Austrália. Da Inglaterra, é o mais longe a que se pode chegar.

Quando o Dr. Murray voltou do almoço para passar as instruções ao Sr. Crane, não fiquei sentada ouvindo.

– Ele vai ficar aqui por um tempo ou para sempre? – sussurrei para papai.

– Enquanto houver trabalho – respondeu ele. – Então, provavelmente, para sempre.

Fui para debaixo da mesa de triagem e, alguns minutos depois, um par de sapatos desconhecidos se juntou àqueles que eu conhecia tão bem.

Os sapatos do Sr. Crane eram velhos, como os de papai, mas fazia tempo que ninguém os engraxava. Fiquei observando os sapatos tentando se acomodar. Ele cruzou a perna direita por cima da perna esquerda, depois a esquerda por cima da direita. Uma hora enroscou os tornozelos nas pernas da frente da cadeira, e parecia que seus sapatos estavam tentando se esconder de mim.

Minutos antes da hora de Lizzie me levar de volta para a escola, uma pilha de fichas caiu ao lado da cadeira do Sr. Crane. Ouvi papai dizer que alguns dos montinhos da letra C tinham ficado "instáveis devido ao peso das possibilidades". E então fez aquele barulhinho que sempre fazia quando achava que estava sendo engraçado.

O Sr. Crane não deu risada.

– Estavam mal amarrados – falou e se abaixou para pegar o máximo de fichas possível com um único movimento. Fechou os dedos em volta das fichas, que ficaram amassadas. Soltei um leve suspiro de assombro, que o fez bater a cabeça embaixo da mesa.

– Tudo bem por aí, Sr. Crane? – perguntou o Sr. Maling.

– Certamente essa menina está grande demais para ficar aí embaixo.

– É só até a hora de ela voltar para a escola – explicou o Sr. Sweatman.

Quando minha respiração se acalmou e o Scriptorium voltou ao seu zum-zum costumeiro, examinei as sombras debaixo da mesa de triagem. Ainda havia duas fichas ao lado dos sapatos impecáveis do Sr. Worrall, como se soubessem que ali estariam a salvo de barbantes descuidados. Peguei os papéis e, de repente, a lembrança do baú embaixo da cama de Lizzie me veio à cabeça. Não tive forças para devolvê-las ao Sr. Crane.

Quando vi Lizzie parada perto da porta, surgi ao lado da cadeira de papai.

– Já está na hora? – perguntou, mas fiquei com a sensação de que ele estava de olho no relógio.

Guardei o caderno na pasta e fui até o jardim encontrar Lizzie.

– Posso guardar uma coisa no baú antes de voltar para a escola?

Fazia muito tempo que eu não guardava algo no baú, mas Lizzie só demorou um segundo para entender.

– Eu sempre me pergunto se você andou encontrando algo mais para guardar lá dentro.

Aquelas fichas não foram as únicas coisas que acabaram dentro do baú.

Na parte de baixo do guarda-roupa de papai havia duas caixas de madeira. Eu as descobri quando estávamos brincando de esconde-esconde. O canto de uma delas bateu em minhas costas quando eu tentava me encolher no canto do armário. Doeu. Abri a caixa.

Estava muito escuro ali, no meio dos casacos de papai e dos vestidos mofados de Amarílis, para ver o que havia dentro da caixa, mas minhas mãos sentiram pontas do que me pareceram envelopes. E aí ouvi passos na escada, e papai disse "Fi-fá-fó-fum! Sinto cheiro de criança", como o gigante da história de "João e o pé de feijão". Fechei a caixa e fui para o meio do guarda-roupa. Entrou muita luz, e pulei nos braços dele.

Mais tarde, eu deveria estar dormindo, mas não estava. Papai ainda estava lá embaixo, corrigindo provas do Dicionário. Saí de fininho da cama e andei na ponta dos pés até o quarto dele.

– Abre-te, Sésamo – sussurrei e abri as portas do guarda-roupa.

Tirei as caixas de lá de dentro, uma por vez. Sentei com elas debaixo da janela de papai, ainda dava para enxergar com a luz do crepúsculo.

Eram quase iguais – madeira clara com cantoneiras de metal –, mas uma das caixas era polida, a outra não. Puxei a caixa polida mais para perto e passei a mão na madeira encerada. Continha uma centena de envelopes grossos, reunidos na ordem em que haviam sido enviados. Os dele, brancos, contrastando com os dela, azuis. Quase sempre se alternando, mas às vezes tinha uma sequência de dois ou três brancos, como se papai tivesse muita coisa a dizer sobre algo em que Amarílis perdera o interesse. Se eu lesse as cartas da primeira até a última, elas contariam a história do namoro dos dois, mas eu sabia que era uma história com final triste. Fechei a caixa sem nem abrir um envelope sequer.

A outra caixa também estava cheia de cartas, mas nenhuma delas fora enviada por Amarílis. Eram cartas de outras pessoas, organizadas em montinhos amarrados com barbante. O monte maior era de Ditte. Puxei a última carta do barbante e li. Era praticamente só sobre o Dicionário: sobre as palavras com C que, pelo jeito, não terminavam nunca, e como os delegados da Gráfica continuavam pedindo ao Dr. Murray que trabalhasse mais rápido, porque o Dicionário estava custando muito caro. Mas a última parte era sobre mim.

Ada Murray me contou que James obrigou as crianças a organizar fichas. Ela pintou uma imagem da família espremida em volta da mesa de jantar, tarde da noite. Mal dava para ver as crianças de tão grande que era a montanha de papéis. Ada até se aventurou a dizer que achava que esse devia ser o motivo para o Dr. Murray andar tão emburrado. Ainda bem que ela tem bom senso e bom humor. Acredito que o Dicionário teria fracassado se não os tivesse.

Você precisa dizer para Esme ficar bem escondida quando estiver no Scrippy, ou será a próxima a ser recrutada pelo Dr. Murray. Ouso dizer que ela tem inteligência para isso, e fico imaginando se realmente estaria disposta.

Da sua,
Edith

Guardei as duas caixas no guarda-roupa e fui andando na ponta dos pés. A carta ainda estava na minha mão.

No dia seguinte, Lizzie ficou observando enquanto eu abria o baú. Tirei a carta de Ditte do bolso e a coloquei em cima das fichas que tapavam o fundo.

– Você está guardando muitos segredos – disse ela, levando a mão à cruz que ficava debaixo de suas roupas.

– É sobre mim – falei.

– Descartada ou negligenciada?

Ela insistia que eu deveria ter regras.

Pensei a respeito.

– Esquecida – respondi.

Fui muitas vezes ao armário ler as cartas de Ditte – sempre havia algo sobre mim, alguma resposta a uma pergunta feita por papai. Era como se eu fosse uma palavra, e as cartas fossem as fichas que ajudavam a me definir. *Se ler todas, talvez eu faça mais sentido*, pensei.

Mas nunca tive forças para ler as cartas da caixa polida. Gostava de olhar para elas, passar a mão na parte de cima dos envelopes e senti-las entre os dedos. Os dois estavam juntos naquela caixa, meu pai e minha mãe. E, quando eu estava prestes a pegar no sono, às vezes imaginava que conseguia ouvir suas vozes abafadas. Uma noite, entrei de fininho no quarto de papai e me enrosquei feito um gato dentro do guarda-roupa. Queria pegá-los de surpresa. Mas, quando levantei a tampa da caixa polida, ficaram em silêncio. Uma solidão terrível me acompanhou até minha cama e não me deixou dormir.

Na manhã seguinte, eu estava cansada demais para ir à escola. Papai me levou para Sunnyside, e passei a manhã debaixo da mesa de triagem, com fichas em branco e lápis de cor. Escrevi meu nome com cores diferentes em dez fichas.

Quando abri a caixa polida naquela noite, posicionei cada uma das fichas entre um envelope branco e um envelope azul. Estávamos juntos agora, nós três. Eu não perderia mais nada.

O baú embaixo da cama de Lizzie começou a sentir o peso de todas aquelas cartas e palavras.

– Não tem nenhuma concha nem pedra. Nada de bonito – falou Lizzie, quando abri o baú, certa tarde. – Por que você guarda todos esses papéis, Essymay?

– Não estou guardando os papéis, Lizzie: estou guardando as palavras.

– Mas o que tem de tão importante nessas palavras?

Eu não sabia ao certo. Era mais um sentimento do que um pensamento. Algumas palavras simplesmente eram como filhotes de passarinho que caíram do ninho. Outras davam a sensação de que eu tinha encontrado uma pista: sabia que eram importantes, mas não sabia direito o porquê. Com as cartas de Ditte, era a mesma coisa: partes de um quebra-cabeça que, um dia, poderiam se encaixar e explicar algo que papai não sabia como dizer – algo que Amarílis talvez conseguisse falar.

Como eu não sabia explicar nada disso, perguntei:

– Por que você borda, Lizzie?

Ela ficou em silêncio por um bom tempo. Dobrou a roupa limpa e trocou os lençóis de sua cama.

Desisti de esperar a resposta e voltei a ler uma carta que Ditte enviou a papai. "Você já pensou no que vai fazer quando ela estiver crescida demais para frequentar a São Barnabé?", perguntava. Imaginei minha cabeça saindo pela chaminé da sala de aula e meus braços se esticando para fora da janela, de ambos os lados.

– Acho que gosto de manter as mãos ocupadas – falou Lizzie. Por um instante, esqueci o que eu havia perguntado. – E é uma prova de que eu existo – completou.

– Mas isso é uma bobagem. É claro que você existe.

Lizzie parou de arrumar a cama e olhou para mim com uma expressão tão séria que soltei a carta de Ditte.

– Eu limpo, ajudo na cozinha, acendo as lareiras. Tudo o que eu faço fica sujo, é comido ou queimado. No fim das contas, não há nenhuma prova de que eu estive aqui. – Lizzie ficou em silêncio, ajoelhou do meu lado e passou a mão no bordado da barra da minha saia. Ele escondia o remendo que Lizzie havia feito quando rasguei a saia nos espinheiros. – Meus bordados ficarão aqui para sempre. Vejo isso e me sinto... Bom, não sei a palavra. Como se eu fosse ficar aqui para sempre.

– Permanente – falei. – E o resto do tempo?

– Eu me sinto como um dente-de-leão prestes a ser soprado pelo vento.

AGOSTO DE 1893

O Scriptorium sempre ficava silencioso por um período, durante o verão.

"A vida não é feita apenas de palavras", papai dissera certa vez, quando perguntei aonde todo mundo havia ido, mas acho que ele não estava falando sério. Às vezes, íamos para a Escócia visitar minha tia, mas sempre voltávamos para Sunnyside antes de todos os demais assistentes. Eu adorava ficar esperando o retorno de cada par de sapatos embaixo da mesa de triagem. Quando o Dr. Murray entrava, sempre perguntava se papai havia se esquecido de me trazer para casa, e papai sempre fingia ter esquecido. Depois, o Dr. Murray olhava embaixo da mesa de triagem e me dava uma piscadela.

No fim do verão do ano em que completei 11 anos, os pés do Sr. Mitchell não apareceram, e o Dr. Murray entrou no Scriptorium falando muito pouco. Esperei para ver um tornozelo coberto por uma meia verde cruzado em cima de uma azul-clara, mas só havia um espaço vazio onde o Sr. Mitchell costumava sentar. Os outros pés pareciam inertes. E, apesar de os sapatos do Sr. Sweatman tamborilarem como sempre, estavam sem ritmo.

– Quando o Sr. Mitchell estará de volta? – perguntei para papai, que demorou para responder.

– Ele caiu, Essy. Quando escalava uma montanha. Não voltará.

Pensei em suas meias, uma de cada cor, e nos lápis de cor que ele havia me dado. Eu usei aqueles lápis até não ter mais como segurá-los, e isso já fazia anos. Meu mundo debaixo da mesa de triagem me pareceu menos seguro.

Quando o ano virou, parecia que a mesa de triagem havia encolhido. Fui lá para baixo uma tarde e bati a cabeça quando saí.

– Olha o estado do seu vestido – disse Lizzie, quando foi me buscar para o chá da tarde. O vestido estava todo manchado e empoeirado. Ela bateu para limpar o quanto deu. – Não é coisa de dama ficar se rastejando pelo Scrippy, Essymay. Não sei por que seu pai deixa você fazer isso.

– Porque eu não sou uma dama – respondi.

– Mas também não é um gato.

Quando voltei para o Scriptorium, fiquei andando pelo recinto. Passei meus dedos estranhos pelas prateleiras, pelos livros, e peguei tufos de poeira. *Eu não me importaria de ser um gato*, pensei.

O Sr. Sweatman piscou para mim quando passei por ele.

O Sr. Maling disse:

– *Kiel vi fartas*, Esme?

Respondi:

– Estou bem, obrigada, Sr. Maling.

Ele olhou para mim, de sobrancelha erguida.

– E em esperanto, como você diria isso?

Precisei pensar.

– *Mi fartas bone, dankon.*

O Sr. Maling sorriu, balançou a cabeça e falou:

– *Bona.*

O Sr. Crane respirou fundo, para que todo mundo soubesse que eu era um incômodo.

Cheguei a pensar em me enfiar embaixo da mesa de triagem, mas não fiz isso. O que foi uma decisão adulta, e senti um mau humor tomar conta de mim, como se alguém que não eu mesma o tivesse criado. Acabei encontrando um espaço vago entre duas estantes e me enfiei ali, sem jeito, arrancando teias de aranha, poeira e duas fichas perdidas.

Elas estavam escondidas atrás da estante à minha direita. Peguei primeiro uma, depois a outra. Palavras que começavam com C, perdidas recentemente. Eu as escondi no meio da roupa e olhei para a mesa. O Sr. Crane é quem estava sentado mais próximo, e havia outra palavra caída perto de sua cadeira. Fiquei imaginando se ele por acaso se importava com aquele trabalho.

— Ela tem dedos leves — ouvi o Sr. Crane dizer para o Dr. Murray.

O Dr. Murray se virou na minha direção, e senti um arrepio tomar conta de mim. Achei que iria virar pedra. Ele voltou para a sua escrivaninha e pegou uma prova. E então se aproximou de papai.

O Dr. Murray tentou fazer parecer que estavam falando sobre as palavras, mas nenhum dos dois olhava para a prova. Quando ele se afastou, papai percorreu a mesa com os olhos, até chegar ao espaço entre as duas estantes. Nossos olhares se cruzaram, e ele apontou para a porta do Scriptorium.

Chegamos debaixo do freixo, e papai estendeu a mão. Fiquei só olhando. Ele disse meu nome bem alto, jamais havia feito isso. E então me obrigou a esvaziar os bolsos.

A palavra era fraca e desinteressante, mas gostei da citação. Quando a coloquei na mão de papai, ele olhou para a palavra como se não soubesse o que era. Como se não soubesse o que deveria fazer com ela. Fiquei observando seus lábios se movimentarem, pronunciando a palavra e a frase que a continha.

CONSIDERAR
"Eu vos considero um tolo."
Tennyson, 1859

Por um bom tempo, papai não disse nada. Ficamos ali parados, no frio, como se estivéssemos brincando de estátua e nenhum dos dois quisesse ser o primeiro a se mexer. Então ele colocou a ficha no bolso da calça e me levou até a cozinha.

— Lizzie, teria algum problema Esme passar o resto da tarde no seu quarto? — perguntou papai, fechando a porta para segurar o calor do fogão. Lizzie soltou a batata que estava descascando e limpou as mãos no avental.

— Claro que não, Sr. Nicoll. Esme é sempre bem-vinda.

— Não é para fazer sala para ela, Lizzie. Esme tem que sentar e pensar sobre seu comportamento. Prefiro que você não faça companhia para ela.

– Como quiser, Sr. Nicoll – disse Lizzie. Mas, pelo jeito, nem ela nem papai conseguiram se olhar nos olhos.

Sozinha no andar de cima, sentada na cama de Lizzie, pus a mão dentro da manga do vestido e tirei a outra palavra: "considerado". Quem a escreveu tinha uma letra bonita. Uma dama, disso eu tinha certeza, e não apenas porque a citação era de Lord Byron. As palavras eram redondas, e as hastes das letras, compridas.

Pus a mão embaixo da cama de Lizzie e puxei o baú. Sempre esperava que estivesse mais pesado, mas ele deslizou pelas tábuas do chão sem nenhum esforço. As fichas cobriam o fundo, feito um tapete de folhas de outono, e as cartas de Ditte repousavam entre elas.

Não foi justo eu ter sido punida, já que o Sr. Crane fora tão displicente. As palavras eram duplas, disso eu tinha certeza: palavras comuns, que seriam enviadas por muitos voluntários. Pus as duas mãos no baú e senti as fichas farfalhando entre meus dedos. Eu havia salvado todas elas, assim como papai achou que estava salvando as outras, colocando-as no Dicionário. Minhas palavras saíam de reentrâncias e do cesto de lixo que havia no meio da mesa de triagem.

O meu baú é como o Dicionário, pensei. Só que estava repleto de palavras perdidas ou negligenciadas. Tive uma ideia. Tive vontade de pedir um lápis para Lizzie, mas sabia que ela jamais desobedeceria a papai. Olhei em volta do quarto, imaginando onde estariam seus lápis.

Sem Lizzie ali dentro, o quarto me pareceu estranho – como se não fosse o quarto dela. Levantei do chão e fui até o guarda-roupa. Foi um alívio ver o velho casaco de inverno de Lizzie, com o primeiro botão diferente dos demais. Ela tinha três aventais e dois vestidos: o de usar aos domingos, que já fora verde, do mesmo tom do trevo de três folhas que é símbolo da Irlanda, e agora estava desbotado, como a grama no verão. Passei a mão nele e vi tiras de verde-trevo nos locais em que Lizzie abrira a costura. Abri as gavetas e só vi as roupas de baixo, um outro jogo de lençol, dois xales e uma caixa de madeira pequena. Sabia o que havia dentro daquela caixa. Poucos dias antes, a Sra. Ballard resolveu que já estava na hora de eu saber sobre as regras, e Lizzie me mostrou os paninhos e o cinto que guardava dentro da caixa. Torcia para jamais vê-los novamente, por isso deixei a caixa fechada e cerrei a porta do guarda-roupa.

No quarto, não havia uma caixa com brinquedos e jogos. Não havia uma estante de livros. Na mesinha ao lado da cama, havia uma amostra de bordado e um retrato da mãe de Lizzie em um porta-retratos simples, de madeira. Olhei para a fotografia: uma mulher jovem, comum, com um chapéu comum e roupas comuns, segurando um buquê de flores simples. Lizzie era igualzinha a ela. Atrás do porta-retratos estava o alfinete de chapéu que eu havia encontrado dentro do baú.

Eu me ajoelhei e espiei embaixo da cama. Em uma ponta, ficavam as botas de inverno de Lizzie; na outra, o penico e a caixa de costura. Meu baú morava bem no meio, e seu lugar era marcado pela ausência de poeira. Não havia mais nada. Nenhum lápis. Claro.

Olhei para o baú, ainda aberto no chão, e a última palavra estava virada para cima, por cima de todas as outras. Aí olhei para o prendedor de chapéu na mesinha de cabeceira de Lizzie e me lembrei do quanto era afiado.

~

"Dicionário das palavras perdidas." Levei a tarde inteira para riscar isso na parte interna da tampa do baú. Minhas mãos ficaram doendo. Quando terminei, o alfinete de chapéu de Lizzie estava todo torto no chão, com as contas tão vivas quanto no dia em que eu o encontrei.

Algo tomou conta de mim nesse momento, um enjoo estranho e terrível. Tentei endireitar o alfinete, mas ele se recusou a voltar a ser perfeito. A ponta estava tão cega que eu não conseguia imaginá-la perfurando o feltro nem do mais barato dos chapéus. Procurei pelo quarto, mas não encontrei nada que pudesse consertá-lo. Coloquei o alfinete no chão, ao lado da mesinha de cabeceira, torcendo para que Lizzie pensasse que entortara ao cair.

~

No ano seguinte fiquei quase o tempo todo longe do Scriptorium. Lizzie ia me buscar na São Barnabé, me dava o almoço, me levava de volta. À tarde, eu lia meus livros e praticava caligrafia. Revezava entre a sombra do freixo, a mesa da cozinha e o quarto de Lizzie, dependendo do clima. Fingi que estava doente quando comemoraram a publicação do segundo volume, que continha todas as palavras que começam com C, incluindo "considerar" e "considerado".

No meu aniversário de 12 anos, papai foi me buscar na São Barnabé. Quando passamos pelo portão de Sunnyside, segurou minha mão, e fui caminhando com ele em direção ao Scriptorium.

O lugar estaria vazio se não fosse a presença do Dr. Murray. Ele ergueu os olhos da mesa quando entramos e em seguida levantou para me cumprimentar.

– Feliz aniversário, mocinha – disse. E então ficou me olhando, por cima dos óculos, sem sorrir. – 12 anos, acho eu.

Balancei a cabeça, o editor continuou olhando.

Fiquei sem ar. Estava grande demais para me esconder debaixo da mesa de triagem, para escapar do que quer que o Dr. Murray pudesse estar pensando. Então, o olhei bem nos olhos.

– Seu pai me contou que você é uma boa aluna.

Não falei nada, e ele se virou e apontou para os dois volumes do Dicionário que estavam atrás de sua mesa.

– Você deve contar com ambos os volumes sempre que tiver necessidade. Se não fizer isso, todos os seus esforços serão baldados. Se necessitar consultar uma palavra que comece além do C, os fascículos já publicados estão à sua disposição. Aparte isso... – Neste momento, o Dr. Murray olhou de novo para mim – ...você deve pedir permissão a seu pai quando quiser mexer nos escaninhos. Alguma pergunta?

– O que é "baldados"?

O Dr. Murray sorriu, olhou discretamente para papai e respondeu:

– É uma palavra que começa com B, ainda bem. Vamos procurá-la?

Então foi até a estante que ficava atrás de sua mesa e tirou *A e B* da prateleira.

✦

Quando recebi o cartão que Ditte me enviou pelo meu aniversário de 12 anos, ele continha uma ficha. Uma palavra que Ditte dissera que era "supérflua".

– O que "supérflua" significa? – perguntei para papai, quando ele colocou o chapéu.

– Desnecessária – respondeu ele. – Indesejada ou desimportante.

Olhei para a ficha. Era uma palavra que começava com B: "bege". *Boba e besta*, pensei. Não era uma palavra perdida, negligenciada ou esquecida: apenas supérflua. Papai devia ter contado para Ditte que eu havia roubado uma palavra. Coloquei a palavra dela no bolso.

Fiquei pensando naquela palavra a aula inteira. Passava os dedos nas bordas da ficha e imaginava que era uma palavra mais interessante. Cheguei a pensar em jogá-la fora, mas não consegui. "Supérflua", disse Ditte. Talvez eu pudesse adicionar essa regra à lista que Lizzie exigia que eu fizesse.

Quando cheguei a Sunnyside, à tarde, fui direto para o quarto de Lizzie. Ela não estava lá, mas não se importaria se eu ficasse ali esperando. Tirei o baú de baixo da cama e o abri.

Lizzie chegou bem na hora em que eu estava tirando a ficha do bolso.

– Foi Ditte que me deu – fui logo dizendo, para impedir que sua testa franzisse ainda mais. – Ela me mandou de presente de aniversário.

A testa de Lizzie começou a ficar menos enrugada, mas então ela percebeu algo. Sua expressão ficou petrificada. Acompanhei seu olhar e vi as letras toscas riscadas na parte de dentro da tampa do baú. Lembrei da minha raiva cega e egoísta. Quando olhei de novo para Lizzie, uma lágrima escorria pelo seu rosto.

Parecia que um balão de gás estava se expandindo em meu peito, esmagando todos os pedacinhos do meu corpo que eu precisava para respirar e falar. *Desculpe, desculpe, desculpe*, pensei. Mas não saiu nada. Lizzie foi até a mesinha de cabeceira e pegou o prendedor de chapéu.

– Por quê? – perguntou.

Ainda nem uma palavra. Nada que fizesse sentido.

– O que está escrito aí, afinal?

Sua voz alternava entre a raiva e a decepção. Fiquei torcendo pela raiva. Palavras duras contra o meu mau comportamento. A tempestade, depois a calmaria.

– "Dicionário das palavras perdidas" – murmurei, sem tirar os olhos de um nó na madeira do assoalho.

– Está mais para dicionário das palavras roubadas.

Levantei a cabeça de repente. Lizzie estava olhando para o prendedor como se fosse capaz de enxergar algo que não havia visto antes. Seu lábio inferior tremeu, como faria o de uma criança. Quando nossos olhares se cruzaram, sua expressão se fechou. Era a mesma cara que papai fizera no dia em que fui pega roubando, como se tivesse descoberto algo novo a meu respeito de que não havia gostado. Nada de raiva, então. Decepção.

— São só palavras, Esme.

Lizzie estendeu a mão para me levantar do chão. E me fez sentar na cama ao lado dela. Sentei, com o corpo rígido.

— Tudo o que me restava da minha mãe era aquela fotografia – disse Lizzie. — Ela não está sorrindo, e penso que a vida sempre foi pesada para minha mãe, mesmo antes de nós, todos os filhos, aparecermos. Mas aí você encontrou o prendedor de chapéu. – Lizzie ficou girando o objeto na mão, e as contas se tornaram um borrão colorido. — Não sei muita coisa sobre ela, claro, mas me ajuda a imaginá-la feliz saber que teve alguma coisa bonita nessa vida.

Pensei nas fotos de Amarílis que havia por toda a minha casa, nas roupas que ainda estavam penduradas no armário de papai, nos envelopes azuis. Pensei na história que Ditte sempre me contava no meu aniversário. Minha mãe era como uma palavra que tinha mil fichas. A mãe de Lizzie era como uma palavra que só tinha duas, mal dava para contar. E eu tinha tratado uma delas como se fosse supérflua.

O baú ainda estava aberto, e olhei para as palavras que eu tinha riscado na tampa. Depois olhei para o prendedor de chapéu, tão fino, em contraste com a mão áspera de Lizzie, mesmo que estivesse torto. Nós duas precisávamos ter provas de quem éramos.

— Vou consertar – falei. E estendi a mão, pensando que podia endireitar o objeto só com a força do pensamento. Lizzie deixou que eu o pegasse e ficou observando enquanto eu tentava desentortá-lo.

— Já está bom – ela disse quando eu finalmente desisti. — E a pedra de amolar pode dar um jeito na ponta.

O balão dentro de meu peito estourou, e uma inundação de emoções escapou dele. Lágrimas, fungadas e um pedido de desculpas entrecortado:

— Sinto muito, sinto muito mesmo.

— Sei que sente, meu repolhinho.

Lizzie me abraçou até eu parar de soluçar, fez cafuné e me embalou, como fazia quando eu era pequena, apesar de eu estar quase maior do que ela. Quando parei, colocou o prendedor de chapéu de volta no lugar, diante da foto da mãe. Ajoelhei no chão para fechar o baú. Passei os dedos nas letras, toscas e mal traçadas. Mas permanentes. *Dicionário das palavras perdidas.*

O Sr. Crane estava indo embora mais cedo. Quando me viu sentada debaixo do freixo, não me dirigiu a palavra nem um sorriso. Fiquei observando ele ir rápido até a bicicleta, virar a pasta para as costas e passar a perna por cima do assento. O Sr. Crane não percebeu que um montinho de fichas caiu no chão, atrás dele. Eu não chamei a sua atenção.

Eram dez fichas, presas com alfinete. Eu as coloquei entre as páginas do livro que estava lendo e voltei para debaixo do freixo.

Estava escrito "Desconfioso" na ficha de identificação, com a letra feia do Sr. Crane. Ele havia definido a palavra como "que tem ou é marcado por desconfiança, de si mesmo ou dos outros; desprovido de confiança. Desconfiado, duvidoso, suspeitoso, incrédulo". Eu não sabia o que "incrédulo" significava e fiquei procurando algo nas fichas que me desse uma noção. Meu incômodo crescia a cada citação. "Celerados desconfiosos resistem até o último suspiro", escrevera Shakespeare.

Mas eu havia resgatado aquelas fichas do vento da noite e do orvalho da manhã. Eu as havia resgatado da negligência do Sr. Crane. Ele é que não merecia confiança.

Separei uma ficha das demais. Uma citação sem autor, título de livro ou data. Seria descartada. Dobrei e coloquei dentro do sapato.

As outras fichas voltaram para dentro do meu livro, e quando os sinos de Oxford soaram às 17h, fui encontrar papai no Scriptorium.

Ele estava sozinho na mesa de triagem, com uma prova à sua frente, com fichas e livros espalhados por todos os lados. Estava grudado na página, não notou minha presença.

Folheei as páginas do livro que estava no meu bolso e tirei dele as fichas de "desconfioso". Quando cheguei à mesa, as coloquei em meio à bagunça do posto do Sr. Crane.

– O que ela está fazendo?

O Sr. Crane estava na porta do Scriptorium. Era difícil ver sua expressão contra a luz da tarde, mas o físico levemente alquebrado e a voz fina eram inconfundíveis.

Papai ergueu os olhos, surpreso, e então viu as fichas debaixo de minha mão.

O Sr. Crane se aproximou correndo e esticou a mão, como se fosse dar um tapa na minha, mas tive a impressão de que se encolheu ao ver minha deformidade.

— Isso realmente é impossível — falou, dirigindo-se a papai.

— Eu as encontrei — falei, para o Sr. Crane, mas ele não olhou para mim. — Eu as encontrei perto da cerca, onde o senhor deixa a sua bicicleta. Caíram de sua pasta. — Olhei para papai. — Eu estava devolvendo.

— Com todo o respeito, Harry, ela não deveria estar aqui.

— Eu estava devolvendo — repeti, mas parecia que ninguém podia me ouvir nem me ver: nenhum dos dois respondeu. Nenhum dos dois olhou para mim.

Papai respirou fundo e soltou o ar, sacudindo a cabeça tão de leve que mal deu para perceber.

— Deixe comigo — falou para o Sr. Crane.

— Claro — disse o Sr. Crane, que então pegou a pilha de fichas que havia caído de sua pasta.

Quando ele saiu, papai tirou os óculos e massageou a ponte do nariz.

— Papai?

Ele pôs os óculos de volta em seu devido lugar e olhou para mim. Então arrastou a cadeira para trás, afastando-se da mesa, e deu um tapinha no próprio joelho, fazendo sinal para eu sentar.

— Você quase não cabe mais no meu colo — comentou, tentando sorrir.

— Ele deixou cair mesmo, eu vi.

— Acredito em você, Essy.

— Então por que não disse nada?

Papai soltou um suspiro e respondeu:

— É complicado demais para explicar.

— Existe uma palavra para isso?

— Uma palavra?

— Que explique por que você não disse nada. Eu poderia procurar no Dicionário.

Então ele sorriu.

— "Diplomacia" me vem à mente. "Ceder", "molificar."

– Gostei de "molificar".
Juntos, procuramos nos escaninhos.

MOLIFICAR
"Para molificar, com essas indulgências, a raiva de seus mais furiosos perseguidores."
David Hume, *História da Grã-Bretanha*, 1754

Pensei a respeito.
– Você estava tentando deixá-lo menos bravo – falei.
– Sim.

SETEMBRO DE 1895

Achei que tivesse feito xixi na cama. Mas, quando puxei as cobertas, minha camisola e os lençóis estavam manchados de vermelho. Gritei. Minhas mãos estavam grudentas de sangue. A dor que eu sentia nas costas e na barriga, de repente, se tornou assustadora.

Papai entrou correndo no meu quarto e ficou olhando, em pânico. Depois se aproximou da cama com uma expressão completamente preocupada. Quando viu minha camisola ensanguentada, ficou aliviado. Em seguida, constrangido.

Sentou-se na beirada da cama, e o colchão afundou com seu peso. Ele me tapou com as cobertas e fez carinho em meu rosto. Foi nessa hora que entendi o que era. E, de repente, fiquei com vergonha. Puxei mais as cobertas e evitei olhar para ele.

– Desculpe – falei.

– Não seja boba.

Ficamos sentados por um minuto constrangedor, e tive certeza de que papai queria muito que Amarílis estivesse ali.

– Por acaso Lizzie...

Balancei a cabeça.

– Você tem tudo de que precisa?

Balancei a cabeça de novo.

– Posso...?

Sacudi a cabeça. Papai me deu um beijo no rosto e levantou.

– Hoje teremos rabanadas – falou, fechando a porta, como se eu fosse uma inválida ou um bebê adormecido. Mas eu tinha 13 anos.

Fiquei esperando ouvir seus passos na escada antes de soltar as cobertas e sentar na beira da cama. Senti mais sangue vazando de mim. Na gaveta da minha mesinha de cabeceira tinha uma caixa das regras que Lizzie fizera especialmente para mim, com as cintas e os paninhos higiênicos que costurou usando trapos. Levantei a camisola e a prendi entre as pernas.

Papai estava fazendo uma bagunça na cozinha, dando a entender que o caminho estava livre. Pus a caixa debaixo do braço e atravessei o corredor até o banheiro, segurando entre as pernas, com mais força, aquele tanto de pano que me impedia de pingar no chão.

– Nada de aula – declarou papai.

Eu podia passar o dia com Lizzie. Fiquei com os olhos cheios de lágrimas de tanto alívio.

Saímos de casa e começamos a trilhar a pé o tão conhecido caminho até Sunnyside. Como se nada estivesse diferente, papai me contou sobre uma palavra na qual estava trabalhando e me pediu para adivinhar o que significava. Eu mal conseguia pensar e, pela primeira vez na vida, não dava a mínima. As ruas pareciam mais compridas, e todos por quem passamos tinham cara de quem sabia. Caminhei como se nenhuma das peças de roupa que estava usando me servisse direito.

Senti a umidade entre as minhas coxas, depois o escorrer de uma única gota, como se fosse uma lágrima deslizando pelo meu rosto. Quando chegamos à Banbury Road, o sangue já se alastrava pela parte interna da perna. Senti o sangue ensopando minhas meias. Parei de andar, apertei bem as pernas, segurei o lugar onde estava sangrando.

– Papai? – choraminguei.

Ele estava alguns passos adiante. Virou-se e olhou para mim, foi baixando os olhos pelo meu corpo, depois olhou em volta, como se houvesse alguém mais preparado para ajudar. Segurou minha mão e andamos o mais rápido que pudemos até Sunnyside.

– Ah, docinho – disse a Sra. Ballard, já me puxando para dentro da cozinha.

Em seguida, balançou a cabeça para papai, liberando-o de toda a responsabilidade. Ele me deu um beijo na testa e atravessou o jardim correndo até o Scriptorium. Quando Lizzie entrou, lançou-me um olhar de pena e foi direto até o fogão, a fim de pôr água para ferver.

Subimos, Lizzie tirou minhas roupas e me deu um banho de esponja. A bacia de água quente foi ficando rosada, da cor da minha humilhação. Então ela me mostrou de novo como ajustar o cinto em volta da cintura e inserir os paninhos nele.

– Você não fez uma camada grossa que chega, nem apertou direito.

Lizzie vestiu uma de suas camisolas em mim e me fez deitar na cama.

– Precisa doer tanto? – perguntei.

– Acho que precisa – respondeu Lizzie. – Mas não sei o porquê.

Soltei um gemido e Lizzie olhou para mim com uma expressão compreensiva, mas impaciente.

– Dói menos com o tempo. A primeira vez costuma ser a pior.

– Mesmo?

– Algumas mulheres não têm essa sorte, mas existem chazinhos para melhorar a situação. Vou perguntar para a Sra. Ballard se ela tem aquileia.

– Quanto tempo isso vai durar?

Àquela altura, Lizzie estava colocando minhas roupas na bacia. Eu as imaginei todas manchadas de vermelho, e que, de agora em diante, esse seria o meu uniforme.

– Uma semana. Um pouco menos, um pouco mais.

– Uma semana? Então vou ter que ficar de cama por uma semana?

– Não, não. Só um dia. Sangra mais no primeiro dia, e deve ser por isso que dói tanto. Depois diminui e, uma hora, para. Mas você vai ter que usar os paninhos por mais ou menos uma semana.

Lizzie havia dito que eu iria sangrar todos os meses, e agora estava dizendo que eu sangraria durante uma semana todos os meses e que teria que ficar um dia de cama todos os meses.

– Nunca ouvi dizer que você passou o dia na cama, Lizzie.

Ela deu risada.

– Eu teria que estar morrendo mesmo para passar um dia de cama.

– Mas como é que você faz para o sangue não escorrer pelas suas pernas?

– Tem um jeito, Essymay. Só que não é coisa que se diga para uma menina.

– Mas eu quero saber – insisti.

Ela olhou para mim, com as mãos na tina de água: não sentia nojo de encostar a pele no meu sangue.

– Se você fizesse serviço, talvez precisasse saber, mas não faz. Você é uma jovem dama, e ninguém vai se importar se passar um dia na cama uma vez por mês.

Tendo dito isso, Lizzie pegou a bacia e desceu a escada.

Fechei os olhos e fiquei parada como uma tábua. O tempo se arrastava, mas uma hora eu devo ter dormido, porque sonhei.

Eu e papai chegávamos ao Scriptorium, e minhas meias estavam encharcadas de sangue. Todos os assistentes e lexicógrafos que eu já vira na vida estavam sentados em volta da mesa de triagem. Até o Sr. Mitchell: mal dava para ver suas meias, uma de cada cor, embaixo da cadeira. Ninguém tirou os olhos do trabalho. Eu me virei para papai, mas ele já havia se afastado. Quando olhei de novo para a mesa de triagem, papai estava em seu lugar de sempre. Com a cabeça baixa, olhando para as palavras, como todo mundo. Tentei me aproximar dele, mas não consegui. Tentei ir embora, mas não consegui. Gritei, e ninguém me ouviu.

– Está na hora de ir pra casa, Essymay. Você dormiu o dia inteiro. – Lizzie estava parada aos pés da cama, com minhas roupas penduradas no braço. – Estão bem quentinhas. Estavam penduradas na frente do forno. Levanta, vou te ajudar a se vestir.

Mais uma vez, Lizzie me ajudou a colocar a cinta e os paninhos. Tirou a camisola que eu estava vestindo e a substituiu por camadas de roupas quentes. Em seguida, ajoelhou no chão e calçou minhas meias, os sapatos e amarrou os cadarços.

<hr>

Ao longo da semana seguinte, sujei mais roupas do que nos três meses anteriores, e papai teve que pagar mais para a moça que vinha de vez em quando lavar tudo. Fui dispensada das aulas e quis ficar no quarto de Lizzie todos os dias. Não fiquei o tempo todo na cama, mas não tive coragem de me afastar muito da cozinha. O Scriptorium estava fora de questão. Ninguém me disse isso, mas eu temia que meu corpo me traísse de novo.

– Para que serve isso? – perguntei para Lizzie, no quinto dia. A Sra. Ballard havia me encarregado de ficar mexendo o molho marrom enquanto falava com a Sra. Murray sobre as refeições da próxima semana. Lizzie estava sentada à mesa da cozinha, consertando uma pilha de roupas da família Murray. O sangramento havia praticamente parado.

— Para que serve o quê?

— O sangramento. Por que isso acontece?

Ela olhou para mim, incerta.

— Tem a ver com bebês – respondeu.

— Como?

Ela encolheu os ombros sem olhar para mim.

— Não sei direito, Essymay. É assim e pronto.

Como Lizzie podia não saber? Como algo tão horrível podia acontecer com alguém todos os meses, e essa pessoa não saber o porquê?

— A Sra. Ballard também tem sangramento?

— Não mais.

— E quando para?

— Quando você fica velha demais para ter bebês.

— E a Sra. Ballard teve bebês?

Eu nunca a ouvira falar de filhos, mas talvez estivessem todos crescidos.

— A Sra. Ballard não é casada, Essymay. Não teve nenhum bebê.

— É claro que ela é casada – retruquei.

Lizzie espiou pela janela da cozinha para ter certeza de que a Sra. Ballard não estava voltando, então se aproximou de mim.

— Ela se chama de senhora porque é mais respeitável. Muita solteirona faz isso, especialmente em um trabalho em que precisa dar ordens para os outros.

Fiquei confusa demais para fazer mais perguntas.

❧

— Isso veio antes do que eu esperava – disse papai, com uma cara constrangida. Isso era o chamado "mênstruo", e o processo do sangramento, "catamênio". Ele pegou o açucareiro e derramou uma bela quantidade de açúcar com todo o cuidado no mingau, apesar de já ter adoçado.

Palavras novas, mas palavras que deixavam papai constrangido. Pela primeira vez na vida, fiquei insegura em relação às minhas perguntas.

Ficamos em um raro silêncio, e "mênstruo" e "catamênio" pairaram, sem sentido, no ar.

Fiquei longe do Scriptorium por duas semanas. Quando voltei, escolhi o horário mais tranquilo: o fim da tarde, quando o Dr. Murray visitava o Sr. Hart na Gráfica e quase todos os assistentes já haviam voltado para casa.

Só papai e o Sr. Sweatman ainda estavam sentados à mesa comprida. Editavam verbetes para a letra F, o que significava que precisavam checar o trabalho de todos os demais assistentes para se certificar de que condiziam com o estilo muito característico do Dr. Murray. Papai e o Sr. Sweatman conheciam as abreviações do Dicionário melhor do que ninguém.

– Entre, Esme – disse o Sr. Sweatman quando viu que eu estava parada na porta do Scriptorium, olhando. – O lobo mau já foi para casa.

As palavras com M moravam em estantes que não dava para ver da mesa de triagem, e as palavras que eu queria estavam espremidas em um único escaninho. Já haviam sido organizadas, com definições provisórias. Era isso que Ditte passava tanto tempo fazendo, e fiquei imaginando se reconheceria a letra dela em algumas das fichas de identificação.

Havia tantas palavras para descrever o sangramento. "Menstruação" era a mesma coisa que "catamênio". Vinha de "sangue sujo". Mas por acaso existia sangue limpo? Sempre sujava e deixava uma mancha.

Quatro fichas com diversas citações estavam presas com alfinete à palavra "menstruar". A ficha de identificação tinha duas definições: "fluxo do mênstruo" e "poluir com sangue menstrual". Papai havia mencionado a primeira, mas não a segunda. "Menstruada" era "adjetivo que designa mulher durante o período da menstruação." E a mulher menstruada já foi considerada doente ou enfeitiçada.

"Mênstruo." Parecido com "monstro". Que estava mais próximo de explicar como eu me sentia.

Lizzie chamava o sangramento de "a calamidade". Nunca tinha ouvido a palavra "menstruação" e deu risada quando eu lhe contei.

– Deve ser uma palavra que os doutores usam – falou. – Eles têm a própria língua, e quase nunca faz sentido.

Peguei o volume com todas as palavras com a letra C na prateleira e procurei "calamidade".

"Grande infelicidade ou desgraça. Maldição, destino cruel."

Não mencionava "sangramento", mas entendi. Deixei as páginas passarem pelo meu dedão. Eram trezentas só naquele volume, quase a mesma quantidade de A e B, e me lembrei de papai falando que as palavras com C jamais chegariam ao fim. Olhei em volta e tentei adivinhar quantas palavras estavam guardadas nos escaninhos do Scriptorium, nos livros e na cabeça do Dr. Murray e de seus assistentes. Nenhuma delas era capaz de explicar completamente o que havia acontecido comigo. Nem uma sequer.

— Ela deveria estar aqui?

A voz do Sr. Crane atravessou meus pensamentos.

Fui logo fechando o volume e virei para trás. Olhei para papai, que estava olhando para o Sr. Crane.

— Pensei que você já tivesse encerrado o expediente — falou papai, com um tom de simpatia forçado.

— Aqui definitivamente não é lugar de criança.

Eu não era mais criança: todo mundo havia me dito isso.

— Ela não atrapalha — interveio o Sr. Sweatman.

— Ela está bulindo nos materiais.

Senti meu coração acelerar e não consegui me segurar.

— O Dr. Murray disse que eu poderia consultar os volumes do Dicionário sempre que quisesse, senão meus esforços seriam baldados.

Eu me arrependi imediatamente de ter dito isso porque papai me lançou um olhar de reprovação. Mas o Sr. Crane não respondeu nem olhou para mim.

— Você, por acaso, vai se juntar a nós, Crane? — perguntou o Sr. Sweatman. — Se estivermos em três, podemos terminar antes do jantar.

— Só vim pegar meu casaco — respondeu ele.

Em seguida, despediu-se dos dois balançando a cabeça e saiu do Scriptorium.

Coloquei o grande volume das palavras com C em sua devida prateleira e falei a papai que esperaria na cozinha.

— Você pode ficar — disse ele.

Mas eu não tinha mais tanta certeza. Ao longo dos meses seguintes, passei mais tempo na cozinha do que no Scriptorium.

Papai leu a carta de Ditte e não comentou nada comigo. Quando terminou de ler, dobrou-a e guardou no envelope. E colocou no bolso da calça em vez de deixá-la na mesa lateral, onde outras cartas enviadas por Ditte às vezes ficavam por dias.

— Ela virá nos visitar logo? – perguntei.

— Não falou nada – respondeu ele, pegando o jornal.

— Ela comentou alguma coisa sobre mim?

Papai soltou o jornal para conseguir me enxergar.

— Perguntou se você estava gostando da escola.

Encolhi os ombros.

— É chato. Mas tenho permissão para ajudar os alunos mais novos quando termino minhas tarefas. Disso eu gosto.

Papai respirou fundo, e achei que ia me dizer alguma coisa. Não disse nada. Só olhou para mim por mais alguns instantes e aí disse que estava na hora de ir dormir.

Passados alguns dias, depois que papai me deu um beijo de boa--noite e voltou lá para baixo para trabalhar nas provas do Dicionário, fui pé ante pé até seu quarto. Entrei no guarda-roupa e peguei a mais surrada das duas caixas. Tirei a carta de Ditte de dentro dela.

15 de novembro de 1896
Querido Harry,

Que confusão de sentimentos sua última carta me trouxe. Fico tentando escrever uma resposta que Amarílis aprovaria (cheguei à conclusão de que é isso que você deseja mais do que tudo, por isso vou tentar não lhe decepcionar, nem a você nem a ela ou a Esme. Tentar, veja bem. Não prometo nada).

O Sr. Crane continua acusando nossa Esme de roubo. É uma palavra pesada, Harry. Evoca uma imagem de Esme bis-bilhotando com um saco pendurado nas costas, enchendo-o de candelabros e bules. Contudo, pelo que posso perceber, os bolsos dela continham apenas fichas negligenciadas por outras pessoas.

Em relação à sua maneira de criá-la ser pouco convencional, bem, acredito que seja, mas ao contrário do Sr. Crane, que disse isso em tom de reprimenda, eu digo como um elogio. O convencional nunca fez bem a nenhuma mulher. Então, pare de se recriminar, Harry.

Agora, passemos à questão da educação de Esme. É claro que ela deve continuar estudando, mas aonde irá quando crescer e não puder mais frequentar a São Barnabé? Tenho perguntado por aí a respeito de uma velha amiga, Fiona McKinnon, que é diretora de um internato relativamente modesto (e, com isso, quero dizer "acessível") na Escócia, perto do vilarejo de Melrose. Faz anos que não falo com Fiona, mas ela era uma aluna formidável, e ouso dizer que moldou a Escola Cauldshiels para Moças de acordo com suas próprias necessidades precoces. Como sua irmã mora a pouco mais de 80 quilômetros de distância, parece-me uma excelente alternativa às escolas do sul da Inglaterra, que são muito mais caras.

Provavelmente, Esme não comemorará essa decisão a curto prazo. Mas, aos 14 anos, já tem idade suficiente para viver uma aventura.

Por fim, apesar de não querer incentivar seu comportamento rebelde, estou incluindo uma palavra da qual acho que Esme vai gostar. "Literatamente" foi empregada em um romance de Elizabeth Griffiths. Apesar de não ter encontrado outros exemplos de uso, é, na minha opinião, uma extensão elegante de "literato". O Dr. Murray concordou que eu escrevesse um verbete para o Dicionário, mas depois me disseram que é improvável que ele seja incluído. Ao que parece, nossa dama autora não se provou uma "literata" – uma palavra abominável cunhada por Samuel Taylor Coleridge para se referir a "dama literária". O termo também tem um único exemplo de uso, mas sua inclusão no Dicionário está garantida. Posso parecer azeda, mas não consigo ver essa palavra caindo no gosto do povo. O número de damas literárias do mundo é certamente grande para garantir seu merecido lugar entre os literati, como é comum falar.

Diversas voluntárias (todas mulheres, até onde sei) enviaram a mesma citação para "literatamente". Ao todo, são seis. E, como nenhuma delas serve para o Dicionário, não vejo motivo para Esme não poder ficar com uma das fichas. Aguardo ansiosamente notícias de como vocês dois empregarão essa palavra encantadora – juntos, talvez, possamos mantê-la viva.
Da sua,
Edith

Foi nossa última assembleia escolar antes do Natal, e eu não voltaria para terminar o ano letivo. Como a Sra. Todd, diretora da Escola para Meninas de São Barnabé, queria se despedir de mim, fiquei sentada em uma cadeira diante de todo o auditório, olhando para as meninas ali reunidas. Eram filhas de Jericho. Filhas da Gráfica e da fábrica de papel Wolvercote. Seus irmãos frequentavam a Escola para Meninos de São Barnabé, cresceriam e iriam trabalhar na fábrica de papel ou na Gráfica. Metade das meninas da minha turma começaria a encadernar livros dentro de um ano. Sempre me senti um peixe fora d'água.

Fizeram os comunicados de sempre. Fiquei sentada, rígida, olhando para minhas mãos e torcendo para que o tempo passasse mais rápido. Mal ouvi o que a Sra. Todd disse. Mas, quando as meninas começaram a bater palmas, ergui os olhos. Eu receberia o prêmio de História e o prêmio de Língua Inglesa. A Sra. Todd fez sinal com a cabeça para eu me aproximar e, enquanto eu andava em sua direção, contou para toda a escola que eu iria embora e frequentaria a Escola Cauldshiels para Moças.

– Lá na Escócia – disse ela, virando-se para mim.

As meninas bateram palmas de novo, só que desta vez com menos entusiasmo. *Nem conseguem se imaginar indo embora daqui*, pensei. Como se eu conseguisse. Mas aí Ditte disse que ir embora seria uma preparação.

– Para o quê? – perguntei.

– Para fazer tudo o que você sonhar – respondeu ela.

A semana depois do Natal foi chuvosa e lúgubre.

– É um bom treino para as fronteiras escocesas – disse a Sra. Ballard certo dia, e eu caí no choro. Ela parou de sovar uma massa e se aproximou de mim: eu estava sentada à mesa da cozinha, descascando ervilhas. – Ah, docinho – falou, segurando meu rosto com as duas mãos, sujando-o de farinha. Quando parei de fungar, ela colocou uma tigela diante de mim e mediu as quantidades de manteiga, farinha, açúcar e uvas-passas. Tirou o vidro de canela da prateleira mais alta da despensa e colocou ao meu lado: – Só uma pitadinha, lembra?

A Sra. Ballard costumava dizer que os bolinhos de passas não ligavam se suas mãos estavam quentes ou frias, se eram hábeis ou desajeitadas. Contava com eles para me distrair sempre que eu não podia acompanhar Lizzie ou estava chateada. Acabaram se tornando minha especialidade. A Sra. Ballard voltou a sovar, e comecei a esfarelar a manteiga e a esfregá-la na farinha. Como sempre, tinha a sensação de estar usando luvas na mão direita. Tinha de ficar olhando para meus dedos estranhos enquanto trabalhava, para realmente sentir as migalhas começando a se formar.

A Sra. Ballard tagarelava sem parar.

– A Escócia é linda. – Havia estado lá quando jovem. Fora fazer trilhas com uma amiga. Não consegui imaginá-la jovem, nem conseguia imaginá-la em qualquer outro lugar que não fosse a cozinha de Sunnyside. – E não é para sempre – disse ela.

Todos que estavam no Scriptorium naquele dia saíram para se despedir de mim. Ficamos parados no jardim, de manhã bem cedo, tremendo: papai, a Sra. Ballard, o Dr. Murray e alguns dos assistentes. Mas não o Sr. Crane. Elsie e Rosfrith, as filhas mais novas do casal Murray, estavam lá, cada uma de um lado da mãe. Cada uma das meninas segurava a mão de um dos dois mais novos, e ficaram olhando para os próprios sapatos.

Lizzie ficou parada na porta da cozinha, por mais que papai a tivesse chamado. Ela nunca gostou de ficar na presença dos homens do Dicionário.

– Não tenho assunto com eles – confessou quando debochei dela por causa disso.

Ficamos ali apenas o suficiente para dar tempo de o Dr. Murray dizer alguma coisa a respeito de quanto eu aprenderia e dos benefícios para a saúde de caminhar nos montes ao redor do lago Cauldshiels. Ele me deu um caderno e um conjunto de lápis pretos para desenho e falou que aguardaria ansioso para receber cartas com minhas impressões do campo nos arredores da nova escola. Eu os guardei na pasta nova que papai havia me dado naquela manhã.

A Sra. Ballard me entregou uma caixa cheia de biscoitos recém-saídos do forno.

– Para comer na viagem – falou. E me deu um abraço tão apertado que pensei que iria parar de respirar.

Ninguém disse nada por um bom tempo. Tenho certeza de que a maioria dos assistentes estava se perguntando para que tudo aquilo. Dava para vê-los mudando de um pé para o outro, tentando se aquecer. Queriam voltar para suas palavras, para o calor relativo do Scriptorium. Em parte, eu queria voltar com eles. Mas, por outro lado, queria que a aventura tivesse início.

Olhei para Lizzie. Mesmo a distância, dava para ver seus olhos inchados e seu nariz vermelho. Ela tentou sorrir, mas fingir foi demais, e teve que virar o rosto. Seus ombros tremiam.

"Isso será uma preparação", dissera Ditte. Algo que poderia me transformar em erudita.

– E, quando você terminar o curso em Cauldshiels – completou papai –, poderá cursar a Somerville. Fica a mesma distância de casa do que qualquer uma das faculdades para moças. E a Gráfica é logo ali, do outro lado da rua.

Papai me cutucou de leve. Eu devia agradecer ao Dr. Murray, falar "obrigada" pelo caderno e pelos lápis, mas só tinha atenção para o calor dos biscoitos que saía da caixa e penetrava em minhas mãos. Pensei na viagem. Levaria todo o dia e metade da noite. Os biscoitos teriam perdido seu calor quando eu chegasse.

PARTE II

1897-1901

DESCONFIOSAMENTE – *KAISER*

AGOSTO DE 1897

O jardim de Sunnyside parecia menor do que era havia dois trimestres. As árvores estavam com a copa cheia, e o céu parecia um caminho azul entre a casa e as cercas-vivas. Dava para ouvir o barulho das carroças e o trote dos cavalos que arrastavam os bondes pela Banbury Road.

Fiquei debaixo do freixo por um bom tempo. Voltara para casa havia semanas, mas só então entendi de verdade o que estava perdendo. Oxford me acalentou como um cobertor, e comecei a respirar sem dificuldade pela primeira vez em meses.

Desde o primeiro minuto que voltei de Cauldshiels, tudo o que eu mais queria era estar dentro do Scriptorium. Mas, toda vez que ia em sua direção, sentia uma onda se erguer no meu estômago. Aquele não era o meu lugar. Eu era um incômodo. Era por isso que tinham me mandado para tão longe, por mais que Ditte tentasse falar de aventura e oportunidades. Então fingi para papai que eu era crescida demais para me interessar pelo Scriptorium. Na verdade, eu mal conseguia resistir.

Agora, faltando uma semana para eu ser obrigada a voltar para Cauldshiels, o Scriptorium estava vazio. O Sr. Crane se fora havia muito tempo – dispensado, erros demais. Papai mal conseguiu me olhar nos olhos quando me contou. Ele e o Dr. Murray estavam na Gráfica, com o Sr. Hart, e os demais assistentes passavam a hora do almoço às margens do rio. Fiquei imaginando se o Scriptorium poderia estar trancado. Nunca havia acontecido, mas as coisas podem mudar. Tudo em Cauldshiels era trancado. Para impedir que entrássemos. Para impedir que saíssemos. Dei um passo, depois mais um. Quando tentei abrir a porta, ela se abriu, com seu costumeiro ranger de dobradiças.

Fiquei parada na porta e olhei lá para dentro. A mesa de triagem estava uma bagunça, cheia de livros, fichas e provas. Vi o casaco de papai pendurado na cadeira, e o capelo do Dr. Murray na estante, atrás de sua mesa. Os escaninhos pareciam cheios, mas eu sabia que sempre era possível arranjar espaço para novas citações. O Scriptorium estava igualzinho ao que sempre fora, mas meu estômago não queria se acalmar. Eu me senti mudada. Não entrei.

Quando me virei para ir embora, notei uma pilha de cartas ainda fechadas logo passando a porta. Com a letra de Ditte. Um envelope maior, daqueles que ela usava para a correspondência referente ao Dicionário. Peguei sem pensar duas vezes e fui embora.

Na cozinha, havia maçãs cozinhando no fogão, mas nem sinal da Sra. Ballard. Segurei o envelope de Ditte acima do vapor das maçãs até o selo ceder. Então subi as escadas que levavam ao quarto de Lizzie, de dois em dois degraus.

O envelope continha quatro páginas de provas das palavras que iam de "hipérbole" a "hipersensível". Ditte prendera, com alfinete, citações extras nas margens de cada uma das páginas. "O professor escocês, rubro e ruivo, vituperava hipérboles" estava presa à primeira, e fiquei me perguntando se o Dr. Murray permitiria que a frase fosse incluída. Comecei a ler as anotações que ela havia feito na prova, tentando entender como poderiam melhorar o verbete. E aí lágrimas começaram a correr pelo meu rosto. Queria tanto ver Ditte, precisava vê-la, conversar com ela. Ditte havia dito que iria me visitar na Páscoa, me levaria para sair e comemorar meu aniversário de 15 anos. Mas nunca deu as caras. Ditte é quem convencera papai a me mandar para Cauldshiels. Ditte que me fez querer ter vontade de ir.

Sequei as lágrimas.

Lizzie entrou no quarto, e levei um susto. Olhou para as páginas de Ditte, espalhadas no chão, e perguntou:

— Esme, o que você está fazendo?

— Nada.

— Ah, Essymay, posso até não saber ler, mas sei muito bem onde esses papéis deveriam estar, e não é aqui neste quarto.

Não respondi, e ela sentou no chão, de frente para mim. Estava mais cheinha e não parecia à vontade.

— Essas páginas são diferentes das palavras que você costuma trazer — falou, pegando uma das páginas.

— São provas — expliquei. — É assim que as palavras vão ficar quando estiverem no Dicionário.

— Então você entrou lá, no Scrippy?

Encolhi os ombros e comecei a recolher as páginas de Ditte.

— Não consegui. Só dei uma olhada lá dentro.

— Você não pode mais pegar palavras do Scrippy, Essymay. Você sabe disso.

Fixei o olhar na letra tão conhecida de Ditte, na ficha alfinetada à última página das provas.

— Não quero voltar para a escola, Lizzie.

— Você tem sorte de ter oportunidade de estudar.

— Se você tivesse frequentado a escola, saberia o quanto pode ser cruel.

— Acho que deve ser, sim, para uma criança que teve a liberdade que você teve, Essymay — disse Lizzie, tentando me consolar. — Mas aqui não tem ninguém que possa ser sua professora, e você é inteligente demais para parar de estudar. Não vai ser por muito tempo e, depois disso, você pode escolher o que quer fazer, qualquer coisa. Pode ser professora ou escrever sobre História, como a Srta. Thompson. Ou trabalhar no Dicionário, como Hilda Murray. Sabia que ela começou a trabalhar no Scrippy?

Eu não sabia. Desde que fora para Cauldshiels, sentia-me cada vez mais afastada daquelas coisas que um dia foram meu sonho. Quando Lizzie tentou me olhar nos olhos, virei o rosto. Ela pegou a caixa de costura debaixo da cama e foi até a porta.

— Você deveria almoçar — falou. — E deveria pôr esses papéis de volta lá no Scrippy.

Então saiu e fechou a porta delicadamente.

Soltei a anotação de Ditte da prova. Era uma sugestão de verbete: "hiperbolismo", tendência a abusar das hipérboles, a exagerar. A palavra tinha uma única citação para corroborá-la. Falei em voz alta e gostei. Inclinei o tronco para ver embaixo da cama e fiquei aliviada ao sentir a alça de couro e o peso do baú quando o puxei em minha direção.

Lizzie devia ter mantido o baú em segredo durante todo o tempo que estive fora. Fiquei imaginando o que poderia ter acontecido com ela se alguém o descobrisse.

Esse pensamento me fez parar o que estava fazendo, me fez pensar em alfinetar "hiperbolismo" na prova de novo. Mas roubar essa palavra me dava uma sensação de acerto de contas. Abri o baú e senti o cheiro das palavras. Coloquei "hiperbolismo" bem em cima e fechei a tampa.

Naquele momento, a raiva que eu sentia de Ditte diminuiu, bem pouquinho, e uma ideia me ocorreu. Eu iria escrever para ela.

Coloquei as provas de volta no envelope e o lacrei de novo. Ao sair de Sunnyside para ir para casa, joguei o envelope na caixa de correio que ficava perto do portão.

❦

28 de agosto de 1897
Minha querida Esme,

Como sempre, foi uma alegria encontrar sua letra tão conhecida ao verificar a correspondência de ontem. Havia mais uma ou duas cartas do Scriptorium além da sua: uma do Dr. Murray e outra do Sr. Sweatman. A letra I está causando um certo problema – todos aqueles prefixos, será que não têm fim?! Ainda bem que pude deixar o trabalho de lado e ler a respeito do seu verão e da sua volta a Oxford.

Mas você não me contou quase nada a não ser que o calor estava abafado. Seis meses na Escócia e já parece que você se aclimatou ao frio gelado e úmido e àquele espaço aberto sem limites. Fiquei me perguntando se você sentiu falta das "montanhas íngremes que se erguem em direção ao céu revolto" e das "profundezas insondáveis do lago".

Você se lembra de ter escrito isso nas primeiras semanas que passou em Cauldshiels? Eu li e me lembrei do amor que seu pai tem por aquele lugar. "A solidão agreste me restaura", disse ele. Não posso dizer que compartilho de sua visão. Montanhas e lagos não estão no meu sangue como estão no de vocês.

Mas seria possível que eu tenha entendido mal as suas descrições da paisagem; que a sua bela linguagem tenha escamoteado seus pensamentos? Pois fiquei um tanto surpresa com o seu pedido.

Até onde sei, você está se saindo muito bem em Cauldshiels. Perto das melhores da turma em diversas matérias, "sempre questionadora", de acordo com a Srta. McKinnon. "Esse é um atributo fundamental de eruditos e profissionais liberais", meu pai sempre dizia.

Suas cartas, sem exceção, descrevem uma educação ideal para uma jovem do século XX. Céus, século XX! Acho que esta é a primeira vez que escrevo isso. Será o seu século, Esme, e será diferente do meu. Você precisará saber mais.

Fico lisonjeada por você achar que eu poderia ser sua tutora em tudo o que você precisa aprender: tão lisonjeada, na verdade, e tão convencida da ideia de ter você morando conosco, que conversei sobre isso com Beth por horas e horas. Eu e ela poderíamos cumprir adequadamente a tarefa de lhe ensinar História, Literatura e Política. Poderíamos melhorar um pouco o que você já sabe de francês e alemão, mas as Ciências Naturais e a Matemática estão além do nosso limite. E ainda resta a questão do tempo que isso exigiria. Nós simplesmente não temos esse tempo.

Você fez questão de me lembrar que eu sempre prometi ficar do seu lado. Mas, quando se trata da sua educação, acho que eu deixaria a desejar. Ao declinar do seu pedido, espero estar ficando do lado de uma Esme mais madura. Espero que, um dia, você concorde comigo.

Escrevi para a Sra. Ballard e pedi a ela que fizesse uma fornada de biscoitos de gengibre com nozes para você. Acho que cairão bem ao longo da sua longa jornada de volta para a escola e devem lhe alimentar bem durante a primeira semana do próximo trimestre.

Por favor, escreva-me assim que você tiver se acomodado. O relato dos seus dias é sempre uma leitura prazerosa.

Com amor, como sempre,
Ditte

Sentei na beirada da cama e olhei para meu baú da escola. Até aquele momento, eu tinha certeza de que ele iria comigo para a casa de Ditte e Beth, em Bath. Reli a carta de Ditte. "Com amor, como sempre." Amassei a carta, atirei no chão e a pisoteei.

Eu e papai jantamos em silêncio. Acho que Ditte nem se deu ao trabalho de conversar sobre isso com ele.

– Temos que acordar cedo amanhã, Essy – disse papai, levando os pratos até a cozinha.

Eu falei "boa-noite" e subi a escada. O quarto de papai estava quase totalmente às escuras. Mas, quando abri as cortinas, a última luz daquele longo dia entrou. Fui até o guarda-roupa.

– Abre-te, Sésamo – sussurrei, desejando voltar no tempo.

Afastei os vestidos de Amarílis e tirei a caixa polida do armário. A caixa tinha cheiro de cera de abelha, aplicada recentemente. Abri e fiquei dedilhando as cartas com minha mão estranha, como se aquelas cartas fossem cordas de uma harpa. Queria que Amarílis falasse. Que me fornecesse as palavras capazes de convencer papai a ficar comigo. Mas ela permaneceu em silêncio.

Parei de dedilhar. Os envelopes mais para o fim estavam desafinados, não eram azuis nem brancos, mas daquele papel marrom barato da Cauldshiels. Peguei o último e fui até a janela ler o que eu havia escrito.

Eu me recordava de cada palavra. Como poderia não lembrar? Havia escrito aquelas palavras repetidas e repetidas vezes. Não eram as palavras que eu escolhi. Essas, haviam sido riscadas. "Seu pai só vai se preocupar", disse a Srta. McKinnon. E então ditou algo mais apropriado. "De novo", disse ela, rasgando as novas páginas. "Mais capricho, ou ele vai achar que você não está melhorando, não está se esforçando." "É um grupo de meninas supimpa... uma excursão maravilhosa... talvez eu seja professora... consegui tirar 10 na prova de História." Minhas notas eram a única verdade. "De novo", disse a Srta. McKinnon. "Olhe esta postura! As outras moças já foram dormir." Fiquei naquela sala gelada até o relógio bater meia-noite. "A senhorita foi muito mimada, Srta. Nicoll. Seu pai sabe muito bem disso, assim como todo mundo. Reclamar de pequenos incômodos só prova que é verdade." E então ela pôs as últimas três tentativas sobre a mesa e me pediu para escolher a que tivesse a melhor caligrafia. Não a última. Essa estava quase ilegível. Meus dedos estranhos continuavam dobrados, como se ainda segurassem a caneta. A dor de movimentá-los era insuportável. "Aquela, Srta. McKinnon." "Sim, querida, também acho. Agora já para a cama."

E ali estavam elas. Guardadas como um tesouro, como as cartas de Amarílis. Palavras falsas dando um falso alívio a um homem obrigado a ser tanto mãe quanto pai. Talvez eu fosse *mesmo* um fardo.

Havia uma carta para cada semana que eu passara longe dali. Tirei todas da caixa e tirei as folhas dos envelopes. Não havia nada verdadeiramente meu em nenhuma delas. Como papai pôde acreditar naquilo? Quando guardei os envelopes de volta na caixa, estavam vazios de palavras – mas jamais estiveram tão repletos de significado.

❧

Dormi mal. O ressentimento e a confusão em relação a Ditte e Cauldshiels – e até em relação a papai – ganharam força na escuridão. Uma hora, desisti de tentar silenciá-los.

Papai estava roncando, um ronco previsível, que sempre me trouxe conforto quando eu acordava no meio da noite. E me confortou agora: significava que ele não iria acordar.

Saí da cama e me vesti, peguei uma vela e fósforos na mesinha de cabeceira e pus no bolso. E então deixei o quarto de fininho, desci as escadas e saí de casa no meio da noite.

O céu estava limpo, e a lua, quase cheia. A escuridão da noite apenas brincava com os contornos das coisas. Quando cheguei a Sunnyside, a casa dos Murray estava às escuras, silenciosa, e pensei ter ouvido a respiração coletiva do sono da família.

Abri o portão. A casa se erguia em direção ao céu, como se tivesse acordado de repente, mas nenhuma luz brilhou nas janelas. Passei pela abertura, espremida, e deixei o portão entreaberto. Depois fui me movimentando pelas sombras, sob a escuridão das árvores, até ficar frente a frente com o Scriptorium.

Na luz do luar, parecia um galpão de jardim como outro qualquer, e fiquei irritada por ter pensado que era mais do que isso. À medida que me aproximava, podia ver sua fragilidade: as calhas manchadas de ferrugem, a pintura descascada na esquadria das janelas – um pedaço de papelão impedia o ar de entrar no ponto em que o telhado estava podre.

A porta se abriu como sempre se abria, e fiquei parada na porta, esperando meus olhos se acostumarem com a penumbra. O luar que atravessava as janelas imundas projetava sombras compridas pelo recinto. Senti o cheiro das palavras antes de vê-las, e as lembranças foram se empilhando: eu costumava achar que aquele lugar era o interior de uma lâmpada mágica.

Tirei a carta de Ditte do bolso. Como ainda estava amassada, encontrei um lugarzinho na mesa de triagem e a alisei o melhor que pude. Acendi a vela e senti aquela leve emoção que acompanha um ato de rebeldia. As correntes de ar competiam para ver qual soprava mais a chama, mas nenhuma delas teve força para apagar a vela. Abri espaço na mesa e pinguei um pouco de cera para segurar a vela. E me certifiquei de que ficou bem presa.

A palavra que eu queria já fora publicada, mas eu sabia onde encontrar as fichas. Passei o dedo em uma fileira de escaninhos até encontrar "A a anta". Minhas palavras de aniversário. "Se o Dicionário fosse uma pessoa, 'A a anta' seria seus primeiros passos desajeitados", papai havia me dito, certa vez.

Tirei uma pilha pequena de fichas do escaninho e a soltei da ficha de identificação.

"Abandonado."

O primeiro exemplo tinha mais de seiscentos anos, e as palavras que o compunham eram malformadas e difíceis. À medida que fui lendo as fichas, as citações foram ficando mais simples. Eu estava quase no fim da pilha quando encontrei uma de que gostei. A citação não era muito mais velha do que eu e fora escrita por uma tal de Srta. Braddon.

"Eu me vi abandonada, apartada de todos, sozinha no mundo."

Grudei a ficha na carta de Ditte e li de novo. "Apartada de todos."

"Apartado" ficava em outro escaninho e possuía algumas pilhas de fichas amarradas, uma em cima da outra. Peguei a primeira pilha e desamarrei o barbante. As fichas estavam separadas de acordo com cada acepção, e cada uma tinha uma ficha de identificação com a definição. Eu sabia que, se tirasse *A e B* da estante, encontraria as definições das fichas de identificação transcritas em colunas, com as citações logo abaixo.

Papai é quem havia escrito a definição que escolhi. Li sua letra espremida: "que foi separado dos demais, isolado, só".

Fiquei imaginando, por alguns instantes, se ele tinha conversado com Amarílis a respeito de todas as maneiras que existem de se sentir apartado e só. Amarílis jamais teria me mandado para o internato.

Separei as fichas com definições – afinal de contas, já haviam cumprido seu papel – e guardei as citações no escaninho. Em seguida, voltei para a mesa de triagem e prendi, com alfinete, a definição de papai na carta de Ditte.

E então ouvi um barulho. Uma nota longa, em meio ao silêncio. Era o portão: suas dobradiças mal-azeitadas.

Olhei em volta do Scriptorium, procurando um lugar para me esconder. Senti a pulsação galopante do pânico. Não poderia ter aquelas palavras roubadas de mim. Elas me explicavam. Pus a mão debaixo da saia e enfiei a carta com todas as suas fichas anexadas na cintura da minha calcinha. E então peguei a vela de cima da mesa.

A porta se abriu, deixando entrar o luar.

– Esme? – Era papai. O alívio e a raiva tomaram conta de mim. – Esme, solte a vela.

A vela se inclinou. Pingou cera nas provas espalhadas pela mesa, grudando-as umas nas outras. Vi o que papai viu. Imaginei o que papai imaginou. Eu me perguntei se seria mesmo capaz de fazer isso.

– Eu jamais...

– Dê cá essa vela, Esme.

– Mas você não entende, eu só estava...

Papai soprou a vela e se jogou em uma cadeira. Fiquei olhando o fio de fumaça subir, tremelicando.

Virei meus bolsos e não havia nada neles, nem uma palavra sequer. Pensei que papai poderia querer verificar minhas meias, minhas mangas, e olhei para ele como se não tivesse nada a esconder. Papai apenas suspirou, deu as costas e saiu do Scriptorium. Fiz a mesma coisa. Papai pediu, sussurrando, que eu fechasse a porta sem fazer barulho, e obedeci.

A manhã recém começava a colorir o jardim. A casa ainda estava às escuras, com exceção de uma única luzinha tremeluzente na janela mais alta, acima da cozinha. Se Lizzie olhasse para fora, conseguiria me ver. Eu quase pude sentir o peso do baú, de quando o tirava debaixo da cama dela.

Só que Lizzie e o baú estavam tão longe quanto a Escócia. Não poder vê-los antes de ir embora seria o meu castigo.

ABRIL DE 1898

Papai foi me visitar na Cauldshiels durante o feriado de Páscoa. Trouxe uma carta escrita pela irmã, minha tia de verdade. Ela estava preocupada comigo. Será que sempre fui tão reservada? Ela se lembrava de mim de outro modo, cheia de perguntas. Pedia desculpas por não ter ido me visitar antes – era difícil –, mas notara machucados nas costas de minhas mãos, das duas. "Hóquei", falei. "Mentira", ela escrevera para papai.

Ele me contou tudo isso no trem, voltando para Oxford. Comemos chocolate e contei para ele que nunca havia jogado hóquei. Olhei por cima de seu ombro, para meu reflexo na janela escurecida do vagão. *Pareço mais velha*, pensei.

Papai estava segurando minhas duas mãos, passando os dedões nos nós de meus dedos. Os machucados em minha mão boa haviam sarado, estavam com uma cor amarelada, mal eram visíveis. Mas um vergão vermelho atravessava as costas da minha mão direita. A pele queimada demorava mais para cicatrizar. Papai beijou as duas e segurou-as contra seu rosto molhado. Será que ele ficaria comigo? Tive medo de perguntar. "Sua mãe saberia exatamente o que fazer", diria ele, e depois escreveria para Ditte.

Soltei as mãos de papai e posicionei-as no banco do vagão. Não me importei com o fato de ter a altura de uma pessoa adulta. Eu me sentia pequena, como uma criança, e estava tão cansada... Dobrei as pernas, encostei os joelhos no peito e as abracei. Papai me cobriu com seu casaco. Tabaco de cachimbo, adocicado e pungente. Fechei os olhos e inalei aquele cheiro. Não sabia que sentia falta dele. Puxei mais o casaco, enterrei o rosto na lã áspera. Por baixo da doçura, havia algo azedo. Cheiro de papel velho. Sonhei que estava debaixo da mesa de triagem. Quando acordei, estávamos em Oxford.

Papai não me acordou no dia seguinte, e já era metade da tarde quando finalmente desci a escada. Pensei em passar as horas que restavam até o jantar no calor da sala de estar. Mas, quando abri a porta, vi Ditte. Ela e papai estavam sentados, cada um de um lado da lareira, e pararam de conversar quando me viram. Papai encheu o cachimbo e Ditte se aproximou de mim. Sem hesitação, me abraçou com aqueles seus braços pesados, tentando engolfar meu corpo desengonçado com o seu, rechonchudo. Como se ainda fosse capaz disso. Fiquei rígida. Ela me soltou.

— Estive consultando a Escola Secundária para Moças de Oxford — declarou Ditte.

Tive vontade de gritar, espernear e xingar Ditte, mas não fiz nada disso. Olhei para papai.

— É para lá que deveríamos ter mandado você, desde o início — declarou ele, triste.

Voltei para a cama e só desci de novo quando ouvi Ditte indo embora.

Ditte me escrevia toda semana depois disso. Eu deixava as cartas dela jogadas no aparador perto da porta de entrada, sem abrir. E, quando três ou quatro se acumulavam, papai as tirava dali. Depois de um tempo, Ditte passou a incluir suas cartas para mim dentro das cartas que enviava a papai. Ele as deixava no aparador, dobradas, implorando para serem lidas. Eu olhava de relance para aquela letra, absorvia algumas linhas sem querer, depois amassava as páginas, fazia uma bola com elas e atirava na lixeira ou no fogo.

A Escola Secundária para Moças de Oxford ficava na Banbury Road. Nem eu nem papai comentamos o fato de ser tão perto do Scriptorium.

Fui recebida pelas poucas meninas da São Barnabé que foram estudar ali, mas passei o resto do ano me arrastando. A diretora chamou papai para informar que eu não havia passado nas provas. Sentei em uma cadeira, do lado de fora da sala da diretora, que estava com a porta fechada, e a ouvi dizer: "Não posso recomendar que sua filha continue aqui".

– O que vamos fazer com você? – perguntou papai, quando voltamos a pé para Jericho.

Dei de ombros. Eu só queria dormir.

Quando chegamos em casa, havia uma carta de Ditte para papai. Ele a abriu e começou a ler. Percebi que ficou corado e com o maxilar tenso, então foi para a sala de estar e fechou a porta. Fiquei parada no corredor, esperando más notícias. Papai saiu da sala segurando as páginas que Ditte escrevera para mim em uma mão. Com a outra, ficou fazendo carinho em meu braço, descendo até segurar minha mão.

– Será que um dia você vai conseguir me perdoar? – falou. Então pôs as páginas em cima do aparador e completou: – Acho que você deveria ler esta.

Em seguida, foi para a cozinha encher a chaleira.

Peguei a carta.

28 de julho de 1898
Minha querida Esme,

Harry me escreveu contando que você ainda não voltou a ser você mesma. Ele margeia a verdade a esse respeito, claro, mas lhe descreveu como "distante", "preocupada" e "cansada" no mesmo parágrafo. O mais alarmante é que seu pai relata que você não tem aparecido no Scrippy e tem passado o dia inteiro no quarto.

Eu tinha esperança de que tudo seria diferente para você quando estivesse longe de Cauldshiels, em casa, com seu pai, mas já se passaram três meses. Agora que o verão chegou, espero que o seu humor melhore pouco a pouco.

Você está se alimentando, Esme? Estava tão magra da última vez que a vi. Pedi à Sra. Ballard que a mimasse com doces e, até Harry me informar que você mal saía de casa, sentia um certo conforto ao lhe imaginar sentada naquele banquinho da cozinha enquanto ela lhe assava um bolo. Na minha imaginação, você é mais nova, está usando um avental amarelo poá, amarrado lá em cima, na altura do peito. Foi assim que lhe encontrei certa vez, quando estive em Oxford. Você tinha 9 ou 10 anos? Não lembro.

Alguma coisa estava acontecendo em Cauldshiels, não é, Esme? Acontece que as suas cartas jamais disseram nada. Só que as suas cartas, agora que parei para pensar, eram perfeitas demais. Quando as leio agora, percebo que poderiam ter sido escritas por qualquer pessoa. E, ainda assim, têm a sua marca.

Outro dia, reli quando você contou que tinha caminhado até o forte romano de Trimontium, escrito um poema no estilo romântico de Wordsworth e tirado uma nota satisfatória em uma prova de Matemática. Fiquei me perguntando se você tinha gostado da caminhada e se sentia orgulho de seu poema. A ausência de palavras era a pista, mas eu não percebi.

Eu deveria ter prestado mais atenção ao que faltava em suas cartas, Esme. Eu deveria ter ido lhe visitar. Eu teria visitado, se não fosse pela doença de Beth. Quando isso passou, a diretora me desaconselhou. Disse que atrapalharia se fosse no meio do ano letivo. Acreditei nela.

Harry queria que você voltasse para casa muito antes (verdade seja dita: Harry nunca quis que você fosse embora). Fui eu, minha querida Esme, quem sugeriu que as preocupações dele eram infundadas, que levaria um tempo para uma criança habituada a frequentar a escola da paróquia local e a almoçar no Scriptorium acostumar-se com o internato. Eu disse para ele esperar mais um ano, que talvez as coisas mudassem para melhor.

Depois de ir buscar você na Páscoa, Harry me enviou a carta mais direta de sua vida. Contou que você não iria voltar para lá, fosse qual fosse minha opinião a esse respeito. Você lembra que fui para Oxford no dia seguinte. Quando lhe vi, não tive como me opor à decisão dele. Mal nos falamos, eu e você. Eu tinha esperança de que o tempo traria você de volta. Mas, ao que parece, você precisa de mais tempo. Você mora em meu coração, querida menina, ainda que eu tenha sido despejada do seu. Espero que não seja algo permanente.

Incluí uma notícia que achei que poderia lhe ser importante.
Não quero especular, mas acho difícil não fazer isso. Por favor,
perdoe a minha cegueira.
Com o mais profundo amor, sempre,
Ditte

Dobrei as páginas em volta da notícia minúscula e as coloquei no bolso. Pela primeira vez, em muito tempo, teria algo para guardar no baú quando fosse ao quarto de Lizzie.

— O que é que você tem aí, Essy? — perguntou Lizzie, entrando no próprio quarto e tirando o avental sujo.

Olhei para aquele minúsculo artigo recortado do jornal. Era uma única frase, pouco maior do que uma citação. "Uma professora foi demitida da Escola Cauldshiels para Moças depois que uma das alunas foi parar no hospital."

— São apenas palavras, Lizzie — falei.

— Não existe essa de "apenas palavras" com você, Essymay, principalmente se acabam parando no baú. O que está escrito?

— Está escrito que eu não estava apartada nem era a única.

SETEMBRO DE 1898

Durante o dia, eu ajudava a Sra. Ballard na cozinha e só me aventurava a me aproximar do Scriptorium no fim da tarde, quando quase todo mundo já havia ido embora. Fiquei parada na porta, como Lizzie costumava fazer, e observei Hilda se movimentar pelos escaninhos. Ela guardava fichas e tirava outras, escrevia cartas e corrigia provas. Durante todo o tempo, o Dr. Murray ficava empoleirado, como uma coruja sábia, em sua mesa. Às vezes, ele me convidava para entrar. Outras, não.

– Não porque não aprove sua presença – sussurrou o Sr. Sweatman, certo dia. – É porque fica tão absorto... Quando o Dr. Murray está encafifado com um verbete, sua barba poderia pegar fogo que ele nem sequer perceberia.

Uma tarde, aproximei-me de papai, que estava sentado à mesa de triagem.

– Posso ser sua assistente? – perguntei.

Ele riscou algo na prova em que estava trabalhando e anotou algo do lado. Então olhou para mim.

– Mas você é assistente da Sra. Ballard.

– Não quero ser cozinheira: quero ser editora. – As palavras foram uma surpresa, tanto para papai quanto para mim. – Bem, talvez não editora, mas assistente, como Hilda...

– A Sra. Ballard não está treinando você para *ser* cozinheira, apenas lhe ensinando a cozinhar. Será útil quando você se casar – disse ele.

– Mas eu não vou me casar.

— Bem, talvez não agora.

— Se eu me casar, não poderei ser assistente.

— E o que lhe faz pensar isso?

— Porque eu terei que cuidar de bebês e cozinhar o dia inteiro.

Papai ficou sem palavras. Olhou para o Sr. Sweatman, em busca de ajuda.

— Se você não pretende se casar, por que *não* ter como meta tornar-se editora? — perguntou o Sr. Sweatman.

— Sou menina — respondi, irritada com a provocação dele.

— E, por acaso, isso tem alguma importância?

Fiquei vermelha e não respondi. O Sr. Sweatman inclinou a cabeça e levantou as sobrancelhas, como se dissesse "E?".

— Tem toda a razão, Fred — falou papai. Em seguida, olhou para mim, tentando avaliar a seriedade da minha afirmação. — Uma assistente é exatamente do que estou precisando, Essy. E tenho certeza de que o Sr. Sweatman também precisa de uma mãozinha de vez em quando.

O Sr. Sweatman balançou a cabeça, concordando.

❧

Os dois cumpriram sua palavra, e comecei a esperar ansiosamente para passar as tardes no Scriptorium. Geralmente, me pediam para escrever respostas bem-educadas às cartas que parabenizavam o Dr. Murray pela publicação do fascículo mais recente. Quando minhas costas começavam a doer ou minha mão precisava de um descanso, eu devolvia livros e manuscritos. Havia estantes com dicionários e livros antigos no Scriptorium, mas os assistentes precisavam emprestar todo o tipo de textos de eruditos ou bibliotecas de universidade para investigar a origem das palavras. Quando o tempo estava bom, eu nem considerava isso uma tarefa. A maioria das boas bibliotecas universitárias ficava perto do centro da cidade. Eu ia de bicicleta pela Parks Road até chegar à Broad Street, depois ia caminhando no meio das ruas movimentadas entre a Livraria Blackwell e o museu Old Ashmolean. Era minha parte favorita da cidade, onde professores (identificados pelas togas) e moradores (com suas roupas comuns) estabeleciam uma aliança improvável. Ambos eram superiores, em sua visão, aos visitantes, que tentavam ver de relance os jardins nas imediações da Trinity College ou conseguir permissão para entrar no Teatro Sheldonian. Será que devia me considerar professora ou moradora? Às vezes, eu ficava me perguntando. Não me encaixava confortavelmente em nenhuma das duas categorias.

– Que bela manhã para uma volta de bicicleta – declarou o Dr. Murray, certo dia. Ele estava entrando pelo portão de Sunnyside bem na hora em que eu estava saindo. – Aonde você vai?

– Às faculdades, senhor. Vou devolver os livros.

– Que livros?

– Quando os assistentes não precisam mais deles, eu os levo de volta para o seu devido lugar.

– É mesmo? – comentou ele e em seguida fez um ruído que não consegui interpretar.

Então se afastou de mim, e fiquei nervosa.

Na manhã seguinte, o Dr. Murray me chamou.

– Gostaria que você fosse comigo à Biblioteca Bodleiana, Esme.

Olhei para papai. Ele sorriu e balançou a cabeça. O Dr. Murray colocou sua beca preta e me levou para fora do Scriptorium.

Andamos de bicicleta, lado a lado, pela Banbury Road. Seguindo meu caminho de costume, o Dr. Murray virou na Parks Road.

– É um trajeto bem mais agradável – falou. – Muito mais árvores.

Sua beca esvoaçava, e a barba branca comprida voejava por cima do ombro. Eu não fazia ideia de por que nos dirigíamos à Biblioteca Bodleiana e estava perplexa demais para perguntar. Quando viramos na Broad Street, o Dr. Murray desceu da bicicleta. Professores, moradores e visitantes: todos pareciam abrir caminho à medida que ele se aproximava do Teatro Sheldonian. Quando entrou no jardim, imaginei que a guarda de imperadores de pedra que rodeava o perímetro balançava a cabeça, cumprimentando o editor. Eu o segui como se fosse sua discípula, até pararmos na entrada da Bodleiana.

– Normalmente, não seria possível você se registrar como leitora, Esme. Não é professora nem aluna. Mas tenho a intenção de convencer o Sr. Nicholson de que o Dicionário será terminado bem antes se você tiver permissão para vir aqui e checar citações a nosso mando.

– Não podemos simplesmente pedir os livros emprestados, Dr. Murray?

Ele se virou, olhou para mim por cima dos óculos e respondeu:

— Nem mesmo a rainha tem permissão para emprestar livros da Bodleiana. Venha logo.

O Sr. Nicholson não se convenceu de imediato. Sentei em um dos bancos, fiquei observando os alunos passarem e ouvi o Dr. Murray erguer a voz.

— Não, ela não é aluna, isso certamente é óbvio.

O Sr. Nicholson ficou me olhando, e então apresentou outro argumento ao Dr. Murray, baixinho.

A resposta do editor, mais uma vez, foi em alto e bom som.

— Nem o sexo nem a idade dela a desqualificam, Sr. Nicholson. Desde que seja empregada em trabalho acadêmico, e posso garantir que ela é, tem precedente para ter acesso à biblioteca na condição de leitora.

O Dr. Murray me chamou. O Sr. Nicholson me entregou um cartão.

— Leia isso em voz alta — disse o Sr. Nicholson, com uma relutância óbvia.

Olhei para o cartão. Em seguida, olhei em volta, para todos os jovens, de beca curta, e para os velhos, de beca comprida. As palavras mal saíam da minha boca.

— Mais alto, por favor.

Uma mulher passou por nós: uma aluna, de beca curta. Ela diminuiu o passo, sorriu e balançou a cabeça. Endireitei minha postura, olhei o Sr. Nicholson nos olhos e li:

— Eu, neste momento, comprometo-me a não retirar nada da Biblioteca nem marcar, riscar ou estragar de qualquer maneira qualquer livro, documento ou outro objeto que pertença ou esteja sob a custódia da Biblioteca; prometo não trazer para a Biblioteca fogo ou chama e a não fumar na Biblioteca; e prometo obedecer a todas as regras da Biblioteca.

Alguns dias depois, havia um bilhete em cima da pilha de livros a serem devolvidos aos eruditos e às bibliotecas universitárias.

Você estaria me fazendo um grande favor se pudesse visitar a Bodleiana e checar a data desta citação para o verbete "linguado". Está em um poema de Thomas Hood, publicado na revista Literary Souvenir:

"Ou estás onde os linguados fazem morada,
Nas frias profundezas da água salgada."
Thomas Hood, Estrofes para Tom Woodgate, 18__
J.M.

Meu humor foi melhorando, sim, pouco a pouco. À medida que o número de atribuições e tarefas aumentava, comecei a ir cada vez mais cedo para o Scriptorium, à tarde. No fim do verão de 1899, eu era uma visitante regular das muitas bibliotecas universitárias, assim como de diversos professores, que disponibilizavam, de bom grado, suas coleções para o Dicionário. Então o Dr. Murray começou a me pedir para entregar bilhetes na Gráfica da Universidade de Oxford, que fica na Walton Street.

— Se você sair agora, consegue falar com o Sr. Hart junto com o Sr. Bradley — disse o Dr. Murray, escrevendo o bilhete, apressado. — Deixei os dois brigando a respeito da palavra "ilegível". Hart tem razão, claro: não existe justificativa para incluir um N. Mas Bradley precisa ser convencido. Isso deve ajudar, só que Bradley não vai me agradecer. — Ele me entregou o bilhete e, ao ver minha perplexidade, completou: — O prefixo é "in-". Mas, por assimilação, perde o N antes do L. Concorda?

Respondi balançando a cabeça, apesar de não saber ao certo com o que havia concordado.

— Claro que concorda. É irrefutável. — E então olhou para mim por cima dos óculos, levantando um dos cantos da boca, em um raro sorriso. — É "irrefutável", sem N, aliás. Por acaso é alguma surpresa que as sessões feitas por Bradley demorem tanto para se materializar?

O Sr. Bradley fora designado segundo editor pela Delegação da Gráfica havia quase uma década, mas o Dr. Murray tinha o hábito de colocá-lo em seu devido lugar. Papai disse, certa vez, que esse era o jeito de o Dr. Murray lembrar aos outros quem é que pilotava a locomotiva e que era melhor deixar tais comentários sem resposta. Dei um sorriso, e o Dr. Murray se virou para sua mesa. Quando saí do Scriptorium, li o bilhete.

O uso comum não deve ter precedência em relação à lógica da morfologia. "Inlegível" é um absurdo. Lamento que tenha sido

*incluída no Dicionário como grafia alternativa e ficaria feliz
se Hart decidisse descartá-la.*
J.M.

Eu já ouvira falar das *Regras de Hart*: papai sempre tinha um exemplar à mão.

– Nem sempre é possível chegar a um consenso, Esme, mas é possível ter coerência, e o livrinho de regras de Hart tem sido o árbitro de muitas discussões a respeito de como uma palavra deve ser escrita ou se é preciso ou não colocar um hífen.

Quando eu era criança, papai às vezes me levava com ele para a Gráfica, quando tinha motivos para consultar o Sr. Hart. O Sr. Hart era apelidado de Controlador. Era encarregado de supervisionar cada etapa do processo de impressão do Dicionário. A primeira vez que passei pelo portão de pedra e entrei no quadrângulo, fiquei abismada com seu tamanho. Havia um grande lago no centro, com árvores e canteiros de flores por toda a volta. Os prédios de pedra se erguiam por todos os lados, com dois ou três andares, e perguntei a papai porque a Gráfica precisava ser tão maior do que o Scriptorium.

– Eles não imprimem só o Dicionário, Esme. Imprimem a Bíblia e livros de todos os tipos.

Concluí que isso significava que todos os livros da face da Terra saíam daquele lugar. Aquela grandiosidade, de repente, fez todo o sentido, e imaginei o Controlador sendo uma espécie de deus.

Desci da bicicleta debaixo do arco de pedra imponente. O pátio estava cheio de gente que, visivelmente, merecia estar ali. Garotos de aventais brancos puxavam carrinhos carregados de resmas de papel, algumas já impressas e refiladas; outras, em branco, do tamanho de toalhas de mesa. Homens usando aventais manchados de tinta caminhavam em pequenos grupos, fumando. Outros homens, sem avental, verificavam livros ou provas enquanto andavam, em vez de olhar para a frente, e um murmurou um pedido de desculpas ao bater em meu braço, mas não se dignou a tirar os olhos do que lia. Em duplas, os homens conversavam e apontavam para folhas soltas de papel, cujo conteúdo, aparentemente, estava errado. Quantas questões de linguagem eram solucionadas enquanto eles atravessavam aquele pátio? Fiquei só imaginando. Foi aí que reparei em duas mulheres, um pouco mais velhas do que eu. Elas atravessavam o quadrângulo como se fizessem isso todos os dias, e me dei conta de que deviam trabalhar na Gráfica. Mas, à medida que nos aproximamos, pude perceber que não conversavam do mesmo modo que os homens: estavam bem próximas, e uma delas tapava a boca com a mão. A outra ouviu e deu uma risadinha. Não tinham nada nas mãos que pudesse distraí-las, nenhuma questão a solucionar. Haviam encerrado seu dia de trabalho e estavam felizes por voltar para casa. Quando passei por elas, me cumprimentaram balançando a cabeça.

Havia uma centena de bicicletas enfileiradas em um dos lados do quadrângulo. Deixei a minha um pouco mais afastada, para encontrá-la com facilidade quando fosse embora.

Como o Sr. Hart não atendeu quando bati na porta do seu escritório, fiquei perambulando pelo corredor. Papai me contara que o Controlador jamais saía da Gráfica antes da hora do jantar, nunca sem antes consultar os compositores e inspecionar as máquinas.

A sala de composição ficava perto do escritório do Sr. Hart. Empurrei a porta e olhei. O Sr. Hart estava do outro lado da sala, conversando com o Sr. Bradley e um dos compositores. O enorme bigode do Controlador era minha lembrança mais nítida, da época em que ia à Gráfica com papai. Com o passar dos anos, ficara mais branco, mas não perdera nada de seu volume. Agora funcionava como um ponto de referência, guiando-me pelas fileiras das bancadas dos compositores, que tinham a superfície inclinada, cheia de caixas com divisórias, repletas de tipos de chumbo. Tive a sensação de estar invadindo aquele espaço.

O Controlador me olhou de relance quando me aproximei, mas não parou de falar com o Sr. Bradley. A conversa, na verdade, era um debate, e tive a sensação de que perduraria até o Sr. Hart sair vencedor. Ele não tinha a mesma alçada que o segundo editor, e seu terno não era da mesma qualidade, mas sua expressão era severa, e a do Sr. Bradley, simpática. Era só uma questão de tempo. O compositor viu que eu estava olhando para ele e deu um sorriso, como se pedisse desculpas em nome dos homens mais velhos. Era bem mais alto do que os outros dois, magro e sem barba. Seu cabelo era quase preto, e os olhos, quase violeta. Foi aí que eu o reconheci. Um garoto da São Barnabé. Eu passava muito tempo observando os meninos brincando no pátio deles, já que nenhuma das meninas queria brincar comigo no nosso pátio. Pude perceber que ele não me reconheceu.

— Posso lhe perguntar como *a senhorita* escreve "ilegível"? – perguntou, aproximando-se de mim.

— Sério? Ainda estão falando disso? – sussurrei. – É por isso que estou aqui.

Ele franziu a testa, mas, antes que pudesse perguntar mais alguma coisa, o Sr. Hart se dirigiu a mim.

— Esme, como vai seu pai?

— Muito bem, senhor.

— Ele está aqui?

— Não, foi o Dr. Murray que me mandou.

Entreguei o bilhete, um pouco amassado pela minha mão nervosa. O Controlador leu e foi balançando a cabeça devagar, concordando. Percebi que as pontas enroladas do seu bigode se ergueram de leve. Ele passou o bilhete para o Sr. Bradley.

— Isso deve resolver a questão, Henry – falou.

O Sr. Bradley leu o bilhete, e as pontas de seu bigode permaneceram imóveis. Encerrou a discussão a respeito de "ilegível" com um balançar de cabeça cavalheiresco.

— Agora, Gareth, por favor, mostre os clichês de "já" para o Sr. Bradley – disse o Sr. Hart, apertando a mão do editor.

— Sim, senhor – disse o compositor. E então se dirigiu a mim: — Prazer em conhecê-la, senhorita.

Mas não nos conhecemos de verdade, não fomos apresentados, pensei.

Ele se dirigiu à sua bancada, e o Sr. Bradley o acompanhou.

Fui me despedir do Sr. Hart, mas ele já estava em outra bancada, inspecionando o trabalho de um homem mais velho. Eu teria gostado de acompanhá-lo, de entender em que cada um daqueles homens estava trabalhando. A maioria estava compondo páginas a partir de manuscritos: em todos os casos, as pilhas de páginas-modelo haviam sido escritas com a mesma letra. Um único autor. Olhei para a bancada em que o Sr. Bradley estava agora, com o jovem compositor. Havia três montinhos de fichas amarradas com barbante. E um desamarrado, com metade das palavras já composta, e a outra esperando.

— Senhorita Nicoll.

Virei para trás e vi o Sr. Hart segurando a porta. Fui até lá desviando, novamente, das fileiras de bancadas.

Nos meses seguintes, o Dr. Murray me deu diversos bilhetes para entregar ao Controlador. Eu os levava de bom grado, na esperança de ter mais uma oportunidade de visitar a sala de composição. Mas, sempre que eu batia na porta do escritório do Sr. Hart, ele atendia.

O Controlador só me pedia para ficar se tivesse uma resposta imediata que o Dr. Murray estivesse esperando. E, nessas ocasiões, eu não era convidada a sentar. Eu achava que isso era desatenção e não uma preferência da parte do Sr. Hart, porque ele sempre me parecia assoberbado. *Vai ver ele também prefere ficar na sala da composição*, pensei.

Durante a manhã, eu era da Sra. Ballard, mas não demonstrava muita aptidão.

– Não é só lamber a tigela – dizia ela, toda vez que mais um bolo afundava ou quando descobria, ao provar, que havia faltado um ingrediente essencial. Foi um alívio, para nós duas, meu tempo na cozinha ter sido reduzido por causa das tarefas no Dicionário. Desde que me tornara a garota de entregas ocasional do Dr. Murray, eu me sentia mais à vontade no Scriptorium. Até podiam não ter esquecido meus delitos, mas, pelo menos, minha utilidade estava sendo notada.

– Quando você voltar com aquele livro, terei dois verbetes escritos que, do contrário, não poderia escrever – disse o Sr. Sweatman, certa vez. – Se continuar assim, terminaremos antes que o século chegue ao fim.

Tendo terminado as tarefas que a Sra. Ballard havia me passado, tirei o avental e pendurei no gancho que havia na porta da despensa.

– Você está mais feliz – comentou Lizzie, parando de picar seus legumes.

– É o clima – respondi.

– É o Scrippy – retrucou ela, dirigindo-me um olhar cauteloso que me deixou confusa. – Quanto mais tempo você passa lá, mais volta a ser a velha Esme de sempre.

– Isso é bom, não é?

– Com certeza, é bom. – Ela despejou uma pilha de cenouras picadas em uma tigela e começou a cortar nabos ao meio. – Só não quero que você fique tentada – completou.

– Tentada?

– Pelas palavras.

Então me dei conta de que não havia nenhuma palavra. Recebi tarefas de todos os tipos: livros, bilhetes, recados a viva-voz, mas nenhuma palavra. Nenhuma prova. Não me confiaram uma única ficha.

Eu tinha um cesto de tarefas que ficava perto da porta do Scriptorium. Todos os dias, havia livros a serem devolvidos em diversos lugares e uma lista de títulos para emprestar. Havia citações para verificar na Biblioteca Bodleiana, cartas para despachar e bilhetes para entregar ao Sr. Hart e, de vez em quando, para professores das universidades.

Em um dia específico, havia três cartas separadas para o Sr. Bradley. A correspondência dele acabava chegando ao Scriptorium, e era minha responsabilidade entregá-la em suas mãos na Sala do Dicionário, dentro da Gráfica. Essa sala era bem diferente do Scriptorium: era só uma sala comum, não muito maior do que a do Sr. Hart, apesar de o Sr. Bradley ter três assistentes trabalhando com ele. Um dos assistentes era a filha dele, Eleanor. Devia ter uns 23 anos, a mesma idade de Hilda Murray, mas já parecia uma matrona. Sempre que eu aparecia, Eleanor me oferecia chá e biscoitos. Naquele dia, sentamos à mesinha nos fundos da sala. Todas as coisas do chá ficavam naquela mesinha, e mal havia espaço para nós duas. Mas Eleanor não gostava de beber nem de comer em sua mesa, porque poderia derramar algo. Ela mordeu o biscoito e as migalhas se espalharam por sua saia. Pelo jeito, Eleanor nem percebeu. E aí chegou mais perto de mim.

– Ouvi um boato de que os delegados da Gráfica logo apontarão um terceiro editor. – Seus olhos foram se arregalando por trás dos óculos com armação de metal. – Parece que não estamos progredindo na velocidade que eles gostariam. Publicar mais fascículos significa mais dinheiro voltando para os cofres da Gráfica.

– E onde ele vai trabalhar? – Olhei em volta, para aquela sala lotada. – Não consigo imaginar o Dr. Murray dividindo o Scriptorium com mais um editor.

– Ninguém consegue imaginar isso – concordou Eleanor. – Ainda bem que ouvi outro boato, de que vamos nos mudar para o Old Ashmolean. Papai foi lá semana passada tirar medidas.

– Na Broad Street? Sempre adorei aquele prédio, mas lá não é um museu?

– Estão transferindo a maior parte do acervo para o Museu de História Natural, na Parks Road, e vão nos dar aquele grande espaço no primeiro andar. As aulas e palestras continuarão sendo realizadas no andar de cima, e o laboratório também continuará no andar de baixo. – Eleanor olhou em volta e completou: – Será uma grande mudança, mas acho que vamos acabar nos acostumando.

– Você acha que o Sr. Bradley vai se importar de dividir a Sala do Dicionário com outro editor?

– Se for para acelerar as coisas, acho que ele não se importará nem um pouco. E vamos ficar bem ao lado da Bodleiana. Metade dos livros que existem na Inglaterra são impressos aqui na Gráfica, mas a Bodleiana tem exemplares de *todos* os livros que existem na Inglaterra. Poderia existir um vizinho mais perfeito?

Tomei um gole do meu chá com leite e perguntei:

– Em que palavras você está trabalhando agora, Eleanor?

– Embarcamos na palavra "jogo" – respondeu ela. – E suspeito que essa palavra vai me consumir por meses e meses. – Ela bebeu o chá até o fim e convidou: – Venha comigo. – Eu nunca havia visto a mesa dela de perto. Estava coberta de papéis, livros e caixinhas estreitas, com centenas de fichas. – Eis a palavra "jogo" – disse ela, fazendo um gesto majestoso.

Morri de vontade de encostar nos papéis, seguida de uma onda de vergonha.

Quando fui embora, atravessei o pátio movimentado da Gráfica arrastando a bicicleta, até passar debaixo do arco que dava na Walton Street. As fichas de Eleanor eram as primeiras das quais eu me aproximava tanto desde que voltara para o Scriptorium. Será que tinham conversado a respeito? Será que o Dr. Murray havia concordado em me aceitar de volta desde que eu me mantivesse longe das palavras?

— Talvez eu possa ajudar a organizar as fichas — falei para papai, no caminho de casa, naquela mesma noite.

Ele não disse nada, mas suas mãos encontraram as moedas que tinha no bolso, e ouvi elas tilintarem, porque papai ficou remexendo nelas.

Caminhamos em silêncio por vários minutos, e cada pergunta que surgia em minha cabeça encontrava uma resposta desagradável. Na metade da St. Margaret's Road, ele disse:

— Perguntarei para James quando ele voltar de Londres.

— Você nunca pediu permissão para o Dr. Murray antes.

Ouvi as moedas se mexendo no bolso dele. Papai ficou olhando para o chão e não disse nada.

Alguns dias depois, quando o Dr. Murray me pediu que procurasse o Sr. Hart, foi para entregar as fichas de "justo" e "justura". Ele estendeu os montes amarrados para mim. Eram vários, amarrados com barbante, e cada ficha de identificação estava numerada, em caso de a ordem ser alterada. Eu as segurei com meus dedos estranhos, mas o Dr. Murray não as soltou. E olhou para mim por cima dos óculos.

— Até serem compostas, Esme, estas são as únicas cópias — declarou. — Cada uma dessas fichas é preciosa.

Só então soltou as fichas e voltou para sua mesa, antes que eu conseguisse concatenar uma resposta.

Abri minha pasta e tive o cuidado de colocar as fichas bem lá no fundo. Cada uma delas era preciosa e, ainda assim, podiam ser perdidas de tantas maneiras... Lembrei-me das pilhas de palavras na bancada do compositor e imaginei o vento ou um visitante desastrado: fichas caindo no chão, uma voando pelos ares e pousando em um lugar que apenas uma criança seria capaz de alcançar.

Eu fora proibida de encostar nelas, e agora me haviam dado o papel de guardiã. Tive vontade de contar para alguém. Se houvesse alguém no jardim naquele momento, eu teria dado um jeito de mostrar as fichas para a pessoa, dizer que o Dr. Murray as tinha me confiado. Peguei a bicicleta atrás do Scriptorium, atravessei o portão de Sunnyside e segui pela Banbury Road. Quando virei na St. Margaret's Road, as lágrimas começaram a escorrer pelo meu rosto. Lágrimas mornas e bem-vindas.

O prédio da Walton Street me cumprimentou de um jeito diferente: sua vasta entrada não era mais intimidante, mas representava um gesto de boas-vindas – eu estava ali tratando de assuntos importantes do Dicionário.

Quando entrei no prédio, peguei um dos grupos de fichas na pasta e soltei o laço que as unia. Cada acepção da palavra "justo" estava definida em uma ficha de identificação, seguida pelas citações que a ilustravam. Li rapidamente as diversas acepções e senti falta de uma. Pensei em dizer isso a papai ou talvez ao Dr. Murray, e tive vontade de rir da minha própria arrogância. Foi aí que alguém bateu em mim ou eu bati na pessoa, e meus dedos estranhos soltaram os papéis. Fichas caíram pelo chão, como se fosse lixo espalhado. Quando olhei para ver onde tinham caído, só consegui enxergar pés apressados. Senti o sangue se esvair de meu rosto.

– Não causou nenhum estrago – disse um homem, abaixando-se para pegar o que havia caído. – Não é por acaso que foram numeradas.

Ele me entregou as fichas. Minha mão tremia quando as segurei.

– Meu Deus, você está bem? – O homem segurou meu braço. – Você precisa sentar um pouco, senão vai desmaiar. – Então abriu a porta mais próxima e me sentou em uma cadeira, logo na entrada. – Espero que o barulho não a incomode, senhorita. Espere um minutinho, que já volto com um copo d'água.

Era a sala de impressão. E era mesmo barulhenta. Mas havia ritmos se sobrepondo a outros ritmos, e tentar distingui-los acalmou meu pânico. Conferi as fichas: um, dois, três... contei até trinta. Não faltava nenhuma. Amarrei o barbante e as coloquei de volta na pasta. Quando o homem voltou, eu estava com as duas mãos no rosto; toda a emoção daquela última hora havia vindo à tona e estava difícil de controlá-la.

– Pronto, tome – disse ele, abaixando-se e oferecendo um copo d'água.

– Obrigada – respondi. – Não sei o que deu em mim.

O homem estendeu a mão e me ajudou a levantar da cadeira. Seu olhar pousou em meus dedos estranhos, e eu puxei a mão.

– O senhor trabalha aqui? – perguntei, olhando para a sala de impressão.

– Só se alguma máquina der problema – respondeu ele. – Na maior parte do tempo, eu mexo com os tipos. Sou compositor.

– Você transforma as palavras em realidade – falei, finalmente olhando para ele. Seus olhos eram quase violeta. Era o jovem compositor que estava com o Sr. Hart e o Sr. Bradley, em minha primeira visita.

O rapaz inclinou a cabeça, e achei que pudesse não ter entendido o que eu queria dizer. Mas aí ele sorriu e disse:

– Prefiro dizer que dou substância às palavras. Palavras reais são aquelas ditas com todas as letras, que têm significado para alguém. Nem todas vão parar nas páginas de um livro. Existem palavras que ouço a vida toda e jamais compus.

"Que palavras?", tive vontade de perguntar. "O que significam? Quem as diz?" Mas o gato comeu minha língua.

– Preciso ir – consegui dizer, por fim. – Preciso entregar essas fichas para o Sr. Hart.

– Bem, foi bom esbarrar em você, Esme – disse ele, sorrindo. – Seu nome é Esme, não é? Nunca fomos apresentados, na verdade.

Eu me lembrava de seus olhos, mas não de seu nome. Fiquei ali parada, burra e muda.

– Gareth – falou o rapaz, estendendo a mão de novo. – Muito prazer em conhecê-la.

Hesitei por alguns instantes, depois apertei sua mão. Ele tinha dedos compridos e estreitos e um dedão estranho e inchado. Fiquei olhando para aquele dedão.

– O prazer é meu.

O rapaz abriu a porta e me acompanhou até o saguão.

– Você sabe o caminho?

– Sim.

– Certo, então. Vá com cuidado.

Eu lhe dei as costas e me dirigi à sala do Controlador. Foi um alívio entregar aqueles montinhos de fichas.

❧

Um novo século havia começado e, por mais que tivesse a sensação de que tudo poderia acontecer, jamais pensei que veria o Dr. Murray aparecer na porta da cozinha. Quando a Sra. Ballard o viu atravessando o gramado, alisou o avental e prendeu os cabelos que haviam se soltado da touca. Tirou a tranca da parte de cima da porta e, quando o Dr.

Murray inclinou o corpo para dentro, sua barba comprida esvoaçou com o vapor quente que saía da lareira.

— Onde está Lizzie? — perguntou ele, olhando para o banco onde eu estava, misturando uma massa de bolo.

— Pedi para ela ir buscar algumas coisinhas, Dr. Murray — respondeu a Sra. Ballard. — Ela não deve demorar e, quando voltar, Esme vai ajudá-la a estender a roupa no armário de secagem. Ela nos ajuda muito, a Esme.

— Bem, pode até ser, mas gostaria que Esme me acompanhasse até o Scriptorium.

Por reflexo, pus as mãos nos bolsos. A Sra. Ballard olhou para mim. Sacudi a cabeça, como quem diz "não fiz nada, juro".

— Anda logo, Esme. Vai com o Dr. Murray até o Scrippy.

Tirei o avental e fui, pisando em ovos, até a porta da cozinha.

Quando entrei no Scriptorium, papai estava lá, sorrindo. Ele tinha muitos sorrisos diferentes, mas seu "sorriso enjaulado" era o meu preferido. Esse sorriso lutava para se soltar dos lábios apertados e das sobrancelhas que se remexiam. Eu estava de punhos cerrados, e meus dedos se soltaram.

Papai me pegou pela mão e nós três fomos até os fundos do Scriptorium.

— Isso, Essy, é para você — disse ele, libertando seu sorriso.

Atrás de uma estante de dicionários antigos, vi uma carteira escolar de madeira. Do tipo em que eu tinha que sentar na sala gelada de Cauldshiels. Meus dedos se retorceram ao lembrar a dor da tampa sendo fechada em cima deles. Um sussurro debochado, dizendo que meus dedos já não prestavam para nada, ecoou em minha cabeça. Comecei a tremer, mas a mão de papai, posicionada em meu ombro, trouxe-me de volta para o Scriptorium. Quando o Dr. Murray levantou a tampa, revelou lápis novos, fichas em branco e dois livros que eu reconheci imediatamente.

— São de Elsie — ouvi minha voz dizer para o Dr. Murray, querendo esclarecer que eu não os tinha roubado.

— Elsie já os leu, Esme. E gostaria que fossem seus. Considere um presente de Natal atrasado. Ou, melhor ainda: um presente pela entrada do novo século.

Então percebi que a parte de baixo da tampa havia sido forrada com um resto de papel de parede – verde-claro com rosas amarelas minúsculas. Era o mesmo papel que cobria as paredes da sala de estar da casa da família Murray. A carteira também era diferente das de Cauldshiels sob outros aspectos: era maior, de madeira polida, tinha dobradiças que refletiam a luz, e a cadeira era separada da mesa.

O Dr. Murray fechou a tampa e ficou parado, meio sem jeito.

– Bem, é aqui que você vai se sentar, e o seu pai vai lhe incumbir de qualquer coisa que lhe seja útil.

Tendo dito isso, ele se despediu de papai com um leve aceno de cabeça e voltou para a própria mesa.

Abracei papai e me dei conta, pela primeira vez, de que precisava me abaixar para encostar meu rosto no dele. Na manhã seguinte, me vesti com mais capricho do que de costume. Percebi que a saia, que havia deixado no chão, estava amassada, e peguei uma limpa no guarda-roupa. Passei meia hora tentando domar meu cabelo, fazendo uma trança bem apertada, como Lizzie já fizera, mas acabei com um coque todo bagunçado, como sempre. Cuspi nos meus sapatos e os esfreguei com uma ponta da colcha. Entrei no quarto de papai para me olhar no espelho de Amarílis.

– Você pode levá-lo para o seu quarto, se quiser – falou papai, e levei um susto. – Sua mãe não era uma mulher fútil, mas adorava esse espelho.

Fiquei vermelha, com vergonha do meu próprio reflexo e por estar sendo examinada e comparada. Amarílis era uma mulher alta e esbelta, como eu, e tínhamos a mesma pele clara e os mesmos olhos castanhos. Mas, em vez das suas mechas claras, eram os cachos ruivos flamejantes de papai que adornavam minha cabeça. Eu o olhei pelo espelho e fiquei imaginando o que ele via.

– Ela teria muito orgulho – declarou papai.

Já em Sunnyside, papai conferiu a correspondência matinal e, em vez de ficar com Lizzie e a Sra. Ballard na cozinha, entrei com ele no Scriptorium. Ele acendeu as novas luzes elétricas e atiçou o carvão até ficar em brasa. A temperatura mal mudou, mas houve uma ilusão de calor. Fiquei parada perto da mesa de triagem, nervosa, aguardando instruções.

Papai me passou a pilha de cartas.

– De agora em diante, isso será tarefa sua, Essy. Pegar e separar as cartas como você me viu fazer. Você tem sorte de o Dr. Murray não pedir mais contribuições de palavras: costumávamos receber sacos e mais sacos delas. Mas você ainda precisa abrir tudo e ver se há fichas dentro. – Ele abriu um dos envelopes e completou: – Esta é apenas uma carta, então deve ser presa ao envelope e entregue ao destinatário. Você sabe onde cada um costuma sentar?

Balancei a cabeça. É claro que eu sabia.

Levei as cartas para os fundos do Scriptorium. Minha mesa ficava no vão entre duas prateleiras de dicionários antigos e o único pedaço visível de parede. Imaginei o espaço como um grande escaninho, feito sob medida para minhas dimensões. De lá, eu conseguia enxergar os assistentes na mesa de triagem, e o Dr. Murray, em sua mesa mais alta. Para me enxergar, eles teriam de se virar e espichar o pescoço.

Foi um alívio perceber que eu ainda podia observar sem ser observada, mas que minha presença não era acidental. Eu tinha uma mesa, e os assistentes não seriam instruídos a me ignorar. Eu serviria às palavras, assim como eles serviam às palavras. E o Dr. Murray disse que me pagaria uma libra e cinquenta por mês. Mal chegava a um quarto do que papai recebia, e era menos ainda do que o salário de Lizzie, mas seria o suficiente para comprar flores toda semana e mandar fazer cortinas para a sala de estar. E eu não teria que pedir dinheiro para papai quando quisesse comprar um vestido novo.

Eu ficava aguardando ansiosamente o ritual diário de separar a correspondência e as respostas previsíveis dos assistentes quando lhes entregava suas cartas. Cada um tinha uma maneira e um roteiro que os definia, assim como seus sapatos e meias um dia os definiram.

O Sr. Maling era o primeiro da minha rota de entrega. *"Dankon"*, ele diria, com uma leve inclinação do tronco. O Sr. Balk raramente olhava para mim e sempre me chamava de Srta. Murray. Hilda fora embora no ano anterior, para fazer uma licenciatura na Royal Holloway College, em Surrey. Elsie tomara seu lugar, ao lado da mesa do pai das duas. O Sr. Balk, ao que parecia, não conseguia nos distinguir, apesar de eu ser mais alta e ter o cabelo bem diferente. Papai simplesmente dizia "obrigado", às vezes olhando, às vezes não, dependendo da complexidade do trabalho que estava fazendo.

Eu só me demorava mais com o Sr. Sweatman, que colocava o lápis sobre a mesa e se virava na cadeira.

– Quais são as informações que você obteve na cozinha da Sra. B, Esme? – ele sempre perguntava.

– Ela prometeu fazer bolo para o chá da tarde – eu às vezes dizia.

– Excelente, pode continuar.

A maioria das cartas era para o Dr. Murray.

– A correspondência, Dr. Murray.

– Vale a pena ser lida? – indagava o editor, olhando para mim por cima dos óculos.

– Eu não saberia dizer.

Então ele pegava as cartas e reorganizava de acordo com a cordialidade dos remetentes. Certos cavalheiros da Sociedade Filológica iriam mais para trás, mas as cartas da Delegação da Gráfica sempre acabavam no fim da pilha.

Tendo terminado a entrega da correspondência, eu voltava para minha mesa e ficava esperando alguém me passar qualquer tarefa simples. Mas a maior parte do dia era gasta organizando pilhas de fichas de palavras específicas que começavam com M, colocando-as em ordem cronológica, da citação mais antiga para a mais recente.

Os dias em que chegavam fichas dentro das cartas eram meus preferidos. Eu examinava cada uma delas, na esperança de ser a pessoa que traria uma palavra nova para papai ou para o Dr. Murray. Cada palavra, seja qual fosse a letra do alfabeto, teria que ser checada em relação às demais que já haviam sido coletadas. A citação poderia trazer uma acepção levemente diferente ou poderia preceder as citações já registradas. Quando vinham fichas dentro das cartas, eu poderia passar horas nos escaninhos e mal perceber a passagem do tempo.

AGOSTO DE 1901

Trabalhei muito, e mais um ano se passou. Todos os dias seguiam o mesmo padrão, mas as palavras lhes conferiam um colorido diferente. Havia o correio, as fichas, as respostas para as cartas. À tarde, eu ainda devolvia livros e checava citações na Bodleiana. Jamais ficava inquieta ou entediada. Nem mesmo o falecimento da Rainha Vitória foi capaz de me deprimir: usei roupas pretas, como todo mundo, mas nunca estive tão feliz desde o tempo em que passava meus dias debaixo da mesa de triagem.

Quando o inverno deu lugar à primavera, o Sr. Bradley se mudou da Gráfica para sua nova Sala do Dicionário no Old Ashmolean, e o Sr. Craigie, o terceiro editor, se juntou à equipe, com mais dois assistentes. O Dr. Murray não aprovou o novo editor e reagiu obrigando a própria equipe a produzir palavras mais rápido. Era como se ele quisesse provar que o novo editor era desnecessário, apesar de todos nós sabermos que o Dicionário já acumulava uma década de atraso.

No verão de 1901, o Sr. Balk finalmente começou a me chamar de Srta. Nicoll.

— Hoje vai fazer calor no Scrippy — disse Lizzie, quando espiei na cozinha para dar bom-dia.

— Você poderia fazer uma limonada para nós? — perguntei.

— Eu já fui ao mercado — respondeu ela, então fez sinal com a cabeça para uma tigela cheia de limões bem amarelos.

Mandei-lhe um beijo e fui para o Scriptorium, conferindo a correspondência no caminho.

Eu tinha criado o hábito de adivinhar o que havia dentro dos envelopes antes de abri-los. Ao atravessar o jardim, ficava conferindo a pilha de cartas e fazendo uma avaliação superficial. Havia um pequeno número de cartas endereçadas "Ao editor", outras eram tão finas que, com certeza, deveriam conter uma única ficha. *Para mim*, pensei. Havia diversas cartas para "Dr. James Murray" – a maioria do público em geral (as letras e endereços dos remetentes me eram desconhecidos), algumas enviadas pelos cavalheiros da Sociedade Filológica e uma no envelope característico da Delegação da Gráfica. Este último, provavelmente, deveria conter uma reprimenda relativa a recursos financeiros: se sugerissem que o Dr. Murray diminuísse o conteúdo do Dicionário para acelerar o andamento, todos nós sofreríamos com seu mau humor. Coloquei-a no fim da pilha, para que ele pudesse começar o dia recebendo elogios de desconhecidos.

Havia duas ou três cartas para cada um dos assistentes e, então, no fim da pilha, uma carta endereçada a mim.

Srta. Esme Nicoll, assistente júnior
Sunnyside, Scriptorium
Banbury Road
Oxford

Era a primeira carta que eu recebia no Scriptorium, e a primeira vez que me reconheciam como assistente. Meu corpo inteiro formigou de emoção, mas a sensação diminuiu quando reconheci a letra de Ditte. Fazia três anos, mas eu ainda não conseguia pensar nela sem pensar em Cauldshiels, e eu não queria pensar naquele lugar.

Já fazia calor, e o ar em volta da minha mesa estava parado e abafado. A carta de Ditte ficou separada das outras pilhas: uma página e uma única ficha. Ela perguntava sobre minha saúde e como eu estava me saindo no Scriptorium. Havia recebido boas notícias de mais de uma fonte, escreveu, e fiquei corada de orgulho.

A ficha continha uma palavra comum. Não quis ficar emocionada com ela, mas fiquei. Quando procurei nos escaninhos, não encontrei nenhuma citação equivalente. Pertencia a um grande conjunto de fichas que já fora classificado e sub-editado em vinte acepções variantes. Em vez de colocá-la no lugar, levei-a de volta para minha mesa.

Passei o dedo no que estava escrito, como teria feito com papai antes de eu aprender a ler. Ditte recortara a ficha de um papel pergaminho grosso e desenhara rolos nas beiradas. Eu a aproximei do rosto e inspirei o perfume de lavanda tão conhecido. *Será que ela passou perfume na ficha ou a segurou perto do corpo antes de colocar no envelope?*, me perguntei.

O silêncio era tudo o que eu tinha para castigá-la e, depois, não fui capaz de encontrar as palavras certas para romper esse silêncio. Como eu tinha saudade dela!

Peguei uma ficha em branco na minha mesa e copiei nela cada palavra escrita por Ditte.

AMOR
O amor faz a mente se curvar à compaixão.
O livro dos bebês: boas maneiras medievais para os jovens, 1557
Adaptado para o inglês moderno por Frederick James Furnivall, 1868

Voltei para os escaninhos e anexei a cópia à ficha de identificação mais relevante. A ficha original de Ditte foi para o bolso da minha saia. A primeira em muito tempo – foi um alívio.

Perdi uma hora pensando em Ditte, nas palavras que eu poderia empregar para dar fim a meu silêncio. Quando finalmente voltei para a correspondência, tirei outra ficha de seu envelope. Esta não era enfeitada, mas tampouco era desinteressante. Havia algumas palavras que eu jamais havia ouvido e mal conseguia me imaginar empregando. Mesmo assim, elas haviam entrado no Dicionário porque alguém importante as tinha escrito. *Relíquias*, era o que eu costumava pensar quando deparava com elas.

"Mazelar" era uma delas. A citação fora tirada de "O conto do cavaleiro", de Chaucer.

"Quem vos mazelou ou ofendeu?", estava escrito.

Tinha pelo menos quinhentos anos. Verifiquei se a ficha estava completa, depois procurei o escaninho correspondente. Encontrei uma pequena pilha, sem ficha de identificação. Acrescentei a citação de Chaucer. Não demoraria muito para que as palavras que começam com M precisassem ser definidas. A letra K estava quase pronta. Voltei para minha mesa, peguei o próximo envelope para tirar seu conteúdo. Quando todas as cartas estavam checadas e classificadas, passei pelas mesas, entregando-as para os homens, em troca de outras tarefas. Quando me aproximei da mesa do Dr. Murray, ele me entregou uma pilha de cartas que haviam chegado na semana anterior.

– Perguntas irrelevantes – disse ele. – Você já sabe mais do que o suficiente para respondê-las.

– Obrigada, Dr. Murray.

Ele balançou a cabeça e voltou ao texto que estava editando.

Por mais ou menos uma hora, o farfalhar do trabalho só foi interrompido pelos homens tirando o casaco e afrouxando a gravata. O escritório gemeu quando o sol encontrou seu teto de ferro. O Sr. Sweatman abriu a porta para deixar entrar a brisa, mas não havia sinal de brisa.

Li uma carta que perguntava por que "judeu" havia sido separada em dois fascículos. Dividir uma palavra em duas publicações já fora foco de mais de uma discussão entre o Dr. Murray e a Delegação da Gráfica. Era uma questão de rentabilidade, insistiram os delegados, quando o Dr. Murray informou que o próximo fascículo seria publicado com atraso – "As acepções e variações da palavra 'judeu' exigirão uma pesquisa mais detalhada", disse ele. "Publique o que você tem", responderam.

Levou seis meses para que as duas partes de "judeu" fossem reunidas, e toda semana ele recebia pelos menos três cartas do público pedindo explicações. Escrevi um rascunho da resposta, sugerindo que as exigências de impressão insistiam que cada fascículo tivesse certo número de páginas e que a língua inglesa não podia ser editada para se encaixar nessas limitações. Havia ocasiões em que uma palavra precisava ser dividida, mas que as acepções de "judeu" seriam reunidas quando o próximo volume, *H a K*, fosse publicado.

Li o que escrevi e fiquei satisfeita. Olhei para a mesa do Dr. Murray e pensei se deveria pedir a ele que desse uma lida antes que eu fechasse o envelope e colocasse o selo.

O Dr. Murray tinha um almoço na Igreja de Cristo e já estava em seus trajes de erudito, sentado à sua mesa, de frente para a mesa de classificação. Seu capelo estava firme no lugar, sua beca lembrava as grandes asas negras de um pássaro mítico. De meu cantinho, lá do fundo, ele parecia um juiz presidindo um julgamento.

Bem na hora em que eu estava criando coragem para me aproximar da bancada e pedir que meu trabalho fosse julgado, o Dr. Murray arrastou a cadeira para trás. O movimento arranhou as tábuas do chão, fazendo um ruído digno de reprimenda, se qualquer outra pessoa o tivesse feito. Todos os homens tiraram os olhos do trabalho e viram o editor começar a se enfurecer.

O Dr. Murray tinha uma carta na mão. Sua cabeça virava de um lado para o outro, em uma lenta negação do que havia lido. O Scriptorium caiu no silêncio. O Dr. Murray se virou para trás e tirou *A e B* da estante.

Senti a batida do volume caindo na mesa de triagem como se fosse um soco em meu próprio peito.

Ele abriu o volume no meio, virou página por página, respirou fundo quando encontrou a página correta. Seus olhos percorriam as colunas de texto, e os assistentes começaram a se remexer nas cadeiras. Até papai estava nervoso e colocou a mão no bolso para ficar mexendo nas moedas que sempre tinha ali. O Dr. Murray leu rapidamente a página, voltou para o alto e olhou mais detalhadamente. Passou o dedo em uma coluna, de cima para baixo. Estava procurando uma palavra. Esperamos. Um minuto parecia uma hora. Fosse qual fosse a palavra que ele estava procurando, não estava ali.

O editor ergueu o rosto, com uma expressão furibunda. Então ficou parado, como se estivesse prestes a desferir uma sentença. Ele olhou para nós, pessoa por pessoa, com os olhos espremidos e as narinas dilatadas, acima de sua barba branca e comprida. Seu olhar era severo e fixo, como se procurasse a verdade em nosso coração. Só piscou quando olhou para mim. Inclinou a cabeça e ergueu as sobrancelhas. Estava se lembrando dos anos que passei debaixo da mesa. E eu também.

Quem vos mazelou?, imaginei que ele estivesse pensando.

Papai foi o primeiro a acompanhar o olhar do Dr. Murray até onde eu estava sentada. O segundo foi o Sr. Sweatman. Todos os assistentes espicharam o pescoço e olharam para mim, mas os novos assistentes estavam confusos. Nunca me senti tão visível quanto naquele momento e fiquei surpresa quando percebi que estava sentada mais ereta. Não me encolhi nem baixei os olhos.

O Dr. Murray pode até ter pensado em me acusar, mas resolveu não fazê-lo. Em vez disso, pegou a carta de novo e a releu, depois olhou para o volume aberto: não adiantaria procurar uma terceira vez. Colocou a carta entre as páginas e saiu do Scriptorium sem dizer uma palavra. Elsie foi logo atrás dele.

Os assistentes respiraram aliviados. Papai secou a testa com um lenço. Quando tiveram certeza de que o Dr. Murray estava em casa, alguns dos homens se aventuraram a ir para o jardim em busca da brisa.

O Sr. Sweatman levantou e foi até o volume de palavras que estava sobre a mesa do Dr. Murray. *A e B*. Pegou a carta e leu até o fim. Quando olhou para mim foi com um olhar de empatia, mas também com um leve esgar. Papai foi até ele e leu rapidamente a carta, depois a releu em voz alta.

Caro senhor,

Escrevo para lhe agradecer pelo seu excelente Dicionário. Fiz a assinatura dos fascículos para recebê-los à medida que forem publicados e tenho todos os quatro volumes encadernados até agora. Ocupam uma estante feita especialmente para eles, e espero, um dia, vê-la preenchida, mas essa talvez seja uma satisfação que darei a meu filho. Já vivi seis décadas e não estou gozando de perfeita saúde.

Tenho o hábito, desde que o senhor me forneceu os meios, de refletir a respeito de certas palavras e compreender sua história. Tive motivos para consultar o seu Dicionário enquanto lia O senhor das ilhas. A palavra que procurei nesta ocasião foi "ama-cativa". Não é uma palavra obscura, mas Scott não emprega o hífen, como no Dicionário. "Ama-cativa" não consta do Dicionário. Mas, entre as acepções de "amo", encontrei "marido de governanta ou ama-cativa".

Devo admitir que fiquei perplexo. A meu ver, o seu Dicionário atingiu um status de autoridade inquestionável. Percebo que não é justo onerar, com a expectativa de perfeição, qualquer trabalho feito por homens, e só posso concluir que o senhor, assim como eu, tem suas falhas, e que foi uma omissão acidental.

Venho, pois, por meio desta, informar-lhe, com boas intenções e todo o respeito que lhe é devido.

Atenciosamente, etc.

Fui atravessando o gramado o mais devagar que pude, passando pelos assistentes espichados na grama, segurando um copo grande de limonada nas mãos. Quando comecei a subir a escada para ir ao quarto de Lizzie, a Sra. Ballard surgiu da despensa, com dois ovos em cada mão.

– Não faz o seu tipo passar pela minha cozinha sem pedir licença – disse ela.

– A Lizzie está, Sra. B?

– Ora, bom dia para você também, mocinha.

Ela olhou feio para mim, por cima dos óculos.

– Desculpe, Sra. B. Aconteceu um inconveniente no Scriptorium, e estamos todos fazendo uma pausa. Eu estava torcendo para Lizzie estar por aqui, talvez eu pudesse apenas...

– Um inconveniente, você disse?

A Sra. Ballard foi até a bancada da cozinha e começou a quebrar os ovos na beira de uma tigela. Olhou para mim, esperando resposta.

– Perderam uma palavra – falei. – O Dr. Murray está furioso.

Ela sacudiu a cabeça e deu um sorriso.

– Por acaso eles acham que vamos parar de falar alguma palavra se ela não estiver no Dicionário? Não pode ser a primeira que perdem.

– Acho que o Dr. Murray acredita que é, sim.

A Sra. Ballard encolheu os ombros e apoiou a tigela na cintura. Bateu os ovos até sua mão virar um borrão e o som reconfortante tomar conta da cozinha.

– Vou esperar por Lizzie no quarto dela – falei.

Lizzie entrou bem na hora em que eu estava tirando o baú debaixo da cama.

– Céus, Esme! O que você está fazendo?

– Está imundo aqui embaixo, Lizzie – respondi, com a cabeça debaixo de sua cama pequena, tateando o vão. – Não é isso que eu espero da criada mais bem-sucedida de Oxford.

– Sai daí debaixo, Essymay. Você vai sujar o vestido.

Fui me arrastando para trás, puxando o baú.

– Achei que você tinha esquecido completamente desse baú.

Pensei no recorte de jornal que Ditte me enviara. Estaria bem em cima de todas as outras palavras guardadas no baú. Não consegui encará-lo por muito tempo.

O baú estava coberto por uma camada de pó.

– Você o escondeu de propósito, Lizzie, quando fui para o internato? Ou só por acaso?

Lizzie sentou na cama e ficou olhando para mim.

– Não achei que havia motivos para comentar com ninguém.

– Eu fui uma criança tão ruim assim? – perguntei.

– Não, só uma criança sem mãe, como tantas de nós.

– Mas não foi por isso que me despacharam daqui.

– Só mandaram você para o internato por causa dos estudos. E, provavelmente, porque você não tem mãe para cuidar de você. Acharam que seria melhor assim.

– Mas não foi.

– Sei disso. E eles ficaram sabendo também. Trouxeram você de volta. – Lizzie prendeu uma mecha do meu cabelo rebelde de volta no grampo. – O que lhe fez lembrar disso agora?

– Ditte me enviou uma ficha.

Mostrei a ficha para ela. Enquanto eu lia a citação, percebi que Lizzie ficou aliviada. Depois olhei para ela, envergonhada.

– E tem mais um motivo – falei.

– Qual?

– O Dr. Murray acha que está faltando uma palavra no Dicionário.

Lizzie olhou para o baú, então levou a mão ao crucifixo. Achei que ela ia começar a ralhar, mas não.

– Abre devagar – disse ela. – Alguma coisa pode estar morando aí dentro e se assustar com a luz.

Passei a tarde inteira com meu *Dicionário das palavras perdidas*. Lizzie entrou e saiu do quarto mais de uma vez, trazendo leite e sanduíches e levando, a contragosto, o recado de que eu estava me sentindo mal, para papai. Quando entrou no quarto pela terceira vez, acendeu a luz.

– Estou esbodegada – falou, atirando-se na cama, amassando as fichas espalhadas nela. Passou a mão nas fichas como se estivesse mexendo em folhas secas. – Conseguiu encontrar? – perguntou.

– Encontrar o quê?

– A palavra perdida.

A expressão do Dr. Murray voltou à minha mente.

– Ah, sim. Acabei encontrando.

Estiquei a mão e peguei a ficha na mesinha de cabeceira de Lizzie. Entregá-la para o Dr. Murray estava fora de questão. Mesmo que ele não estivesse zangado, eu não conseguia imaginar uma única situação que tornasse aceitável a presença da palavra em minha mão.

– Você se lembra dela, Lizzie? – perguntei, estendendo a ficha para ela.

– Por que eu lembraria?

– Foi a primeira de todas. Eu não tinha certeza, mas quando tirei tudo do baú, lá estava ela, bem lá no fundo. Você lembra? Ela ficou tão solitária.

Lizzie pensou por alguns instantes, e então sua expressão se acendeu.

– Ah, lembro sim. Você encontrou o prendedor de chapéu da minha mãe.

Olhei para as palavras riscadas na parte de dentro do baú: "Dicionário das palavras perdidas". Fiquei vermelha.

– Para já com isso – ordenou Lizzie. Em seguida, inclinou a cabeça em direção à palavra que eu ainda estava segurando. – Como o Dr. Murray poderia saber que esta palavra está faltando? Por acaso ele conta? Deve haver tantas.

– Ele recebeu uma carta. De um homem que esperava encontrá-la no volume com todas as palavras que começam com A e com B, mas não encontrou.

– As pessoas não podem esperar que todas as palavras estejam lá.

– Ah, mas esperam. E, às vezes, o Dr. Murray precisa escrever para contar por que uma palavra não foi incluída no Dicionário. Existe todo tipo de bons motivos, papai me contou, mas desta vez foi diferente.

Eu estava empolgada, lembrando a comoção daquela manhã. Contra todo o bom senso, eu não podia evitar certo sentimento de realização. Fora eu a causa de algo que parecia realmente importante.

Percebi a preocupação na expressão de Lizzie.

– E o que é, então? Qual é a palavra?

– Ama-cativa – falei, bem devagar e deliberadamente, sentindo a palavra em minha garganta e em meus lábios. – A palavra é ama-cativa.

Lizzie ensaiou:

– Ama-cativa. O que isso quer dizer?

Olhei para o pedaço de papel. Era uma ficha de identificação, e reconheci a letra de papai. Dava para ver onde o alfinete a tinha prendido em todas as fichas com citações ou talvez uma prova. Se eu soubesse que papai é quem a escrevera, será que a teria guardado?

– Bem, o que significa?

Havia duas definições.

– Escrava que cuida da casa – falei. – Ou serviçal agregada, que realiza serviços domésticos sem receber remuneração e é obrigada a permanecer no posto até a morte.

Lizzie pensou por um tempo e falou:

– É isso que eu sou. Acho que sou obrigada a fazer serviço para a família Murray até o dia em que eu morrer.

– Ah, não acho que essa palavra sirva para descrever você, Lizzie.

– Então está certo. Não faz essa cara tão alterada, Essymay. Fico feliz de estar no Dicionário. Ou estaria, se não fosse por você. – Ela sorriu e completou: – O que mais será que tem lá sobre mim?

Pensei nas palavras que estavam no baú. Algumas, eu jamais havia ouvido nem lido até vê-las em uma ficha. A maioria era bem corriqueira, mas alguma coisa na ficha ou na letra havia me cativado. Eram palavras desajeitadas com citações mal transcritas que jamais entrariam no Dicionário, e havia palavras que existiam para uma frase e nenhuma outra: palavras passageiras, do momento, nunca entravam. Eu adorava todas.

"Ama-cativa" não era uma palavra passageira, e seu significado me perturbava. Lizzie tinha razão: aquela palavra servia para descrevê-la, assim como serviria para descrever uma menina vendida como escrava pelo pai na Roma Antiga.

A raiva do Dr. Murray se voltou contra mim, e senti minha raiva aumentando para se equiparar à dele. *É errada, essa palavra*, pensei. Não deveria existir. Seu significado deveria ser obscuro e impensável. Deveria ser uma relíquia e, apesar disso, era tão facilmente compreendida nos dias de hoje quanto em qualquer outro momento da história. A alegria de contar a história da palavra passou.

– Fico feliz de ela não estar no Dicionário, Lizzie. É uma palavra terrível.

– Pode até ser, mas é uma palavra verdadeira. Entrando ou não no Dicionário, amas-cativas sempre vão existir.

Lizzie foi até o guarda-roupa e escolheu um avental limpo.

– A Sra. B deixou o jantar ao meu encargo, Essymay. Preciso ir. Você pode ficar, se quiser.

– Se você não se importar, vou ficar, sim, Lizzie. Preciso escrever para Ditte. Quero que a carta saia logo de manhã.

– Já não era sem tempo.

16 de agosto de 1901

Minha querida Esme,

Esperei tanto tempo pela sua carta. Eu acreditava que essa era minha penitência, e muito merecida. Ainda assim, foi uma sentença dura, e fico feliz que tenha acabado.

Não estive em confinamento solitário e tenho plena consciência de tudo o que pode ser relatado de natureza factual. Você cresceu como uma "muda de salgueiro-chorão", de acordo com um raro floreio vindo de James, que me descreveu a festa no jardim para comemorar o lançamento de H a K. Seu pai reclama que agora você está bem mais alta do que ele, mas fica melancólico quando o assunto é sua crescente semelhança com Amarílis.

Sei o suficiente para ficar satisfeita quando me contam que você anda lendo bastante e aprendendo uma ou outra habilidade doméstica que é considerada desejável em uma jovem. Recebi todos esses detalhes e sou grata, mas ansiava, nesses três últimos anos, por algo vindo de você, Esme. Seus pensamentos e desejos. Suas opiniões em formação e curiosidades.

Nesse sentido, sua carta foi um bálsamo. Eu a li e reli, percebendo, a cada leitura, um pouco mais de evidências de como é sua mente. O incidente recente a respeito de uma palavra faltante certamente atiçou seu interesse e, apesar de não ter sido excluída intencionalmente, "amacativa" faz parte de uma longa lista de belas palavras que deveriam ter sidas incluídas no volume I mas não foram (não mencione, por exemplo, "África" ao Dr. Murray: é uma pedra no sapato).

O que fica claro para mim é que, durante o tempo em que você passou debaixo da mesa de triagem, absorveu mais conhecimento do que a maioria das crianças que ficou sentada diante de uma lousa por seis anos. Foi um erro que todos nós cometemos presumir que o Scriptorium não era um lugar adequado para você crescer e aprender. Nosso pensamento foi limitado pelas convenções (o mais sutil, porém opressivo, dos ditadores). Por favor, perdoe nossa falta de imaginação.

E então, chegamos à sua principal dúvida.

Infelizmente, o Dicionário não tem capacidade de conter palavras que não venham de fontes textuais. Cada uma das palavras precisa ter sido escrita, e você tem razão quando presume que a grande maioria vem de livros escritos por homens, mas não é sempre o caso. Muitas citações são de autoria de mulheres, apesar de representar, claro, a minoria. Você pode até se surpreender ao saber que a proveniência de algumas palavras não é nada mais substancial do que um manual técnico ou um panfleto. Sei de pelo menos uma palavra que foi encontrada na etiqueta de um vidro de remédio.

Você está correta em sua observação de que as palavras de uso comum que não são escritas serão necessariamente excluídas. Seu receio de que certos tipos de palavra ou palavras empregadas por certos tipos de pessoas serão perdidas no futuro é realmente muito perspicaz. Não consigo pensar em uma solução, contudo. Considere a seguinte alternativa: a inclusão de todas essas palavras, palavras que vão e vêm dentro de um ou dois anos, palavras que não grudam em nossa língua através das gerações. Elas entupiriam o Dicionário. As palavras não são todas iguais (e, ao escrever isso, acho que percebo sua preocupação mais claramente: se as palavras de um grupo específico são consideradas mais dignas de serem preservadas do que as de outro... Bem, você me deu o que pensar).

As ambições iniciais de que o Dicionário seria um registro completo do significado e da história de todas as palavras da língua inglesa se provou praticamente impossível, mas deixe-me tranquilizá-la e garantir que há muitas belas palavras registradas em textos literários que tampouco passam nos testes determinados pelo Dr. Murray e pela Sociedade Filológica. Estou incluindo uma dessas palavras.

"Perdão-ado."

É de um romance escrito por Adeline Whitney chamado Visões e percepções. Beth o leu logo que foi publicado. E não fez muitos elogios (a Sra. Whitney é bem clara em sua opinião de que as mulheres deveriam restringir suas atividades ao lar, e suas palavras, ao âmbito doméstico), mas achou esta palavra interessante e foi ela mesma quem escreveu a ficha. Anos depois, pediram-me para escrever o verbete, mas ele nem sequer passou da primeira versão.

Por motivos que não sei ao certo e não preciso explicar, tive razões para pensar nela ultimamente. Nunca fui muito diligente no quesito enviar as palavras rejeitadas de volta para o Scriptorium, e aqui vai ela – um oferecimento e um pedido. Se você a aceitar, minha alma será abençoada com sua própria redenção e perdão-ada (para citar a Sra. Whitney).

Com amor,

Ditte

PARTE III

1902-1907

LAPA – NYLÂNDTIA

MAIO DE 1902

Dois anos depois de eu ter recebido meu primeiro pagamento, o Dr. Murray pediu que eu mostrasse a Rosfrith o processo de classificação das fichas e checagem de significados e tudo o mais que poderia ser útil para ela se ajustar à posição de nova assistente. Depois de meia hora, ficou claro que minhas instruções não eram necessárias. Como todas as suas irmãs, Rosfrith classificava fichas desde criança. Podia até não ter se escondido debaixo da mesa de triagem, mas sabia muito bem como funcionava o Scriptorium.

– Sou supérflua – falei, e Rosfrith deu um sorrisinho.

Ela era tão parecida com Elsie, apesar de um pouco mais magra, um pouco mais alta e um pouco mais bonita. Tinha o mesmo rosto de traços delicados, os mesmos olhos um pouco caídos. Eles a teriam feito parecer triste se Rosfrith não sorrisse com tanta frequência. Eu a deixei na mesa que dividiria com a irmã, bem à esquerda do Dr. Murray, e voltei para minha mesa. Havia pilhas bem organizadas de fichas, de palavras começando com L, na beirada. Quando sentei, fiquei imaginando como seria dividir a tarefa de classificá-las com alguém um pouco parecido comigo.

Geralmente, eu classificava as palavras com toda a calma. Se a palavra fosse conhecida, eu confrontaria meu entendimento com o exemplo enviado por um voluntário. Se fosse desconhecida, eu decoraria seu significado. Essas novas palavras se tornavam o foco da conversa que tinha com papai quando voltávamos a pé para casa. Se ele não conhecesse a palavra, eu explicaria, e ficávamos criando frases, cada vez mais elaboradas.

Mas "lasso" me deixou com vontade de bocejar. Tinha treze fichas com significados repetidos, e era muito mais fácil deixar meus pensamentos vagarem além dos limites do Scriptorium. Pensei no que Ditte havia dito sobre a necessidade de as palavras terem uma história textual. Bem, "lasso" certamente tinha. A citação mais antiga constava de um livro escrito em 1440. Sendo assim, sua inclusão no Dicionário estava garantida, mas a palavra não era nem de longe tão interessante quanto a palavra de Lizzie, "esbodegada". Lizzie jamais dissera que se sentia lassa, mas estava esbodegada o tempo todo.

Prendi todas as fichas de "lasso" com um alfinete, da citação mais antiga à mais recente. Uma estava incompleta: "lasso" estava escrito no canto superior esquerdo, e havia uma citação, mas não possuía a data, o título do livro nem o autor. Seria descartada, mas meu coração ainda batia mais forte quando a guardei no bolso.

A Sra. Ballard já estava sentada à mesa quando entrei na cozinha, e Lizzie preparava sanduíches de presunto para o almoço das duas. Já tinham tirado três xícaras de chá do armário.

— O que "esbodegada" quer dizer, Lizzie?

A Sra. Ballard deu uma risadinha disfarçada.

— Você poderia fazer essa pergunta para qualquer criada, Esme. Todas teremos uma resposta.

Lizzie serviu o chá, se sentou e respondeu:

— Quer dizer cansada.

— Por que então você não diz simplesmente "cansada"?

Ela pensou por alguns instantes.

— Não é só cansada de não dormir: é cansada de trabalhar, de trabalho braçal. Eu acordo antes do sol raiar para garantir que todo mundo no casarão esteja aquecido e seja alimentado assim que acordar, e só vou dormir quando todos *está* roncando. Eu me sinto esbodegada o tempo todo, feito um cavalo velho, que não serve para nada.

Tirei a ficha do bolso e olhei para a palavra. "Lasso" não era exatamente a mesma coisa que "esbodegado". Era uma palavra mais preguiçosa. Olhei para Lizzie e entendi por que ela jamais teria motivo para empregá-la.

— A senhora teria um lápis, Sra. B?

A Sra. Ballard ficou hesitando.

– Não gosto muito de ver esse pedaço de papel na sua mão, Esme.
Mostrei a ficha para ela e expliquei:

– Está incompleta, viu? Vai para o lixo. Vou reaproveitá-la.

Ela concordou com a cabeça.

– Lizzie, querida, tem um lápis na despensa, perto da minha lista
de compras. Você poderia pegá-lo para Esme?

Risquei "lasso" e virei a ficha. Estava em branco, mas eu hesitei.
Jamais havia escrito uma ficha. Eu roubava palavras há anos – eu as
lia, decorava, resgatava. Recorria a elas em busca de explicações. Mas
nunca passara pela minha cabeça que, quando as palavras do Dicionário
me decepcionavam, eu poderia complementá-las.

Com Lizzie e a Sra. Ballard me observando, escrevi:

ESBODEGADA

*"Eu acordo antes do sol raiar para garantir que todo mundo no casarão
esteja aquecido e seja alimentado assim que acordar, e só vou dormir
quando todos está roncando. Eu me sinto esbodegada o tempo todo,
feito um cavalo velho, que não serve para nada."*
Lizzie Lester, 1902

– Acho que o Dr. Murray não vai achar que isso é uma citação
adequada – disse a Sra. Ballard. – Mas gostei de vê-la escrita. Lizzie não
está errada. Acaba com a gente ficar em pé o tempo todo, o dia inteiro.

– O que foi que você escreveu? – perguntou Lizzie.

Li para ela, que levou a mão ao crucifixo. Fiquei pensando que a
tinha deixado chateada.

– Nunca ninguém tinha escrito nada que eu disse – falou, por fim.

Então levantou e tirou a mesa.

Olhei para a minha ficha. *Poderia perfeitamente estar em um dos escaninhos*, pensei, e fiquei imaginando o que Lizzie acharia de ter seu nome e suas
palavras guardadas ao lado de citações do calibre de Wordsworth e Swift.
Resolvi criar uma ficha de identificação e prendê-la à palavra de Lizzie.
Depois lembrei que todas as palavras com E já haviam sido publicadas.

Deixei Lizzie e a Sra. Ballard almoçar em paz e subi a escada de
dois em dois degraus. O baú debaixo da cama de Lizzie estava mais da
metade ocupado. Coloquei "esbodegada" em cima da pilha.

Esta é a primeira de muitas, pensei. Era excepcional, porque não saíra de um livro. Mas, no meio de todas as demais, não havia nada que a destacasse. Tirei a fita que prendia meu cabelo e a amarrei em volta da ficha. Parecia abandonada ali, sozinha, mas eu era capaz de imaginar outras.

Papai me disse, certa vez, que fora ideia do Dr. Murray fazer as fichas daquele tamanho. No início, ele enviava fichas em branco para os voluntários. Mas, depois de um tempo, bastava simplesmente orientar as pessoas a enviarem suas palavras e frases em pedaços de papel de 15 x 10 centímetros. Nem todos os voluntários tinham papel em branco à disposição e, quando eu era pequena, papai me chamava debaixo da mesa de triagem para mostrar fichas escritas em pedaços de jornal, listas de compras, papel de açougueiro (com uma mancha marrom de sangue brotando no meio das palavras) e até páginas arrancadas de livros. Essas me deixavam chocada, e sugeri a papai que o Dr. Murray dispensasse os voluntários que estragassem livros. O pior desses criminosos era Frederick Furnivall, disse ele. O Dr. Murray até poderia pensar em dispensá-lo alguma hora, mas Frederick Furnivall era secretário da Sociedade Filológica. O Dicionário fora ideia dele.

Papai disse que as fichas do Dr. Murray eram engenhosas. Simples e eficientes, seu valor aumentava à medida que o Scriptorium se enchia de palavras e o espaço para armazená-las ficava cada vez mais limitado. O Dr. Murray as tinha projetado para caber perfeitamente nos escaninhos. Não se desperdiçava nem um centímetro de espaço.

Cada ficha tinha personalidade própria e, enquanto era classificada, havia a possibilidade de a palavra que continha ser compreendida. Na pior das hipóteses, alguém a pegaria e leria. Algumas fichas eram passadas de mão em mão, outras eram objeto de um extenso debate, às vezes até de briga. Por um tempo, qualquer palavra era tão importante quanto a anterior e a subsequente, não importando em que papel era feita a ficha. Se estivesse completa, seria armazenada em um escaninho, alfinetada ou amarrada a outras fichas, cuja conformidade era destacada pelas poucas que eram coloridas ou maiores, seguindo seu próprio padrão.

Eu imaginava com frequência em que tipo de ficha seria escrita se eu fosse uma palavra. Uma ficha comprida demais, certamente.

Provavelmente, da cor errada. Um pedaço de papel que destoava dos outros. E tinha medo de talvez jamais encontrar meu lugar nos escaninhos.

Decidi que as minhas fichas não seriam diferentes das do Dr. Murray, e comecei a guardar todo tipo de papel para recortar do tamanho certo. Minhas preferidas eram feitas do papel sulfite azul que Amarílis um dia usara. Peguei algumas folhas na gaveta da escrivaninha de papai. Guardaria essas fichas para as palavras bonitas. As demais eram uma mistura de comum e incomum: uma pilha de fichas originais em branco tiradas do Scriptorium (estavam esquecidas em um canto empoeirado, com certeza ninguém daria falta delas); fichas cortadas de trabalhos da escola e exercícios de matemática; alguns cartões-postais que papai comprara e nunca enviara (quase do tamanho certo, mas não exatamente); sobras de papel de parede, um tanto grossas, mas com belas estampas no verso.

Comecei a carregá-las comigo, na esperança de capturar mais palavras como "esbodegada".

Lizzie era uma ótima fonte. Em uma semana, registrei sete palavras que – eu tinha certeza – não constavam dos escaninhos. Quando fui conferir, cinco delas constavam. Joguei as palavras duplas fora e coloquei as outras duas no baú, junto com "esbodegada", e as amarrei com minha fita de cabelo.

O Scriptorium não era tão frutífero. De quando em quando, o Dr. Murray dizia algo interessante com seu sotaque escocês, normalmente entredentes. "Estólido" era uma expressão comum em resposta à incompetência ou trabalho lento, e eu não tinha coragem de pedir a ele que repetisse, mas escrevi em uma ficha e defini como "idiota ou energúmeno". Quando procurei no volume das letras D e E, fiquei surpresa ao descobrir que já estava registrada. Os demais assistentes não proferiam palavras que não tivessem lido em livros bem escritos. Eu duvidava que qualquer um deles já houvesse passado muito tempo escutando o que era dito na cozinha da Sra. Ballard, ou o que os vendedores do Mercado Coberto disparavam entre si.

Eu já não precisava ajudar na cozinha, mas de vez em quando ainda o fazia. Preferia isso a ir para casa sozinha quando papai trabalhava até mais tarde. As cortinas novas e as flores sempre frescas animavam nossa casa, mas eu preferia ficar conversando com Lizzie durante as longas noites de verão. E, quando estava frio, parecia um desperdício usar carvão para aquecer uma única pessoa.

– Posso lhe pedir para fazer uma coisa para mim, Lizzie?

Estávamos lado a lado na pia.

– Pode pedir qualquer coisa, Essymay. Você sabe disso.

– Queria saber se você me ajudaria a coletar palavras – falei, olhando meio de lado para ela, tentando ver sua reação. Lizzie cerrou os dentes. – Não do Scriptorium – fui logo completando.

– E onde eu vou achar palavras? – perguntou Lizzie, sem tirar os olhos da batata que estava descascando.

– Aonde quer que você vá.

– O mundo não é que nem o Scrippy, Essy. As palavras não ficam por aí esperando uma menina de dedos leves vir roubá-las.

Ela virou e me deu um sorriso reconfortante.

– É por isso mesmo, Lizzie. Tenho certeza de que existe uma porção de palavras maravilhosas voando por aí que nunca foram escritas em um pedaço de papel. Quero registrá-las.

– Para quê?

– Porque acho que essas palavras são tão importantes quanto as que o Dr. Murray e papai coletam.

– Claro que é – ela se interrompeu e corrigiu: – O que eu quis dizer é que é claro que não *são*. São só palavras que a gente usa porque não conhece coisa melhor.

– Eu não acho. Acho que, às vezes, as palavras certas não devem ser tão certas assim, e é por isso que as pessoas inventam novas palavras ou usam palavras antigas de um modo diferente.

Lizzie deu uma risadinha.

– As pessoas com quem eu falo no Mercado Coberto não têm a menor ideia de quais são as palavras certas. A maioria mal sabe ler, e ficam todas encafifadas quando um cavalheiro se detém para conversar.

Terminamos de descascar as batatas, e Lizzie começou a cortá-las no meio e a colocá-las em uma panela grande. Sequei as mãos no pano quente pendurado perto do fogão.

– Além disso – continuou Lizzie –, não é certo uma criada ficar perdendo tempo com essa gente que gosta de usar linguagem chula. Pegaria mal para a família Murray se eu fosse vista tendo conversas inapropriadas depois de terminar minhas tarefas.

Imaginei uma pilha de palavras tão grande que precisaria de um baú novo para armazenar todas, mas, se Lizzie não queria ajudar, eu mal conseguiria coletar palavras suficientes para preencher minha fita.

— Ah, Lizzie, por favor. Não posso ficar andando por Oxford sozinha sem motivo. Se você não fizer isso por mim, é bem capaz de eu desistir.

Ela terminou de cortar as batatas que faltavam, virou e olhou para mim.

— Mesmo que eu ficasse zanzando por lá ouvindo a conversa dos outros, só seria bem-vinda entre as mulheres. Os homens do tipo que trabalha nas bancas falariam de um jeito mais moderado perto de gente como eu.

Outra ideia começou a se formar.

— Você acha que existem palavras que só as mulheres usam ou que se aplicam especificamente a mulheres?

— Acho que sim.

— Você me diria quais?

— Passa o sal — falou Lizzie, tirando a tampa das batatas.

— Então, vai me falar?

— Acho que não consigo.

— Por que não?

— Porque umas eu não falo, e outras não sei explicar.

— Talvez eu possa ir com você quando tiver tarefas na cidade. Eu é que posso ficar ouvindo a conversa dos outros. Não vou atrapalhar nem fazer você perder tempo. Vou apenas ouvir. E, se ouvir uma palavra interessante, anoto.

— Talvez.

Comecei a acordar cedo no sábado para acompanhar Lizzie ao Mercado Coberto. Enchi os bolsos de fichas, levei dois lápis e segui Lizzie como o carneirinho da Maria, daquela canção infantil. Começávamos pelas bancas de frutas e legumes — as coisas frescas eram as primeiras a acabar. Depois íamos à banca do açougueiro ou do peixeiro, à padaria e à mercearia. Andávamos por todos os corredores, olhando as vitrines das lojinhas que vendiam chocolates, chapéus ou brinquedos de madeira. Aí entrávamos no armarinho minúsculo. Lizzie às vezes voltava para casa com linhas novas para bordar ou agulhas. No mais das vezes, eu voltava decepcionada. Os feirantes eram simpáticos e educados, e todas as palavras que diziam eram conhecidas.

– Querem que você gaste o seu dinheiro – disse Lizzie. – Eles não *vai* correr o risco de ofender seus ouvidos delicados.

Às vezes, eu pegava uma palavra no ar quando passávamos pelo peixeiro ou por um grupo de homens descarregando carroças cheias de legumes e verduras. Mas Lizzie não perguntava para eles o que a palavra queria dizer e não me deixava chegar nem perto dos homens.

– Pelo andar da carruagem, nunca vou coletar palavra alguma, Lizzie.

Ela dava de ombros e continuava a fazer seu trajeto costumeiro pelo Mercado Coberto.

– Talvez eu simplesmente tenha que voltar a salvar palavras do Scriptorium.

Isso a fez parar de andar, como eu bem imaginava.

– Você não seria capaz... – disse ela.

– Talvez eu não consiga me controlar.

Lizzie ficou me olhando por alguns instantes. Então disse:

– Vamos ver o que a velha Mabel está oferecendo hoje.

Mabel O'Shaughnessy atraía e repelia como os dois polos de um ímã. Sua banca era a menor do Mercado Coberto: dois caixotes de madeira um do lado do outro, com objetos fortuitos dispostos em cima. Lizzie normalmente nos guiava em outra direção e, por um bom tempo, Mabel para mim era apenas uma imagem passageira, com ossos salientes prestes a rasgar sua pele ressecada e um chapéu surrado que mal cobria as partes calvas de seu couro cabeludo.

Quando nos aproximamos, ficou claro que Lizzie e Mabel se conheciam bem.

– Comeu alguma coisa hoje, Mabel? – perguntou Lizzie.

– O que vendi não dá nem para comprar um pão amanhecido.

Lizzie pegou um pãozinho das nossas compras e entregou para ela.

– E quem é essa? – indagou Mabel, com a boca cheia de pão.

– Esme, Mabel. Mabel, Esme. O pai dela trabalha para o Dr. Murray. – Então fez uma cara constrangida para mim e completou: – Esme também trabalha no Dicionário.

Mabel estendeu a mão: os dedos compridos e sujos saíam das luvas sem dedos e esfarrapadas. Eu não tinha o costume de apertar a mão de ninguém e, por instinto, limpei meus dedos estranhos no tecido da saia, como se quisesse livrá-los de algo desagradável. Quando estendi a mão, a velha deu risada.

– Pode limpar o quanto quiser, mas não vai se livrar disso aí – disparou.

Em seguida, pegou minha mão entre as suas e a examinou como só o médico havia examinado. Seus dedos imundos seguraram os meus, um de cada vez, apertando as juntas e as esticando com cuidado. Os dedos de Mabel eram retos e ágeis, ao contrário dos meus, retorcidos e duros.

– Eles funcionam? – ela perguntou. Respondi que sim com a cabeça. Ela se deu por satisfeita e soltou minha mão. Aí apontou para suas mercadorias. – Então não tem nada que te impeça.

Comecei a examinar suas ofertas. Não era para menos que Mabel não havia comido: só vendia detritos, coisas perdidas, quebradas, tiradas do rio. A única cor vinha de uma xícara com pires, ambos lascados, mas que ainda serviam. Ela colocara um em cima do outro, como se formassem um conjunto, coisa que jamais haviam formado. *Ninguém que tivesse uma moeda sobrando beberia seu chá nessa xícara*, pensei. Mas, para ser educada, eu a peguei e fiquei olhando a delicada estampa de rosas.

– Isso aí é porcelana. O pires também – disse Mabel. – Olha contra a luz.

Ela tinha razão. Porcelana fina, ambos. Coloquei a xícara de rosas de volta sobre o pires de jacintos, e havia algo de alegre na combinação, em meio aos tons de lama de todo o restante. Ambas sorrimos.

Mas isso não bastou. Mabel fez sinal com a cabeça de novo, para suas mercadorias. Então eu toquei, virei e peguei duas ou três coisas. Tinha um graveto, não muito maior que um lápis, mas todo retorcido. Quando o trouxe para ver sua ponta nodosa mais de perto, um rosto idoso olhou para mim. As preocupações de uma vida inteira haviam sido entalhadas na expressão do velho, e sua barba se enroscava na torção do graveto. Senti uma borboleta abrir as asas dentro de meu peito, imaginando o objeto sobre a mesa de papai.

Olhei para Mabel. Ela estava na expectativa, me dando um sorriso desdentado e me estendendo a mão.

Tirei uma moeda da bolsa e falei:

– É incrível.

– Não tenho mais nada para fazer com as mãos agora que ninguém mais quer que eu pegue na sua pica.

Não entendi direito e, como não reagi como ela esperava, Mabel olhou para Lizzie e perguntou:

– Ela é muda?

– Não, Mabel. Ela só não tem ouvidos treinados para o seu inglês específico.

Quando já estávamos de volta a Sunnyside, peguei uma ficha e um lápis. Lizzie se recusou a me dizer o que "pica" significava, mas fazia "sim" ou "não" com a cabeça quando tentei adivinhar. A coloração de seu rosto denunciou quando acertei.

Nós duas nos tornamos visitantes frequentes da banca de Mabel. Meu vocabulário se expandiu, e papai se deliciava com os ocasionais entalhes. Eles ficavam junto de suas canetas e lápis, dentro do copinho antigo de jogar dados que sempre estivera em cima de sua mesa.

Mabel ficava tossindo e limpando a garganta de grandes bolas de fleuma a cada poucas palavras que dizia. Fui vê-la com Lizzie boa parte do ano, e nunca a encontrei calada, mas pensei que a tosse poderia impedi-la de falar. Não impediu: só tornava mais difícil de decifrar o que dizia. Ela tossiu de novo, e lhe ofereci meu lenço, na esperança de que isso a fizesse parar de cuspir nas lajes do lado de sua banqueta. Mabel olhou para o lenço, mas não se dignou a pegá-lo.

– Nah, não tem problema, moça.

Em seguida, inclinou-se para o lado e cuspiu o que havia se acumulado em sua boca no chão. Eu me encolhi. Ela gostou disso.

Enquanto eu examinava seu entalhe, Mabel tagarelava sem parar a respeito das fragilidades criminais, financeiras e sexuais de seus vizinhos de banca, mal interrompendo seus comentários para me informar o preço de alguma coisa.

Entre suas palavras encatarradas, ouvi uma que pensei nunca ter ouvido – uma palavra de que Lizzie negava ter conhecimento, apesar de ter ficado claro, pelo seu rosto vermelho, que estava mentindo.

– Babaca – disse Mabel, quando pedi que repetisse.

– Vamos, Esme – falou Lizzie, me pegando pelo braço com uma pressa nada característica.

– Babaca – repetiu Mabel, um pouco mais alto.

– Precisamos ir, Esme. Temos muita coisa para fazer.

– O que isso quer dizer? – perguntei a Mabel.

– Quer dizer que ela é uma babaca: uma bosta de uma puta fodida. Mabel dirigiu o olhar para a banca de flores.

– Fala mais baixo, Mabel – sussurrou Lizzie. – Vão te expulsar por causa do seu linguajar, você sabe disso.

Ela ainda estava tentando me arrastar para longe dali.

– Mas o que quer dizer, de verdade? – perguntei novamente para Mabel.

A velha sorriu para mim, mostrando as gengivas. Adorava quando eu lhe pedia para explicar uma palavra.

– Está com o papel e o lápis, moça? Você vai querer anotar essa.

Sacudi o braço para me soltar de Lizzie.

– Pode ir, Lizzie. Já encontro você.

– Se alguém te ouvir falando desse jeito, Esme... Bem, a Sra. Ballard vai ficar sabendo antes mesmo de voltarmos para casa.

– Não tem problema, Lizzie. Eu e a Mabel vamos sussurrar – falei, virando para olhar bem séria para a velha. – Não vamos, Mabel?

Ela balançou a cabeça, concordando, como uma criança aban-donada a quem oferecem um prato de sopa. Queria que suas palavras fossem escritas.

Peguei uma ficha em branco do bolso e escrevi "babaca" no canto superior esquerdo.

– É a sua melosa – disse Mabel.

Fiquei olhando para ela, esperando que o sentido do que Mabel acabara de dizer chegasse até mim, como às vezes acontecia, depois de dois ou três segundos, mas continuei perplexa.

– Mabel, isso não me ajudou. – Peguei outra ficha e escrevi "melosa" no canto superior esquerdo. – Faça uma frase com "babaca" para mim.

– Minha babaca está coçando – falou, coçando a parte da frente das saias.

Ajudou, mas não escrevi.

– É a mesma coisa que "virilha"? – sussurrei.

– Você é tapada, moça – disse Mabel. – Você tem babaca, eu tenho babaca, Lizzie tem babaca, mas o Ned ali não tem babaca. Entendeu?

Cheguei um pouco mais perto, segurando a respiração para não sentir tanto o fedor de Mabel.

– Quer dizer vagina? – sussurrei.

– Porra, você é um gênio, é, sim.

Então me afastei, mas não em tempo de evitar que o ar exalado por sua risada me atingisse em cheio na cara. Tabaco e gengivite.

Escrevi: "vagina da mulher, insulto". E risquei "da mulher" em seguida.

– Mabel, preciso de uma frase que deixe muito claro o que essa palavra significa – falei.

Ela pensou, fez que ia dizer alguma coisa, parou, pensou um pouco mais. Então olhou para mim, e uma alegria infantil se espalhou pela complicada paisagem de seu rosto.

– Preparada, moça? – perguntou.

Eu me apoiei no seu caixote e anotei suas palavras: "Era uma vez, em Kew, uma jovem rameira. Que de cola encheu a babaca inteira. E disse, sorrindo: se para entrar pagam bem, para sair têm que pagar também".

Mabel deu risada, o que causou um acesso violento de tosse que exigiu alguns tapas certeiros nas costas para passar.

Quando ela se recuperou, escrevi "Mabel O'Shaughnessy, 1903" embaixo da citação.

– E "melosa"? Quer dizer a mesma coisa?

Ela olhou para mim, ainda achando graça.

– É mais os sucos, moça – respondeu, passando a língua nos lábios rachados. – Os meus já não *é* tão *doce*, mas quando eu era mais nova... – Nesta hora, Mabel passou o dedão entre dois dedos. – Eu comia bem por causa dos meus sucos. Os homens *ama* pensar que te deixaram molhada.

Achei que tinha entendido. Escrevi: "vagina ou fluidos vaginais liberados durante relações íntimas".

– E também é um insulto? – perguntei.

– Claro – respondeu Mabel. – A melosa é prova da vergonha dela. Gente como a gente usa do mesmo jeito que usa "babaca". – Aí olhou para a banca de flores e completou: – Ela e o velho dela são uns *meloso* fodidos, disso ninguém duvida.

Escrevi: "insulto".

– Obrigada, Mabel – falei, guardando as fichas no bolso.

– Você não quer uma frase?

– Você já me deu muitas. Vou escolher a melhor quando chegar em casa – respondi.

– Desde que você ponha meu nome...

– Vou pôr. Ninguém mais vai reclamar a autoria delas.

Ela me deu mais um sorriso mostrando todas as gengivas e me apresentou outro de seus gravetos entalhados.

– É uma sereia – explicou.

Papai adoraria. Peguei duas moedas na bolsa.

– Vale mais uma moeda, acho eu – disse Mabel.

Eu lhe dei mais duas, uma por cada palavra, e fui atrás de Lizzie.

—❦—

– E o que Mabel tinha para dizer? – Lizzie me perguntou, no caminho de volta a Sunnyside.

– Muita coisa, na verdade. Acabaram as minhas fichas.

Fiquei esperando Lizzie me fazer mais perguntas, mas ela já tinha aprendido a não fazer isso. Quando chegamos a Sunnyside, ela me convidou para entrar e tomar um chá.

– Preciso checar uma coisa no Scriptorium – falei.

– Você não vai guardar suas palavras novas no baú?

– Agora não. Quero checar como "babaca" foi definida no Dicionário.

– Esme! – Lizzie parecia desesperada – Você não pode dizer essa palavra em voz alta.

– Então você já conhecia?

– Não. Bom, eu sabia que existia. Sabia que não é uma palavra apropriada para a sociedade educada. Você não deve dizer isso, Essymay.

– Tudo bem – falei, encantada com o efeito causado pela palavra. – Vamos então chamar de "aquela palavra que começa com B".

– Não vamos chamar de nada. Não há necessidade de usar essa palavra nunca.

– Mabel disse que é uma palavra muito antiga. Então, deve constar do volume das letras A e B. Quero ver se minha definição foi acertada.

Não havia ninguém no Scrippy, mas os casacos de papai e do Sr. Sweatman ainda estavam pendurados nas cadeiras. Fui até a estante atrás da mesa do Dr. Murray e peguei o primeiro volume do Dicionário. Procurei pelas páginas, mas a palavra de Mabel não constava delas.

Guardei o volume e comecei a procurar nos escaninhos da letra B, que estavam empoeirados de tão esquecidos.

– Procurando algo em especial?

Era o Sr. Sweatman.

Dobrei as fichas de Mabel, escondendo-as na mão, e respondi:

– Nada que não possa esperar até segunda-feira. O papai está com o senhor?

O Sr. Sweatman pegou o casaco das costas da cadeira e disse:

– Deu uma passada na casa para falar rapidamente com o Dr. Murray. Deve voltar a qualquer momento.

– Vou esperar por ele no jardim.

– Certo. Vejo você na segunda-feira.

Levantei a tampa da minha mesa e coloquei as fichas no meio das páginas de um livro.

❧

Comecei a ir ao Mercado Coberto sozinha. Sempre que meu trabalho me obrigava a ir à Bodleiana ou ao Old Ashmolean, eu dava uma passadinha pelos corredores lotados de bancas e lojinhas. Eu perambulava devagar, ficava parada na vitrine do chapeleiro para conseguir ouvir a conversa do dono com o filho, que estavam na rua. Demorava para escolher o peixe às sextas-feiras, na esperança de captar uma palavra desconhecida trocada entre o peixeiro e sua esposa.

– Por que o Dr. Murray não quer incluir palavras que não foram escritas? – perguntei para papai certa manhã, durante nossa caminhada até o Scriptorium. Eu estava com três fichas novas no bolso.

– Se não estiverem escritas, não temos como verificar o significado.

— E se forem palavras de uso comum? Não paro de ouvir as mesmas palavras no Mercado Coberto infinitas vezes.

— Podem até ser palavras ditas comumente, mas, se não forem comumente escritas, não serão incluídas. Uma citação do Sr. Fulano, vendedor de verduras, simplesmente não é adequada.

— Mas qualquer bobagem do Sr. Dickens, o escritor, é?

Papai me olhou de esguelha.

Eu sorri.

— "Hoploc-hoploc"*, lembra?

"Hoploc-hoploc" causara um debate considerável na mesa de triagem, havia alguns anos. Possuía dezessete fichas, mas todas com a mesma citação. Era a única citação, pelo que o Sr. Maling pôde averiguar.

"É um tanto hoploc-hoploc e monocórdio."

"Mas foi escrito por Dickens", disse um dos assistentes. "É bobagem", disse outro. "Cabe a um editor decidir", disse o Sr. Maling. E, como o Dr. Murray estava ausente, coube ao Sr. Craigie, o mais novo editor, que devia ser admirador de Dickens, porque a palavra foi incluída no volume *H a K*.

— *Touché* — disse papai. — Então me dê um exemplo de palavra que você ouviu no mercado.

— Desenfreada — falei, me lembrando de como a Sra. Stiles, da banca de flores, havia dito isso para um cliente, olhando para mim.

— Sabe, essa palavra me soa conhecida. — Ele pareceu satisfeito. — Acho que você descobrirá que já existe um verbete para ela.

Papai acelerou o passo e, quando chegamos ao Scriptorium, foi direto à estante dos volumes já publicados. Pegou *D e E* e começou a folhear, repetindo "desenfreada" em voz baixa.

— Bem, "desenfrear" é tirar os freios, soltar. Mas "desenfreado" não consta. Nem "desenfreada". — Papai foi até os escaninhos, e eu fui atrás.

Não havia mais ninguém no Scriptorium além de nós dois. Eu me senti criança de novo. *Desenfreada deve estar pouco depois do começo*, pensei. Nem muito alto nem muito baixo.

---

* "Jog-trotty", no original. O termo, que significa "trote", foi cunhado por Charles Dickens, inspirado no som que os cavalos fazem ao andar. [N. E.]

— Encontrei. — Papai levou uma pequena pilha de fichas até a mesa de triagem. — Ah, agora lembrei: eu é que escrevi o verbete. "Desenfreado" é alguém sem freios.

— Então, uma moça "desenfreada" pode andar por aí como bem entender?

— É o que a palavra sugere.

Espiei a ficha de identificação por cima do ombro de papai. Continha várias definições escritas com a letra dele.

"Desacompanhada, indisciplinada: refere-se a moças que não se restringem ao ambiente doméstico."

— Todas as citações foram tiradas do *Daily Telegraph* – disse papai, me passando uma das fichas.

— E por que isso teria alguma importância?

— Acredite ou não, o Dr. Murray fez a mesma pergunta.

— Para quem?

— Para os delegados da Gráfica, quando quiseram cortar custos. Cortar custos significa cortar palavras. De acordo com eles, o *Daily Telegraph* não é uma fonte confiável, e as palavras tiradas dele são dispensáveis.

— Imagino que o *Times* seja uma fonte confiável.

Papai balançou a cabeça, concordando.

Olhei para a ficha que ele havia me dado.

DESENFREADA
"Todas filhas desenfreadas, donzelas que usam calças e pessoas descontentes em geral."
Daily Telegraph, 1895

— Então não é um elogio?

— Depende do que você acha, se moças sempre deveriam andar acompanhadas, ser disciplinadas e ficar restritas ao ambiente doméstico. — Ele sorriu e fez uma cara séria em seguida. — No geral, acho que essa palavra é empregada como crítica.

— Vou guardar essas fichas – falei.

Peguei as fichas. Ao voltar para os escaninhos, escondi "desenfreada" na manga do vestido. *Supérflua*, pensei.

Lá pelo fim de 1902, eu já havia criado confiança para coletar minhas próprias palavras. Mas, no Scriptorium, eu ainda estava fazendo tarefas simples e incluindo novas citações nas pilhas de fichas que já haviam sido classificadas por voluntários fazia anos. Percebi que estava ficando frustrada com as definições que certas palavras recebiam. Fiquei tentada a riscar tantas delas, mas isso não cabia a mim. Mas não conseguimos resistir à tentação para sempre.

– Esme, esta é a sua letra?

Papai me empurrou uma prova por cima da mesa do café e apontou para um pedacinho de papel preso na margem. Era a minha letra. Não havia nada em seu tom de voz que indicasse que a minha sugestão de edição fosse boa ou ruim. Permaneci em silêncio.

– Quando você fez isso? – perguntou ele.

– Hoje pela manhã – respondi, sem tirar os olhos da minha tigela de mingau. – Você deixou em cima da mesa ontem, quando foi dormir.

Papai sentou e leu o que eu havia escrito.

MALUCO
Empregado, com frequência, para se referir a jovens de temperamento enérgico e impulsivo.
"No palco, ela era a jovem mais alegre, jocosa e maluca do mundo."
Mabel Collins, A *mulher mais bela de Varsóvia*, 1885

Ergui os olhos. Papai estava esperando uma explicação.

– Captura um significado que não estava incluído – falei. – Tirei a citação de outra acepção, porque não estava nem um pouco apropriada. É comum eu achar que os voluntários entenderam tudo errado.

– Nós também. É por isso que passamos tanto tempo reescrevendo as contribuições deles.

Fiquei vermelha ao me dar conta de que papai deixara a prova na mesa porque ainda estava trabalhando nela.

– Você vai encontrar algo melhor, mas pensei que poderia lhe poupar um tempinho se eu fizesse uma primeira versão – expliquei.

– Não. Eu tinha acabado de editar essa prova. Pensei que minhas definições estavam adequadas.

– Ah.

– Eu estava enganado.

Ele pegou a prova e a dobrou. Por alguns instantes, ficamos em silêncio.

– Talvez eu possa fazer mais sugestões.

Papai ergueu as sobrancelhas.

– De significados de certas palavras – completei. – Quando estou classificando as fichas, incluindo novas, talvez eu possa escrever sugestões nas fichas de identificação que achar... – Deixei a frase no ar, incapaz de fazer uma crítica.

– Inadequadas? – disse papai. – Subjetivas? Moralistas? Pomposas? Incorretas?

Nós dois demos risada.

– Talvez você possa – disse ele.

❧

Meu pedido ficou pairando no ar enquanto o Dr. Murray olhava para mim por cima dos óculos.

– Claro que pode – disse ele, enfim. – Mal posso esperar para ver o que você vai sugerir.

Como eu já tinha um discurso preparado caso o editor dissesse não, fui pega de surpresa por ele ter concordado com tanta facilidade. Fiquei parada, perplexa, diante da mesa do Dr. Murray.

– Sejam quais forem suas sugestões, devem ser refinadas. Sua perspectiva será frutífera para nossa empreitada de definir a língua inglesa. – Nesta hora, ele se inclinou para a frente, e seu bigode se retorceu nos cantos. – Minhas próprias filhas gostam muito de apontar os preconceitos inerentes aos nossos voluntários mais velhos. Tenho certeza de que ficarão felizes de contar com você para defender a causa.

Dali em diante, eu não me senti mais supérflua, e a tarefa de classificar as fichas passou a representar um novo desafio. Papai me informava sempre que uma das minhas sugestões era incluída em um fascículo. A proporção delas foi aumentando com minha autoconfiança, e eu mantinha um registro dentro da mesa: riscava um tracinho para cada acepção que eu escrevia e era aceita. Com o passar dos anos, o interior da minha mesa ficou todo entalhado de pequenas conquistas.

MAIO DE 1906

Eu gostava da liberdade que ter um salário me proporcionava e me tornei conhecida de diversos vendedores do Mercado Coberto. Continuava indo com Lizzie aos sábados pela manhã, mas com minha própria cesta e uma mesada que papai me dava para comprar comida. Quando terminávamos a compra de mantimentos, eu a levava à loja de tecidos. Pouco a pouco, eu substituía tudo o que estava gasto em nossa casa ou o que ainda servia, mas que era deprimente. Gostava de gastar meu dinheiro nisso, apesar de papai só reparar de vez em quando. A última loja que íamos era sempre o armarinho, e minha maior alegria era comprar linha nova para Lizzie bordar.

Nos outros dias, quando Lizzie não estava comigo, eu visitava certos donos de banca que já sabia terem jeito com as palavras. Eles falavam com sotaques bem lá do norte ou do canto sudeste da Inglaterra. Alguns eram ciganos ou irlandeses itinerantes e iam e vinham. A maioria eram mulheres, jovens ou velhas, e poucas sabiam ler as palavras que haviam me dado, quando eu as escrevia. Mas adoravam compartilhá-las comigo. Dentro de alguns anos, consegui coletar mais de cem. Descobri que algumas das palavras já constavam dos escaninhos, mas muitas, não. Quando estava com vontade de ouvir algo picante, sempre ia ver Mabel.

Uma mulher que eu nunca havia visto estava examinando as mercadorias de Mabel do mesmo jeito distraído que eu costumava fazer.

As duas estavam entretidas conversando, e tive receio de interromper. Fiquei enrolando no meio dos baldes de flores da barraca da Sra. Stiles.

Eu comprava flores da Sra. Stiles toda semana, mas minha relação com Mabel fora notada nos últimos anos, e a florista não era mais tão simpática comigo. O que tornava a minha presença lá ainda mais constrangedora.

– Já decidiu o que vai querer? – A Sra. Stiles havia saído de trás da banca para arrumar flores que não precisavam ser arrumadas.

Ouvi Mabel dando risada de algo que a mulher havia dito. Olhei para lá e vi de relance sua pele clara e suas bochechas coradas, porque a mulher havia virado o rosto, bem de leve, para se esquivar do mau hálito que – eu tinha certeza – a atacou. Fiquei me perguntando por que ela ainda estava ali: se fosse por pena, só eram necessários poucos instantes. Tive uma sensação estranha de que estava observando a mim mesma, como outras pessoas poderiam ter me observado – como a Sra. Stiles com certeza havia me observado.

Como a florista estava esperando algum tipo de resposta, fui até o balde de cravos. Sua simetria de tons pastel era sem graça e, de certo modo, me repeliu, mas estavam posicionadas em um lugar em que eu poderia ver a interlocutora de Mabel com mais clareza. Eu me abaixei de leve, como se examinasse os molhos de flores, e senti a reprovação que a Sra. Stiles mal conseguiu conter. Caíram as pétalas de alguns botões de lilases que ela estava ajustando com um vigor exagerado.

– Para você, Mabel – falei alguns minutos depois, entregando para ela um buquê pequeno de lilases, cujo perfume foi um alívio perceptível para sua nova conhecida. Não tive coragem de olhar para trás, para a florista, mas Mabel não teve vergonha. Ela pegou o buquê e examinou criticamente o embrulho de papel pardo e a fita branca simples.

– O que importa são as flores – disse ela, bem alto, e em seguida as levou ao nariz com um deleite exagerado.

– Cheiram bem? – perguntou a jovem.

– Não saberia te dizer. Não sinto cheiro de nada há anos. – Mabel lhe entregou as flores, e a mulher afundou o nariz nelas, inspirando o perfume.

Como fechou os olhos, pude observá-la com atenção. Era alta, mas não tão alta quanto eu, e seu corpo tinha curvas, como o da mulher da propaganda do sabonete Pears. Usava uma gola alta de renda, e a pele que aparecia acima dela era clara e sem manchas. Seu cabelo loiro cor de mel estava preso em uma trança frouxa e descia pelas costas, e ela estava sem chapéu.

A mulher colocou as flores em cima da banca, entre um sino enferrujado que, provavelmente, jamais tocaria de novo e o rosto de um anjo entalhado.

Peguei o entalhe e disse:

– Eu ainda não tinha visto este, Mabel.

– Terminei hoje de manhã.

– Você conhece essa moça?

– É eu antes de perder os dentes – explicou, dando risada.

A mulher não fez sinal de que ia embora, e fiquei me perguntando se tinha interrompido alguma conversa particular que as duas queriam continuar. Tirei a carteira do bolso e procurei as moedas certas.

– Achei mesmo que você ia gostar dela – comentou Mabel.

Em princípio, pensei que ela estava falando da jovem, mas ela estendeu o anjo entalhado e aceitou minhas moedas.

– Eu me chamo Tilda – disse a mulher, estendendo a mão.

Fiquei parada.

– Ela não gosta de apertar a mão dos outros – falou Mabel. – Tem medo que você se encolha toda.

Tilda olhou para os meus dedos, depois bem nos meus olhos e declarou:

– Pouca coisa é capaz de me provocar essa reação.

Então apertou bem forte a minha mão. Fiquei agradecida.

– Esme. Você é amiga de Mabel?

– Não, acabamos de nos conhecer.

– Temos muito em comum, acho eu – comentou Mabel.

Tilda se aproximou e disse:

– Ela insiste em me chamar de "marafona".

Não entendi.

– Olha a cara dela. Nunca ouviu falar em "marafona".

Mabel não era muito discreta, e a Sra. Stiles fez questão de demonstrar que tinha se ofendido, arrastando os baldes e murmurando uma reclamação.

– Anda logo, menina – Mabel falou para mim. – Pega suas fichas.

Tilda inclinou a cabeça.

– Ela coleciona palavras – explicou Mabel.

– Que tipo de palavras?

– Palavras de mulheres. Palavrões.

Fiquei calada, pega de surpresa e sem uma explicação adequada. Parecia que papai me pedira para mostrar meus bolsos.

Só que Tilda ficou interessada, não chocada.

– É mesmo? – disse, reparando no corte largo do meu casaco e nas margaridas que Lizzie bordara nas mangas. – Palavrões?

– Não. Bem, às vezes. Os palavrões são a especialidade de Mabel.

Peguei meu monte de fichas em branco e o lápis.

– E você *é* uma marafona? – perguntei, sem saber ao certo o quanto a palavra era ofensiva, mas com curiosidade de testá-la.

– Sou atriz, mas certas pessoas acreditam que é a mesma coisa. – Tilda deu um sorriso para Mabel e completou: – Nossa amiga aqui me contou que entrou na profissão depois de pisar no palco.

Comecei a entender e escrevi "marafona" no canto superior esquerdo de uma ficha que eu havia feito com uma prova descartada. Essas fichas estavam se tornando minhas preferidas, ainda que meu prazer em riscar as palavras legítimas e anotar uma das palavras de Mabel no verso nunca deixasse de ter um eco de vergonha.

– Você pode formar uma frase com essa palavra? – pedi.

Tilda olhou para a ficha, depois para mim, e comentou:

– Você leva isso muito a sério, não leva?

Senti um calor nas bochechas. Fiquei imaginando a ficha pelo olhar dela, sua futilidade, o quanto eu devia estar parecendo estranha.

– Diz uma frase para ela – insistiu Mabel.

Tilda esperou até eu olhar para ela.

– Sob uma condição – disse, sorrindo, satisfeita e na expectativa. – Estamos encenando *Casa de bonecas* no New Theatre. Você precisa vir à matinê hoje à tarde e, depois, tomar chá conosco.

– Ela vai, ela vai. Agora fala a frase para ela.

Tilda encheu os pulmões de ar e endireitou a postura. Pousou os olhos logo atrás do meu ombro e pronunciou a frase com um sotaque de classe trabalhadora que eu ainda não havia detectado.

– Se der uma moeda para a marafona, seu colo fica quente.

– E quem está falando é a voz da experiência, se você quer saber – debochou Mabel, dando risada.

– Ninguém falou com você, Mabel – retruquei. E escrevi a frase no meio da ficha. – É a mesma coisa que "prostituta"? – perguntei para Tilda.

– Acho que sim, só que a marafona é mais oportunista e tem bem menos experiência.

Tilda ficou olhando enquanto eu criava a definição.

– Isso resume perfeitamente – falou.

– Qual é o seu sobrenome? – perguntei, balançando o lápis.

– Taylor.

Mabel bateu com a goiva no caixote de madeira para chamar nossa atenção.

– Lê para mim, então.

Olhei para os consumidores do mercado à nossa volta.

Tilda estendeu a mão, querendo pegar a ficha e disse:

– Prometo não empostar a voz.

Entreguei a ficha para ela.

MARAFONA
Mulher que é paga por favores sexuais ocasionais.
"Se der uma moeda para a marafona, seu colo fica quente."
Tilda Taylor, 1906

Que palavra boa, pensei, guardando a ficha no bolso. E que fonte boa.

– Preciso ir – falou Tilda. – A chamada para vestir o figurino é dentro de uma hora. – Então pôs a mão no bolso e tirou uma programação. – Eu interpreto Nora. A cortina sobe às 14h.

Quando papai chegou em casa, vindo do Scriptorium, eu já estava com o almoço pronto: tortas de porco compradas no mercado e vagem no vapor. Havia um vaso com flores novas na mesa da cozinha.

– Fui convidada para assistir à matinê de *Casa de bonecas* no New Theatre – contei, enquanto estávamos comendo.

Papai olhou para mim. Surpreso, mas sorrindo.

– Ah, é? E quem a convidou?

– Uma pessoa que conheci no Mercado Coberto. – O sorriso de papai se transformou em uma careta, e fui logo completando: – Uma mulher. Atriz. Ela está na peça. Você gostaria de ir comigo?

– Hoje?

– Eu não me importo de ir sozinha.

Ele me pareceu aliviado.

– Queria muito passar a tarde com os jornais.

Depois do almoço, fui para o centro da cidade pela Walton Street. Na Gráfica, uma porção de pessoas que estava chegando ao fim da semana de trabalho se dispersava, passando pelo arco; a longa tarde que os esperava animava suas conversas. A maioria ia na direção da qual eu acabara de vir; eles voltavam para casa, em Jericho. Mas alguns grupinhos de homens e uns poucos casais jovens começaram a caminhar pelo centro de Oxford. Continuei andando e imaginando se algum deles estaria no New Theatre.

Na George Street, a pequena caravana de pessoas que eu seguia se espalhou pelos *pubs* e pelas casas de chá. Ninguém entrou no teatro.

Ainda era cedo. Mas, ainda assim, o fato de o teatro estar vazio foi uma surpresa. Parecia maior do que eu me lembrava. Havia poltronas para centenas de pessoas, mas mal tinha trinta espectadores. Tive dificuldade para decidir onde sentar.

Tilda saiu de trás da cortina e desceu a escada acarpetada aos pulinhos, até chegar aonde eu estava.

– Bill disse que viu a mais impressionante das mulheres entrar no teatro, e tive certeza de que era você.

Ela me pegou pela mão e me puxou para a primeira fileira, onde havia uma única pessoa sentada.

– Você tinha razão, Bill, esta é Esme.

Bill levantou e fez uma reverência teatral.

– Este é o meu irmão Bill, Esme. Você tem que sentar com ele na primeira fileira, para eu poder te enxergar. Obviamente, ficará perdida no meio da multidão se sentar em qualquer outro lugar.

Tilda deu um beijo no rosto do irmão e nos deixou a sós.

– Quando a gente senta na frente, pode imaginar que o teatro está lotado e que tem os melhores lugares em uma peça de ingressos esgotados – comentou Bill, quando sentamos.

– E você faz isso com frequência?

– Não muito, mas tem sido útil para esta peça.

Era fácil ficar ali sentada com Bill, apesar de eu saber que provavelmente deveria me sentir incomodada. Ele não tinha a formalidade que eu estava acostumada a ver nos homens que frequentavam o Scriptorium. Era um rapaz típico da cidade, claro, mas havia algo mais que eu não conseguia verbalizar. Bill contou que era dez anos mais novo que Tilda, ou seja, tinha 22 anos. Só dois anos mais novo que eu. Era alto o bastante para me olhar nos olhos e tinha o nariz fino de Tilda e seus lábios carnudos, mas ficavam escondidos por uma avalanche de sardas. Também tinha os olhos verdes da irmã, mas não seus cabelos cor de mel: os cabelos de Bill eram mais escuros, cor de melado.

Fiquei ouvindo-o falar enquanto esperávamos a peça começar. Falou praticamente só sobre Tilda. Ela tinha cuidado dele quando ninguém mais queria cuidar, contou.

– Vocês não têm pai e mãe? – perguntei.

– Não. Mas não morreram – respondeu Bill. – Só são ausentes. É por isso que vou atrás dela aonde quer que o teatro a leve.

Nessa hora as luzes se apagaram, e a cortina subiu.

Tilda era hipnotizante, mas o resto dos atores, não.

❦

– Acho que, esta tarde, só chá não será suficiente – declarou Tilda, quando finalmente saímos do teatro. – Você conhece algum lugar onde possamos beber, Esme? Um lugar aonde o resto do elenco não vá.

Eu só tinha entrado em *pubs* com papai, para almoçar no domingo – nunca só para beber. Costumávamos ficar em Jericho, mas uma vez fomos a um *pub* minúsculo perto da Igreja de Cristo. Eu fui na frente, mostrando o caminho para a St. Aldate's.

– Velho Tom é o nome do dono? – perguntou Bill, quando chegamos ao *pub*.

– O nome é por causa do Grande Tom, o sino da Torre Tom. – Apontei para a torre do sino mais à frente, na St. Aldate's Road. E já ia falar mais, só que Tilda deu as costas e entrou no *pub*.

Eram 17h, e o Velho Tom estava começando a ficar cheio, mas Bill e Tilda formavam uma dupla impressionante. Faziam a multidão abrir caminho, como uma faca quente corta manteiga. Fui atrás deles, levemente encolhida, olhando para baixo. Aquela não era hora de estar ali para comer, e dava para contar as mulheres presentes nos dedos de uma mão. Imaginei Lizzie levando a mão ao crucifixo quando eu contasse como passei a tarde.

– Quanta gentileza – ouvi Tilda dizer, porque três homens levantaram da mesa onde estavam sentados para dar lugar a ela.

Bill segurou a cadeira para a irmã, depois fez a mesma coisa para mim.

– O que você quer beber? – perguntou.

Eu não sabia ao certo.

– Limonada – respondi, de um jeito que implorava sua aprovação.

O balcão do bar ficava a poucos metros, e Bill gritou o pedido por cima das cabeças dos demais homens. De início, resmungaram, mas, quando ele apontou para a mesa onde estávamos sentados, subitamente nossas bebidas se tornaram prioridade para todos.

Tilda entornou sua dose de uísque.

– Você gostou da peça, Esme?

– Você foi maravilhosa.

– Obrigada, mas você se esquivou da pergunta muito habilmente.

– Foi medíocre – comentou Bill, me salvando.

– Esse deve ser o comentário mais gentil que alguém já fez sobre a peça, Bill. – Ela colocou a mão no braço do irmão e completou: – E também é o motivo para a nossa temporada ter sido encerrada. Imediatamente.

– Fodeu.

Levei um susto. Não por causa da palavra, mas pela facilidade com que Bill a empregou.

Ele se virou para mim e disse:

– Desculpe.

– Não se desculpe, Bill. Esme é colecionadora de palavras. Se você tiver sorte, ela vai escrever essa daí em um dos seus pedacinhos de papel.

Tilda levantou o copo vazio.

– Desculpe, minha velha, mas nosso desemprego recente não dá direito a dois uísques.

– Mas eu ainda não contei a boa notícia – Tilda sorriu. – Como bem disse Esme, *eu* fui maravilhosa. Dois atores da Universidade de Oxford também acharam. Eles representaram boa parte do público de hoje e me convidaram para participar de sua montagem de *Muito barulho por nada*.

Vou interpretar Beatrice. A atriz original está de cama, com varicela. – Ela ficou em silêncio por alguns instantes para Bill absorver a notícia. – Tem uma reputação maravilhosa, e as primeiras apresentações já estão quase esgotadas. Consegui que me dessem uma porcentagem da bilheteria.

Bill deu um tapa na mesa, e todos os copos pularam.

– Que foda! Isso é maravilhoso. Tem trabalho para mim?

– Claro que tem. Somos uma dupla, afinal de contas. Você vai ajudar os atores a se vestirem e a se despirem e, de vez em quando, servir de ponto. Vão ficar se estapeando por sua causa, Bill.

Bill voltou ao balcão, e eu peguei uma ficha. Mabel só empregara "foda" no sentido pejorativo.

– Talvez você precise de mais de uma – disse Tilda. – Não consigo pensar em outra palavra que seja tão versátil.

"Foda" não constava de *F e G*.

– Procurando alguma coisa específica, Essy? – perguntou papai, quando coloquei o volume de volta na estante.

– Estou, mas você não vai querer que eu diga em voz alta.

Ele sorriu.

– Entendi. Tente procurar nos escaninhos. Se já foi escrita, vai estar lá.

– Se já foi escrita, não deveria estar no Dicionário?

– Não necessariamente. A palavra tem que ter uma história legítima na língua inglesa. E, mesmo assim... – Ele refletiu e completou: – ...digamos assim: se você não quer dizer em voz alta, pode ter sido considerada chula pelo senso de decoro de alguém.

Procurei nos escaninhos. "Foda" tinha mais fichas do que a maioria das palavras, e a pilha estava dividida em mais acepções do que as que Bill e Tilda poderiam oferecer. A mais antiga datava do século XVII.

A porta do Scriptorium se abriu, e o Sr. Maling entrou com o Sr. Yockney, nosso mais novo, mais baixo e mais careca assistente. Guardei as fichas e fui para minha mesa separar a correspondência.

Às 11h, fui sentar com Lizzie na cozinha.

– Mabel me contou que você fez uma amiga nova no sábado – disse ela, me servindo uma xícara de chá.

– Dois amigos, na verdade.

– E você vai me contar?

Lizzie quase não falou nada enquanto eu lhe contava o meu dia. Quando mencionei o Velho Tom, ela levou a mão ao crucifixo. Não contei nada sobre o uísque de Tilda, mas fiz questão de falar que bebi limonada.

– Eles vão ensaiar nas próximas semanas. Pensei que nós poderíamos ir juntas à estreia da peça.

– Vamos ver – falou Lizzie.

E em seguida tirou a mesa.

Antes de voltar ao Scriptorium, subi a escada, fui ao quarto dela e guardei as palavras de Bill e de Tilda no baú.

Como a Biblioteca Bodleiana ficava a poucos minutos do New Theatre, cada pedido de encontrar uma palavra ou verificar uma citação se tornou uma oportunidade de ver Bill e Tilda durante os ensaios. Meu entusiasmo por essas tarefas não passou despercebido.

– Aonde vai esta manhã, Esme?

O Sr. Sweatman estava levando sua bicicleta em direção ao Scriptorium bem na hora em que eu estava me preparando para sair.

– À Bodleiana.

– Mas é a terceira vez que você vai lá em três dias.

– O Dr. Murray está procurando uma citação, e é minha responsabilidade caçá-la. E também é um prazer: eu amo a biblioteca.

O Sr. Sweatman olhou para as paredes de ferro do Scriptorium.

– Sim, consigo entender por quê. E qual é a palavra, se é que posso perguntar?

– "Sufrágio."

– Uma palavra importante.

Eu sorri e falei:

– Todas são importantes, Sr. Sweatman.

– Claro, mas algumas significam mais do que podemos imaginar. Às vezes, temo que o Dicionário deixe a desejar.

– E como poderia não deixar? – Esqueci que estava com pressa. – Palavras são como histórias, o senhor não acha? Mudam à medida que passam de boca em boca: seus significados se expandem ou são truncados para se encaixar no que precisa ser dito. O Dicionário não tem como capturar cada acepção, muito menos quando tantas jamais foram escritas...

Parei de falar, fiquei envergonhada de repente.

O Sr. Sweatman abriu um sorriso largo, mas sem deboche.

– Você tem um excelente argumento, Esme. E, se não se importa que eu diga, está começando a falar como lexicógrafo.

Pedalei o mais rápido que pude pela Parks Road e cheguei à Bodleiana em tempo recorde. *Comentários sobre as leis da Inglaterra*, de Blackstone, foi fácil de encontrar. Levei o livro até a mesa mais próxima e olhei para as três fichas que o Dr. Murray queria que eu checasse. Todas tinham a mesma citação, mais ou menos ("é o 'mais ou menos' que você precisa verificar", dissera o Dr. Murray).

Encontrei a página, fiz uma leitura rápida, acompanhei a frase com o dedo e confrontei cada ficha com ela. Todas tinham uma ou duas palavras faltando. *Que belo dia na biblioteca*, pensei, riscando o que os voluntários haviam escrito. Por mais que eu quisesse ir logo embora, dei-me ao trabalho de transcrever a citação correta em uma ficha nova.

"Em todas as democracias, portanto, é da maior importância regular a quem e de que maneira é permitido o sufrágio."

Li a citação de novo, chequei novamente se estava exata. Procurei a data de publicação: 1765. Fiquei imaginando a quem Blackstone acreditava que o sufrágio deveria ser permitido. Escrevi a palavra "correção" no canto inferior esquerdo da ficha e coloquei minhas iniciais, E.N. Depois prendi às outras três fichas com alfinete.

Voltei para o Scriptorium pelo caminho mais longo e parei no New Theatre.

Uma vez lá dentro, levou alguns instantes para meus olhos se acostumarem à penumbra. Os atores estavam no palco, parados no meio de uma cena. Havia umas poucas pessoas sentadas nas fileiras do meio.

– Estava mesmo pensando se a veria hoje – disse Bill, quando sentei ao lado dele.

– Tenho dez minutos. Queria vê-los com o figurino.

Era o ensaio com figurino. A noite de estreia seria dentro de apenas três dias.

– Por que você vem todos os dias? – perguntou Bill.

Precisei pensar para responder.

– Para ver algo antes de estar completamente formado. Observar sua evolução. Imagino que sentarei aqui na noite de estreia e valorizarei cada cena ainda mais porque entendo o que levou até ela.

Bill deu risada.

– Qual é a graça?

– Nada. É que você não fala muito, mas quando fala é perfeito. – Baixei os olhos e esfreguei as mãos. – E adoro o fato de você nunca falar de chapéus – completou Bill.

– Chapéus? Por que eu iria querer falar de chapéus?

– As mulheres gostam de falar de chapéus.

– Gostam, é?

– O fato de você não saber disso vai fazer eu me apaixonar por você. De repente, todas as palavras que eu conheci na vida se evaporaram.

***

31 de maio de 1906
Minha querida Esme,

Seus novos amigos me parecem uma dupla interessante. E, por "interessante", quero dizer não convencionais. O que normalmente é algo bom, mas nem sempre. Acredito que você tem capacidade de distinguir uma coisa da outra.

Quanto à inclusão de palavras chulas no Dicionário, a fórmula do Dr. Murray deve ser o único árbitro. É bastante científica, e sua aplicação estrita requer certos tipos de evidência. Se a evidência existe, a palavra deve ser incluída. A fórmula é brilhante, porque descarta a emoção. Quando usada corretamente, faz exatamente o que deveria fazer. Quando deixada de lado, é inútil. Houve momentos em que foi deixada de lado (até por seu inventor), para permitir o exercício da opinião pessoal. As palavras vulgares, como você as chama, são os mortos mais comuns. Não importa a evidência para a sua inclusão, existem pessoas que gostariam de ver tais palavras desaparecer.

De minha parte, acho que elas trazem cor. Uma palavra vulgar, bem colocada e dita com o devido vigor, pode expressar muito mais do que seu equivalente formal.

Se você começou a coletar tais palavras, Esme, devo sugerir que você se abstenha de dizê-las em público – não lhe trará nada de bom. Se você gosta de expressá-las, talvez possa pedir ao Sr. Maling que as traduza para o esperanto. Você não imagina como essa língua é versátil, e como o Sr. Maling pode ser liberal no que tange à vulgaridade.

Com amor,
Ditte

JUNHO DE 1906

Muito barulho por nada estreou no New Theatre no dia 9 de junho. A função de Bill na noite de estreia era ajudar os atores e atrizes com seus corseletes, meias, calças e perucas. Os imprevistos eram frequentes, por isso sentei com ele nas laterais e fiquei assistindo ao lado do palco.

— Você já ficou tentado? — perguntei, enquanto assistíamos Tilda se tornar Beatrice.

— Eu não conseguiria atuar nem que minha vida dependesse disso — respondeu Bill. — E é por isso que sou tão bom costureiro.

— Mesmo?

— E carpinteiro, bilheteiro e tudo o mais que for necessário. — A mão de Bill roçou na minha. — E você? Já se sentiu tentada?

Sacudi a cabeça. Os dedos de Bill flertaram com os meus, e não tirei a mão do lugar.

— Você consegue sentir? — perguntou, alisando a cicatriz na minha pele.

— Sim, mas é uma sensação distante, como se você estivesse me tocando de luvas.

Foi uma explicação pobre. O toque de Bill era como um sussurro em meu ouvido, seu hálito se espalhava por todo o meu corpo, fazendo-me tremer.

— Dói?

— Nem um pouco.

— Como foi que aconteceu?

Quando eu era pequena, a resposta a essa pergunta era um nó de emoções complicadas no meio do meu peito – eu não tinha palavras para explicar. Mas a mão de Bill continuou segurando a minha, e eu ansiava pelo seu calor.

– Foi uma ficha... – comecei a falar.

– Uma palavra?

– Eu achei que era importante.

Bill escutou.

O tempo no Scriptorium sempre se alargava e se contraía para se encaixar no meu humor, mas raramente se arrastava. Desde que conhecera Tilda e Bill, no entanto, percebi que olhava para o relógio com mais frequência.

Por semanas, todas as apresentações de *Muito barulho por nada* lotaram o teatro. Eu compareci a três matinês de sábado e levei papai para assistir a uma apresentação noturna. Sentada à minha mesa, parecia que os ponteiros do relógio estavam parados nas 15h30.

O Dr. Murray voltou de uma reunião com a Delegação da Gráfica e passou meia hora traduzindo a descompostura que *ele* levou em uma descompostura nos assistentes.

– Três anos trabalhando na letra M e só publicamos até "mansuetude" – esbravejou.

Tentei lembrar o que "mansuetude" significava: lembro que papai aludiu a "manso servil", as terras designadas aos vassalos e servos durante o feudalismo. Eu e papai raramente brincávamos com termos históricos. Mas o radical era "mans", que me fez lembrar de "manso", no sentido de "tranquilo, pacífico, bondoso". Papai gastara mais tempo do que de costume cotejando citações e criando definições. No fim, o Dr. Murray cortara várias delas. Olhei para o local onde papai estava sentado e tive certeza de que ele não se arrependia nem de um minuto passado com essa palavra adorável.

Quando o sermão terminou, o silêncio foi profundo. O relógio marcava 16h. O Dr. Murray estava sentado à sua mesa mais alta, lendo provas, mais agitado do que o normal. Os assistentes mal se mexiam nas cadeiras: ninguém falava nada. Ninguém teve coragem de ir embora antes das 17h.

Quando deu a hora, houve um inclinar coletivo de cabeças na direção do Dr. Murray, mas ele continuou do mesmo jeito, e o trabalho prosseguiu. Às 17h30, as cabeças se inclinaram novamente. De onde eu estava sentada, parecia um movimento coreografado. Soltei um leve gemido, e papai olhou para mim. "Sem dar um pio." Era a advertência que seu olhar dava a entender. O Dr. Murray continuava sentado, com o lápis em riste, para corrigir e cortar.

Às 18h, o editor colocou as provas que estava lendo dentro de um envelope e se levantou. Foi até a porta do Scriptorium e colocou o envelope na bandeja, pronto para ser levado à Gráfica pela manhã. Olhou para trás, para a mesa de triagem, onde as cabeças dos sete assistentes ainda estavam abaixadas, os lápis parados no ar, na esperançosa expectativa de serem libertados.

— Vocês não têm casa? – perguntou o Dr. Murray.

Relaxamos. A tempestade havia passado.

— Você tem alguma palavra para mim, Essy? – perguntou papai, depois de fechar a porta do Scriptorium.

— Hoje, não. Vou levar Lizzie ao teatro, lembra?

— De novo?

— Lizzie nunca foi.

Ele olhou bem para mim.

— *Muito trabalho por nada*, imagino...

— Creio que Lizzie achará engraçado.

— Ela já foi assistir a alguma peça?

— Não que eu saiba.

— Você não acha que a linguagem...

— Papai, isso não se diz.

Então lhe dei um beijo na testa, e fomos até a cozinha, e uma leve incerteza se ergueu no ar.

Lizzie reformava seu único vestido bom, que jamais esteve em voga, havia anos, mas sempre pensei que o tom de verde-trevo a fazia parecer mais magra. Enquanto andávamos pela Magdalen Street, achei que a fazia parecer pálida. Lizzie fez o sinal da cruz quando passamos pela Igreja de Santa Maria Madalena.

— Ah, Lizzie, tem uma mancha no seu vestido.

Toquei um ponto engordurado acima da cintura dela.

– A Sra. B precisou de ajuda para regar o assado. Suas mãos não são mais tão firmes quanto eram, e a gordura se espalhou toda quando ela tirou do forno.

– Você não conseguiu limpar?

– O melhor é deixar de molho, e não dava tempo. Pensei que éramos só eu e você, e que ninguém daria importância.

Era tarde demais para mudar os planos – Tilda e Bill estavam esperando no Velho Tom. Olhei para Lizzie pelos olhos dos dois irmãos. Ela tinha 32 anos, era um pouco mais velha do que Tilda, mas seu rosto tinha rugas, e seu cabelo era sem vida, com fios brancos já se misturando com o castanho. Em vez de me lembrar a propaganda do sabonete Pears, seu corpo tendia ao físico da Sra. Ballard. Eu mal havia notado isso antes.

– A gente não deveria virar na George Street? – perguntou Lizzie, quando fui reto pela Cornmarket.

– Na verdade, Lizzie, pensei que você gostaria de conhecer meus novos amigos. Combinamos de passar no Velho Tom para beber alguma coisa antes da peça.

– Quem é o velho Tom?

– É um *pub* na St. Aldate's.

Estávamos de braços dados, e senti o braço de Lizzie enrijecer.

Bill estava com um sorriso largo, e Tilda acenou quando entramos no Velho Tom. Lizzie ficou parada na porta, do mesmo modo que eu a vira tantas vezes, parada na soleira do Scriptorium.

– Você não precisa de convite para entrar, Lizzie – falei.

Ela entrou atrás de mim, e tive a sensação de que eu era a adulta, e ela, a criança.

– Esta deve ser a famosa Lizzie – disse Bill, fazendo uma reverência e pegando a mão dela, que estava solta ao lado do corpo. – Como vai você?

Lizzie gaguejou e puxou a mão um pouco antes do tempo, e a esfregou como se tivesse levado um tapa. Bill fingiu não perceber e voltou sua atenção para Tilda.

– Tilda, o balcão está apinhado. Usa seu charme para conseguir nossas bebidas. – Então olhou para Lizzie e falou: – Olha só como eles abrem caminho para ela passar. Tilda é igual a Moisés.

Lizzie se encostou em mim e disse:

— Não precisa de bebida para mim, Esme.

— Só uma limonada para Lizzie, Bill — avisei.

Tilda estava balançando a cabeça e sorrindo para passar entre a multidão de homens que esperava para pedir bebida. Bill teve que gritar:

— Limonada mais o de sempre, mana.

Tilda levantou o braço para avisar que tinha ouvido. Virei para Lizzie e a peguei olhando para mim como se tivéssemos acabado de nos conhecer e ela tentasse avaliar que tipo de pessoa eu era.

— Falei que preciso estar no camarim às 19h — disse Tilda, poucos minutos depois, com quatro copos habilmente equilibrados entre as duas mãos. — Um cara se ofereceu para me vestir, e três prometeram ver a peça. Eu deveria ganhar comissão, de tantos ingressos que vendo.

Lizzie pegou o copo que Tilda lhe ofereceu e baixou o olhar para o decote generoso do vestido de Tilda, para o volume de seus seios. Olhei para Lizzie, depois para Tilda, tentando vê-las pelos olhos uma da outra. Uma velha criada e uma meretriz.

— Um brinde a você, Lizzie — disse Tilda, levantando o copo de uísque. — Sinto que já te conheço, por Esme e pela velha Mabel. — Então inclinou a cabeça para trás, esvaziou o copo e completou: — Preciso ir, vestir o figurino. Vejo vocês depois da peça?

— Claro — respondi, mas Lizzie ficou inquieta ao meu lado, e me corrigi: — Talvez.

— Vou deixar você convencê-las, Bill. Ninguém faz isso melhor do que você.

Tilda foi atravessando o bar lotado, atraindo um tipo de olhar por parte dos homens e outro por parte das mulheres.

Na segunda-feira seguinte, Lizzie serviu chá do bule grande que estava no fogão e passou a xícara para papai.

— Você gostou da peça, Lizzie? — perguntou ele.

A criada continuou servindo chá e não tirou os olhos da outra xícara.

— Só entendi metade, mas gostei de ver, Sr. Nicoll. Foi muita gentileza de Esme ter me levado.

— E você conheceu os novos amigos de Esme? Fiquei impressiona-do com a *performance* da senhorita Taylor quando a vi, mas temo que preciso contar com a sua aprovação para poder confiar neles.

A próxima xícara de chá foi para mim, e Lizzie colocou açúcar, como sabia que eu gostava, com toda a calma.

— Não posso dizer que já conheci pessoas como eles, Sr. Nicoll. Eles têm uma autoconfiança que eu não estou acostumada a ver, mas eles foram educados comigo e *gentil* com Esme.

— Então você aprova a amizade?

— Não cabe a mim aprovar, senhor.

— Mas você iria de novo ao teatro?

— Sei que deveria ter gostado mais, Sr. Nicoll, mas não sei se isso é para mim. Acordei terrivelmente cansada no dia seguinte e ainda precisava acender todas as lareiras e fazer o café da manhã.

— Você acha que eu aprovaria? — papai me perguntou depois, en-quanto atravessávamos o jardim para ir ao Scriptorium.

Será que quero que ele aprove?, pensei.

— Você gostaria deles. E ouso dizer que ficaria do lado de Tilda em uma discussão. — Pensei um pouco, imaginando Tilda no Velho Tom depois da peça, com um charuto na mão e um copo de uísque na outra, imitando Arthur Balfour. Ela engrossou a voz e exagerou na pronúncia das vogais e debochou da sua renúncia como primeiro-mi-nistro, no ano anterior. Tudo para a alegria geral de todos ali reunidos, tanto os liberais quanto os conservadores. — Mas não tenho certeza de que aprovaria — completei.

Papai abriu a porta do Scriptorium. Em vez de entrar, virou-se e olhou para mim. Eu conhecia aquele olhar e fiquei esperando papai invocar a sabedoria muito maior de Amarílis. "Ela saberia o que fazer", diria papai, sem me dar incentivo ou conselhos — pelo menos até chegar uma carta de Ditte com palavras que ele poderia repetir. Mas, desta vez, papai não foi evasivo.

— Acredito que, quanto mais eu defino, menos eu sei. Passo os dias tentando entender como as palavras foram empregadas por homens que morreram há muito tempo, na tentativa de escrever um verbete capaz de abarcar não apenas o nosso tempo, mas também o futuro. — Ele segurou minhas mãos e acariciou as cicatrizes, como se "amarílis" ainda estivesse impresso nelas. – O Dicionário é um livro de história, Esme. Se é que aprendi alguma coisa com ele, foi que o modo como concebemos as coisas agora certamente vai mudar. E como vai mudar? Bem, só posso especular e torcer, mas sei que seu futuro, com certeza, será diferente do futuro que sua mãe poderia esperar quando tinha a sua idade. Se seus novos amigos tiverem algo para lhe ensinar, sugiro que você lhes dê ouvidos. Mas confie em seu próprio julgamento, Essy, a respeito de quais ideias e experiências devem ser incluídas e quais devem ser cortadas. Eu sempre lhe darei minha opinião, se você me pedir, mas você é uma mulher adulta. Há quem discorde, mas acredito que você tem o direito de tomar suas próprias decisões e não posso exigir que passem por minha aprovação.

Ele aproximou meus dedos estranhos dos lábios e os beijou, depois os segurou contra o rosto. O momento teve a emoção de uma despedida.

Entramos no Scriptorium e inalei seu cheiro de segunda de manhã. Fui para minha mesa.

Encontrei uma pilha de fichas para guardar em seus devidos escaninhos, umas poucas cartas que exigiam respostas simples e uma página de provas, com um bilhete do Dr. Murray: "Não se esqueça de colocar as citações na ordem cronológica correta". Aquele não seria um dia cansativo.

O Scriptorium começou a ficar cheio. Os homens se debruçaram sobre suas palavras: o desafio de articular significados os fazia franzir o cenho e causava debates silenciosos. Coloquei as citações do século XV antes das citações do século XVI, e ninguém pediu minha opinião.

Pouco antes do almoço, papai me avisou que uma sugestão que eu fizera para uma das acepções de "missão" seria incluída no próximo fascículo, com pequenos ajustes. Levantei a tampa da minha mesa e risquei mais um traço na madeira toda marcada. O que não me trouxe a satisfação que sempre trazia. Parecia um prêmio de consolação. Olhei para o Dr. Murray. Ele estava sentado com as costas retas, de cabeça baixa, olhando para os papéis: provas ou cartas, não dava para ver. Sua expressão era relaxada, e o movimento da caneta, suave. Aquela era uma hora tão boa quanto qualquer outra para me aproximar. Levantei da mesa e caminhei, demonstrando mais confiança do que sentia, até a frente do Scriptorium.

– Dr. Murray? – falei, colocando na sua mesa as cartas que tinha redigido. Ele não tirou os olhos do trabalho.

– Tenho certeza de que estão ótimas, Esme. Por favor, coloque-as no correio.

– Eu estava imaginando...

– Sim? – ele continuou trabalhando, absorto em sua tarefa.

– Eu estava imaginando se poderia fazer mais.

– A correspondência da tarde deve trazer mais perguntas a respeito do prazo do próximo fascículo – disse ele. – Eu gostaria que parassem de perguntar, mas fico feliz que você goste de responder. Elsie se recusa a suportar esse tédio.

– Quis dizer que gostaria de fazer mais com as palavras. Pesquisa, talvez. É claro que eu ainda cuidaria da correspondência, mas gostaria de fazer uma contribuição mais significativa.

O lápis do Dr. Murray ficou parado, e ouvi uma rara risadinha. Ele olhou para mim por cima dos óculos, examinando-me como se eu fosse uma sobrinha que fazia muito tempo não via. Então remexeu em alguns papéis que estavam na mesa, encontrou o que estava procurando e leu em silêncio. Mostrou a carta.

– Quem enviou esta foi a Srta. Thompson, sua madrinha. Eu lhe pedi que pesquisasse uma acepção de "lápis". Talvez devesse ter pedido a você. – Então me entregou a carta e completou: – Continue a pesquisa iniciada por ela. Encontre citações indicativas de seu emprego e redija uma definição dessa acepção.

4 de julho de 1906
Caro Dr. Murray,

Sinto que arrisco minha reputação ao insistir nessas coisas. O cabeleireiro é seu devido lugar. Quando pedi um lápis de olho, ofereceram-me em tons de marrom, castanho, preto e também um marrom avermelhado, e não reconheceram a ex-pressão "lápis labial".
Atenciosamente,
Edith Thompson

Os assentos das primeiras fileiras estavam ficando lotados, e Tilda ainda não havia chegado. O jovem que interpretava Benedick estava gritando com Bill.

– Ela é sua irmã. Como você não sabe onde ela está?

– Não sou guardião dela – respondeu Bill.

O ator olhou incrédulo para Bill.

– É claro que é.

Então saiu esbaforido, com a peruca torta e gotas de suor manchando seu rosto maquiado.

Bill virou para mim e disse:

– Não sou mesmo guardião dela, sabe? Tilda é que é minha guardiã.

Ele dirigiu o olhar para a entrada do palco.

– Se ela não chegar logo, talvez você tenha que interpretar Beatrice – falei. – Você deve saber todas as falas.

– Tilda foi para Londres – disse Bill.

– Londres?

– Por causa do "negócio", é assim que ela chama.

– E o que é isso?

– O sufrágio feminino. Ela está metida com as comparsas da Sra. Pankhurst.

A porta do palco se abriu, e Tilda entrou correndo. Estava com um grande sorriso e trazia um pacote grande nos braços.

– Cuida disso, Bill. Preciso trocar de roupa.

– Cuidado com Benedick – avisei.

– Vou lhe contar uma mentira em que ele vai querer acreditar – declarou Tilda.

O talento de Beatrice superou o de Benedick naquela noite. Quando Tilda cumprimentou o público, os aplausos duraram tanto que Benedick saiu do palco antes que terminassem.

Depois da peça, em vez de irmos para o Velho Tom, Tilda nos levou na direção contrária, até o Eagle and Child, na St. Giles' Street.

Um dos dois salões da frente já estava lotado, e Tilda foi se acotovelando com os fregueses para conseguir entrar. Fiquei parada na porta estreita com Bill, tentando entender aquela reunião. Contei doze mulheres com vestidos de tipos variados. Alguns eram de gente abastada, mas a maioria era do que papai chamaria de "classe média": mulheres não muito diferentes de mim.

Tilda parou de cumprimentar as pessoas e gritou para nós:

— O pacote, Bill. Você pode passá-lo para cá?

Bill entregou o pacote para uma mulher baixinha e rechonchuda, que lhe agradeceu dizendo:

— Um homem bom, precisamos de mais homens como você.

— Não sou uma grande raridade – disse ele, parecendo saber o que ela queria dizer com aquilo. Tive a sensação de que havia chegado no meio de uma conversa. – O de sempre? – perguntou Bill, dirigindo-se a mim.

— Vai me ajudar a entender o que está acontecendo?

— Você logo vai entender.

Ele foi até o balcão, passando pelo corredor estreito.

— Irmãs – Tilda começou a falar –, obrigada por se juntarem à luta. A Sra. Pankhurst prometeu que vocês viriam, e vocês vieram. – As mulheres, todas as doze, pareciam satisfeitas consigo mesmas, como se fossem alunas que caíram nas graças da professora.

— Trouxe os folhetos e tenho um mapa mostrando onde cada uma de nós deve entregá-los.

Tilda abriu o pacote e deixou os panfletos serem passados de mão em mão. Eles mostravam uma mulher de trajes acadêmicos em uma cela de prisão, ao lado de um criminoso e um lunático.

— Um diploma da Universidade de Oxford seria muito bom – ouvi uma das mulheres dizer.

— Ponha na lista – sugeriu outra.

— Esme! – gritou Tilda, mais alto que o alarido das mulheres. – Você poderia abrir o mapa na outra mesa?

Ela segurou um mapa dobrado por cima da cabeça das mulheres que estavam à sua frente. Fiquei confusa, sem saber direito com o que estava concordando. Ela, pelo jeito, entendeu e segurou o mapa, me olhando nos olhos, pacientemente. Balancei a cabeça e me aproximei das demais mulheres que estavam no recinto.

Sentei de costas para a janela que dava para a rua, com uma das mãos no canto do mapa para que não caísse da mesa, sob o escrutínio empolgado das mulheres. A conversa era animada; elas discutiam táticas e trocavam de rota entre si: algumas queriam entregar panfletos em lugares onde ninguém as conhecia, outras queriam a conveniência de estar na própria rua para poder voltar para casa rápido, caso fossem confrontadas.

A maioria das mulheres concordou que os panfletos deveriam ser entregues à noite. Outras, com medo do escuro ou da reprovação dos maridos, conceberam o plano de esconder cada panfleto em um aviso de reunião do Movimento da Temperança, contra o uso de bebidas alcoólicas. A ideia foi elogiada, mas o trabalho de providenciar o disfarce seria das mulheres que optassem por utilizá-lo.

Quando os detalhes foram combinados, Tilda deu a cada uma das mulheres um pequeno pacote de panfletos, e elas começaram a sair do Eagle and Child em duplas alvoroçadas.

Três mulheres ficaram para trás e, quando as demais tinham ido embora, Tilda fez sinal para que se aproximassem do mapa. Fiquei do outro lado do salão minúsculo enquanto elas faziam mais planos. Peguei uma ficha.

IRMÃS
Mulheres ligadas por um objetivo político comum. Camaradas.
"Irmãs, obrigada por se juntarem à luta."
Tilda Taylor, 1906

As mulheres foram embora levando seus panfletos e outro pacote, maior. Bill voltou quando Tilda estava dobrando o mapa.

— Agora vocês já podem tomar aquela bebida? — perguntou ele, oferecendo uísque para a irmã e cerveja com soda (de que eu aprendera a gostar) para mim.

— Bem na hora, Bill — falou Tilda, pegando o copo e olhando para mim. — É empolgante, não é?

Eu não sabia se era ou não. Eu me sentia ruborizada e estava curiosa. Minha pulsação estava acelerada, mas podia ser de ansiedade. Não sabia ao certo se aquela era uma experiência que eu deveria aceitar ou rejeitar.

— Bebe logo — disse Tilda. — Ainda temos trabalho a fazer.

Saímos do Eagle and Child e viramos na Banbury Road. Tilda me entregou meu próprio pacote de panfletos, embrulhado em papel pardo e amarrado com barbante. Poderia até ser confundido com uma pilha de provas recém-chegada da Gráfica.

– Não sei se eu deveria – objetei, segurando o pacote, constrangida.

– É claro que deveria – insistiu ela.

Bill foi andando logo na frente, fazendo questão de não participar da nossa conversa.

– Não sou como você, Tilda. Não sou como nenhuma daquelas mulheres lá do *pub*.

– Você tem útero, não tem? Tem babaca? Cérebro capaz de escolher entre os malditos Balfour e Campbell-Bannerman? Você é exatamente igual àquelas mulheres lá do *pub*. – Segurei o pacote longe do meu corpo, como se contivesse algo corrosivo. – Não seja covarde – insistiu ela. – Só vamos colocar pedaços de papel em caixas de correio. Na pior das hipóteses, serão jogados na lareira. Na melhor, serão lidos e podem fazer alguém mudar de ideia. Até parece que estou pedindo a você que plante uma bomba.

– Se o Dr. Murray descobrir...

– Se você realmente acha que ele vai se importar, tome cuidado para que ele não descubra. Agora, pegue a sua rota. Tem panfletos suficientes para colocar nos dois lados da Banbury, entre a Bevington e a St. Margaret's Road. – A rota incluía Sunnyside. Continuei em dúvida. – Você mora em Jericho, não mora?

Fiz que sim com a cabeça.

– Não vai fazer você sair tanto do caminho. Bill, vá com ela.

– E você? – perguntei.

– Ninguém ficará surpreso se me vir tomando a fresca desacompanhada, mas você precisa ter um homem do seu lado. Azar o meu.

Tivemos que cumprimentar poucas pessoas ao passar pela St. Giles: um casal e um grupo de professores bêbados, ostensivamente educados, que se separaram para passar por nós. Na altura em que a St. Giles virava Banbury, o caminho ficou deserto. Minha ansiedade se esvaiu, e o arrependimento de ter ficado relutante começou a tomar seu lugar.

– Devo fazer isso? – Bill me perguntou, quando nos aproximamos da primeira caixa de correio depois da Bevington Road.

Bill sabia o que eu sabia – que eu *era* diferente daquelas mulheres. Que eu poderia até concordar com elas, mas não tinha coragem de ser como elas. Sacudi a cabeça quando Bill tentou pegar o pacote. Ele pôs a mão no meio das minhas costas, e fiquei feliz pela força desse gesto. Puxei o laço que Tilda amarrara e deixei o embrulho dos panfletos se soltar. O desenho de uma mulher aprisionada me acusou de ser apática.

Quando chegamos a Sunnyside, minha pilha tinha diminuído muito. Comecei a andar bem rápido, e Bill ficou em silêncio, sem me recriminar, depois de eu ter disparado que seu falatório poderia acordar as pessoas e fazê-las olhar pela janela. Quando vi o poste vermelho da caixa de coleta oficial do correio, diminuí o passo. Quando eu era pequena, achava que o Dr. Murray devia ser alguém muito importante para ter sua própria caixa de coleta. Eu adorava pensar que ela estava cheia de cartas que só falavam de palavras. Quando aprendi o alfabeto, papai me deixava escrever minhas próprias cartas com palavras inventadas e significados inventados e frases bobas que não significavam nada para ninguém além de nós dois. Papai me dava um envelope e um selo, e eu endereçava minha carta para ele no Scriptorium, Banbury Road, Oxford. Eu atravessava o jardim sozinha, passava pelo portão e colocava minha carta na caixa de coleta do Dr. Murray. Nos dias seguintes, ficava observando a expressão de papai quando ele abria a correspondência entregue em Sunnyside, colocando as fichas em suas devidas pilhas e examinando as cartas. Quando finalmente chegava à minha, a examinava com a mesma seriedade com a qual examinava todas as demais. Ele a lia, balançava a cabeça, como se concordasse com um argumento importante, e depois me chamava para perguntar minha opinião. Até quando eu dava risada, papai continuava sério. Eu ainda sentia uma emoção específica ao colocar as cartas do Scriptorium na caixa de coleta.

– Setenta e oito – anunciou Bill, em meio ao silêncio.

– É o Scriptorium.

– Você pode pular este número, se quiser.

Fui rápido até a caixa de correspondência do portão e joguei o panfleto lá dentro. Ele caiu no fundo, fazendo um leve ruído.

<hr>

Na manhã seguinte, papai ficou segurando o guarda-chuva enquanto eu esvaziava a caixa de correio de Sunnyside. O panfleto estava no fim da pilha, exposto e vulnerável, sem envelope. Dava para ver a borda dele, e tive medo, de repente, que esperassem que eu o descartasse:

em que pilha, afinal de contas, eu o colocaria? O panfleto se tornou mais significativo depois que o depositei na caixa de correspondência, e minha ansiedade também cresceu. Mas, na luz da manhã, no meio de todas aquelas cartas de homens estudados e mulheres inteligentes, o panfleto perdeu sua força.

Fiquei decepcionada. Tive medo do que o papel poderia fazer e agora tinha medo de que não fizesse nada.

– Papai, prometi ao Dr. Murray que incluiria novas citações em uma pilha de fichas que ele vai mandar para Ditte editar – falei. – A correspondência pode esperar hoje?

– Dê para mim. Será um jeito fácil de começar o dia.

Fiquei grata por sua resposta previsível.

Conseguia enxergar bem o perfil de papai, sentada em minha mesa. Em vez de classificar fichas, fiquei esperando ver uma mudança na sua expressão enquanto conferia a correspondência. Quando chegou ao fim da pilha, ele pegou o panfleto. Segurei a respiração.

Ele deu uma olhada, leu a legenda e ficou examinando por um minuto, com uma expressão séria. Depois relaxou e sorriu, balançando a cabeça ao compreender a charge – a inteligência dela, talvez? O argumento? Em vez de amassar o panfleto, colocou-o em uma de suas pilhas de papéis. Levantou da mesa de triagem e pôs cada pilha em seu devido lugar.

– Isso deve lhe interessar, Essy – disse, deixando uma pilha pequena de fichas em minha mesa. – Chegou pelo correio. – Ele ficou me observando enquanto eu pegava o panfleto e dava uma olhada, como se jamais o tivesse visto antes. – É algo que vale a pena discutir com seus amigos jovens – completou.

E então se afastou.

Tilda tinha razão: eu era covarde. Coloquei o panfleto em cima da mesa e tirei a minha mais nova ficha do bolso.

"Irmãs". Consultei *H a K*. "Irmã" não tinha seu próprio verbete: fazia parte de "irmão". Constavam algumas acepções, mas nenhuma delas mencionava "camaradagem".

Lizzie passava cada vez mais tempo na cozinha desde que a Sra. Ballard começara a se sentir mal. Como o médico lhe aconselhara a não ficar de pé por longos períodos, a Sra. Ballard passou a ficar sentada à mesa da cozinha com um bule de chá, dando instruções. Quando entrei, estava virando as páginas do *Oxford Chronicle* e lembrando Lizzie de salgar a ave que haviam acabado de entregar.

– Não seja muquirana, viu? – falou. – Precisa pôr uma boa quantidade para ficar macio. Quanto mais tempo ficar repousando, melhor.

Lizzie revirou os olhos, mas continuou sorrindo.

– A senhora me faz salgar as aves desde que eu tinha 12 anos, Sra. B. Acho que sei como fazer.

– Teve uma confusão na cidade, estão dizendo – falou a Sra. Ballard, ignorando Lizzie. – Algumas *suffragettes* foram pegas pintando palavras de ordem na prefeitura. Aqui diz que perseguiram as mulheres pela St. Aldate's, e elas até poderiam ter escapado da polícia, só que uma caiu e as outras duas pararam para ajudá-la.

– *Suffragettes*? – repetiu Lizzie. – Essa eu nunca ouvi.

– É o que diz aqui. – A Sra. Ballard leu o artigo do jornal. – É assim que estão chamando as mulheres da Sra. Pankhurst.

– Só palavras de ordem? – perguntei.

Eu estava esperando incêndio criminoso.

– Aqui diz que pintaram com tinta vermelha: "Mulheres: não têm mais direitos que um criminoso".

– Não era isso que estava escrito no seu panfleto, Esme? – indagou Lizzie, com as mãos na ave e os olhos em mim.

– A que caiu é casada com um magistrado – continuou a Sra. Ballard. – E as outras duas estudam na Somerville College. Todas damas instruídas. Que vergonha.

– Não é meu panfleto, Lizzie. Estava na correspondência.

– Tem alguma ideia de quem entregou? – insistiu ela, sem tirar os olhos de mim.

Senti uma onda vermelha subir pelo pescoço e tomar conta do meu rosto. Foi assim que Lizzie recebeu sua resposta e voltou a salgar a ave, com movimentos um pouco mais brutos.

Fui ler o artigo por cima do ombro da Sra. Ballard. Três prisões. Nenhum indiciamento, portanto, nada de julgamento. Fiquei imaginando se Tilda e a Sra. Pankhurst ficariam decepcionadas com isso.

No Scriptorium, procurei nos escaninhos. "Sufrágio" estava lá, assim como "sufragista". "*Suffragette*" não estava. Peguei exemplares recentes do *Times of London*, do *Oxford Times* e do *Oxford Chronicle* e levei para minha mesa. Todos continham artigos empregando "*suffragettes*", um deles fazia menção a "*suffragentas*" e outro empregava o verbo "*suffragetar*". Recortei os artigos, sublinhei as citações e colei cada uma em uma ficha. Depois guardei todas as fichas em seu devido escaninho.

Mais uma apresentação noturna terminou, e eu e Bill estávamos ajudando Tilda a colocar suas roupas comuns.

— Você não está se arriscando em nada, Esme — disse Tilda, tirando as calçolas de Beatrice.

— Mas eu moro aqui, Tilda.

— A esposa do magistrado e as mulheres que estudam na Somerville College também.

Uma hora depois, estávamos de novo no Eagle and Child. Eu me sentia apagada em comparação com a energia das mulheres que estavam ali reunidas para ajudar. O novo panfleto as incitava a se juntar a Emmeline Pankhurst em uma marcha pelas ruas de Londres, e elas já faziam planos para a viagem. Queria que a determinação daquelas mulheres me contagiasse. Mas, quando saímos dali, eu já havia me convencido de que não iria com elas.

— Você está com medo, só isso — disse Tilda, com a mão no meu rosto, como se eu fosse criança. Ela deu uma porção de panfletos para Bill e começou a andar de costas. — O problema, Esme, é que você tem medo da coisa errada. Sem o voto, nada que dissermos terá importância, e isso é que devia deixar você apavorada.

Lizzie estava sentada à mesa da cozinha, com a cesta de costura e uma pequena pilha de roupas diante de si. Olhei para a despensa, procurando a Sra. Ballard.

— Está dentro de casa, com a Sra. Murray — disse Lizzie. Então me entregou três panfletos amassados. — Achei no bolso do seu casaco. Não estava bisbilhotando, só verificando as costuras, porque consertei a bainha.

Fiquei parada ali, calada. Tive aquela tão conhecida sensação de que eu merecia um castigo, mas não entendia muito bem o porquê.

– Vi esses panfletos por aí, caídos de caixas de correio e colados no Mercado Coberto. Me contaram o que está escrito. Até me perguntaram se eu ia. – Ela deu uma risadinha e completou: – Até parece que posso me dar ao luxo de passar um dia em Londres. Ela vai desviar você do bom caminho, Essymay, se você permitir.

– Ela quem?

– Você sabe muito bem.

– Eu conheço minha própria cabeça, Lizzie.

– Pode até ser, mas você nunca soube ver o que é bom para você.

– Não é só por mim, é por todas as mulheres.

– Então você entregou esses panfletos?

Lizzie tinha 32 anos e parecia ter 45. De repente, entendi o porquê.

– Você obedece a todo mundo, Lizzie, mas não tem opinião. É disso que esses panfletos estão falando. Está na hora de termos o direito de falar por nós mesmas.

– É só um bando de mulheres ricas querendo ter ainda mais do que já têm.

– Elas querem mais para todas nós. – Eu comecei a erguer a voz. – Se você não vai lutar pelos seus direitos, deveria ficar feliz que existe alguém para lutar por você.

– Eu ficaria feliz se você não saísse no jornal – retrucou ela, com a calma de sempre.

– É a apatia que impede as mulheres de votarem.

– *Apatia*. – Lizzie deu uma risadinha debochada. – Acho que é mais do que isso.

Saí da cozinha nessa hora, brava, e esqueci meu casaco.

Quando voltei para lá, logo antes do almoço, a Sra. Ballard estava sentada à mesa com uma xícara de chá fumegante à sua frente.

– Só três sanduíches hoje, Sra. B – falei, procurando por Lizzie.

– Tarde demais.

A Sra. Ballard fez sinal com a cabeça, apontando para o prato que estava no banco, cheio de sanduíches, bem na hora em que Lizzie apareceu na escada que levava ao seu quarto.

Olhei para ela e sorri, mas Lizzie só balançou a cabeça.

– O Dr. Murray tem reunião com a Delegação da Gráfica, e papai e o Sr. Balk saíram para encontrar o Sr. Hart – continuei, querendo fingir que não estávamos brigadas. – Erros de ortografia, ao que parece. Papai falou que vai ficar fora por horas.

– Então os sanduíches vão servir para a sua janta, Lizzie – declarou a Sra. Ballard.

– Não vale a pena desperdiçar – respondeu Lizzie, indo até a bancada e começando a colocar alguns sanduíches em um prato menor.

– Deixe que eu faço isso – falei.

– Você vai ao teatro hoje à noite, Esme? – Lizzie não estava tão disposta a fingir.

– Acho que vou.

– Você deve ter decorado todas as falas.

Foi uma alfinetada para a qual eu não tinha resposta. Era verdade, e Bill gostava de debochar de mim quando me pegava repetindo as palavras de Tilda. "Você poderia ser a substituta dela", dizia ele.

– Você gostaria de vir comigo? – perguntei para Lizzie.

– Não. Gostei de ir na primeira vez, Esme, mas uma vez basta.

Lizzie poderia ter parado por aí se meu alívio não fosse tão visível. Ela soltou um suspiro e baixou a voz.

– Você não é tão vivida quanto eles, Essymay.

– Não sou mais criança.

A Sra. Ballard arrastou para trás a cadeira em que estava sentada, pegou a cesta de colher temperos e foi para a horta.

– Talvez esteja na hora de eu me tornar "mais vivida", como você disse. As coisas estão mudando. As mulheres não precisam viver vidas determinadas pelos outros. Têm escolhas, e eu escolho não viver o resto dos meus dias fazendo o que me mandam fazer e me preocupando com o que os outros vão pensar. Isso não é vida.

Lizzie tirou um pano limpo da gaveta e colocou em cima do prato de sanduíches que ela e a Sra. Ballard comeriam mais tarde. Endireitou a postura, respirou fundo e levou a mão ao crucifixo pendurado em seu pescoço.

– Ah, Lizzie, eu não quis dizer...

– Ter escolhas seria ótimo. Mas, do meu ponto de vista, as coisas continuam como sempre foram. Se você tem escolhas, Esme, escolha bem.

A última apresentação estava com os ingressos esgotados. A companhia recebeu três bis e foi ovacionada de pé. Os atores ficaram inebriados com os aplausos antes mesmo de levantarem um copo. Tilda os levou do New Theatre para o Velho Tom, com um ator em cada braço, ambos tão perto dela e com tanta intimidade que fazia as pessoas na rua naquela noite se virarem para olhar.

Fui andando mais para trás, com Bill. Era nossa posição costumeira naquele desfile semanal, e, como sempre, ele pegou minha mão e me incentivou a colocá-la no seu braço, chegando mais perto. Mas o clima estava diferente. A mão de Bill estava pousada sobre a minha, e seus dedos traçavam um desenho intrincado na minha pele à mostra. Falou muito pouco e estava menos disposto a acompanhar.

— Estão jubilantes — falei.

— É sempre assim na última apresentação.

— O que vai acontecer? — perguntei, me aproximando como se trocasse confidências.

— Pelo menos uma pessoa será presa, uma será jogada no rio Cherwell e...

Bill olhou para mim nessa hora.

— E?

— Tilda vai parar na cama de um desses dois. O que conseguir levá-la para dentro do quarto sem que ninguém veja.

— Como é que você sabe?

— Ela tem esse hábito — respondeu Bill, visivelmente tentando interpretar minha reação. — Tilda fica dizendo "não" para eles a temporada inteira. "Trepar não é bom para a peça", diz ela. E aí deixa que os homens a possuam.

Eu já sabia: Tilda havia me contado. Na ocasião, fiquei vermelha, e ela disse: "Se o ganso pode, porque a gansa não pode?". Tilda refutou meus argumentos, e comecei a ouvi-los como se fossem de outra pessoa, não meus de verdade.

— Sabia, Esme, que as mulheres foram feitas para gostar?

E aí ela me contou como isso acontecia.

— Como é que é o nome? — perguntei, no dia seguinte, com a lembrança ainda fresca do meu próprio toque e daquele estranho prazer.

Tilda deu risada.

– Você conseguiu encontrar, então?

– Encontrar *o quê*?

– O seu botãozinho. O seu "clitóris". Vou soletrar para você, se quiser anotar. – Peguei uma ficha e um toco de lápis no bolso. Tilda soletrou. – Um estudante de Medicina me falou que é assim que se chama, mas ele não entendia muito do assunto.

– O que você quer dizer com isso?

– Bom, *ele* o descreveu como um pau atrofiado: "prova de que viemos de Adão", disse. Mas, como você, não fazia ideia do que fazer com ele. Ou, se fazia, achou irrelevante. – Tilda deu um sorriso e completou: – Dar prazer à mulher, Esme. É a única função disso. Saber disso muda tudo, você não acha?

Sacudi a cabeça, sem entender.

– Fomos feitas para gostar – prosseguiu Tilda. – Não para evitar nem para aguentar. Para gostar, igualzinho a eles.

Enquanto seguíamos Tilda e seu séquito, Bill parecia estar envergonhado pela primeira vez desde que eu o conheci.

– Ela não vai voltar para casa hoje – disse ele. Uma resposta apropriada ficou na ponta da minha língua, mas eu não disse nada. – Ela fez questão de me falar.

As palavras de Bill me atravessaram, foram até aquele lugar ao qual, agora, eu podia atribuir uma palavra. Eu sabia o que ia acontecer se eu fosse com ele. E ansiava por isso.

– Não posso me atrasar – falei.

– Você não vai se atrasar.

Alguns dias depois, eu, Bill e Tilda nos encontramos na estação, para um chá. Bill me deu um beijo no rosto. Quem estivesse observando diria que éramos velhos amigos, primos, talvez. Jamais perceberiam seu hálito suave na minha orelha ou o tremor que ele me causou. Durante três noites, Bill me explorou. Encontrou linhas de prazer que eu não sabia que existiam. "Devo ficar em Oxford?", perguntou. Eu respondi: "Se você precisa perguntar, provavelmente, não".

Tilda me entregou um saco de papel.

– Não se preocupe: não são panfletos.

Ela sorriu.

Eu abri o saco.

— Um lápis labial, um lápis de olho e um lápis de sobrancelha. Podem ser facilmente obtidos, mas talvez não no cabeleireiro que a sua madrinha costuma frequentar. Também comprei um batom para você. Vermelho, para combinar com esse seu cabelo. Você vai precisar de um vestido novo para ficar bom.

Peguei uma ficha e falei:

— Faça uma frase com "lápis labial".

— O lápis labial acompanhou o contorno de seus lábios de rubi como o pincel de um artista.

— Ela anda praticando – debochou Bill.

— Não posso escrever isso em uma ficha.

— Se é para o Dicionário de verdade, a citação não precisa ser tirada de um livro? – perguntou Bill.

— Teoricamente, sim, mas até o Dr. Murray já inventou citações quando as que existem não fazem jus ao significado.

— Essa é a minha frase, é pegar ou largar – disse Tilda.

Eu peguei. Bill serviu mais chá.

— Você já tem uma peça para atuar em Manchester? – perguntei.

— Não é por causa do teatro que vamos para Manchester, Essy – respondeu Bill. – Tilda entrou para a USPM.

— E o que é isso?

— União Social e Política das Mulheres – disse Tilda.

— A Sra. Pankhurst acredita que as habilidades de palco dela serão úteis – comentou Bill.

— Eu sei projetar minha voz.

— E pode fazê-la parecer refinada. – Bill olhou para a irmã com tanto orgulho. Não conseguia imaginá-lo abandonando Tilda.

DEZEMBRO DE 1906

Elsie Murray circulou pelo Scriptorium com as mãos cheias de envelopes. Fiquei observando enquanto cada um dos assistentes recebia o seu, com variações de espessura que indicavam tempo de casa, grau de instrução e gênero. O envelope de papai era grosso. O meu, assim como os de Rosfrith e de Elsie, parecia quase vazio. Ela parou na cadeira da irmã e, enquanto as duas conversavam, Elsie prendeu um cacho de cabelo claro que se soltara do coque de Rosfrith. Certa de que continuaria no lugar, Elsie veio até minha mesa.

– Obrigada, Elsie – falei, quando ela me entregou meu pagamento.

Ela sorriu e colocou um envelope maior em cima da minha mesa.

– Você me parece um pouco entediada estes últimos dias, Esme.

– Não, nem um pouco.

– Você está sendo educada. Já classifiquei muitas fichas e escrevi muitas cartas na vida. Sei o quão tedioso pode ser. – Então abriu o envelope, tirou dele uma página de provas e empurrou para mim. – Meu pai achou que você poderia tentar editar.

Não foi a cura para o mau humor que tomara conta de mim, mas foi bem-vindo.

– Ah, Elsie, obrigada.

Ela balançou a cabeça, satisfeita. Fiquei esperando que fizesse as perguntas de sempre.

– Vai estrear uma nova peça hoje à noite no New Theatre – comentou.

– Sim.

– Você vai?

Eu recebia um envelope como aquele todas as sextas, havia seis anos, e toda vez Elsie me perguntava o que eu compraria de presente para mim mesma. Sempre era algo para enfeitar nossa casa, mas desde que conheci Tilda, minha resposta mal variava: eu iria sozinha ao teatro. "O que há de tão fascinante em *Muito barulho por nada?*", ela me perguntou, certa vez. Bill me veio à mente, sua coxa encostada na minha no escuro, na frente do palco, nós dois com os olhos fixos em Tilda.

– Acho que não vou ao teatro hoje à noite – respondi.

Ela ficou me olhando por alguns instantes. Seus olhos castanho-escuros me pareceram benevolentes.

– Não faltará oportunidade. Li que a peça fez bastante sucesso em Londres, e a expectativa é que a temporada seja longa.

Mas eu não conseguia imaginar outra trupe ou outra peça, e só de pensar em sentar em uma das primeiras fileiras com outra pessoa que não fosse Bill me deu vontade de chorar.

– Preciso continuar – disse Elsie, encostando rapidamente no meu ombro e se afastando.

Quando ela saiu, olhei para as provas que havia me dado. Era a primeira página do próximo fascículo, e havia uma ficha presa na margem, com mais um exemplo de "mazelar".

As instruções que o Dr. Murray havia anotado eram "corte o texto para caber todo em uma página". Lembrei-me da palavra saindo de um envelope anos antes: uma letra caprichada de mulher e um verso de Chaucer. Eu e papai ficamos brincando com ela por uma semana. Aquela frase nova me fez parar. "Seu sofrimento pela ausência dele a mazelava a ponto de quase deixá-la frenética."

Eu sentia falta deles. Era como se os dois tivessem escrito uma peça, construído o cenário e, sempre que eu estava em sua companhia, tinha um papel a desempenhar. Eu me encaixava tão bem nesse papel: um personagem secundário, alguém comum, em contraste com os protagonistas, que podiam brilhar. Agora que Bill e Tilda haviam feito as malas e ido embora, esqueci as minhas falas.

Mas será que a ausência de Bill me deixava frenética?

Ele havia me dado algo que eu queria desde a primeira vez em que segurou minha mão. Não era amor: nada parecido. Era conhecimento. Bill pegou palavras que eu havia escrito em fichas e as transformou em partes do meu corpo. Apresentou-me sensações que nenhuma frase rebuscada poderia definir, nem de longe. Perto do fim, eu ouvia esse prazer sendo exalado na minha respiração, sentia minhas costas arquearem e meu pescoço se esticar, expondo a pulsação. Era uma rendição, mas não a ele. Como um alquimista, Bill transformara as vulgaridades de Mabel e as instruções práticas de Tilda em algo belo. Eu era grata por isso, mas não estava apaixonada.

Era de Tilda que eu mais sentia falta: sua ausência deixou um sofrimento que me mazelava. Ela tinha ideias que eu queria entender e dizia coisas que eu não conseguia dizer. Dava mais importância ao que era relevante e menos ao que não era. Quando eu estava com Tilda, sentia que era capaz de fazer algo extraordinário. Sem ela, temia que jamais conseguisse fazer.

—

— Está se sentindo mal de novo, Essy? – perguntou Lizzie, quando entrei na cozinha para tomar água. – Você está meio pálida, com certeza.

A Sra. Ballard estava examinando o pudim de Natal que fizera e o regava com conhaque. Olhou para mim, espremendo os olhos. Franziu a testa, realçando as rugas do seu rosto. Lizzie me serviu água da jarra que estava na mesa da cozinha, depois foi à despensa e trouxe um pacote de biscoitos digestivos.

— Biscoitos comprados, Sra. B! – disparei. – A senhora por acaso sabia que isso estava escondido em sua despensa?

Ela piscou, e sua expressão relaxou.

— O Dr. Murray insiste em ter biscoitos McVitie's. Diz que o fazem se lembrar da Escócia.

Lizzie me passou um biscoito.

— Vai acalmar seu estômago – garantiu.

A última coisa que eu queria era comer, mas Lizzie insistiu. Sentei à mesa da cozinha e fiquei mordiscando o biscoito enquanto a Sra. Ballard e Lizzie faziam seu trabalho. Não fizeram muita coisa. Quando vi que Lizzie limpou o fogão pela terceira vez, finalmente perguntei se havia algo de errado.

– Não, não, querida – a Sra. Ballard foi logo dizendo. – Tenho certeza de que vai ficar tudo bem.

Mas voltou a franzir o cenho.

– Esme – disse Lizzie, finalmente largando o pano. – Você pode ir lá em cima comigo um minutinho?

Olhei para a Sra. Ballard, que fez sinal para eu ir com Lizzie.

Havia algo de errado, *sim*, e por um momento pensei que ia vomitar. Respirei fundo, e a sensação passou. Então acompanhei Lizzie até o quarto.

Sentamos na cama dela. Lizzie ficou olhando para as próprias mãos, que estavam pousadas em seu colo, sem jeito. Fui eu quem teve a iniciativa de segurá-las. Pensei que ela tinha más notícias para dar. Podia estar doente ou, quem sabe, toda aquela minha conversa sobre decisões a fizera procurar um emprego melhor. Antes que Lizzie dissesse uma palavra, meus olhos se encheram de lágrimas.

– Você sabe de quanto tempo está? – perguntou.

Fiquei olhando para ela, tentando encaixar as palavras em algo que eu fosse capaz de entender.

Lizzie tentou novamente:

– Há quanto tempo você está... – Então olhou para a minha barriga, depois nos meus olhos – ...esperando?

Foi aí que eu entendi. Soltei suas mãos e fiquei de pé.

– Não seja ridícula, Lizzie. É impossível.

– Ah, Essymay, sua pateta boba. – Ela também ficou de pé e segurou minhas mãos de novo. – Você não sabia?

Sacudi a cabeça e falei:

– Como *você* sabe?

– Minha mãe viveu isso muitas vezes. O enjoo logo vai passar.

Olhei para Lizzie como se ela estivesse louca.

– Não posso ter um filho, Lizzie.

❧

Esperar. Esperando. Espera.
Sinônimo de "aguardar".

Por um convite, alguém ou algum acontecimento. Mas nunca por um bebê. Nem uma única citação em *D e E* mencionava bebês. Lizzie calculou que eu estava "esperando" havia dez semanas, mas eu não fazia ideia.

No dia seguinte, fiquei na cama em vez de ir tomar café com papai. Estava com dor de cabeça, foi o que eu disse, e ele concordou que eu estava pálida. Assim que papai foi para o Scriptorium, fui para o quarto dele e fiquei na frente do espelho de Amarílis.

Eu estava um pouco pálida, sim, mas de camisola não consegui notar nenhuma mudança. Soltei a fita da gola e deixei a camisola cair no chão. Lembrei-me de Bill passando o dedo em meu corpo, desde a cabeça até os dedos do pé. Dizendo o nome de cada parte. Meu olhar reconstruiu seu caminho: fiquei arrepiada, como havia ficado todas as vezes em que estivemos juntos. Parei na barriga, no leve inchaço que poderia muito bem ser devido a excesso de comida, gases ou àquele peso que vinha antes do sangramento mensal. Mas não era nada disso. E, de repente, o corpo que eu tinha aprendido a ler tão recentemente se tornou incompreensível.

Coloquei a camisola de novo e amarrei bem a gola. Voltei para a cama e puxei as cobertas até o pescoço. Fiquei lá deitada por horas, quase sem me mexer, sem querer sentir o que poderia estar acontecendo dentro de mim.

Eu estava esperando, mas não um bebê. Eu estava esperando uma solução.

Dormi mal naquela noite. Pela manhã, acordei pior, pela falta de sono, mas insisti que ia ao Scriptorium. Deixei um pacote de McVitie's na minha mesa e fiquei mordiscando biscoitos enquanto cuidava da correspondência matutina e classificava as fichas. Tentei melhorar as definições das fichas de identificação sugeridas por voluntários, mas nada me vinha à cabeça.

Olhei para a mesa de triagem. Papai estava sentado no lugar de sempre, assim como o Sr. Sweatman e o Sr. Maling. O Sr. Yockney estava sentado no lugar que antes fora do Sr. Mitchell e, de repente, fiquei me perguntando como eram seus sapatos e se suas meias eram ambas da mesma cor. Será que dariam as boas-vindas a outra criança que ficasse embaixo da mesa? Ou será que os novos assistentes reclamariam, censurariam e acusariam? Papai tossiu, pegou o lenço e assoou o nariz. Estava resfriado, só isso. Mas, de repente, me dei conta de que estava mais velho, mais grisalho, mais roliço. Será que teria energia para ser pai e mãe, avô e avó? Seria justo exigir isso dele?

Na hora do almoço, encontrei a Sra. Ballard e Lizzie na cozinha e sofri com a ansiedade delas.

– Você precisa contar para o seu pai, Essymay. E Bill deve ser obrigado a assumir suas responsabilidades – disse Lizzie.

– Não contarei para Bill.

Lizzie ficou olhando para mim, com a expressão tomada pelo medo.

– Pelo menos escreva para a Srta. Thompson. Ela vai ajudar você a contar ao seu pai. Vai saber o que fazer – sugeriu a Sra. Ballard.

– Ainda há tempo – falei, sem saber se havia ou não. Lizzie e a Sra. Ballard se entreolharam, mas não disseram mais nada. A cozinha se tornou insuportavelmente silenciosa. Quando Lizzie me perguntou se eu iria com ela ao Mercado Coberto no sábado, respondi que sim.

O mercado estava lotado. Foi um alívio. Fiquei zanzando ao lado de Lizzie, que ia de banca em banca, examinando a firmeza de uma fruta, a moleza de outra. O falatório era bem conhecido e tranquilizador: ninguém fez questão de me perguntar como eu estava me sentindo nem de falar que eu estava pálida.

Uma hora, fomos à banca de Mabel. Fazia semanas que eu não a via. A velha parecia mais baixa, a curva anômala nas suas costas estava mais pronunciada. À medida que nos aproximamos, pude ver que estava entalhando. Cheguei ainda mais perto e fiquei hipnotizada pelo movimento de suas mãos: sua destreza me pareceu entrar em contradição com seu corpo encurvado.

Mabel estava tão absorta que não notou que estávamos paradas na frente da banca até Lizzie colocar uma laranja no caixote, bem diante dela. Seu rosto encarquilhado mal mudou de expressão ao ver o presente, mas a velha soltou a goiva e escondeu a laranja nas dobras de seus trapos. Em seguida, pegou a ferramenta e voltou a entalhar.

– Você vai gostar desse quando eu terminar – disse, olhando para mim.

– O que é? – perguntou Lizzie.

Mabel olhou para Lizzie por um instante e lhe passou a figura.

– É Taliesin, o bardo. Ou talvez Merlin, o mago. Acho que a Srta. Words-Worth aqui vai gostar, para dar de presente ao pai.

Ela olhou para mim, esperando um elogio pelo trocadilho que fez com o nome do grande poeta, apelando para o seu sentido literal, "valor das palavras". Eu lhe dei um sorriso fraco.

– Tem que ser um ou outro – argumentou Lizzie.

– Um e os dois – retrucou Mabel, voltando o olhar para mim, espremendo de leve os olhos. – É só os *nome* que não *para* de mudar.

Lizzie devolveu o entalhe, e Mabel o pegou sem tirar os olhos do meu rosto. Fiquei me movimentando, incomodada, e ela se aproximou.

– Já dá para ver – sussurrou. – Na sua cara. Se você tirasse esse casaco, acho que eu enxergaria.

Os gritos dos feirantes, o bater das rodas das carroças, as conversas que competiam umas com as outras: todos os ruídos do mercado foram sugados por uma única nota estridente. Por instinto, olhei ao redor e fechei os primeiros botões do casaco, que estavam abertos.

Mabel sorriu e recuou. Estava satisfeita consigo mesma. Comecei a tremer.

Até aquele momento, toda a ansiedade que eu sentia era por ter que contar a papai. Não havia pensado no que qualquer outra pessoa poderia achar ou quais seriam as consequências se mais alguém ficasse sabendo. Olhei à minha volta e me senti uma criatura pequena, que não tinha para onde fugir.

– Não ouvi falar de casamento – prosseguiu Mabel.

– Chega, Mabel – sussurrou Lizzie.

As palavras das duas interromperam o zumbido em meus ouvidos, e os ruídos do mercado voltaram com tudo. Tive um momento de alívio quando me dei conta de que ninguém parecia ter notado. Mas durou pouco. Tive que me encostar em um dos caixotes de Mabel para não cair.

– Não se preocupa, moça – disse Mabel. – Você ainda tem algumas semanas. A maioria das pessoas não percebe o que não espera ver.

Lizzie falou por mim, e a dimensão do meu medo ficou aparente em sua voz.

– Mas se você consegue perceber, Mabel...

– Aqui não tem ninguém com a minha... como devo dizer... experiência específica.

– Você tem filhos?

Mal consegui ouvir minha própria voz ao fazer essa pergunta.

Mabel deu risada, e suas gengivas escurecidas eram feias e debochadas.

– Não sou tão burra assim – respondeu ela. Então baixou ainda mais a voz e completou: – Tem jeitos de não ter essas coisas.

Lizzie tossiu e começou a pegar vários objetos na banca de Mabel. Mostrava um, depois outro e perguntava se eu gostava deles, falando mais alto do que seria necessário.

Mabel continuou olhando nos meus olhos. Então, em um tom que foi ouvido além da banca de flores, indagou:

– Em que posso ajudá-la, moça?

Eu fingi, como elas. Peguei o entalhe inacabado de Taliesin e o virei, com a mão trêmula. Mal consegui enxergar.

– É um dos melhores que fiz, esse aí. Mas ainda não terminei – explicou Mabel, pegando o objeto de volta. – Acho que até depois do almoço termino, se você quiser voltar.

– Hora de ir embora, Esme.

Lizzie me segurou pelo braço.

– Vou deixar escondido, para ninguém mais comprar – disse Mabel, quando demos as costas para ir embora.

Balancei a cabeça. Mabel fez a mesma coisa. Então eu e Lizzie fomos embora do mercado sem termos feito todas as compras.

– Quer entrar e tomar um chá? – perguntou Lizzie, quando chegamos a Sunnyside. Os assistentes mais antigos trabalhavam meio período no sábado, e não era raro eu fazer companhia a ela na cozinha enquanto esperava papai terminar.

– Hoje não, Lizzie. Pensei em ir para casa e decorar a sala, fazer uma surpresa para papai.

Quando cheguei em casa, subi a escada, entrei no quarto de papai e fiquei novamente diante do espelho de Amarílis. Não foi em minha barriga que Mabel havia reparado: foi em meu rosto. Olhei bem para o espelho, tentando enxergar o que ela havia enxergado, mas o rosto que olhava para mim era o mesmo de sempre.

Como isso era possível? Eu devia ter mudado ano a ano e, ainda assim, não conseguia enxergar. Tirei os olhos do espelho e olhei de novo bem rápido, tentando me ver de relance, como um desconhecido veria. Vi um rosto de mulher, mais velho do que eu esperava, os olhos castanhos arregalados e amedrontados. Mas não vi nada que indicasse uma gravidez.

Fui lá para baixo e escrevi um bilhete para papai. Dizendo que eu fui comprar um vestido. Voltaria por volta das 15h, com docinhos para o chá da tarde.

Voltei para o Mercado Coberto de bicicleta. Quando cheguei, estava sem fôlego – mais do que de costume. Um garoto conhecido se aproximou de mim e se ofereceu para encostar minha bicicleta na parede mais próxima. "Fico de olho nela", ele disse. Sua mãe me cumprimentou com a cabeça, de sua banca, e também a cumprimentei. Será que ela viu alguma coisa no meu rosto? Será que foi por isso que pediu ao filho que me ajudasse? Olhei para o mercado: a balbúrdia só aumentou o caos que havia em minha cabeça.

Enquanto caminhava pelas lojas e bancas, senti que estava atraindo todos os olhares. Precisava agir normalmente. Fui de uma banca a outra, me lembrando de Tilda e dos demais atores que ensaiavam nos bastidores: o ensaio nunca era tão convincente quanto a apresentação. Fiquei me perguntando se estava conseguindo convencer alguém.

Quando cheguei à banca de Mabel, minha cesta estava cheia. Eu lhe ofereci uma maçã.

– Você precisa comer mais frutas, Mabel – falei. – Para tirar o catarro do peito.

Ela exagerou no sorriso apodrecido para eu conseguir enxergar sua falta de dentes.

– Não como maçã desde que eu era uma mocinha da sua idade.

Pus a maçã de volta na cesta e lhe dei uma pera madura. Mabel a pegou e apertou o dedão na polpa. Se não a aceitasse, a fruta ficaria manchada até eu chegar em casa.

Mas ela não a rejeitou.

– Que delícia – falou, mordendo-a com as gengivas e deixando o sumo escorrer pelo queixo.

Limpou o rosto com as costas da mão enrolada em trapos, tirando a sujeira de dias de uma pequena área de pele.

– Mabel... – comecei a falar, mas as palavras não saíram.

Os lábios rachados da velha foram amolecendo à medida que ela sugava a polpa da pera. Senti que fiquei corada, e a náusea que eu acreditava ter passado voltou em uma onda de enjoo. Fui obrigada a me apoiar na beirada do caixote de Mabel.

– A tal da Lizzie não aprova o que você está planejando fazer – comentou ela, falando baixo.

Era uma verdade com a qual eu estava me debatendo fazia dias. Lizzie se recusava a me ouvir quando eu dizia que não queria ter um filho. Quanto mais diretas eram minhas palavras, mais ela levava a mão ao crucifixo em volta do pescoço. Como a sua fé, ele estava sempre ali; era algo escondido, silencioso e íntimo. Mas, na última semana, Lizzie o segurava como se aquela fosse a única coisa que lhe afastasse do inferno.

Ele me julgava, aquele crucifixo, e eu odiava isso. Imaginava-o distorcendo minhas palavras e sussurrando sua tradução no ouvido de Lizzie. Estávamos em uma espécie de cabo de guerra, com Lizzie no meio. E aquela não era uma disputa que eu queria perder.

– Imagino que a Sra. Smyth ainda esteja no ramo – sussurrou Mabel, pegando objetos aleatórios como se quisesse me mostrar seu valor. – Ela era só uma aprendiz, digamos, quando eu precisei. Agora já deve ser uma velha e ter experiência, aposto.

Minhas mãos começaram a tremer, e o tremor foi subindo pelos braços até meu corpo inteiro estremecer.

– Respira normal, moça – disse Mabel, me olhando bem nos olhos.

Eu me segurei no caixote e tentei parar de respirar engolindo o ar, mas o tremor continuou.

– Você está com aquele seu lápis e aquelas suas fichas aí? – perguntou ela.

– Quê?

– Tira do bolso.

Sacudi a cabeça. Aquilo não fazia sentido.

Mabel chegou mais perto.

– Tira – repetiu e completou, mais alto: – Eu acabei de te dar uma palavra, e você vai esquecer se não anotar.

Pus a mão no bolso para pegar uma ficha e o lápis. Quando estava pronta para escrever, o tremor havia passado.

– Ramo – disse Mabel, indo um pouco para trás, mas sem tirar os olhos do meu rosto.

Escrevi "ramo" no canto superior esquerdo. Embaixo, escrevi: "Imagino que a Sra. Smyth ainda esteja no ramo".

– Está se sentindo melhor agora?

Fiz que "sim" com a cabeça.

– O medo odeia coisas corriqueiras – disse Mabel. – Quando você tiver medo, precisa pensar pensamentos corriqueiros, fazer coisas corriqueiras. Está me ouvindo? O medo vai te deixar em paz, pelo menos por um tempo.

Balancei a cabeça de novo e olhei para a ficha. "Ramo" era uma palavra tão comum.

– Onde foi mesmo que você disse que a Sra. Smyth mora? – perguntei.

Mabel me falou, e escrevi o endereço na parte de baixo da ficha.

Antes que eu fosse embora, Mabel tirou algo das muitas dobras de pano que a mantinham aquecida.

– Para você – disse, me entregando um disco de madeira clara onde havia entalhado um trevo de três folhas. – Obrigada pela pera.

Enrolei a ficha no objeto e guardei no bolso.

Era uma casa geminada comum, ao lado de outras casas geminadas idênticas. Ainda havia uma guirlanda natalina pendurada na porta. Chequei o endereço mais uma vez e olhei para a rua. Não havia ninguém. Bati à porta.

A mulher que atendeu até poderia ser velha, mas tinha uma postura ereta, estava bem-vestida e quase conseguia me olhar nos olhos. Presumi que havia batido na casa errada, afinal de contas, e comecei a gaguejar para pedir desculpas, mas ela me interrompeu.

– Que bom ver você, querida – disse, um tanto alto demais. – Como vai sua mãe?

Fiquei olhando para ela, confusa, mas a mulher continuou sorrindo, me pegou pelo braço e me puxou para dentro da casa.

– Mantendo as aparências – explicou, quando fechou a porta. – Os vizinhos são uns bisbilhoteiros. – Foi só aí que olhou para mim, como

Mabel havia olhado, examinou meu rosto e percorreu meu corpo com os olhos. – Presumo que você não quer que todos eles saibam do assunto que te trouxe aqui.

Não consegui encontrar palavras para formular uma resposta, e a Sra. Smyth não me exigiu uma. Pegou meu casaco e pendurou em um mancebo que ficava perto da porta. Em seguida, foi andando pelo corredor estreito, e eu fui atrás. Ela me levou a uma sala de estar pequena, com as paredes repletas de livros, e um fogo baixo ardia na lareira. Pude ver onde ela estava sentada antes de eu bater à porta: um sofá de veludo azul-noite, com grandes almofadas macias, de estampas variadas, espalhadas. Era grande o bastante para nós duas sentarmos, mas só em uma das pontas o veludo estava gasto, e o assento, mais fundo, pelos anos de preferência. Havia um livro aberto na mesinha ao lado, com a lombada desgastada. A Sra. Smyth foi atiçar o fogo e eu me aproximei do livro. *No reino de Maria*, da Baronesa Orczy. Eu o havia comprado anos antes, na Livraria Blackwell. Por um instante, esqueci por que eu estava ali e lamentei ter interrompido sua leitura.

– Gosto de ler – disse a Sra. Smyth quando me viu olhando para o livro. – Você gosta de ler?

Balancei a cabeça, mas minha boca estava seca demais para conseguir falar. Ela foi até o aparador e me serviu um copo d'água.

– Tome só um gole, não beba demais – alertou, entregando-me o copo. Fiz o que ela mandou. – Ótimo – elogiou ela, pegando o copo da minha mão. – Agora, posso perguntar quem foi que me recomendou para você?

– Mabel O'Shaughnessy – sussurrei.

– Pode falar mais alto. Ninguém vai nos ouvir aqui dentro.

– Mabel O'Shaughnessy – repeti.

A Sra. Smyth não reconheceu o nome de Mabel logo de cara, e descrever sua aparência não ajudou muito. Mas, quando contei o que sabia sobre o seu passado e comentei sobre seu sotaque irlandês, ela começou a balançar a cabeça.

– Ela era uma cliente frequente – comentou, sem sorrir. – Você disse que ela tem uma banca no Mercado Coberto?

Balancei a cabeça, olhando para os meus próprios pés. O chão da saleta era coberto por um tapete ricamente estampado.

– Achei que ela não sobreviveria ao jogo – falou ela.

Ergui os olhos e perguntei:

– Que jogo?

– Obviamente, não é por isso que você está aqui.

– Como?

– Dois tipos de mulheres vêm bater à minha porta. Aquelas que são muito rodadas e aquelas que são pouco. – A Sra. Smyth me olhou de cima a baixo, examinando cada peça de roupa que eu vestia. – Você se enquadra na segunda categoria.

– E o "jogo"? – perguntei novamente, já pondo a mão no bolso para ver se tinha fichas e lápis.

– O jogo é a putaria – disse ela, como se nada pior do que "uíste" ou "damas" tivesse saído de sua boca. – Tem jogadores, como qualquer jogo, mas os dados são sempre viciados. Quem perde acaba atrás das grades, no cemitério ou aqui.

Ela pôs a mão em minha barriga, e levei um susto. Aí começou a apertar, e tentei me afastar.

– Fique parada – insistiu, colocando uma das mãos nas minhas costas, para conseguir me segurar. – "A profissão da Sra. Warren", tem gente que fala, por causa da peça de Bernard Shaw. Você gosta de teatro? – perguntou, mas não esperou pela minha resposta. – Fui convidada para a noite de estreia dessa. As putas não são as únicas mulheres que chegam à minha porta. Também tenho minha cota de atrizes.

A Sra. Smyth parou de me apalpar e deu um passo para trás.

– Não sou...

– Percebi que você não é puta nem atriz. – Então ficamos ali paradas, em silêncio. Ela estava pensando, considerando algo. Por fim, soltou um longo suspiro e disse: – Está chutando.

– O que isso quer dizer?

– Chutando, fazendo esse rumor na sua barriga, sinal de que o bebê resolveu ficar.

Fiquei olhando para ela.

– Quer dizer que você chegou até mim tarde demais.

Graças a Deus, pensei.

JOGO
Prostituição.
*"O jogo é a putaria. Tem jogadores, como qualquer jogo, mas os
dados sempre são viciados."*
Sra. Smyth, 1907

CHUTANDO
Fazendo rumores de vida.
*"Chutando, fazendo esse rumor na sua barriga, sinal de que o bebê
resolveu ficar."*
Sra. Smyth, 1907

Sunnyside estava em silêncio quando passei pelo portão com minha
bicicleta. A tarde estava chegando ao fim: havia uma luz de crepúsculo,
e o Scriptorium estava às escuras. Todo mundo tinha ido para casa.
Pude ver Lizzie através da janela da cozinha e fiquei observando por
um tempo. Ela ia para lá e para cá, do fogão para a mesa. Sem dúvida
estava preparando o jantar para a família Murray. Certa vez, quando
eu era pequena, Lizzie me contara que não gostava muito de cozinhar.

– E do que você gosta? – perguntei.

– Gosto de bordar e de cuidar de você, Essymay.

Eu estava tremendo. Encostei a bicicleta no freixo e fui andando
em direção à cozinha.

Lá dentro, fiquei parada na soleira, a porta fechada atrás de mim,
o calor do fogão aquecendo meu rosto. Mas a tremedeira não parou.

Lizzie olhou para mim. Com a mão pairando perto do peito. Tinha
perguntas, mas não as fez.

O tremor piorou, e ela estava ali. Com seus braços roliços ao redor
do meu corpo, me levando até uma cadeira. Colocou uma xícara em
minhas mãos: estava quase quente demais, mas não exatamente. Lizzie
me falou para beber. Eu bebi.

– Não consegui – falei, olhando para o rosto de Lizzie. Ela me
abraçou, apertando-me contra sua barriga, e acariciou meu cabelo.

Quando Lizzie falou, foi devagar e com cuidado, como se eu fosse
um gato vira-latas e arisco, e ela estivesse com medo de que fugisse
antes de poder ser ajudado.

— Ele me parece um homem bom, aquele tal de Bill. Você poderia contar para ele.

Lizzie me abraçou um pouco mais forte quando disse isso, e eu não me afastei. Eu havia pensado nisso. Havia imaginado. No meu coração, tinha certeza de que Bill assumiria a responsabilidade se ficasse sabendo. Que Tilda o obrigaria a assumir. Falei tão devagar e com o mesmo cuidado que Lizzie acabara de falar.

— Mas eu não amo Bill. E não quero me casar.

Ela ficou levemente tensa, e senti que soltou um suspiro. Em seguida, puxou uma cadeira, perto da minha, e sentou na minha frente, segurando minhas mãos.

— Toda mulher quer se casar, Essymay.

— Se isso é verdade, porque Ditte não se casou, nem a irmã dela? Por que Elsie, Rosfrith ou Eleanor Bradley não se casaram? Por que você não se casou?

— Nem todas as mulheres têm essa oportunidade. E algumas... bom, algumas são simplesmente criadas com livros demais, ideias demais e não conseguem sossegar o facho e se casar.

— Acho que eu não conseguiria sossegar o facho e me casar, Lizzie.

— Você ia acabar se acostumando.

— Mas eu não quero me acostumar.

— E o que você quer?

— Eu quero que tudo continue como está. Quero continuar a procurar palavras e a entender seu significado. Quero melhorar nisso e ter mais responsabilidade e quero continuar ganhando meu próprio dinheiro. Sinto que apenas comecei a entender quem sou. Ser esposa ou mãe de alguém simplesmente não combina comigo.

Tudo isso saiu aos borbotões e terminou em choro.

Quando parei de chorar, tinha certeza do que precisava fazer. Pedi a Lizzie que buscasse papel e caneta. Eu ia escrever para Ditte.

11 de fevereiro de 1907
Minha querida, querida Esme,
É claro que você deve vir, e eu ajudarei a planejar o que precisa ser planejado. Mas tem a questão do seu pai e das aparências. Irei para Oxford sexta-feira. Chegarei às 11h30 e gostaria que

você fosse me encontrar na estação. Iremos direto para a cafeteria Queens Lane – que é bem longe de Jericho, e são poucas as chances de encontrar alguém conhecido. Deixe Lizzie cumprindo suas obrigações em Sunnyside, mas garanta a ela que nós três vamos conversar antes de eu ir embora.

Sua situação não é tão rara quanto você pensa. Muitas jovens de família, com dinheiro e instruídas, depararam com um inconveniente semelhante. É o dilema mais antigo da história – a Virgem Maria, claro! (Por favor, não leia esta parte para Lizzie, sei que ela não aprovaria.) Mas você entende o que quero dizer. Você tem companheiras ilustres, apesar de que isso provavelmente não vá lhe tranquilizar. Sou simplesmente grata por você ter o bom senso de me contar seu segredo antes de ter a oportunidade de considerar soluções alternativas. Este é um caminho que, para muitas jovens, não tem volta.

Tenho uma proposta para você, Esme. Se vier morar comigo e com Beth, gostaria que fosse minha assistente de pesquisa. Meu História da Inglaterra precisa ser atualizado, e há anos penso em escrever a biografia de meu avô. Ele era parlamentarista, sabia? Um homem muito interessante, com ideias à frente de seu tempo – ouso dizer que sua amiga Tilda teria gostado muito dele. Precisarei, é claro, dos seus serviços o mais rápido possível. Podemos discutir os detalhes quando tomarmos chá na sexta-feira.

Você está me entendendo, Esme? Você me fará um grande favor e, quando terminar o trabalho, voltará para Oxford e continuará a desempenhar sua função no Scriptorium.

Seja qual for o seu desejo, não desviará você de seu caminho.

Escreverei todos os detalhes relevantes em uma carta para o Dr. Murray, e acredito que nosso editor considerará minha oferta uma oportunidade, que só aumentará seu valor para ele quando você voltar.

Agora, em relação ao seu pai. Escrevi para ele avisando de minha viagem, usando "obsidiar" como desculpa (se as atuais citações forem nosso único guia para o significado da expressão, ficará registrado que as mulheres são as únicas a cometer esse tipo específico de importunação). Meu plano, a esta altura, é encontrar um modo de ver Harry em casa, contar a notícia para ele, acalmar seus piores medos (que serão todos em relação ao seu bem-estar atual e futuro) e deixar claro que temos tudo sob controle. Depois, você precisa contar tudo para ele – respeitando os limites do razoável. Harry é um bom homem, Esme. Não é puritano, fanático nem conservador. Mas é pai, e lhe ama muito. Você precisa lembrar que ele acorda todos os dias com uma imagem sua, ainda usando babador. A notícia será um choque. Seu pai vai precisar de tempo e de compreensão, e talvez de uma chance para gritar e espernear. Permita que ele faça isso.

Além disso, há outras coisas que precisamos discutir, mas acho melhor esperar até estarmos sentadas frente a frente com um bom bule de chá.

Então, vejo você na sexta-feira, às 11h30. Não se atrase.
Da sua,
Ditte

Estava chovendo – não muito, mas as pessoas que subiam e desciam a High Street abriam seus guarda-chuvas e levantavam a gola dos casacos para se proteger da umidade. Fiquei observando-as enquanto Ditte falava. Ela estava criando as mentiras e meias-verdades que tornariam minha ausência do Scriptorium aceitável.

Tomamos dois bules grandes de chá na cafeteria. Quando fomos para a rua, havia parado de chover, e um sol fraco brilhava na calçada molhada. Pisquei para me proteger da luminosidade.

MARÇO DE 1907

Duas semanas depois, papai estava comigo na plataforma, esperando o trem que me levaria a Bath. Pensei em cada conversa que tivemos desde que Ditte saiu de nossa sala de estar e me fez sinal para ir falar com ele. Falamos tão pouco... Gestos e suspiros pontuaram nossas conversas. Papai pousava a mão no meu rosto e segurava meus dedos estranhos sempre que ficava sem palavras. Eu sabia o quanto ele queria que Amarílis estivesse ali e o quanto pensava que, se ela estivesse, tudo seria diferente. Eu sabia que papai achava que havia falhado comigo e não que eu havia falhado com ele. Mas, como não disse nada disso, eu só podia retribuir seu carinho, pelo toque.

Quando o trem chegou, papai pôs meu baú no vagão da segunda classe e escolheu um lugar para eu sentar perto da porta. Ele poderia ter dito algo naquele momento, mas já havia outras três pessoas sentadas à minha volta. Ele me deu um beijo na testa e foi para o corredor, mas não saiu do trem imediatamente. Deu um sorriso triste e, de repente, me dei conta de que voltaria para casa completamente transformada: de que, ao contrário do que Ditte havia prometido, eu já havia me desviado do meu caminho, fosse qual fosse. Levantei e abracei papai. Ele ficou abraçado comigo até soar o apito do trem.

O combinado era que Beth me encontraria assim que eu saísse do trem, em Bath, mas quando olhei para a plataforma, não havia nem sinal dela. Desembarquei e fiquei esperando no lugar onde o carregador deixou meu baú.

Uma mulher acenou para mim. Era mais alta, mais magra e muito mais em voga do que Ditte, mas havia algo de semelhante no formato de seu nariz. Sorri quando vi que ela se aproximava.

– É um crime essa ser a primeira vez que a vejo – disse, me dando um abraço inesperado que quase me derrubou. – É claro que sei tudo a seu respeito – falou, quando já estávamos sentadas na parte de trás do táxi. – Fiquei vermelha, baixei a cabeça e fiquei olhando para o meu colo. – Ah, não só isso – disparou, como se "isso" fosse algo trivial. – Você é o assunto preferido de Edith, e nunca me canso de ouvir falar de você. – Nesse instante, Beth chegou mais perto de mim e completou: – Você precisa nos perdoar, Esme. Somos uma dupla de solteironas que não têm cachorro: precisamos conversar sobre algo.

Ditte e Beth moravam entre a estação de Bath e o Royal Victoria Park, e a corrida de táxi até lá foi curta. Paramos em frente a um sobrado de três andares, absolutamente idêntico aos sobrados que se espalhavam para a esquerda e para a direita. Beth me pegou olhando para as janelas do sótão.

– Recebemos essa casa de herança – confidenciou. – Para jamais termos que nos casar. É grande demais, claro, mas recebemos muitas visitas, e uma mulher vem limpar, todo dia de manhã. A Sra. Travis insiste que deixemos os quartos do último andar fechados. Menos coisa para tirar o pó, diz ela. Como tem pouca aptidão para tirar o pó, concordamos.

Tantos quartos, pensei. Eu teria tirado o pó do meu, se tivessem me convidado para ficar lá quando eu tinha 14 anos.

Beth era mais nova do que Ditte e seu completo oposto em quase tudo. Mas não parecia haver tensão ou brigas entre as duas. Sempre pensei que Ditte era como o tronco de uma grande árvore: firmemente ancorada no que ela acreditava ser verdade. Depois de apenas alguns dias em Bath, comecei a achar que Beth era a copa. Tanto em pensamento quanto no corpo, ela respondia às forças que encontrava em seu caminho. Apesar de ter 50 anos, ela brilhava, e fiquei hipnotizada.

Tive uma semana de folga – "para você se aclimatar", disse Beth –, e então elas começaram a receber visitas para o chá da tarde.

– Não podemos falar só de você o tempo todo – debochou Beth.

No dia em que as primeiras visitas estavam programadas para chegar, as irmãs me chamaram no térreo para arrumar uma bandeja.

– A Sra. Travis é uma governanta mediana – comentou Ditte, enquanto transferia um bolo da sua grade de arrefecimento para um prato –, mas seu pão de ló é inigualável.

– Talvez eu fique em meu quarto – falei.

– Que bobagem – interveio Beth, entrando na cozinha. – Tudo dará certo. Vamos conversar sobre a revisão que Edith está fazendo do seu livro de história da Inglaterra, e então o fato de ela ter contratado você fará todo o sentido para todo mundo. – Ela se aproximou e disse, em tom de confidência: – Você tem certa reputação, sabia?

Levei a mão à barriga, que ainda ficava escondida, e fiquei completamente vermelha. Beth não fez nenhum esforço para acalmar meus temores.

– Não a provoque, Beth – ralhou Ditte.

– Mas é tão fácil... – respondeu ela, sorrindo. – Você tem reputação, Esme, de erudita nata. De acordo com o Dr. Murray, você está no nível de qualquer um que se formou em Oxford. Ele gosta, especialmente, de contar que você ficava acampada o dia inteiro debaixo da mesa de triagem. Alega que a leniência dele permitiu que você desenvolvesse uma afinidade particular pelas palavras. – O horror se transformou em gratidão, e continuei sentindo o calor no meu rosto. – O Dr. Murray não aprovaria que eu lhe contasse isso, claro. Os elogios embotam o intelecto, na opinião dele.

Bateram à porta.

– Sempre pontual – disse Beth, para Ditte. Em seguida, se dirigiu a mim: – É só evitar de ficar com a mão perto da barriga que ninguém perceberá nada.

Três cavalheiros. Todos eruditos. Todos moravam em Somerset quando não estavam dando aulas. O professor Leyton Chisholm era historiador da Universidade de Gales e contemporâneo das duas irmãs. Ficava tão à vontade na companhia delas que se serviu de bolo antes mesmo que lhe oferecessem e sentou, sem ser convidado, na cadeira mais confortável. O Sr. Philip Brooks também era amigo das irmãs, mas não havia tanto tempo para tomar tais liberdades. Teve que se abaixar para não bater a cabeça na porta, e Beth fez questão de ficar na ponta dos pés para lhe dar um beijo no rosto. O Sr. Brooks ensinava Geologia na University College, em Bristol, assim como o Sr. Shaw-Smith, o mais novo dos três. Ele não conhecia as irmãs, mas também viera por insistência do Sr. Brooks. Seu rosto jovem era ávido, mas ainda não tinha barba. Ele se atrapalhou todo quando as apresentações foram feitas.

– Com o tempo, o senhor vai se acostumar conosco, Sr. Shaw-Smith – disse Beth, e fiquei me perguntando se ela estava se referindo a nós três ou a todas as mulheres.

Quando os homens se sentaram, eu e Ditte nos acomodamos na namoradeira. Beth serviu o chá e fez sinal para eu passar o bolo. Quando todos já haviam se servido e elogiado o pão de ló, eu me recostei e fiquei esperando Beth fazer alguma pergunta provocativa, que serviria de gancho para os homens falarem. Fiquei esperando ouvir anedotas e a jactância típica dos cavalheiros, desacordos intelectuais discutidos com argumentos lógicos cada vez menos lógicos. Esperei que pedissem minha opinião ocasionalmente (por educação), e já estava na expectativa da decepção de ouvir um linguajar automaticamente mais polido pelo fato de que nós três estávamos de saia.

Mas não foi assim que a tarde avançou. Aqueles cavalheiros estavam ali para ouvir, para aventar as próprias ideias e serem convencidos do contrário – não por eles mesmos, mas pelas irmãs. Os olhares dos homens pousaram confortavelmente em Beth e a seguiam quando ela ia ligar um abajur, observavam suas mãos quando ela examinava o nível do chá no bule e servia mais uma xícara para cada um. Quando Beth falava, os cavalheiros inclinavam o corpo, pediam a ela que esclarecesse, revezavam-se, brincando com suas ideias e combinando-as com as próprias. Argumentavam com ela, convidavam-na a defender sua posição. Ela sorria com frequência antes de fazer uma crítica mordaz pelo raciocínio frouxo. Se concordavam com seu modo de pensar, coisa que os homens faziam com frequência, nunca era por educação. Fiquei embasbacada.

Ditte falou bem menos, mas frequentemente se virava para o professor Chisholm para discutir baixinho algum argumento que os homens mais jovens estavam debatendo com Beth. Quando lhe pediam sua opinião, o grupo ficava em silêncio. Quando se tratava de História, ficava claro que ela era a autoridade, e suas palavras eram tratadas com um respeito que eu só vira ser dirigido ao Dr. Murray.

– É exatamente essa questão que Edith pretende explorar na revisão do seu livro de História – disse Beth, a certa altura. – E é por isso que convidamos Esme para ficar um tempo conosco. Ela será a assistente de pesquisa de Edith.

– Mas não é esse o seu trabalho, Beth? – perguntou o professor Chisholm.

– Normalmente, sim. Mas, como você bem sabe, tenho meu próprio projeto para escrever. – Ela lhe deu um sorriso atrevido.

– E qual seria, Srta. Thompson? – indagou o Sr. Shaw-Smith.

Beth virou o corpo todo na direção da pergunta e ficou alguns instantes em silêncio antes de responder.

– Bem, é algo escandaloso, na verdade. Estou escrevendo um romance da pior espécie. E, por algum milagre, será publicado.

Percebi um sorriso se esboçar no rosto de Ditte, que se serviu de outra fatia de pão de ló.

– E qual é o título? – perguntou ele.

– *A esposa do dragão* – respondeu Beth, orgulhosa. – É ambientado no século XVII, e minha tarefa nos próximos meses será adicionar um pouco mais de *calor* à narrativa.

– Calor?

– Sim, *calor*, Sr. Shaw-Smith. E nem lhe conto o quanto eu tenho me divertido com isso.

O jovem finalmente entendeu e se refugiou em sua xícara de chá. Pus a mão no bolso para sentir o toco de lápis e as bordas de uma ficha.

– Os gestos são muito importantes, claro – prosseguiu Beth. – *Ele* pode estender a mão; ela pode apertá-la. Mas a excitação é uma reação fisiológica, o senhor não concorda, Sr. Shaw-Smith?

Ele estava sem fala.

– É claro que concorda – prosseguiu ela. – Se queremos ter um pouco de calor em um romance, a pele precisa ficar corada, a pulsação precisa acelerar. A das personagens e a dos leitores, na minha opinião.

– A senhora está dizendo que o desejo deve ser exposto – resumiu o Sr. Brooks.

– É claro. Alguém quer mais chá?

Eu pedi licença, e os homens todos ficaram de pé. O Sr. Shaw-Smith parecia feliz com a interrupção. Eu queria anotar as palavras de Beth antes que a citação exata se perdesse.

Quando voltei, havia mais uma visita.

— Esme, esta é a Sra. Brooks.

A Sra. Brooks levantou para me cumprimentar. Mal chegava à altura do meu ombro.

— Não ouse me chamar de Sra. Brooks — disse ela, estendendo a mão. — Só respondo quando me chamam de Sarah. Sou esposa de Philip e sua chofer.

Ela apertou minha mão com firmeza e a sacudiu de modo eficiente. Suspeitei que nada em sua personalidade era pequeno.

— É verdade — comentou o Sr. Brooks. — Minha esposa aprendeu a dirigir, e eu, não. Sinta-se à vontade para achar graça: a maioria dos nossos amigos acha, mas é um acordo que nos favorece muito bem. — Ele olhou para Sarah e completou: — Eu não entro direito atrás do volante, não é, querida?

— Você não entra direito em lugar nenhum, Philip — respondeu Sarah, rindo. — E o automóvel tampouco foi feito para alguém da minha estatura. Ah, mas eu adoro.

Mais um bule de chá se esvaziou, e mal sobrou uma migalha de bolo no prato quando Sarah insistiu que estava na hora de ir embora.

— Preciso levar esses cavalheiros para casa antes que escureça — disse ela.

Todos ficamos de pé. Mas, a cada cavalheiro que se despedia de Beth, ela tinha uma pequena conversa a mais. Depois de dez minutos, Sarah foi obrigada a bater palmas, como uma professora, para conseguir que os homens fossem com ela até a porta.

As irmãs gostavam de receber visitas para o chá da tarde, e, ao longo do mês seguinte, eu conheci mais pessoas do que havia conhecido em todos os anos que passei no Scriptorium. O Sr. Shaw-Smith nunca mais apareceu, mas o professor Chisholm era um *habitué*.

— Ele aparece magicamente à nossa porta sempre que a Sra. Travis faz seu pão de ló — sussurrou Beth, certo dia. — É mesmo extraordinário.

Philip Brooks veio com ele certa vez e, em outra ocasião, Philip e Sarah vieram sozinhos. A Sra. Brooks era bem sem graça de olhar e, quando falava, costumava ser bem franca. Eu suspeitava que seu intelecto era tímido em comparação com o das duas irmãs, mas ela tinha um jeito de falar que, de algum modo, destacava a verdade. A Sra. Brooks me lembrava Tilda.

Quando ficou difícil esconder minha barriga, comecei a planejar saídas para coincidir com os chás da tarde. No começo, ia ao Victoria Park ou aos Banhos Públicos e, quando chovia, eu me abrigava na abadia e ouvia o ensaio do coral dos coroinhas. Mas Ditte logo pôs um fim nisso.

– Você tem a aptidão para a investigação de um historiador, Esme – comentou, certa noite, durante o jantar. – Em vez de ir perambular sem rumo pelo Victoria Park amanhã, gostaria que fosse visitar os arquivos da antiga sede da Guilda.

– Edith, não esqueça da aliança – lembrou Beth, pegando mais uma fatia de carne assada e a inundando de molho.

Ditte tirou a aliança de ouro que usava no mindinho e me deu. Eu sabia o que deveria fazer e a coloquei no dedo. Serviu perfeitamente.

– Nunca consegui usá-la neste dedo – comentou Ditte.

– Você nunca quis – retrucou Beth. – Mas cai bem em Esme.

Na ocasião seguinte em que as irmãs receberam visitas, eu estava em Londres, fazendo pesquisa nos arquivos do Museu Britânico e passando alguns dias com papai. Depois, estava em Cambridge, hospedada na casa de uma amiga de Beth que simpatizava com a minha situação e jamais me perguntou nada sobre meu marido.

Levei minha pesquisa a sério, e minha habilidade cresceu junto com a minha barriga. Em vez de me restringir, Ditte me deu certa liberdade. Ela abria o caminho mandando cartas de apresentação. Escrevia que eu era sua sobrinha e me deu seu sobrenome. Tomava o cuidado de não me associar ao Scriptorium. Aonde quer que eu fosse, estava sendo esperada – minha entrada nos arquivos e gabinetes de leitura era automática: os documentos que eu podia precisar eram separados com antecedência e estavam à minha espera quando eu chegava para escrutiná-los.

De início, eu tinha certeza de que não convencia ninguém. Eu me atrapalhava e pedia desculpas demais e ficava grata em excesso quando permitiam a minha entrada. Na entrada da sala de leitura das Old Schools de Cambridge, vi que um funcionário verificou a carta de Ditte e senti um aperto no coração ao pensar que podia ser expulsa dali antes que tivesse a chance de respirar aquela combinação inebriante de pedra antiga, couro e madeira. Quando o funcionário percebeu a aliança de ouro em minha mão, a barriga logo abaixo se tornou irrelevante. Ele me deixou entrar, e fiquei parada na porta um instante além do necessário.

— A senhora está bem, madame? – perguntou o funcionário.

— Não poderia estar melhor – respondi.

Fui, com passos firmes, até uma mesa do outro lado do recinto. O chão de madeira anunciou minha presença para as cabeças baixas e leitores absortos: os arquitetos daquele grande salão não haviam levado em consideração o bater dos saltos de um sapato feminino. Respondi à curiosidade de todos aqueles cavalheiros eruditos endireitando minhas costas doloridas e balançando de leve a cabeça. Quando finalmente sentei, estava exausta.

Nunca pensei que algum lugar poderia rivalizar com Oxford em termos de história e beleza. Mas, toda vez que me aventurava a sair sozinha, era obrigada a pensar em quão pouco eu sabia. Oxford e o Scriptorium sempre foram o bastante para mim. Visitar nossa família na Escócia sempre me pareceu um pouco longe demais, e a única vez que ficara fora de casa não me trouxe confiança suficiente para me aventurar de novo. Mesmo contra a vontade, comecei a gostar daquela nova aventura – ainda que o motivo por trás dela estivesse se tornando cada vez mais difícil de ignorar.

As irmãs não eram apenas coniventes com a minha provação: ao que parecia, deleitavam-se com ela. Durante o café da manhã, me faziam perguntas a respeito da qualidade do meu sono, do meu apetite e da vontade de comer coisas estranhas (eu não tinha nenhuma, o que foi uma decepção, especialmente para Beth). Meu peso e padrões de sono eram registrados em um pequeno caderno e, um dia, Beth me perguntou, com uma timidez nada característica, se eu permitiria que ela me visse nua.

– Eu gostaria de desenhar seu corpo – explicou.

Eu tinha me acostumado a ficar nua na frente do espelho, a traçar minhas curvas do peito ao púbis. Estava tentando guardá-las em minha memória. Concordei.

Enquanto Beth desenhava, fiquei parada ao lado da janela de meu quarto, olhando para o jardim. Era uma bagunça de cores e plantas sem podar. A macieira estava cheia de vida, e suas flores salpicavam o chão.

Era linda, pensei, em sua negligência sem poda. O sol bateu em minha barriga, e seu calor foi prova de minha nudez. Mas não senti vergonha nem constrangimento. Beth sentou na cama, e eu podia ouvir o carvão riscando o papel.

Quando ela me pediu para colocar uma mão acima e outra abaixo da barriga inchada, concordei. Minha pele estava quente, e eu a pressionei. E foi aí que senti: um movimento debaixo da pele esticada. Uma reação. Contra todo o bom senso, acariciei aquela coisa que crescia dentro de mim e sussurrei algumas palavras, cumprimentando-a.

Não percebi quando Beth largou o caderno de desenho. Ela enrolou um robe em volta dos meus ombros e foi até a porta, convidar Ditte para entrar.

– Lindo – disse Ditte, olhando para o desenho, mas não conseguiu olhar para mim. Saiu em silêncio, como havia entrado, mas vi quando secou as lágrimas.

– Sarah Brooks virá para o chá da tarde hoje – disse Ditte, enquanto almoçávamos. Normalmente, ela teria me contado com um dia de antecedência.

– Vou caminhar no Victoria Park. Está fazendo um dia lindo.

Ditte olhou para Beth, depois para mim.

– Na verdade, gostaríamos que você ficasse.

Olhei para minha barriga, que estava enorme e inegável, então olhei para Ditte, confusa.

– Eles são boa gente – disse ela.

Não entendi logo de início. Eu estava privada de qualquer companhia que não fosse a das irmãs desde abril, quando papai veio me visitar no meu 25º aniversário. Já era quase junho: eu estava enorme.

Beth levantou da mesa da cozinha e começou a se ocupar do bule de café.

– Eles não conseguiram ter os próprios filhos, Esme. Seriam bons pais para o seu – argumentou.

As palavras estavam indo para o seu lugar quando Ditte esticou o braço por cima da mesa e segurou minha mão. Eu não puxei a mão, mas não consegui retribuir o gesto de carinho representado por seu leve aperto. Eu estava sem ar, sem condições de falar por causa do vácuo que acabara de se criar no meu peito. Não era só falta de ar: era uma inadequação de palavras. Eu tinha a sensação de que entendera perfeitamente, mas não tinha palavras para expressar.

Na periferia dessa sensação, eu podia ver Beth virando as costas para o fogão, com o bule de café na mão, seus traços incomodados com o sorriso que as duas estavam tentando manter. O que ela teria visto para sua expressão mudar e sua mão tremer? Um pouco de café caiu no chão, mas ela não fez menção de limpá-lo. Em vez disso, olhou para a irmã. Eu jamais a vira tão insegura.

Eu não conseguia decidir o que vestir, apesar de não ter muita escolha. A última vez que vira Sarah, pensei que minha barriga estava bem escondida. Agora, me perguntava se ela sabia desde o início. Essa ideia me deixou incomodada, irritada. Pus um vestido que acentuava meu peito e ficava muito apertado na cintura, e fiquei de frente para o espelho. Tinha algo de obsceno naquilo, e algo de maravilhoso. Passei meus dedos estranhos na curva dos seios, por cima dos mamilos, por cima do inchaço causado pelo bebê que estava debaixo da pele esticada. Senti que se mexeu e vi a ondulação por baixo do tecido do vestido.

Troquei o vestido por uma blusa e uma saia, ambas emprestadas de Ditte. E coloquei um roupão por cima.

Assim que entrei na sala de estar, Sarah levantou. As irmãs queriam que a tarde fosse o mais informal possível, por isso continuaram sentadas e disseram frases casuais de boas-vindas que me soaram forçadas e alegres demais: "Ah, até que enfim"; "Você vai tomar chá, não vai, Esme?"; "Acabamos de comentar que está muito quente"; "Quer uma fatia de pão de ló, Sarah?".

Sarah ignorou as duas e veio direto até mim. Segurou minhas duas mãos.

– Esme, se você preferir que isso não aconteça, eu entendo. Será mais difícil para você do que para qualquer outra pessoa. Você precisa pensar com calma e precisa ter certeza.

Senti arrependimento, tristeza e luto. Senti esperança e alívio. Também senti outras coisas que não tinham nome e experimentei seu gosto amargo, mas senti tudo isso nas minhas entranhas. A frustração de não ser capaz de verbalizar nada disso veio em uma enchente de lágrimas.

Sarah me segurou, me abraçou com seus braços fortes e deixou que eu soluçasse em seu ombro. Ela me pareceu firme e destemida.

Quando Beth finalmente serviu o chá, todas estávamos assoando o nariz.

Tomamos chá e comemos bolo, e fiquei observando uma migalha se grudar firmemente ao canto da boca de Sarah. Percebi o quanto ela ouvia com atenção tudo o que Beth dizia, sem nunca interromper, mas nem sempre concordando quando tinha chance de responder. Ouvi o som de sua voz e me lembrei de como ela ria com facilidade. Fiquei me perguntando se Sarah sabia cantar.

Eu evitara pensar no que aconteceria quando a gravidez terminasse. Não fazia perguntas, e as irmãs só faziam insinuações. *Será que este era o plano, desde sempre?*, pensei.

É claro que sim.

Será que precisava ser?

É claro que sim.

O bebê era menina. Isso eu sabia, mas não sabia dizer como. E comecei a amá-la.

– Esme? – disse Beth.

As três mulheres estavam esperando que eu respondesse a uma pergunta que não tinha ouvido.

– Esme – repetiu Sarah –, você aceitaria que eu viesse lhe visitar de novo?

Olhei para Ditte. Quando a revisão de seu livro de História estivesse completa, eu retornaria para Oxford e voltaria ao meu trabalho no Scriptorium. Ela disse isso, e eu havia concordado.

Deveria existir uma palavra para o que eu senti naquele momento. Mas, apesar de todos os anos que passei no Scriptorium, não consegui me lembrar de uma sequer.

Assenti com a cabeça.

O clima continuou quente, e eu fiquei enorme. Ditte estava feliz com a pesquisa que eu havia feito e insistia que eu passasse horas e horas esticada no sofá, lendo as alterações que fizera em seu livro. Sarah vinha para o chá da tarde toda terça-feira, e eu ficava quieta, observando. Descobria algo novo para gostar nela toda vez, mas eram horas constrangedoras, e minha ambivalência não mudou. Havia tanto que necessitava ser dito, mas as xícaras de chá e as fatias de pão de ló atrapalhavam.

Então, uma terça-feira, eu entrei na sala de estar, caminhando como um pinguim, e encontrei Sarah ainda de chapéu e luvas de dirigir.

– Pensei em levar você para dar um passeio – disse ela. Foi um alívio inesperado, e respirei fundo, como se já estivesse ao ar livre. – Só nós duas – completou, dirigindo-se às irmãs, que balançaram a cabeça ao mesmo tempo.

Fiquei surpresa quando ela abriu a porta do carona de um Daimler e me ajudou a entrar. Eu andara poucas vezes em automóveis particulares e nunca andara em um dirigido por uma mulher. Sarah tinha braços e pernas curtos, e seu corpo inteiro estava empenhado em fazer o carro se movimentar. Ela não parava de ir para a frente, mudando de marcha, e para trás, pressionando os pedais. Parecia que seus braços e suas pernas estavam sendo movimentados por um titereiro. Tossi para disfarçar o riso.

– Você está indisposta? – perguntou ela.

– Nem um pouco – respondi.

Como Sarah nunca insistia em conversar e era excepcionalmente desajeitada com amenidades – certa vez, respondeu a um comentário sobre o clima explicando a relação entre a pressão barométrica e a chuva –, nossa viagem foi silenciosa, com exceção do ruído das marchas e dos ocasionais comentários depreciativos a respeito do modo como os outros dirigiam.

Quando chegamos ao Centro Recreacional de Bath, eu já havia preenchido três fichas com citações diferentes para "diacho" e "desmiolado". Pareciam ter sido escritas durante um ataque de tremedeira.

— O Somerset está disputando o campeonato com o Lancashire — disse Sarah, me ajudando a descer do carro e espichando o pescoço para ver o placar. — O Lancashire precisa de 181 pontos, o que não é muito difícil, então Philip terá que se esforçar bastante. Você gosta de críquete, Esme?

— Não sei. Nunca fiquei assistindo por tempo suficiente para ver uma partida inteira.

— Você é educada demais para dizer que demora muito e que assistir à grama crescer seria mais empolgante. Não, não negue, está na sua cara. — Ela me deu o braço, ajustando-se com facilidade à minha altura, e começamos a caminhar em volta do campo oval. — Até o fim da tarde, você vai ficar pasma por já ter pensado tal coisa.

O Sr. Brooks já estava no centro do campo, e me perguntei se Sarah havia calculado o tempo de propósito, para chegar nesse instante. Desde que deixara claras suas intenções, ele não ia com a esposa tomar chá na casa das irmãs. Presumi que achava melhor deixar aquele negócio todo com as mulheres. Foi só quando o vi jogar a primeira bola que pensei que "aquele negócio" talvez não se concretizasse. Eu me dei conta de que estava sendo cortejada e que, em algum momento, teria que aceitar ou rejeitar o pedido. O Sr. Brooks havia entregado seu chapéu para o árbitro, e a luz do sol refletiu em sua cabeça careca. O que Sarah tinha de baixinha, ele tinha de alto. Ele foi até o centro do campo dando passos largos com suas pernas finas e, depois de girar bem os braços, jogou a bola.

— Foi ideia de Philip — admitiu Sarah, depois que o marido fez seu segundo arremesso longo, dando mais um ponto para o adversário.

— O quê?

— Trazer você para assistir à partida. Ah, essa foi por pouco. Vai passar do limite.

As pessoas sentadas do outro lado da oval aplaudiram.

— Nossos torcedores não vão ficar felizes. Ouso dizer que Philip está distraído. Pobre homem, queria tanto lhe impressionar.

— Me impressionar?

— Sim, como eu disse, foi ideia dele. Philip tem andado desesperado para ir aos nossos chás da tarde, mas eu sempre o dispenso. Seria constrangedor, você não acha?

Eu só olhei para baixo.

— Acho que ele tinha esperanças de demonstrar suas habilidades de pai fazendo um belo espetáculo.

Apesar de eu ter gostado, sua sinceridade ainda me surpreendia.

— Bom, acabou para ele. Por quinze pontos. Philip vai ficar feliz por ter chegado a hora do chá.

Fiquei observando os jogadores de críquete saírem do campo e se dirigirem para os vestiários do clube. Quando Philip olhou na nossa direção, Sarah acenou. Em vez de ir atrás dos companheiros de time, ele atravessou o gramado e veio ao nosso encontro. Com passos largos, o corpo levemente encolhido.

— Por favor, diga que vocês acabaram de chegar — falou, ao se aproximar. Poderia estar corado ou queimado do sol, não consegui distinguir.

— Temo que eu não possa fazer isso, querido. Chegamos bem quando o rebatedor estava se posicionando.

Sarah ficou na ponta dos pés para beijá-lo, e não pude deixar de imaginar se o andar encolhido de Philip era uma maneira de se ajustar ao casamento.

Ele olhou para o placar e falou:

— Ficarei na defesa daqui para a frente, assim espero. — Então virou para mim, com os olhos castanhos brilhando: — Esme, que bom vê-la de novo.

Eu não sabia bem o que deveria dizer. Acabei balançando a cabeça, mas mal sorri. Quando ele estendeu sua mão grande, eu estendi a minha. Philip viu meus dedos estranhos e não se encolheu. Mesmo assim, esperei que não quisesse apertar muito a minha mão, com medo de quebrar o que já parecia tão frágil. Em vez disso, a apertou tanto que não consegui soltá-la. Quando ele a soltou, foi no momento certo. "A gente pode dizer muita coisa pelo modo como um homem aperta nossa mão", papai me dissera, certa vez.

Era terça-feira, e a Sra. Travis já havia ido embora. Sarah viria para o chá da tarde, e as irmãs estavam na cozinha arrumando a bandeja.

Quando entrei, Ditte estava dispondo as fatias de bolo em um prato, e Beth aquecia o bule. Eu ia perguntar se podia ajudar quando senti algo molhado descer por minhas pernas. Antes que eu conseguisse entender o que era, senti a água saindo aos borbotões. Soltei um suspiro de assombro, e as irmãs se viraram para mim.

— Acho que minha bolsa estourou — falei.

Ditte segurava uma fatia de bolo, e Beth, a chaleira. Por alguns segundos, as duas mal se mexeram. Depois, começaram a se debater como galinhas amedrontadas: virando de um lado para o outro e falando sem parar. Discutiam se eu deveria comer ou evitar de comer, continuar tomando o chá de folha de framboesa ou parar de tomar. Deitar ou tomar banho.

— Tenho certeza de que o doutor falou para ela *não* tomar banho — disse Beth.

— Mas eu lembro que a Sra. Murray contou que tomar banho foi um grande alívio, e ela teve centenas de bebês — falou Ditte, sem sua calma e precisão costumeiras.

Eu não tinha vontade de comer nem de beber nem de tomar banho, mas nenhuma das duas pensou em me perguntar.

— Acho que eu só preciso pôr uma roupa seca — interrompi. Eu ainda estava parada no meio da poça que causara tamanha comoção nas irmãs.

— As dores já começaram? — perguntou Beth.

— Não, eu me sinto igual a como estava me sentindo há dez minutos, só mais molhada.

Eu tinha a esperança de que minha resposta acalmasse as duas, mas as irmãs olharam para mim aturdidas. Quando ouviram alguém bater à porta, ambas correram para atender, me deixando sozinha na cozinha.

— Onde é que ela está?

Era a voz de Sarah.

As três entraram na cozinha, Sarah na frente, com um sorriso enorme em seu rosto sardento.

— Tudo isso é perfeitamente normal — falou, me olhando nos olhos até ter certeza de que eu havia entendido. Então se virou para as irmãs e repetiu, com um tom mais firme: — Perfeitamente normal. — Ao notar o bolo em cima da mesa da cozinha e o vapor que saía do bule, completou: – Ah, excelente. Chá é exatamente o que precisamos. Eu e Esme voltaremos em dez minutos.

Ela me segurou pelo braço e me levou para o andar de cima.

Dentro do meu quarto, Sarah ajoelhou no chão, de frente para mim: tirou um sapato, depois o outro. Sem dizer nada, pôs a mão embaixo da minha saia e soltou minhas meias. Senti seus dedos passando por toda a minha perna, porque ela enrolou cada uma das meias. Fiquei arrepiada. Sarah não perguntou se podia cuidar de mim: apenas cuidou.

– É normal *mesmo*? – perguntei.

– Sua bolsa estourou, Esme. E a água saiu toda. É *perfeitamente* normal.

– Mas o Dr. Scanlan disse que as contrações começariam logo depois disso. Eu não sinto nada de diferente.

Ela olhou para cima, passando a mão na minha panturrilha, distraída.

– A dor virá. Daqui a cinco minutos ou cinco horas. E, quando vier, será uma dor dos diabos.

Eu sabia que era verdade, mas tinha esperança de que houvesse exceções. Senti meu rosto ficando pálido. Sarah piscou.

– Recomendo gritar palavrões. Isso vai aliviar a dor no pior momento, mas você precisa ser convincente. Nada sem convicção ou baixinho. Grite mesmo. O parto é a única ocasião em que podemos fazer isso.

– Como você sabe?

Sarah ficou de pé.

– Onde você guarda suas camisolas?

Apontei para a cômoda e respondi:

– Na última gaveta.

– Dei à luz dois bebês – contou Sarah, pegando uma camisola limpa. – Infelizmente, as águas não saíram limpas.

Ela me ajudou a tirar o vestido, depois a combinação. Ajoelhou-se de novo e usou a combinação para secar minhas pernas. Então tirou minhas calcinhas, checando centímetro por centímetro do tecido úmido antes de finalmente levá-lo ao nariz.

Eu me encolhi toda.

– O cheiro é o que deveria ser – falou, sorrindo para mim. – Também ajudei minha irmã no parto de cinco dos seus *pequeninhos*. As calcinhas dela também tinham esse cheiro, e todos esses cinco bebês nasceram chorando.

Ela atirou minhas calcinhas em cima da pilha das outras roupas. Não tinha mais nada para tirar. Eu estava nua em pelo.

– Você vai ficar aqui? – perguntei.

– Se você quiser que eu fique...

– As mulheres normalmente gritam palavrões quando dão à luz?

Ela passou a camisola pela minha cabeça. A peça esvoaçou e em seguida se assentou na minha pele feito uma brisa. Sarah me ajudou a encontrar as mangas.

– Quando conhecem as palavras certas, mal conseguem se segurar.

– Eu conheço umas palavras bem indecorosas. Eu as coleto com uma velha do mercado de Oxford.

– Bom, ouvi-las no mercado e pronunciá-las são duas coisas muito diferentes. – Ela pegou meu robe atrás da porta e me ajudou a vesti-lo. – Algumas palavras são mais do que letras escritas no papel, você não acha? – falou, amarrando a faixa em volta da minha cintura o melhor que conseguiu. – Têm forma e textura. São como balas de revólver, cheias de energia. E, quando você fala uma delas, consegue sentir as pontas afiadas roçando em seus lábios. Podem ser muito catárticas no contexto certo.

– Como quando alguém corta a sua frente no caminho para o críquete? – sugeri.

Ela deu risada.

– Ah, céus. Philip fala que eu tenho boca de motorista. Espero não ter lhe ofendido.

– Fiquei um pouco surpresa, mas acho que foi aí que eu realmente comecei a gostar de você.

Depois disso, nenhuma palavra: Sarah só ficou na ponta dos pés e me deu um beijo no rosto. Eu me abaixei de leve para ela alcançar.

***

ATENDER
Prestar atenção, receber com cortesia, dar assistência, socorrer, cuidar.

TRABALHO
Diz-se de mulher: sofrer as dores do parto.

PARTO

Ato de parir; dar à luz; expelir feto do útero; trabalho difícil, que exige grande esforço.

EXAURIDO

Que se exauriu; cansado ao extremo; exausto; esgotado física ou emocionalmente.

VAGIDO

Choro de criança recém-nascida; grito, gemido, lamento.

DIMINUTO

De tamanho pequeno, minúsculo.
Pouco, breve, insuficiente.
Deficiente, omisso.

TORMENTA

Tempestade violenta.
Confusão, balbúrdia, gritaria.
Grande sofrimento ou aflição.

Uma luz contornava as cortinas. O quarto, antes tão cheio de gente, estava vazio. A confusão dera lugar à ordem. O cheiro de lavanda mascarava o de sangue e de merda.

"Merda." Eu havia dito essa palavra em voz alta, sem parar. E também dissera outras que Mabel me ensinara. Minha garganta estava dolorida de tanto gritá-las. Eu não havia sonhado.

Mas eu havia sonhado, sim. E, no sonho, um bebê chorava.

Ainda estava chorando. O som fazia meus seios doerem.

A conversa foi sussurrada, mas eu ouvi.

– É melhor ela não ver, senão vai mudar de ideia. – A parteira.

– Precisa mamar. – Sarah.

– Ficar com um filho ilegítimo é uma condenação para ela e para a criança. Vou providenciar uma ama de leite. – A parteira.

Joguei as cobertas para o lado e pus minhas pernas na lateral da cama. Músculos desconhecidos gemiam com essa provação. Uma pontada terrível me fez gritar. Eu tinha lembrança daquela dor, borrada pelo éter.

Tentei levantar, mas minha cabeça latejava, e os sons agudos de um instante atrás se tornaram abafados, como se tivessem acabado de ficar submersos pela água do banho. Sentei de novo e fechei os olhos. Na escuridão das minhas pálpebras fechadas, havia a imagem negativa de um rosto, dois pontos de luz inabaláveis gravados na minha retina. Quando finalmente fiquei de pé, senti minhas entranhas saírem de mim. Pus a mão para impedir o sangramento, mas não havia necessidade: alguém tinha colocado em mim um cinto com uma toalha.

– Volte para a cama, querida.

Era Sarah. Ainda estava ali, com suas sardas vibrantes, seus olhos me segurando, ainda inabaláveis.

– Preciso amamentá-lo.

– Ela – disse Sarah.

Ela, pensei.

– Preciso amamentar Ela.

AMAMENTAR
Diz-se de mulher: dar leite materno; alimentar, nutrir ou simplesmente cuidar ou se responsabilizar por uma criança.

Estavam todas lá: Ditte e Beth, Sarah e a parteira. Ficaram olhando enquanto eu amamentava. Ouviram Ela chupando meu peito, assim como eu ouvi Ela chupando, mas não eram capazes de sentir a força da sucção d'Ela ou o peso d'Ela contra minha barriga. Aquelas mulheres não sentiam o cheiro d'Ela. Por meia hora, os barulhinhos que Ela fazia foram os únicos ruídos naquele quarto. Ninguém verbalizou suas esperanças ou temores.

– Chorar é bem normal – disse a parteira.

Há quanto tempo eu estava chorando?

Quantas vezes eu amamentei Ela? Não conseguia contar, mas queria. O tempo havia se tornado uma coisa elástica, e as fronteiras entre os sonhos e a vigília estavam borradas. As mulheres se revezavam para ficar conosco, nunca nos deixavam a sós. Eu queria enterrar meu rosto naquele doce ponto atrás da orelha d'Ela, sentir aquele cheiro de biscoito quente que Ela tinha. "Vou comer você", tive vontade de dizer. Eu queria tirar a roupa d'Ela e passar a mão em cada dobrinha, beijar Ela dos pés à cabeça e sussurrar meu amor nos poros da pele d'Ela.

Várias semanas se passaram. Não fiz nada disso.

Sarah sentou na cama, passando suas mãos grandes e sardentas na penugem dourada da cabeça de nossa bebê.

– Você pode mudar de ideia.

Tentei imaginar centenas de modos diferentes de mudar de ideia.

– Não sou a única que precisaria mudar de ideia – falei.

Sarah sabia disso. Quando olhou para mim, vi o alívio se debatendo com uma sombra de arrependimento. Sarah ficou feliz, acho eu, por eu ter dito isso com todas as letras. Ficou de costas, demorou mais do que o costume para dobrar uma fralda limpa.

– Devo levá-la? – perguntou Sarah.

Não consegui pensar em uma resposta. Olhei para baixo e percebi que havia leite acumulado no canto da boca adormecida d'Ela. Movimentei-me de leve e fiquei observando o leite escorrer pelo queixo d'Ela. Senti o peso d'Ela; estava tão mais pesada do que da primeira vez que segurei Ela no colo. Tentei pensar em uma palavra que se equiparasse à beleza d'Ela.

Não havia. Não havia. Jamais haveria uma palavra que se equiparasse a Ela.

Entreguei Ela para Sarah. Alguns meses depois, Sarah e Philip migraram para a Austrália Meridional.

PARTE IV

1907-1913

POLÍGENO – SOFRIMENTO

SETEMBRO DE 1907

As palavras não tinham fim. Seus significados não tinham fim nem os modos como vinham sendo empregadas. A história de algumas palavras se estendia tanto no passado que nosso entendimento moderno delas não era mais do que um eco do original, uma distorção. Eu antes pensava que era o contrário, que as palavras disformes do passado eram rascunhos malfeitos do que essas palavras viriam a ser: que as palavras se formavam na nossa língua, no nosso tempo, que eram verdadeiras e completas. Mas eu estava começando a perceber que, na verdade, tudo que vem depois da primeira enunciação é uma corruptela.

Eu já havia esquecido o formato exato da orelha d'Ela, o tom específico de azul dos olhos d'Ela, que foram escurecendo ao longo das semanas em que eu a amamentei: deviam ter ficado ainda mais escuros. Eu acordava todas as noites com o choro fantasma d'Ela e sabia que jamais ouviria uma única palavra sequer entoada pela música da voz d'Ela. Ela era perfeita quando a segurei no colo. Sem ambiguidade. A textura da pele d'Ela, o cheiro d'Ela e o ruído suave da sucção d'Ela não podiam ser nada além do que eram. Eu entendera Ela perfeitamente.

Com o raiar de cada manhã, eu recriava os detalhes d'Ela. Eu começava pelas unhas translúcidas dos dedinhos minúsculos dos pés d'Ela e ia subindo pelas pernas gordinhas, a pele tão branca, até os cílios dourados, quase invisíveis. Mas então eu tinha dificuldade para me lembrar de alguma coisinha e entendi que, à medida que os dias, os meses e os anos fossem passando, a lembrança que eu tinha d'Ela se apagaria.

"Filho ilegítimo." Foi assim que a parteira chamou Ela. Mas essa palavra não constava do fascículo "Figo a fim-fim". Procurei nos escaninhos: cinco fichas, presas a uma ficha de identificação. A palavra fora definida. "Criança nascida fora do matrimônio, bastardo, adulterino." Fora excluída. Havia uma anotação na ficha de identificação: "O mesmo que 'fruto do amor': cortar ambos".

Mas será que era mesmo? Será que eu amava Bill? Será que eu sentia falta dele?

Não. Eu só havia me deitado com ele.

Mas eu amava Ela. Eu sentia falta d'Ela.

Ela não poderia ser definida por nenhuma das palavras que eu encontrasse e, uma hora, parei de procurar.

Eu trabalhava. Sentava à minha mesa, no Scriptorium, e preenchia as lacunas dos meus pensamentos com outras palavras.

20 de setembro de 1907
Querido Harry,

Incluídas em suas muitas páginas com notícias do Dicionário e sobre a vida no Scrippy, havia algumas palavras que me deixaram preocupadas. Você não é de exagerar, e como, na minha opinião, você é dado ao otimismo quando não existe motivo para isso, só posso presumir que sua preocupação com Esme é apropriada.

Já ouvi falar de tais estados emocionais em mulheres que passaram pelo que ela passou, e devemos considerar a possibilidade de que ela esteja de luto. Sua situação não é incomum (o ano passado foi uma grande educação em tais assuntos, e você se surpreenderia se soubesse quantas jovens se veem na mesma situação. Algumas das histórias que ouvi são apavorantes, e não vou repeti-las. Basta dizer que a nossa querida Esme tem sorte por ter um pai tão amoroso). Sendo assim, vamos continuar cuidando de Esme até que ela volte ao normal.

Estamos bem perdidas sem ela. Como diz Beth, as constantes perguntas de Esme nos obrigaram a ser honestas. Era de se esperar que ela perdesse isso ao amadurecer. E houve vezes, tenho que confessar, que desejamos que Esme simplesmente aceitasse a sabedoria dos outros. Mas ela exige ser convencida, e tenho certeza de que meu livro será melhor por causa disso.

Mas agora você me diz que ela anda calada, por isso tomo a liberdade de fazer algumas perguntas.

Uma amiga minha tem uma casa de campo em Shropshire. Fica nas montanhas e tem vista para o País de Gales (em dias de tempo bom, claro). O inquilino faleceu recentemente, e a casa está vazia. Eu e Beth passamos uma semana lá há pouco tempo. Beth faz questão de destacar as caminhadas: esplêndidas, com muitas trilhas íngremes para testar o coração e distrair a mente. É exatamente o que Esme precisa. Posso atestar o conforto: não agradaria a algumas jovens, mas Esme não é cheia de nove-horas.

Reservei a casa de campo para o mês de outubro. Também escrevi para James e Ada Murray, e ambos concordaram que Lizzie deve acompanhar Esme na viagem. Antes que você reclame, Harry, fui muito discreta, mas precisei, sim, fazer uso de um ardil. Disse que chegou aos meus ouvidos a notícia de que Esme vinha tendo dificuldades para se recuperar de um resfriado que contraiu enquanto estava em Bath. James concordou, de imediato, que devemos ajudá-la a recuperar suas forças. Acredita firmemente que uma boa caminhada é capaz de curar qualquer coisa e fez questão de apontar que não concorda com a prática de enrolar as pessoas em cobertores e fazê-las sentar em espreguiçadeiras à beira-mar assim que começam a tossir. Achei que James poderia objetar ao fato de Lizzie ficar fora por tanto tempo, mas ele admitiu que a mulher teve poucos dias de folga em anos e merece umas férias. Enviei minha confirmação no correio vespertino do mesmo dia (junto com algumas palavras que James esperava receber na semana seguinte, só para garantir que ele não mude de ideia).

Meu querido Harry, espero que esses planos lhe convenham, e é claro que espero que convenham a Esme. Tenho certeza de que não teremos problema em convencê-la. A viagem de trem de Oxford a Shrewsbury é uma linha reta, e minha amiga *garante que teremos a cooperação do vizinho, o Sr. Lloyd. Ela lhe paga uma pequena quantia para que mantenha o lugar em ordem. É o Sr. Lloyd quem vai buscar as meninas na estação e abrir a casa para elas.*

Atenciosamente, etc.

Edith

Chegamos a Cobblers Dingle quando o sol estava se pondo, e o dia agradável estava dando lugar a um frio gelado. O Sr. Lloyd insistiu que devia acender o fogo do forno a lenha antes de ir embora. Ao se abaixar para realizar essa tarefa, nos informou que apareceria ou mandaria o filho para checar o fogão e acender a lareira do quarto todas as tardes, apesar de o barracão do jardim estar cheio de lenha já cortada e também gravetos, caso fosse necessário acender antes.

Lizzie ficou parada quando ele se despediu de nós. A leve reverência que o Sr. Lloyd fez foi para ela e, apesar de ser minha responsabilidade tratar com o homem, Lizzie foi obrigada a corresponder.

– Obrigada, Sr. Lloyd. Agradecemos muito – disse ela.

– Se precisar de qualquer coisa, Srta. Lester, estou a apenas dez minutos de distância.

Assim que ele foi embora, Lizzie ficou toda diligente. Eu fiquei parada na porta, observando a carroça do Sr. Lloyd se afastar pela longa trilha para veículos que dava na estrada, e a ouvi abrindo gavetas e armários, fazendo uma lista em pensamento dos víveres e utensílios de cozinha. Encontrou a chaleira cheia, colocou-a no fogão e preparou o bule para o chá.

– Temos que agradecer, porque a despensa está bem fornida – disse, fechando a tampa de uma lata com folhas de chá e colocando a água fervente no bule antes de se virar para mim. Eu ainda estava parada na porta.

– Vem sentar, Esme. – Lizzie me pegou pelo braço e me levou até uma cadeira perto da pequena mesa que havia na cozinha. Colocou uma xícara fumegante diante de mim, cutucou meu braço e me olhou nos olhos. – Cuidado, está quente – falou, como se eu tivesse 5 anos. E tinha motivos para ser tão cautelosa.

Lizzie parecia estar mais alta, mais reta. Não só porque a Cobblers Dingle era pequena. Sem a autoridade da Sra. Murray ou as orientações da Sra. Ballard, Lizzie assumiu um ar seguro que eu raramente vira nela. Examinou cada cantinho da casa e procurou entender suas muitas idiossincrasias. *Lizzie é a dona deste lugar,* pensei, na segunda manhã que estávamos lá, e essa ideia atravessou a névoa dos meus pensamentos como um raio de luz, mas foi logo se encolhendo, desistindo do esforço para ver melhor.

Fiquei sentada onde ela me colocou e observei sua movimentação perpétua à minha volta. Se eu levantava, era porque Lizzie me empurrava. Eu nunca resistia, mas era incapaz de tomar qualquer iniciativa.

Poucos dias depois de nossa chegada, o Sr. Lloyd apareceu na porta da cozinha com um bolo feito pela Sra. Lloyd e uma cesta de ovos. Lizzie foi obrigada, mais uma vez, a falar com ele. Conseguiu proferir três frases em vez das duas que dissera da vez anterior.

No dia seguinte, o Sr. Lloyd mandou o filho, Tommy, cuidar das lareiras. Lizzie insistiu para ele tomar chá conosco e começou a interrogá-lo sobre as possibilidades de caminhada na região.

– Tem uma trilha que sobe o morro direto até o bosque de faias – disse ele, com a boca cheia do bolo feito pela mãe. – É íngreme, mas a vista é boa. De lá, podem ir aonde quiserem, só não se esqueçam de trancar os portões.

Lizzie se abaixou para amarrar o cadarço de minhas botas. Era um gesto conhecido, de anos antes. Sua cabeça estava descoberta, e os cabelos brancos saltavam feito arame da sua cabeça. *Ela está ficando velha,* pensei. Mas Lizzie era só oito anos mais velha do que eu. E sempre parecera ser mais. Fiquei me perguntando se ela gostaria que sua vida tivesse sido diferente, se imaginava Cobblers Dingle sendo sua própria casinha. Fiquei me perguntando se Lizzie desejava ter um bebê que, provavelmente, jamais teria.

Quando o Sr. Lloyd falou com ela, tirou o chapéu e olhou em seus olhos. "Estou aqui para qualquer coisa que precisar, Srta. Lester." E Lizzie ficou corada, como se aquela fosse a primeira vez que um homem fazia alguma coisa por ela. *Mas está muito velha agora,* pensei. Velha demais para fazer qualquer coisa que não o que fazia desde que tinha 11 anos. Curvar-se para amarrar meus cadarços. Curvar-se para cumprir tarefa após tarefa, a mando de outra pessoa. Uma das minhas duas lágrimas caiu em seu cabelo, mas Lizzie não percebeu.

Quando chegamos à trilha, a bainha de nossas saias estava molhada, porque atravessamos o pequeno campo atrás da casa, e eu já estava sem fôlego. Lizzie foi diligente e trancou o portão, e eu tive tempo para examinar a trilha. Era íngreme e desnivelada, como Tommy alertara, e o alto da montanha – sabe-se lá a que altura – era escondido por uma fileira irregular de árvores. Galhos retorcidos, recobertos de limo, invadiam a trilha aqui e ali, e me dei conta de que deveria ser raro algo maior que uma ovelha passar por ela. Mais do que tudo, eu queria voltar.

– Isso deve ajudar – disse Lizzie, vindo ao meu encontro. Ela segurava um galho bem robusto.

Tentei formular uma frase que pudesse convencê-la a me deixar voltar para casa, mas Lizzie sacudiu a cabeça. Colocou o galho em minha mão, e percebi que suas bochechas estavam vermelhas, do esforço físico, e seus olhos brilhavam. Segurou o galho até ter certeza de que eu não o derrubaria, como se passasse o bastão em uma corrida de obstáculos. Apertei a mão, e ela me soltou. Em seguida, me deu as costas e foi nos guiando pela trilha estreita.

Foi um alívio quando a trilha se afastou das árvores. Era uma trilha insondável e claudicante, que atravessava o morro. Dava a impressão de que as ovelhas que a criaram estavam tentando reduzir a inclinação. Lizzie confiou que, seguindo pela trilha, iríamos na direção certa, e percebi que meus passos estavam quase acompanhando o ritmo dela, apesar de eu estar um pouco mais para trás. Caminhamos em silêncio até que Lizzie viu uma escadaria.

– Por aqui – falou.

Ela tentou levantar as saias para subir na estrutura de madeira, mas soltou uma das mãos para se equilibrar, e o tecido caiu e ficou preso na tábua desgastada pelo tempo. Não havia me ocorrido trazer uma saia-calça, nem a ela. Eu deveria ter imaginado – passara um ano na Escócia, onde caminhar era o único alívio que eu tinha daquela escola horrorosa, e saias-calças mais curtas faziam parte do uniforme. Mas Lizzie jamais saíra de Oxford, e foi ela quem fez nossas malas.

Ela começou a rir.

– Amanhã, viremos de calça – falou.

– Não podemos usar calça.

– Não temos escolha. Só tem roupa de homem no guarda-roupa da casa – explicou. – Tenho certeza que ninguém vai se importar se pegarmos alguma emprestada.

No dia seguinte, Lizzie estendeu duas calças na cama, para trocarmos de roupa depois de tomar o café da manhã.

– Você já usou calça, Lizzie? – perguntei, quando a encontrei na cozinha.

– Nunca na vida – respondeu ela, sorrindo como se já conhecesse o prazer que nos aguardava.

Lizzie havia cozinhado aveia em fogo baixo da noite para o dia. Respingou creme fresco nela, tirado da despensa da família Lloyd, e cobriu com maçãs que fervera antes de eu acordar.

– Tudo dói – falei, segurando na cadeira para conseguir sentar.

– Eu sei – disse Lizzie. – Mas é uma dor saudável, não de estar esbodegada.

– Dor é dor.

– Não lembro de um dia sequer que alguma parte do meu corpo não estivesse doendo. Esta é a primeira vez que pensei que pode ser um sinal bom, não de doença.

Peguei a colher e misturei a maçã e o creme no mingau. Vinha sentindo uma dor no meio do corpo que não conseguia acomodar. Mas, naquela manhã, senti, sim, um pouco menos de urgência.

Depois do café, Lizzie colocou uma calça grande e uma camisa enorme.

– Estão grandes demais, Lizzie.

– Nada que um cinto não dê jeito – falou ela, procurando um cinto no armário. – E quem vai estar por perto para nos julgar?

– O Sr. Lloyd pode aparecer a qualquer momento.

Lizzie ficou levemente corada, mas deu de ombros.

– Ele não parece ser do tipo que julga os outros.

Minha calça era feita para um homem menor ou talvez para o mesmo homem, quando era jovem. Ficaram curtas nas pernas, mas serviram bem na cintura. Lizzie insistiu para eu também usar uma camisa grande demais para não ter que lavar minhas blusas todos os dias.

— Tenho um par de meias grossas na gaveta — avisou. — Elas vão impedir que os seus tornozelos se arranhem.

Lá na cozinha, Lizzie se curvou para amarrar os cadarços das minhas botas, depois das próprias. Encontrou chapéus pendurados em um gancho atrás da porta da despensa e colocou nas nossas cabeças. Então pegou o cajado que guardara do dia anterior e pôs na minha mão.

Ficamos frente a frente, já arrumadas, e Lizzie me examinou dos pés à cabeça.

— Você parece uma andarilha — declarou. Aí olhou para o próprio modelito e girou para eu poder admirá-lo por completo. Deu uma risadinha, e a risadinha se tornou uma risada, e a risada tomou conta dela até seus olhos lacrimejarem e o nariz escorrer. Ela tinha razão. Imaginei os habitantes de Oxford jogando pontas de pão e moedas em nosso chapéu. Não dei risada, mas não consegui conter o sorriso.

~

Caminhávamos depois do café da manhã e todas as tardes. Continuei usando o cajado, mas precisava cada vez menos dele, porque comecei a me sentir mais forte. Eu não sabia ao certo que estava fraca, mas as caminhadas e o mingau de Lizzie e os bolos da Sra. Lloyd vinham reavivando algo dentro de mim. Eu dormia menos e percebia mais.

Lizzie não ficava mais vermelha quando o Sr. Lloyd falava com ela. Olhava nos olhos do homem e, caso ele pedisse, lhe dava sua opinião sem baixar a cabeça. Depois de uma semana, a própria Sra. Lloyd começou a trazer os bolos. Vinha acompanhando o Sr. Lloyd ou Tommy, à tarde, e ficava depois que eles tinham acendido as lareiras. Lizzie criou o hábito de fazer biscoitos todas as manhãs e arrumar a mesa da cozinha para o chá todas as tardes. Arrumava a mesa para quatro pessoas, mas o Sr. Lloyd sempre declinava do convite. "Eu só vou atrapalhar a conversa das senhoras", disse, certo dia. E foi saindo da cozinha de costas, com o chapéu encostado na barriga, curvando-se levemente, como se estivesse se despedindo do rei e não pudesse lhe dar as costas enquanto ele estivesse no recinto.

Assim que o Sr. Lloyd ia embora, Lizzie arrumava uma travessa com biscoitos e fatias generosas do bolo da Sra. Lloyd. Aí colocava a chaleira para ferver água e se ocupava com as folhas de chá e o bule.

A Sra. Lloyd, já sentada na cadeira, de frente para o fogão, começava a conversar, retomando o assunto que as duas tinham comentado no dia anterior. A conversa sempre ia e voltava, como uma peteca, como se uma soubesse a vida inteira da outra. Tive a sensação que via Lizzie como ela poderia ter sido.

Eu me peguei imaginando por que a Sra. Lloyd nunca se levantava para ajudar – tive muito tempo para ponderar, já que minha reserva tinha recusado todas as tentativas educadas de me incluir. Rejeitei todos os motivos óbvios: grosseria, preguiça, fadiga de cuidar do próprio fogão e de quatro meninos. No fim, me resolvi por bondade. As maneiras da Sra. Lloyd não davam indícios de que ela fosse cheia de nove-horas, e a mulher não ficava olhando o chá que era servido para julgar se estava fraco ou forte. Estava simplesmente reconhecendo que aquela era a cozinha de Lizzie, a casinha de Lizzie, e que era convidada dela. Eu observara Lizzie preparando chá a vida inteira, mas era sempre para a família Murray, para a Sra. Ballard (que sempre ficava observando quando o chá era servido) ou para mim: sua patroa, sua chefe ou a jovem sob sua responsabilidade. Esse pensamento me chocou. Eu jamais vira Lizzie com uma amiga.

Comecei a dar minhas desculpas. Sem protestar muito, Lizzie começou a arrumar a mesa para duas pessoas.

A estada em Shropshire fora organizada como uma espécie de tratamento para minha depressão. Eu não poderia ter pensado assim com tanta clareza antes, mas o peso de viver sem Ela começou a diminuir quando me dei conta de que eu poderia ter me jogado no rio Cherwell se tivesse condições de conceber essa ideia.

O monte cobrava seu preço, e eu sabia que jamais chegaria ao topo sem sentir a dor da escalada em meus pulmões e em minhas pernas, por mais em forma que ficasse. Reclamei naqueles primeiros dias – sentava e chorava por causa da falta de ar e de outras coisas. Não queria estar ali. Mas Lizzie jamais permitiu que eu voltasse atrás.

– É o tipo de dor que traz uma conquista – falou.

– E que conquista é essa? – choraminguei.

– O tempo dirá – respondeu ela, me puxando para ficar de pé.

Então, uma tarde, eu cheguei até o topo, sem lágrimas nem reclamações. Fiquei parada, com as mãos na cintura, respirando o ar gelado e olhando além do vale, na direção do País de Gales. Eu vinha olhando aquele horizonte todos os dias, havia semanas, mas foi a primeira vez que dei importância a ele.

— Como será o nome daquelas montanhas? – perguntei.

— Wenlock Edge, de acordo com o Sr. Lloyd – respondeu Lizzie. Olhei para ela, perplexa. O que mais ela sabia?

Lizzie parou de ter tanto cuidado comigo depois disso e, às vezes, quando ela e a Sra. Lloyd tinham mais histórias do que um bule de chá poderia acomodar, deixava que eu caminhasse pelas montanhas sozinha.

— Eu sou uma ama-cativa no Dicionário – ouvi Lizzie dizer para a Sra. Lloyd, certa tarde, enquanto eu calçava as botas.

— E você disse que é a jovem Esme que encontra as palavras? – perguntou a Sra. Lloyd.

Lizzie deu risada, e olhei feio para ela.

— Pode-se dizer que sim – confirmou, dando uma piscadela para mim.

— Não consigo pensar em nada que seja mais chato – comentou a Sra. Lloyd. – Você lembra quando a gente tinha que escrever a mesma palavra um monte de vezes até todas as letras ficarem com a mesma inclinação? Os números faziam mais sentido para mim, o significado deles nunca muda.

— Eu nunca fiz todas as letras ficarem com a mesma inclinação – disse Lizzie.

— Muita gente nunca fez isso – disse a Sra. Lloyd, pegando mais um biscoito.

Peguei o cajado, que agora ficava encostado perto da porta.

— Você vai ficar bem sozinha? – perguntou Lizzie. Seu tom de voz era leve, mas o seu olhar, observador.

— Vou, sim. Bom chá.

Enquanto subia o morro, fiquei imaginando o que Lizzie e a Sra. Lloyd estavam conversando. Era a primeira vez que eu me dava ao trabalho de pensar nisso, e fiquei chocada por ter sido tão autocentrada. As ovelhas se afastavam do caminho à medida que eu ia avançando, mas não se afastavam muito. Ficavam me olhando passar, e me lembraram o escrutínio dos eruditos quando entrei no gabinete de leitura de Cambridge. Só que eu não estava constrangida. Naquele momento, me senti um pouco triunfante, e me sentia triunfante agora. Como se, talvez, tivesse conquistado algo.

Lizzie desceu da carroça, e Tommy desceu atrás dela.

– Deixa que eu pego, Srta. Lester – disse ele, pegando a cesta de provisões na parte de trás.

– Obrigada, Tommy – falou Lizzie.

Ela ficou olhando o garoto levar a cesta para a cozinha e então olhou para a Sra. Lloyd.

– Que bela manhã, Natasha. Com certeza vou sentir falta das nossas saídas.

Natasha. Que nome exótico para a esposa de um fazendeiro. Continuei a observá-los pela janela aberta do quarto. A Sra. Lloyd se ajeitou no assento da frente da carroça, se abaixou e pousou a mão no rosto erguido de Lizzie. *"Bostin"*, eu a ouvi dizer. Não sabia o que isso significava, mas Lizzie pelo jeito sabia. Segurou a mão da Sra. Lloyd, como se estivesse agradecendo pelo comentário. As duas continuaram se despedindo, falando mais baixo. Quando vi Tommy voltando para a carroça, corri escada abaixo para também me despedir e acenar para eles.

Assim que entramos em casa, perguntei para Lizzie:

– O que a Sra. Lloyd quis dizer com *"bostin"*?

Lizzie se virou para o fogão, pretendendo colocar a chaleira para ferver.

– Ah, é só uma palavra carinhosa.

– Mas eu nunca ouvi antes.

– Nem eu – comentou Lizzie, pegando nossas xícaras de chá da bacia ao lado, onde eu as deixara para secar naquela manhã. – Natasha disse isso duas ou três vezes, e outras pessoas também. Eu achava que era uma palavra estrangeira e perguntei qual era a origem.

– E o que foi que ela disse? – Pus as mãos nos bolsos, mas estavam vazios. Lizzie colocou água fervente no bule para aquecê-lo e já foi abrindo a lata de chá.

– É uma palavra daqui: nem um pouco estrangeira.

Procurei pela cozinha, mas não encontrei nada com que pudesse escrever, nem onde.

– Tem caderno e lápis na gaveta de cima ao lado da sua cama – disse Lizzie, pegando o bule e girando-o para aquecer as laterais. – Vá buscar primeiro.

Lizzie estava sentada à mesa quando voltei: nossas xícaras estavam fumegantes, e havia um prato de biscoitos e uma tesoura ao lado do bule.

– Para cortar a folha do tamanho que você gosta – disse.

Quando terminei de cortar, ela começou a falar. Lembrei-me da velha Mabel e da reverência com a qual tratava aquele processo. O que será que as fazia endireitar a postura e pensar bem antes de falar? Por que se importavam tanto?

– *Bostin* – falou Lizzie, pronunciando o "n" com cuidado – quer dizer "querida".

Ela ficou corada.

– Você consegue criar uma frase com ela?

– Consigo, mas você precisa escrever o nome da Natasha embaixo.

– Claro.

– Lizzie Lester, minha *bostin mairt*.

Escrevi a ficha e cortei mais uma.

– E *"mairt"*? O que significa?

– Amiga. Natasha é minha amiga, minha *"mairt"*.

Tentei adivinhar a grafia e fiquei ansiosa para guardar essas palavras novas no baú. Fazia tempo que não pensava nele.

No dia seguinte, iríamos embora de Cobblers Dingle. Eu sentiria falta das ondas de morros verdejantes. Sentiria falta do silêncio. Quando chegamos ali, achei silencioso demais, meus pensamentos faziam muito barulho. Mas o silêncio se revelou não ser completo: o vale zumbia, cantava e balia. Quando meus pensamentos foram ouvidos e discutidos, e uma espécie de paz reinou, comecei a ouvir o vale como certas pessoas ouviriam música ou cantos sagrados. Havia certo consolo em seu ritmo, que desacelerava a batida do meu coração.

Eu parecia estar melhor, de acordo com Ditte. Suas cartas eram frequentes, ainda que as minhas, no início, não fossem. Eu retomara recentemente o hábito de escrever para ela e, pelo jeito, esse era um sinal de que minha saúde estava melhorando. Outro indício, escreveu Ditte, foi uma carta inesperada, enviada por Lizzie.

Foi a Sra. Lloyd quem escreveu. Que coragem a de Lizzie lhe fazer esse pedido. Ela escreveu "tudo aqui é alto, profundo ou interminável – não faltam lugares para se aventurar, mas Essy volta para casa toda vez sem sinal nem de tentar". Se pelo menos todos fossem tão diretos quanto ela.

Será que eu estava melhor? Antes de ir para Shropshire eu me sentia destruída, como se fosse cair em um cadafalso, caso meu trabalho me fosse tirado. Não me sentia assim agora, mas havia uma tênue rachadura bem no meio de mim, e eu suspeitava que jamais seria consertada. Lembrei-me de Lizzie pedindo desculpas para a Sra. Lloyd a primeira vez que ela ficou para conversar, porque a xícara estava levemente lascada.

– Essa lasca não impede a xícara de conter o chá – disse a Sra. Lloyd.

Quando nosso último dia foi chegando ao fim, o céu se tingiu de rosa – *Presente de despedida*, pensei. Lizzie preparou um piquenique com queijo, pão e picles adocicados de pepino feitos pela Sra. Lloyd e dispôs tudo no gramado ao lado da casa.

– Deus está neste lugar – disse, sem tirar os olhos da Wenlock Edge.

– Você acha, Lizzie?

– Ah, sim. Eu o sinto mais aqui do que jamais senti dentro da igreja. Aqui parece que estamos livres de todas as nossas roupas, dos calos nas mãos que denunciam nossa posição, dos nossos sotaques e palavras. Ele não se importa com nada disso. Só se importa com quem você é no fundo do coração. Eu jamais o amei tanto quanto deveria, mas aqui amo.

– Por quê?

– Acho que é a primeira vez que ele presta atenção em mim.

Por um bom tempo, ficamos sem falar nada. O sol atravessou uma grande pincelada de nuvens e baixou na Wenlock Edge e no Long Mynd, atrás dela – uma paisagem parecia a sombra da outra.

– Você acha que ele vai me perdoar, Lizzie?

Minha pergunta foi pouco mais que um pensamento, mas eu sabia que tinha dito aquelas palavras.

Lizzie ficou em silêncio, e o Long Mynd finalmente se deu conta de que o sol se punha, deixando as montanhas azuladas. Quando ela levantou e entrou em casa, eu me dei conta de que não me importava com o perdão de Deus, mas com o perdão dela. Fiquei imaginando o dilema de Lizzie. Queria me tranquilizar, mas não podia mentir com a face de Deus voltada para ela.

O zumbido que preenchia meus ouvidos desde que Ela nascera, a sombra que se infiltrara sob os meus olhos, aquela sensação de amortecimento que eu tinha nos braços, nas pernas e nos seios – tudo foi embora ao mesmo tempo. Eu podia ouvir, ver e sentir com uma intensidade que me tirava o fôlego e me assustava. Eu tremi, sentindo frio de repente. Havia um tímido cheiro de fumaça de carvão e os ruídos dos pássaros chamando seus pares para ficarem empoleirados, e suas canções se ouviam com a mesma clareza e distinção que os sinos da igreja. Meu rosto ficou úmido de luto, de amor e de arrependimento. E, entremeado em tudo isso, havia um fio de alívio vergonhoso.

Lizzie voltou com um cobertor de crochê com todas as cores de um bosque no outono. Enrolou-o em meus ombros e pressionou para baixo, com seus braços firmes.

– Não cabe a Deus lhe perdoar, Essymay – sussurrou, em meu ouvido. – Só cabe a você.

NOVEMBRO DE 1907

Eu e Lizzie saímos do trem. Colocamos as malas no chão e levantamos a gola do casaco para nos proteger do frio de novembro. Shropshire fora nosso veranico fora de época, e Oxford parecia ser o inverno. Enquanto esperávamos o táxi para nos levar a Sunnyside, precisei lembrar que, por trás das duras pedras de todas aquelas construções, um rio fluía.

Em Sunnyside, as folhas vermelhas ainda estavam penduradas no freixo que ficava entre o Scriptorium e a cozinha. Eu e Lizzie ficamos paradas debaixo dele para nos despedir. Havia algo de pesado naquela despedida, como se estivéssemos nos separando para viajar cada uma para um lado, quando de fato estávamos voltando para um terreno conhecido e compartilhado. Mas algo havia mudado. Lizzie estava diferente. Ou talvez fosse apenas o fato de que eu agora a via de modo diferente, como uma mulher que existia além da necessidade que eu tinha dela. Quando saímos de Oxford, eu era a criança sob sua responsabilidade, como sempre. Agora nos abraçávamos como amigas, e o conforto ia e vinha nas duas direções. Em Shropshire, tanto eu quanto ela encontramos algo pelo qual ansiávamos, mas enquanto eu a abraçava, temi que a autoconfiança recém-adquirida de Lizzie fosse frágil demais para sobreviver a quem ela precisava ser em Oxford. Lizzie tinha suas próprias preocupações em relação a mim e as verbalizou naquele espaço silencioso do nosso abraço.

— Não se trata de perdão, Essymay. Nem sempre podemos tomar as decisões que gostaríamos de tomar, mas podemos tentar fazer o melhor com aquilo que temos e nos conformar. Tome cuidado para não se perder nos seus pensamentos.

Lizzie olhou bem para o meu rosto, mas não fui capaz de lhe dar a tranquilidade que ela desejava. Eu a abracei um pouco mais forte, mas não prometi nada.

A Sra. Ballard estava apoiada em um cajado e segurava a porta da cozinha para Lizzie entrar. Eu me dirigi ao Scriptorium. Estava na hora de voltar à nossa vida.

Toda vez que eu voltava para casa, o Scriptorium parecia menor. Eu me senti grata por ele existir quando voltei da casa de Ditte: o lugar me abraçava e, desde que eu permanecesse entre suas paredes repletas de palavras, eu me sentia protegida. Desta vez, foi diferente. Parei na porta, ainda sentindo o peso da maleta de viagem na mão, e fiquei imaginando como eu me encaixaria ali.

Havia três novos assistentes. Dois se sentavam à mesa de triagem, e o outro foi acomodado em uma mesa nova, um tanto perto demais da minha. Papai me viu ali parada, e seu rosto foi tomado por um sorriso que ameaçava me sufocar. Arrastou a cadeira para trás com tanta pressa que ela caiu. Quando tentou segurá-la, os papéis nos quais estava trabalhando saíram voando pelos ares. Eu soltei minha mala e fui ajudar, abaixei para conseguir alcançar debaixo da mesa e pegar uma ficha perdida. Eu a entreguei para papai, que segurou minha mão e a levou aos lábios. Em seguida, examinou meu rosto, como Lizzie acabara de fazer.

Balancei a cabeça, dei um leve sorriso. Ele ficou satisfeito, mas havia tanto a dizer e gente demais observando. O trabalho em volta da mesa de triagem foi interrompido, e me senti uma burra por ter ido direto para o Scriptorium em vez de ir para casa. Mas eu sabia que papai estaria trabalhando, e tive medo da casa vazia.

Ele me deu o braço e me virou para os novos assistentes.

– Sr. Cushing, Sr. Pope, esta é minha filha, Esme.

Tanto o Sr. Cushing quanto o Sr. Pope ficaram de pé. Um era alto e loiro; o outro, baixinho e moreno. Os dois estenderam a mão para mim, mas retiraram em seguida, dando a vez ao colega. Minha mão ficou parada ali, de um jeito constrangedor, sem ser apertada, entre nós. Se os dois não estivessem tão preocupados um com o outro, eu poderia ter imaginado que estavam evitando encostar em minha pele derretida, mas eles deram risada. E então se cutucaram para que o outro me cumprimentasse, e a comédia continuou.

– Apenas curvem-se para a jovem e tentem não bater a cabeça – disse o Sr. Sweatman, que estava do outro lado da mesa. – Viu só o que acontece quando você nos abandona, Esme? Precisamos nos contentar com comediantes de revista.

O Sr. Cushing, o mais alto, fez uma reverência, dando a oportunidade para o Sr. Pope apertar a minha mão.

– Bem, isso foi trapaça – falou o Sr. Cushing.

– Oportunismo, meu amigo. O destino favorece os ousados.

Eles começaram a falar comigo, revezando-se. Era um prazer me conhecer, tinham ouvido falar tanto do meu trabalho no Dicionário, ficaram encantados quando meu pai contou sobre a pesquisa que fiz para a Srta. Thompson. Os dois tinham estudado com o livro de História da Inglaterra dela na escola. Esperavam que meus pulmões tivessem se beneficiado da minha estada em Shropshire. Fiquei corada ao pensar que fui assunto de conversa, nas verdades e mentiras ditas.

– O Dr. Murray ficará feliz em vê-la, Srta. Nicoll – disse o Sr. Cushing. – Ainda ontem, ele mencionou de passagem que nós ocupamos o dobro do espaço, mas produzimos metade do material que a jovem que trabalha nos fundos do Scriptorium produz. Presumo que seja a senhorita, e é um prazer.

Ele fez mais uma reverência.

– Não ficamos ofendidos – o Sr. Pope foi logo dizendo. – Fomos contratados de última hora, temporários. Ficaremos apenas este semestre. É a recompensa que ganhamos por estudar Filologia. Acho que aprendi mais neste último mês do que durante um ano inteiro cursando a Balliol College. Também tiro o chapéu para a senhorita, Srta. Nicoll.

Ouvi um suspiro alto vindo dos fundos dos Scriptorium.

– O senhor está perturbando a paz, Sr. Pope – disse papai, sorrindo.

– Deveras – assentiu o Sr. Pope, e então ele e o Sr. Cushing balançaram a cabeça para mim e voltaram a sentar em seus lugares.

Papai segurou meu braço e me levou para os fundos do Scriptorium.

– Sr. Dankworth, permita-me apresentar minha filha, Esme.

O Sr. Dankworth terminou de editar o texto em que estava trabalhando, levantou da cadeira e apenas acenou brevemente a cabeça, dizendo:

— Senhorita Nicoll.

Eu o cumprimentei da mesma maneira, e ele tornou a sentar. Sua atenção voltou a se concentrar nas páginas que havia à sua frente antes que papai e eu nos virássemos para ir embora.

— Este não é temporário — disse papai, quando nos afastamos o suficiente para ele não ouvir.

No dia seguinte, o Scriptorium estava ainda mais lotado. O Dr. Murray ficou sentado em sua mesa mais alta, e Elsie e Rosfrith Murray se movimentavam entre as estantes, como faziam frequentemente, quando o pai estava trabalhando. As duas me cumprimentaram com um abraço, e foi um abraço caloroso, sem precedentes, mas não incômodo.

— Espero que você esteja bem agora, Esme — falou Elsie, baixinho.

Fiquei imaginando qual teria sido a história que contaram para ela. Mas, antes que a conversa pudesse se estender, o Dr. Murray interrompeu.

— Ah, ótimo — disse, quando me viu parada perto das filhas. Ele se aproximou com uma folha de papel em uma mão e uma pilha de fichas na outra. — A etimologia de "profetizar" tem preocupado o Sr. Cushing. Fica óbvio onde foi que ele se perdeu. — O Sr. Cushing percebeu que eu estava olhando para ele e balançou a cabeça, concordando. — Talvez você possa rever o trabalho dele e fazer as correções necessárias. Isso precisa estar pronto para composição dentro de uma semana. — O Dr. Murray me entregou o material. E depois, à guisa de comentário, acrescentou: — Uma boa caminhada faz um bem incrível, você não concorda?

— Sim, senhor — respondi.

Ele me olhou como se estivesse tentando julgar a veracidade de minha resposta, depois deu as costas e voltou para seu trabalho.

Passei pela mesa de triagem, dei bom-dia para o Sr. Sweatman, *bonan matenon* para o Sr. Maling e pus a mão no ombro de papai só por alguns instantes. Ele deu um tapinha na minha mão e, quando se virou para olhar para os fundos do Scriptorium, dei-me conta de que aquele era um gesto pacificador. Eu mal conseguia enxergar meu tão querido espaço de trabalho atrás do vulto do Sr. Dankworth, cuja mesa fora colocada em perpendicular à minha.

Quando me aproximei, vi que a superfície da minha mesa estava cheia de pilhas de livros e papéis. Eu tinha certeza de que não havia deixado aquilo ali um mês atrás. Lembrei-me das fichas avulsas que havia na parte de dentro, com as palavras das mulheres, querendo se juntar às demais no baú debaixo da cama de Lizzie. A ansiedade vibrou dentro de meu peito.

O Sr. Dankworth deve ter ouvido eu me aproximar, mas não se virou. Fiquei ao lado dele por alguns instantes, examinando-o. Era um homem grande, não gordo, e tudo nele era impecável. Seu cabelo castanho-escuro era curto e repartido bem ao meio, em uma linha perfeitamente reta. Não tinha barba nem bigode, suas unhas eram tão cuidadas quanto as de uma mulher. Ele deve ter preferido sentar de costas para todo mundo.

– Bom dia, Sr. Dankworth – falei.

Ele olhou para mim e respondeu:

– Bom dia, Srta. Nicoll.

– Por favor, me chame de Esme.

Ele balançou a cabeça e olhou para o trabalho.

– Sr. Dankworth, será que posso usar minha mesa novamente? – Não tive nenhum sinal de que ele havia me ouvido. – Sr. Dankworth, eu...

– Sim, Srta. Nicoll, eu ouvi. Se me deixar terminar este verbete, darei um jeito nisso.

– Ah, claro. – Fiquei parada, esperando alguém me dar permissão para continuar. Com que facilidade fui posta em meu devido lugar.

Ele continuou debruçado sobre as provas que estava lendo. De onde eu estava, podia ver linhas feitas à régua cortando textos indesejados e correções em letra caprichada nas margens. Seu cotovelo esquerdo estava pousado sobre a mesa, e a mão massageava as têmporas, como se quisesse tirar as palavras de seu cérebro. Reconheci algo de minha própria atitude naquela postura, e minha primeira impressão dele, nem um pouco lisonjeira, se tornou um pouco mais positiva.

Um minuto se passou. Depois mais um.

– Sr. Dankworth?

Ele baixou a mão ruidosamente sobre a mesa e levantou a cabeça de repente. Vi que seus ombros se ergueram porque respirou fundo e imaginei que estava revirando os olhos em direção aos céus. Arrastou a cadeira para trás e ficou entre a mesa dele e a minha. Mal havia espaço para ele ali.

– Permita-me ajudá-lo – falei, pegando um livro de minha mesa e tentando atrair sua atenção.

Ele o tirou das minhas mãos, sem olhar para mim.

– Não precisa: tem uma ordem. Eu faço.

O Sr. Dankworth tirou o último livro da mesa, e fiquei esperando, tamborilando meus dedos na saia, para ver se ele voltaria à minha mesa e abriria a tampa. Por um momento, eu estava de novo na escola, fazendo fila como todas as demais meninas, pronta para ser inspecionada. A parte de dentro das nossas carteiras, nossas mesas, nossas calcinhas. Nunca entendi por que tinham importância. O Sr. Dankworth voltou para a própria cadeira, e o ruído do protesto dela me trouxe de volta ao Scriptorium. Ele havia terminado. Minha mesa estava vazia. Mas agora havia uma parede de livros na parte da frente e na lateral da mesa do Sr. Dankworth. Um biombo efetivo.

Sentei e espalhei a pilha de fichas de "profetizar". Organizei-as em ordem cronológica e depois consultei as anotações que o Sr. Cushing havia feito.

❦

Uma semana se passou, e o Scriptorium parecia um velho amigo do qual eu precisava me reaproximar. O Sr. Pope e o Sr. Cushing levantavam da cadeira toda vez que eu, Elsie ou Rosfrith entrávamos e competiam para nos ajudar ou fazer o maior elogio. A sua loquacidade irritava quase todo mundo, com exceção de papai, que recompensava a atenção que eles me davam com sorrisos e acenos de cabeça discretos. O Dr. Murray não os incentivava dessa maneira.

– Cavalheiros, quanto mais palavras empregarem para elogiar as damas, menos palavras definirão. Seu uso constante da língua está, na verdade, fazendo um desserviço à língua inglesa.

Os dois logo voltavam ao trabalho.

O Sr. Dankworth era completamente diferente. As únicas palavras que trocamos eram relacionadas à inevitável inconveniência de eu ter que passar pela sua mesa para chegar à minha. "Com licença, Sr. Dankworth"; "Desculpe, Sr. Dankworth"; "Sua pasta, Sr. Dankworth. Talvez o senhor queira guardá-la debaixo de sua mesa, para eu não pisar o tempo todo nela."

— Ele é muito bom no que faz — disse papai certa noite, enquanto eu preparava o jantar. A empregada agora vinha quatro tardes na semana, o que nos deixava três jantares para cozinhar. O *Livro da Sra. Beeton de economia doméstica* estava todo manchado de tanto eu usá-lo, mas eu não estava melhorando.

— Ele tem olhos de lince para pegar inconsistências e redundâncias e quase nunca erra.

— Mas ele é estranho, você não acha?

Coloquei a travessa de bacalhau desfiado na mesa. Parecia uma piscina estagnada, por causa do purê de batatas que o rodeava.

— Todos somos um tanto estranhos, Esme. Mas talvez os lexicógrafos sejam mais estranhos do que a maioria das pessoas.

— Acho que ele não gosta muito de mim.

Servi primeiro papai, depois me servi.

— Acho que ele não gosta muito de gente: não entende as pessoas. Você não deve levar para o lado pessoal. — Papai tomou um gole d'água e limpou a garganta. — E o Sr. Pope e o Sr. Cushing? O que você acha deles?

— Ah, muito agradáveis. E divertidos, de um jeito trapalhão.

O bacalhau estava cozido demais e salgado de menos. Papai, pelo jeito, não percebeu.

— Sim. Ótimos rapazes. Você gosta mais de algum deles? Ouvi dizer que são de boa família, ambos. — Ele tomou outro gole d'água e continuou: — Fico pensando, Essy. Você... quer dizer, você pensaria em...

Pousei os talheres no prato e olhei para papai. Gotas de suor se acumulavam em suas têmporas. Ele afrouxou a gravata.

— Papai, o que você está tentando dizer?

Ele pegou o lenço e secou a testa.

— Amarílis tiraria isso de letra.

— Tiraria o que de letra?

– Seu futuro. Sua segurança. Casamento e tal.

– Casamento e tal?

– Nunca me ocorreu que isso era algo que eu deveria arranjar. Ditte normalmente... Mas, pelo jeito, também não lhe ocorreu.

– Arranjar?

– Bem, não arranjar. Facilitar.

Ele olhou para a comida e para mim em seguida.

– Eu desapontei você, Essy. Não estava prestando atenção. Não sabia sequer em que deveria prestar atenção, e agora...

– E agora o quê?

Papai ficou pensativo e então falou:

– E agora você tem 25 anos.

Olhei feio para ele. Papai virou o rosto. Comemos em silêncio por algum tempo.

– E o que é uma boa família exatamente, papai?

Pude perceber que ele ficou aliviado por eu ter mudado levemente de assunto.

– Bem, suponho que para algumas pessoas tenha a ver com a reputação. Para outras, com dinheiro. Para outras, pode se relacionar à educação ou a um bom trabalho.

– Mas o que significa para você?

Papai limpou a boca com o guardanapo e depois colocou o garfo e a faca no prato vazio.

– Então?

Ele foi até o meu lugar na mesa e sentou ao meu lado.

– Amor, Essy. Uma boa família é aquela em que há amor.

Balancei a cabeça.

– Ainda bem, porque não tenho nem educação nem dinheiro, e minha reputação depende de segredos e mentiras.

Empurrei meu prato, frustrada. O peixe estava intragável.

– Ah, minha querida, querida menina. Sei que lhe decepcionei, mas não sei como consertar tudo isso.

– Você ainda me ama depois de tudo o que aconteceu?

– Claro que amo.

– Então você não me decepcionou. – Peguei sua mão e fiz carinho na pele sardenta, que estava seca. Mas a palma da mão de papai e as pontas dos dedos eram suaves como seda. Sempre foram, e sempre achei isso curioso. – Eu cometi erros, papai, e fiz minhas escolhas. Uma dessas escolhas é não me casar.

– Seria possível? – perguntou.

– Sim, acho que seria. Mas não era isso que eu queria.

– Mas, Essy, a vida das mulheres que não são casadas é difícil.

– Ditte me parece ir bem. Eleanor Bradley me parece feliz. Rosfrith e Elsie não estão noivas, pelo que sei.

Papai ficou olhando para meu rosto, tentando entender o que eu estava dizendo, o que significava. Estava editando o futuro que achou que eu teria, cortando o casamento, o genro, os netos. Uma tristeza surgiu em seus olhos. Lembrei-me d'Ela.

– Ah, papai. – Lágrimas rolaram, mas nem eu nem ele secamos o rosto. – Preciso pensar que tomei as decisões certas. Por favor, por favor, apenas continue me amando. Isso é o que você faz de melhor.

Ele balançou a cabeça.

– E prometa...

– Qualquer coisa.

– Não tente consertar nada. Você é um lexicógrafo brilhante, mas não é alcoviteiro.

Papai sorriu e disse:

– Prometo.

O Scriptorium se tornou um lugar incômodo por algum tempo. Apesar de eu ignorar e papai ter parado de incentivar o Sr. Pope e o Sr. Cushing a me impressionar, eles foram um tanto lerdos para entender.

– Eles são um pouco lerdos em tudo – comentou papai, com um sorriso constrangido.

Mas a principal fonte de meu incômodo era o Sr. Dankworth. Antes de ele aparecer, minha mesa tinha a proporção perfeita de privacidade e perspectiva. Eu podia trabalhar sem interferências e, quando fazia uma pausa no trabalho, só precisava me inclinar de leve para a direita para ver a mesa de triagem e o Dr. Murray empoleirado. Se eu me inclinasse um pouco mais, podia enxergar quem entrava e saía pela porta do Scriptorium. Agora, quando eu olhava para a direita, via o volume dos ombros encolhidos do Sr. Dankworth e seu cabelo perfeitamente repartido. Eu me sentia presa.

E aí ele começou a escrutinar meu trabalho. Eu era a assistente menos qualificada do Scriptorium: até Rosfrith era mais qualificada do que eu, já que tinha terminado os estudos. Mas ninguém chamava a minha atenção em relação a isso tanto quanto o Sr. Dankworth. Ele tinha um jeito particular de interagir com cada pessoa no Scriptorium, baseado no lugar que ele acreditava que cada um ocupava na hierarquia. Praticamente se curvava diante do Dr. Murray. Tratava papai e o Sr. Sweatman com deferência e ignorava o Sr. Cushing e o Sr. Pope com base, acho eu, no fato de eles serem temporários. Tinha uma reação estranha a Elsie e Rosfrith – não sei bem se ele distinguia uma da outra, já que jamais olhara as garotas nos olhos, mas ficava pisando em ovos em volta das duas, como se representassem a beira de um precipício no qual ele pudesse cair. O Sr. Dankworth jamais as corrigia nem questionava, entretanto, e acabei concluindo que o sobrenome do pai protegia ambas de seu escrutínio e desdém. Coisas essas que ele reservava principalmente para mim.

– Isso não está certo – disse ele, certo dia, quando voltei do almoço. Estava parado na minha mesa, segurando um quadradinho de papel na mão grande. Reconheci que era uma acepção que eu alfinetara à prova que eu estava editando.

– Como?

– A sua sintaxe não fica clara. Eu reescrevi.

Passei por ele, me esgueirando, e sentei em minha mesa. Com certeza, havia um novo quadradinho de papel alfinetado à prova, escrito com a letra precisa do Sr. Dankworth. Dizia o que deveria dizer, e tentei entender qual era a diferença para o que eu havia escrito.

– Sr. Dankworth, o senhor poderia me devolver meu original?

Ele não respondeu e, quando olhei na sua direção, vi que era tarde demais. O Sr. Dankworth estava perto da lareira, observando o papel queimar.

O Natal ainda estava pendurado nas árvores, dentro e fora de casa. Quando caminhávamos até Sunnyside, papai apontava para cada versão decorada de árvore que avistava, através das janelas de salas de estar das casas da St. Margaret's Road. Transformamos isso em uma brincadeira certa vez, procurando nesses espaços privativos pela árvore mais grandiosa ou encantadora, tentando adivinhar quais eram os presentes debaixo dela e a personalidade das crianças que correriam para desembrulhá-los. Agora essa era uma brincadeira que eu não queria mais fazer. Eu não havia contabilizado o Natal entre as minhas perdas, mas ficou claro que eu desistira dele quando desistira d'Ela. Papai tentou me tirar daquele humor ensimesmado no qual eu havia entrado, e fiquei me perguntando do que mais havia sido privada.

O Scriptorium estava vazio quando entramos. Papai falou que teríamos o lugar só para nós, porque o Sr. Sweatman, o Sr. Pope e o Sr. Cushing só deveriam retornar na quarta-feira. A família Murray estaria na Escócia até o Ano-Novo, e os demais assistentes voltariam aos poucos, até o fim da semana.

— E o Sr. Dankworth? — perguntei.

— Na primeira segunda-feira depois do Ano-Novo — respondeu papai. — Você passará uma semana inteira sem ele no seu encalço.

O alívio deve ter ficado estampado no meu rosto. Papai sorriu e disse:

— Nem todos os presentes ficam embrulhados debaixo da árvore.

Os dias seguintes transcorreram em um borrão nostálgico. Todas as manhãs, pegávamos a correspondência, que eu separava, lia e entregava na mesa dos seus devidos destinatários. Se houvesse alguma ficha, eu trabalhava nela pela manhã.

Quando o Sr. Sweatman voltou, passou alguns minutos andando de um lado para o outro, dirigindo o olhar para a mesa de triagem e as mesas menores.

— Pode até parecer que Cushing e Pope apenas saíram para almoçar, mas sei, de fonte segura, que não devem retornar, de comum acordo — informou, por fim. — Murray calculou sua contribuição, deu negativo, e sugeriu que eles se dediquem à carreira de bancários. "Um ótimo conselho", respondeu Pope, e todos apertaram as mãos.

O lugar que os dois ocupavam na mesa de triagem estava apinhado de papéis e livros.

— Então arrumarei a mesa, posso?

Abri a capa de um dos dois livros para identificar o dono.

— Excelente ideia — disse o Sr. Sweatman. — E, quando tudo estiver desocupado, seria um lugar perfeito para o Sr. Dankworth sentar, você não acha?

Olhei para ele e perguntei:

— Você acha que ele vai querer?

— Murray sempre quis que Dankworth sentasse conosco, mas Cushing e Pope precisavam de supervisão, e não havia espaço. Não tenho dúvidas de que sua paz será restabelecida antes que todos criemos o hábito de escrever 1908 em vez de 1907.

Minha paz não foi restabelecida. O Sr. Dankworth disse que havia estabelecido um método de trabalho que seria prejudicado se mudasse para a mesa de triagem. *Claro*, pensei. *Seria muito mais difícil ler minhas correções se ele mudasse de lugar.*

O Sr. Sweatman fazia essa sugestão regularmente, mas o Sr. Dankworth respondia sempre que estava à vontade com o arranjo atual, muito obrigado, leve balançar de cabeça.

À medida que os dias foram ficando mais longos e a primavera se aproximava, meu humor melhorou. Comecei a ansiar para fazer as tarefas fora do Scriptorium e percorria um caminho triangular entre Sunnyside, a Gráfica e a Biblioteca Bodleiana.

Eu estava tirando os livros da cesta que ficava perto da porta e colocando-os no caixote de madeira preso na parte de trás da minha bicicleta quando o Dr. Murray se aproximou de mim.

— Provas corrigidas para o Sr. Hart e as fichas de "romanita".

Ele me entregou páginas cheias de cortes e correções, e umas poucas fichas em ordem, numeradas e amarradas com barbante. Quando fui colocá-las em minha pasta, uma das correções me chamou a atenção. Teria que esperar. Levei minha bicicleta até a Banbury Road e fui pedalando na direção da Little Clarendon Street.

A Little Clarendon ficava na esquina da Gráfica e estava sempre cheia de gente. Deixei a bicicleta perto da vitrine de uma casa de chá, sentei lá dentro, esperei a garçonete me trazer um bule cheio e então tirei as provas da pasta. Eram sete páginas duplas: três de papai, três do Sr. Dankworth e uma de Ditte. A página de Ditte estava amassada, por ter ficado confinada em um envelope comum. Mas, assim como as outras, estava repleta de comentários e novos verbetes escritos com sua letra bem conhecida. O Dr. Murray fizera anotações adicionais, concordando ou discordando – sua opinião sempre seria a palavra final.

A correção que eu estava procurando era em uma das páginas duplas de papai, um verbete adicional alfinetado na margem da prova. Todas as palavras estavam riscadas com uma linha feita à régua, e o Sr. Dankworth havia reescrito. *Quando?*, me perguntei. Será que papai sabia? Soltei o papelzinho da prova.

Pus a mão nos bolsos da saia e fiquei feliz ao encontrar uma pequena quantidade de fichas em branco e o toco de lápis. Como aquela saia, nada daquilo era usado havia um bom tempo. Peguei uma ficha e reescrevi o verbete exatamente como papai havia escrito, e então o prendi com alfinete, no lugar onde a original estivera presa. Olhei atentamente para o restante das provas de papai e encontrei duas, três, quatro outras ocasiões em que o Sr. Dankworth havia interferido.

Comecei a copiar as revisões originais de papai, e minha confiança aumentava a cada palavra. Mas, quando cheguei à última, minha mão congelou. Era o verbete "mãe". A prova já tinha, como primeira acepção, "progenitora", mas a essa o Sr. Dankworth adicionara "mulher que deu à luz uma criança".

Deixei assim.

NOVEMBRO DE 1908

Lizzie tirou os olhos da massa que estava sovando na mesa da cozinha.

— Isso aí é cara de preocupação, sei muito bem – disse.

— Cometi três erros hoje de manhã. Ele me deixa tão nervosa – falei e me joguei em uma cadeira.

— Deixa eu adivinhar. Foi o Sr. Sweatman? O Sr. Maling? Ou será que você está falando do Sr. Dankworth?

Lizzie ouvia diferentes versões dessa reclamação desde que eu voltara de Shropshire, um ano antes. Eu fugia para a cozinha dela sempre que conseguia. Normalmente, Lizzie ficava andando em volta de mim, mas, se tivesse recebido uma carta da Sra. Lloyd, passava um chá e colocava um prato de biscoitos assados pela manhã na mesa, entre nós duas, e eu lia em voz alta. Ela estava recriando as manhãs que passara em Shropshire, e eu sempre tomava o cuidado de não impor minha presença entre ela e a amiga. Eu lia com cuidado, sem parar nem comentar, e, quando terminava, pegava caneta e papel na gaveta da cozinha e esperava Lizzie formular sua resposta. Ela sempre começava com "Minha querida Natasha".

Hoje, não havia carta nem biscoitos. Peguei um sanduíche do prato que estava na mesa da cozinha.

— Ele fica me observando – prossegui, dando uma mordida no sanduíche.

Lizzie olhou para mim com as sobrancelhas erguidas.

— Não dessa maneira. *Definitivamente* não dessa maneira. Ele não é capaz de dizer bom-dia, mas não vê nenhum problema em apontar onde errei na gramática ou no estilo de redação. Hoje pela manhã, falou que eu tinha tomado liberdades com uma acepção de "psicótico". Na sua opinião, as mulheres têm uma tendência ao exagero e, por esse motivo, não deveriam ser empregadas em locais onde é necessário precisão.

— E você tomou liberdades? – debochou Lizzie.

— Isso jamais me ocorreria – respondi, sorrindo.

Ela continuou sovando a massa.

— Quando voltei do almoço ontem, o Sr. Dankworth havia deixado um exemplar de *Regras de Hart* na minha mesa. Havia prendido anotações às minhas intervenções com o número das páginas que eu deveria ler para melhorar minhas correções.

— E as *Regras de Hart* são importantes?

— São principalmente para os compositores e revisores da Gráfica, mas ajudam a garantir que todos que trabalham no Dicionário escrevam do mesmo modo, usando a mesma grafia.

— Você está dizendo que tem jeitos diferentes de escrever e grafias diferentes?

— Sei que parece baboseira, mas existem, e o menor dos detalhes pode causar a maior das discussões.

Lizzie sorriu e perguntou:

— E o que as regras têm a dizer de "baboseira"?

— Nada. Não é uma palavra válida.

— Mas você escreveu em uma ficha. Lembro de quando você fez isso, bem aqui, nesta mesa.

— Porque é uma palavra excelente.

— E ajudou? Ele ter lhe dado as regras?

— Não. Só fez eu não parar de me questionar. Coisas que eu tinha certeza que sabia, de repente, me parecem confusas. Estou trabalhando mais devagar e cometendo mais erros do que nunca.

Lizzie deu formato à massa e a colocou em uma bacia, depois polvilhou farinha. Estava certa daquilo, como estava certa de tudo o que precisava fazer na cozinha. Desde o último outono, a Sra. Ballard só aparecia para cozinhar o assado de domingo e escrever as listas dos pedidos semanais. Lizzie fazia todo o resto, apesar de ter menos pessoas na família Murray para alimentar, porque as crianças estavam crescidas, e a maioria saíra de casa. Uma empregada ocasional vinha ajudar quase todos os dias.

– Você vai comigo ao mercado no sábado? – perguntou Lizzie, cautelosa. – A velha Mabel tem perguntado de você.

Mabel. Eu não a via desde... O pensamento não se concretizava. Desde quando? Desde que pedi a ajuda dela? Desde que fora morar com Ditte? Desde Ela. Era isso que acontecia toda vez que eu pensava na última vez que encontrara Mabel. Marcava um momento no tempo, e pensar nele me fazia pensar n'Ela. Eu imaginava como Sarah e Philip teriam comemorado o primeiro aniversário d'Ela. Que presente teriam dado a Ela no Natal. Imaginava Ela caminhando e desejava ter ouvido a primeira palavra d'Ela.

– Ela tem uma palavra para você – comentou Lizzie, e ergui os olhos, assustada. Por um instante, não sabia de quem ela estava falando. – Diz que guardou essa palavra. Eu não insistiria que você fosse, mas acho que Mabel não vai durar muito.

❧

Acordei cedo e me arrumei com um capricho desnecessário. Estava nervosa porque veria Mabel. Com vergonha por ter demorado tanto. Quando a correspondência matutina caiu pela abertura na porta, fiquei feliz por ter essa distração. Era um dos cartões-postais esporádicos de Tilda. A foto era das Casas do Parlamento, em Westminster.

2 de novembro de 1908
Querida Esme,
Certa vez você me disse que gostaria que nosso slogan fosse "Palavras, não ações" e não "Ações, não palavras", e ri de sua ingenuidade. Então, quando fiquei sabendo que Muriel Matters se acorrentou à treliça de ferro do setor feminino da Câmara dos Comuns, não pude deixar de pensar em você. Foi um ato engenhoso para chamar a atenção (tenho certeza de que a Sra. Pankhurst gostaria de ter pensado nisso), mas as palavras dela é que mudarão o pensamento. Matters é a primeira mulher a falar na Câmara dos Comuns, e suas pa-

lavras foram inteligentes e eloquentes. Hansard pode até não tê-las registrado, mas os jornais registraram. Ela é australiana, ao que parece. Talvez seja o direito de falar no parlamento de seu próprio país que lhe dê a confiança para falar no nosso.

"Sentamos atrás dessa treliça ofensiva por tempo demais", disse ela. "Está na hora de as mulheres da Inglaterra terem voz na legislação que as afeta tanto quanto afeta os homens. Exigimos o direito ao voto."

"Isso, isso!", todas devemos gritar.

Com carinho,

Tilda

Austrália, pensei. Ela poderá votar. Coloquei o cartão-postal no bolso e torci para que o pensamento de que Ela terá uma vida melhor do outro lado do mundo me protegesse de meu arrependimento.

❧

Pela manhã, eu e Lizzie paramos no meio da multidão que se empurrava na frente da banca de frutas.

– Minha lista é longa – disse Lizzie. – Logo encontro você.

Ela se afastou, mas, por alguns instantes, fiquei parada onde estava. Podia ver a banca de Mabel. Patética em sua pobreza, em sua ausência de fregueses. Os baldes cheios de flores da Sra. Stiles representavam um contraste cruel.

Eu me aproximei, e Mabel assinalou que tinha me visto balançando a cabeça, como se tivesse me visto no dia anterior. Parecia um esqueleto com seus trapos, e sua voz era um eco de si mesma. O pouco fôlego que tinha gorgolejava em seu peito, úmido e perigoso. Quando me aproximei para ouvir o que tinha a dizer, seu decaimento era impressionante. Sobre o seu caixote, só havia umas poucas coisas quebradas e três galhos entalhados. Um, reconheci da última vez que a vira, havia quase um ano. Era a cabeça de uma mulher velha, finalmente entalhada.

Eu o peguei e perguntei:

– É você, Mabel?

– Em dias melhores – sussurrou ela.

Os outros dois gravetos eram tentativas frustradas de esculpir, feitas por mãos que mal conseguiam segurar a goiva. Eu os peguei, virei e senti toda a dor de saber que eram os últimos.

– Ainda custam um *penny*?

A tosse se apossou dela, e Mabel cuspiu em um trapo.

– Não valem um *penny* – conseguiu dizer.

Tirei três moedas da bolsa e coloquei-as em cima do caixote.

– Lizzie me falou que você tem uma palavra para mim.

Mabel balançou a cabeça. Pus a mão nos bolsos para pegar as fichas e o lápis, e ela pôs a mão nas dobras das roupas. Então tirou dali um punhado de fichas feitas com pedaços de papel e as colocou em cima do caixote que havia entre nós. Ela virou o rosto para mim e fez um ruído que me fez pensar que iria cuspir novamente. Mas foi uma risada, e seus olhos remelentos estavam sorrindo.

– Ela ajudou – disse Mabel, olhando para a Sra. Stiles, que estava arrumando os baldes de flores. – Falei que eu ia calar a minha boca sempre que tivesse damas cheirando as flores dela. É melhor para os negócios, falei. Ela teve que concordar. – E, mais uma vez, soltou sua risada encatarrada.

Peguei os papéis, amassados e grudentos, por causa do local onde ficaram guardados. Eram do tamanho certo, com o conteúdo mais ou menos como eu teria escrito.

– Quando? – perguntei.

– Quando você foi embora. Achei que ia precisar de algo para se animar na volta, seja lá o que tenha acontecido. – Ela pôs as mãos dentro das roupas de novo e completou: – Guardei esse aqui para você também. – Outro entalhe, rico em detalhes. Conhecido. – Taliesin. Merlin. Minhas *mão desistiu* depois desse.

Peguei mais moedas da bolsa.

– Nah, moça – disse Mabel, desprezando o dinheiro com um gesto. – É presente.

Eu evitara encontrar Mabel. Mas, agora, o seu estado, essa gentileza e seus motivos haviam me emboscado. Eu me senti paralisada, incapaz de erguer uma barreira contra as lembranças. Como um barco, eu me enchi de tristeza até não conseguir mais segurar, e a tristeza transbordou, encharcando meu rosto.

– Ouvi dizer que você ficou morbosa – comentou Mabel, recusando-se a tirar os olhos de mim. – É natural.

Lizzie agora já estava ali, do meu lado, com um lenço na mão e o braço em volta dos meus ombros.

– A Mabel vai ficar bem – falou, porque entendeu mal. – Não vai, Mabel?

Mabel me olhou nos olhos por mais um instante, levou a mão ao queixo e imitou a pose do pensador. Pouco depois, declarou:

– Nah, acho que não vou, não.

E, como se quisesse enfatizar seu argumento, a última palavra se transformou em uma tosse cheia de catarro tão violenta que pensei que soltaria todos os seus ossos. Foi o que bastou para eu voltar ao presente.

– Chega de piada – disse Lizzie, com a mão suavemente pousada nas costas de Mabel.

Quando Mabel parou de tossir e minhas lágrimas secaram, perguntei:

– "Morbosa", Mabel? O que isso quer dizer?

– É ter uma tristeza que vai e vem – respondeu ela, parando para respirar. – Eu fico morbosa, você fica morbosa, até a Srta. Lizzie aqui fica morbosa, apesar de ela nunca demonstrar. É um fardo da mulher, acho eu.

– Deve derivar de "mórbido" – pensei em voz alta, começando a escrever na ficha.

– Acho que deve *derivar* do luto – falou Mabel. – Do que a gente perdeu, do que nunca teve nem nunca vai ter. Como falei, é um fardo da mulher. Devia constar do seu dicionário. É comum demais para não ser entendido.

Eu e Lizzie saímos do Mercado Coberto, cada uma com seus próprios pensamentos. O estado em que Mabel se encontrava foi um choque.

– Onde é que ela mora? – perguntei. Estava envergonhada de nunca ter pensado nisso antes.

– Ah, na Enfermaria da Casa dos Pobres da Cowley Road – respondeu Lizzie –, um lugar horroroso, cheio de gente horrorosa.

– Você já esteve lá?

– Fui eu que a levei para lá. Encontrei a velha dormindo na rua, com um monte de trapos por cima daquele caixote dela. Achei que estava morta.

– O que posso fazer?

– Continue comprando os entalhes e anotando as palavras dela. Você não pode mudar o que ela é.

– Você realmente acredita nisso, Lizzie?

Ela olhou para mim, desconfiada da pergunta.

– É claro que as coisas podem mudar, se um certo número de pessoas quiser que elas mudem – prossegui. Então contei para ela sobre Muriel Matters falando no Parlamento.

– Não consigo ver nada mudando para gente como Mabel. Todo aquele furdunço que as *suffragettes* fizeram não é para mulheres como ela e eu. É para as damas da sociedade, e essas damas sempre vão querer que outras pessoas esfreguem o chão delas e esvaziem seus penicos. – Tinha uma exaltação na voz de Lizzie que eu pouco ouvira na vida. – Se conseguirem o direito ao voto, eu vou continuar sendo a ama-cativa da Sra. Murray.

"Ama-cativa." Se eu não tivesse encontrado essa palavra e explicado o seu significado, será que Lizzie veria a si mesma de modo diferente?

– Mas parece que você mudaria as coisas, se pudesse – comentei.

Lizzie deu de ombros, então parou e colocou suas sacolas no chão. Esfregou as mãos no ponto em que as alças da sacola tinham deixado vergões vermelhos. Minha bolsa estava mais leve, mas fiz a mesma coisa.

– Sabe – disse Lizzie, quando começamos a andar de novo –, Mabel acha que as palavras dela vão parar no Dicionário, com o nome dela escrito embaixo. Eu ouvi ela se exibindo para a Sra. Stiles e não tive coragem de corrigi-la.

– Por que ela pensa isso?

– Por que não pensaria? Você jamais disse o contrário.

Nosso ritmo era lento e, apesar do dia frio, gotas de suor escorriam na lateral do rosto de Lizzie. Pensei em todas as palavras que havia registrado, com Mabel, com Lizzie e outras mulheres: mulheres que estripavam peixes, cortavam pano ou limpavam os banheiros públicos femininos da Magdalen Street. Elas se expressavam como lhes convinha e adotaram uma postura reverente quando anotei suas palavras nas fichas. Essas fichas eram preciosas para mim, e eu as escondia no baú para protegê-las. Mas de quê? Será que eu tinha medo de que fossem criticadas e taxadas de deficientes? Ou será que esses temores eram por mim mesma?

Nunca imaginei que as mulheres que me deram essas palavras tinham alguma esperança para elas além do registro nas minhas fichas, mas de repente ficou claro que eu era a única pessoa que as leria. Os nomes das mulheres, escritos com tanto cuidado, jamais seriam impressos. Suas palavras e seus nomes seriam perdidos assim que eu começasse a me esquecer deles.

Meu *Dicionário das palavras perdidas* não era melhor do que a treliça de ferro do setor feminino da Câmara dos Comuns: escondia o que deveria ser visto e silenciava o que deveria ser ouvido. Quando Mabel morresse, e eu morresse, o baú não seria mais do que um caixão.

Mais tarde, no quarto de Lizzie, abri o baú e aninhei as palavras de Mabel entre as correções clandestinas do Sr. Dankworth. Fiquei surpresa ao ver quantas eu havia coletado.

Desde que descobri as correções não autorizadas do Sr. Dankworth, eu havia criado o hábito de checar as provas antes de entregá-las ao Sr. Hart, mas só removia as correções quando achava que não acrescentavam nada à edição original.

Comecei a observá-lo. Eu o observava quando ele procurava fichas ou livros nas prateleiras, conversando com o Dr. Murray ou sentado à mesa de triagem, perguntando algo para algum dos outros assistentes. Eu o vi espiando, mas jamais o vi riscando o trabalho deles. Então, certa manhã, o Sr. Dankworth chegou mais cedo ao Scriptorium, quando eu estava terminando de tomar chá com Lizzie. Papai estava com o Dr. Murray, em uma reunião com os outros editores, no Old Ashmolean.

Vi o Sr. Dankworth entrar no escritório e começar a fuçar nas provas editadas que me aguardavam, no cesto perto da porta.

– Olhe, Lizzie – falei, e ela veio até a janela da cozinha. Ficamos observando o Sr. Dankworth tirar uma prova da pilha e sacar um lápis do bolso da camisa.

– Então você não é a única no Scrippy que tem segredos – comentou Lizzie.

Decidi guardar o segredo do Sr. Dankworth – mesmo contra a vontade, eu gostava dele um pouquinho mais por causa disso.

Agora eu olhava para o baú e via as palavras de Mabel encostadas na letra caprichada do Sr. Dankworth. *Ela gostaria disso*, pensei. Ele não. Li fichas aleatórias, dele e dela. "Não exatamente", o Sr. Dankworth havia escrito em uma ficha de identificação que reconheci ter sido feita pelo Sr. Sweatman – ao que parecia, as intervenções do Dr. Murray eram as únicas que escapavam de seus cuidados fastidiosos. O Sr. Dankworth havia riscado a definição com régua e reescrito, de modo não mais exato, na minha opinião, apesar de ter duas palavras a menos. Eu havia transcrito o texto do Sr. Sweatman e guardado a correção do Sr. Dankworth no bolso. Era um contraste tão grande com as fichas cheias de erros de ortografia e escritas de modo infantil por Mabel. A sua produção certamente fora um grande esforço para a Sra. Stiles, o que tornava aquele favor ainda mais generoso.

Reli a definição que eu havia escrito para "morbosa". *Não exatamente*, pensei. Mabel não era mórbida, tampouco eu era. Triste, sim, mas nem sempre. Peguei um lápis do bolso e corrigi.

MORBOSA
Acometida de tristeza temporária.
"Eu fico morbosa, você fica morbosa, até a Srta. Lizzie aqui fica morbosa, apesar de ela nunca demonstrar. É um fardo da mulher, acho eu."
Mabel O'Shaughnessy, 1908

Guardei a ficha no baú e coloquei Taliesin em cima dela.

No sábado seguinte, fui mais uma vez ao Mercado Coberto com Lizzie. Como sempre, estava lotado, mas insistimos.

– Morreu – gritou a Sra. Stiles de sua banca, quando viu que nos aproximávamos. – Levaram o corpo dela ontem.

A Sra. Stiles me olhou momentaneamente nos olhos e em seguida se abaixou para ajeitar um balde de cravos. Eu e Lizzie nos viramos e procuramos por Mabel.

– Ela tinha parado de tossir, sabe? *Abençoado silêncio*, pensei. Mas aí ficou um pouco silencioso demais. – A Sra. Stiles parou de arrumar as flores, respirou tão fundo que esticou o tecido que cobria suas costas curvadas. Então levantou e ficou de frente para nós. – Pobrezinha. Estava morta havia horas. – Ela olhou para mim, depois para Lizzie, depois para mim de novo, alisando o avental com as mãos sem parar, com os lábios apertados para disfarçar o mais leve dos tremores. – Eu devia ter percebido antes.

O espaço que Mabel ocupara já havia desaparecido: as bancas vizinhas se expandiram para preenchê-lo. Fiquei lá parada por um minuto ou uma hora, não sei ao certo, e tive dificuldade de imaginar como Mabel e seu caixote de gravetos entalhados couberam ali um dia. Ninguém que passou por ali parecia notar sua ausência.

MAIO DE 1909

Quando o Sr. Dankworth se mudou para a mesa de triagem, tive a sensação de que haviam soltado para mim um corselete apertado demais. Foi Elsie quem conseguiu tal feito.

– Sabe, Esme – disse ela, certa manhã, quando tentei sugerir que determinada palavra precisava de um olho mais experiente do que o meu –, qualquer pessoa que contribui com textos para o Dicionário deixará um vestígio de si mesma, não importa o quanto meu pai ou o Sr. Dankworth queiram que a redação seja uniforme. Tente encarar os comentários do Sr. Dankworth como sugestões, não ao pé da letra.

Uma semana depois, ouvi Elsie comentando que era difícil acessar algumas das estantes com a mesa do Sr. Dankworth posicionada tão perto. Naquela tarde, o Dr. Murray teve uma conversa com o Sr. Dankworth e, quando entrei no dia seguinte, o assistente estava sentado à mesa de triagem, de frente para o Sr. Sweatman, com uma barreira de livros empilhados entre os dois.

– Bom dia, Sr. Sweatman. Bom dia, Sr. Dankworth – falei.

Um deu um sorriso, o outro balançou a cabeça.

O Sr. Dankworth ainda não conseguia me olhar nos olhos. Sua mesa já fora retirada, e a minha mal aparecia atrás de uma das estantes.

Sentei e levantei a tampa da mesa. O papel que forrava a parte de dentro estava descascando nas beiradas, mas as rosas continuavam amarelas, como sempre. Ao passar os dedos nas flores, contei os anos que me separavam da primeira vez que havia sentado àquela mesa. Eram nove ou dez? Tanta coisa acontecera e, ainda assim, eu não havia me movido nem um centímetro.

– Bem, conheço esse papel – comentou Elsie. – Lembro-me de quando o forrei. Faz muito tempo.

Por um instante, nós duas ficamos em silêncio, como se Elsie também tivesse, de repente, consciência do tempo que avançava sobre ela. Eu nunca havia pensado muito em como era a vida dela fora do Scriptorium, nem a de Rosfrith. Tinham crescido, não usavam mais as tranças perfeitas e haviam se tornado ajudantes do pai. Eu tinha inveja delas, como sempre, mas agora me perguntava se aquilo era o que as irmãs esperavam para a própria vida ou se era apenas o que haviam se contentado em ter.

– Como vão seus estudos, Elsie? – perguntei.

– Terminei. Fiz as provas finais em junho.

Seu rosto estava radiante de orgulho.

– Ah, parabéns! – falei. Lembrei que Ela completara um ano de idade em junho. – Não sabia.

– Nada de grau, claro. Nada de diploma. Mas fico satisfeita em saber que teria conquistado ambos se usasse calças.

– Mas você pode pedir que lhe sejam conferidos em outro lugar, não pode?

– Ah, sim, mas não tenho pressa. Não vou a lugar nenhum. – Ela olhou para as provas que estava segurando, como se tentasse lembrar o que era aquilo. E então as entregou para mim. – Papai que mandou. Uma revisão rápida. Quer que estejam na Gráfica amanhã de manhã.

Peguei as provas.

– Claro. – Olhei para o espaço vazio onde costumava ficar a mesa do Sr. Dankworth e completei: – E obrigada.

– Não foi nada.

– Isso depende da sua perspectiva.

Elsie balançou a cabeça, depois passou pela mesa de triagem e foi até a mesa do Dr. Murray, onde uma pilha de cartas lhe aguardava para que redigisse as respostas.

A tampa de minha mesa ainda estava aberta. Tudo o que eu precisava para fazer meu trabalho estava ali dentro: papel, fichas em branco, lápis e canetas. *Regras de Hart*. Embaixo das *Regras de Hart*, havia coisas de que eu não precisava para fazer meu trabalho: uma carta enviada por Ditte, cartões-postais enviados por Tilda, fichas em branco feitas com papel bonito e um romance. Peguei o livro, e três fichas caíram de dentro dele. Ver o nome de Mabel fez meus olhos se encherem de lágrimas. *É o que basta para me deixar morbosa*, pensei. E então sorri.

Todas as fichas tinham a mesma palavra escrita, mas cada uma trazia uma acepção diferente. Lembro-me do choque de ouvi-la, do prazer de Mabel e do meu coração batendo acelerado quando escrevi a palavra pela primeira vez. "'Babaca' é antiga como as montanhas", dissera Mabel. Mas não constava do Dicionário. Eu havia checado.

As fichas da letra B haviam sido encaixotadas, mas palavras que poderiam entrar em um suplemento estavam guardadas nas prateleiras perto da minha mesa. O Dr. Murray começou a coletá-las assim que o fascículo "A a anta" foi publicado. "O Dr. Murray já previu que a língua inglesa vai evoluir com mais rapidez do que somos capazes de defini-la", papai havia comentado. "Quando o Dicionário finalmente for publicado, voltaremos à letra A e preencheremos as lacunas."

Os escaninhos estavam quase cheios de fichas com palavras suplementares. Fichas meticulosamente organizadas. Não demorei muito para encontrar a pilha grossa com citações de livros que datavam até de 1325. A palavra era tão antiga quanto Mabel dissera. Se a fórmula do Dr. Murray tivesse sido aplicada, certamente teria sido incluída no grosso volume que ficava atrás da mesa dele.

Olhei para a ficha de identificação. Em vez das informações costumeiras, havia uma anotação feita com a letra do Dr. Murray, que dizia simplesmente: "Excluir. Obsceno". Embaixo disso, alguém transcrevera uma série de comentários, que presumi terem vindo da correspondência. Parecia a letra de Elsie Murray, mas eu não tinha certeza:

"A coisa em si não é obscena!"
James Dixon

"É uma palavra muito antiga, com uma história deveras ancestral."
Robinson Ellis

"O simples fato de ser usada de forma vulgar não basta para banir a palavra da língua inglesa."
John Hamilton

Olhei a ficha de identificação de novo: não havia definição. Guardei as fichas em seu devido lugar e voltei para minha mesa. Em uma ficha em branco, escrevi:

BABACA
1. *Gíria para "vagina".*
2. *Insulto baseado na premissa de que a vagina feminina é vulgar.*

Agrupei as palavras de Mabel em um montinho e prendi minhas definições nelas com alfinete. Depois fiquei remexendo dentro da mesa, procurando outras fichas. Havia um bom punhado, todas deveriam ter ido para o baú debaixo da cama de Lizzie, mas foram escondidas na pressa em algum momento ou outro, depois meio que foram esquecidas. Eu as reuni e as coloquei entre as páginas do romance, por garantia.

Passei o resto da tarde lendo as provas que Elsie me dera, erguendo os olhos de quando em vez para observá-la. Elsie se movimentava pelo Scriptorium com seu modo diligente, sempre pronta para atender os pedidos do pai. Será que os dois haviam discutido sobre aquela palavra? Ou será que ela descobrira que estava faltando e só então foi procurar os motivos para essa exclusão? Será que o Dr. Murray sabia que a filha transcrevera na ficha de identificação os argumentos para incluir a palavra ou que a incluíra entre as palavras suplementares? Não, é claro que não. Elsie vivia nas entrelinhas do Dicionário, tanto quanto eu.

– Pronta para ir embora? – perguntou papai.

Levei um susto quando vi que já estava tarde.

– Quero terminar esta prova – respondi. – Depois vou falar com Lizzie. Pode ir na frente.

– Céus, o que você está fazendo? – perguntou Lizzie, ao entrar em seu quarto e me ver no chão, debruçada sobre o baú. – Parece que está tentando abocanhar maçãs, como naquela brincadeira.

– Você está sentindo esse cheiro, Lizzie?

– Certamente – disse ela. – Eu até imaginei se algum bicho não tinha entrado aí e morrido.

– Não é um cheiro ruim, é um cheiro de... bem, não sei direito como descrever.

Eu me debrucei de novo sobre o baú, na esperança de que o cheiro se identificasse.

– Tem cheiro de coisa que deveria ser arejada regularmente e ficou guardada por muito tempo – completou Lizzie.

E foi aí que eu me dei conta. Meu baú estava começando a cheirar como as fichas antigas do Scriptorium.

Lizzie tirou o avental. Estava todo manchado por causa do assado, e ela estava colocando um limpo, exatamente como a Sra. Ballard fazia, antes de levar o assado para a mesa. Como se as evidências da sua labuta fossem ofensivas. Antes que Lizzie conseguisse vestir o avental limpo, eu lhe dei um abraço.

– Você tem toda a razão.

Ela se soltou e estendeu os braços para me segurar.

– Era de se pensar que, depois de tantos anos, eu fosse capaz de te entender, Essymay, mas não faço ideia do que você está falando.

– Essas palavras – expliquei, tirando um punhado delas de dentro do baú. – Elas não me foram confiadas para ficarem escondidas. Precisam ser arejadas. Devem ser lidas, compartilhadas, compreendidas. Rejeitadas, quem sabe, mas merecem uma chance. Como todas as palavras do Scriptorium.

Lizzie riu e passou o avental limpo por cima da cabeça.

– Então você está pensando em fazer seu próprio Dicionário?

– É exatamente isso que estou pensando, Lizzie. Um dicionário de palavras femininas. Palavras que as mulheres usam e palavras que são usadas para se referir a elas. Palavras que não entrarão no Dicionário do Dr. Murray. O que você acha?

Sua expressão ficou desolada.

– Você não pode fazer isso. Algumas dessas palavras não são apropriadas.

Não pude conter o sorriso. Lizzie ficaria muito feliz se "babaca" sumisse da língua inglesa.

– Você tem mais em comum com o Dr. Murray do que pode imaginar – comentei.

– Mas qual o sentido disso? – disse ela, tirando uma ficha do baú e olhando. – Metade das pessoas que dizem essas palavras jamais conseguirá lê-las.

– Talvez – concordei, colocando o baú em cima da cama. – Mas suas palavras são importantes.

Olhamos para aquela mixórdia de fichas que havia dentro do baú. Lembrei-me de todas as vezes que procurei nos volumes do Dicionário e nos escaninhos pela palavra exata que explicasse o que eu estava sentindo, vivenciando. E não foram raras as vezes em que as palavras escolhidas pelos homens do Dicionário se revelaram inadequadas.

– O Dicionário do Dr. Murray deixa certas coisas de fora, Lizzie. Às vezes, uma palavra; outras, um significado. Se não estiver registrado por escrito, não é nem levado em consideração. – Fiz uma pilha em cima da cama com as primeiras fichas de Mabel. – Não seria bom se as palavras que essas mulheres usam fossem tratadas do mesmo modo que quaisquer outras? – Comecei a remexer nas fichas e papéis dentro do baú, tirando palavras de mulheres e colocando-as de lado. Algumas palavras começaram a se avolumar, com diferentes citações de diferentes mulheres. Eu não fazia ideia de que havia coletado tantas.

Lizzie pôs a mão debaixo da cama e tirou a cesta de costura.

– Você vai precisar disso se quiser deixar tudo organizado.

Ela colocou o porta-alfinetes na minha frente: estava parecendo um porco-espinho, de tão cheio.

Quando terminei de organizar todas as palavras do baú, já estava escuro. Nós duas ficamos com os dedos doloridos de tanto prender fichas.

– Pode ficar – disse Lizzie, quando fui devolver o porta-alfinetes. – Para as palavras novas.

Havia um buraquinho minúsculo na parede do Scriptorium, logo acima da minha mesa. Reparei nele quando o frio do inverno anterior espetou as costas da minha mão como se fosse uma agulha. Tentei tapá-lo com uma bolinha de papel, mas ela sempre caía. Aí me dei conta de que eu tinha uma vista privilegiada: pegava fragmentos de pessoas fumando seus cigarros, de papai e do Sr. Balk enchendo os cachimbos e fofocando sobre o Dicionário. *Fofocagem*, eu sempre pensava, quando conseguia ouvir fragmentos da conversa. Um verbete havia sido escrito para essa palavra, mas fora cortado na última prova. Eu reconhecia todos os assistentes pelo que podia enxergar de suas roupas e tive a estranha sensação de estar debaixo da mesa de triagem novamente.

Como aquele mísero raio de luz se movimentava pela página que eu lia como se fosse um relógio de sol, percebi quando ele desapareceu. Ouvi uma bicicleta batendo na parede do Scriptorium e me aproximei do buraco. Vi calças desconhecidas e uma camisa desconhecida, as mangas arregaçadas até a altura dos cotovelos. Dedos manchados de tinta abriram a fivela de uma pasta manchada de tinta. Os dedos eram compridos. Mas o dedão era meio esparramado, de um jeito estranho, na ponta. O homem estava checando o conteúdo da pasta, como eu checaria o conteúdo de minha própria pasta logo antes de atravessar o portão da Gráfica. Ergui os olhos, uma manobra levemente desajeitada, na tentativa de ver seu rosto. Não foi possível.

Eu me afastei do buraco e fui um pouco para a direita, para conseguir enxergar a porta do Scriptorium.

O homem ficou parado na soleira. Alto e magro. Sem barba. Cabelo castanho-escuro, ondulado. Viu que eu estava espiando pela estante e sorriu. Eu estava longe demais para ver seus olhos, mas sabia que eram de um azul-escuro, quase violeta.

Eu havia esquecido seu nome, apesar de lembrar que ele havia me dito qual era, ainda na primeira vez que entreguei palavras na Gráfica. Eu era praticamente uma criança, e ele fora gentil comigo.

Desde então, só o vira de longe, quando ia até a Gráfica falar com o Sr. Hart. O compositor sempre ficava parado em uma bancada no outro lado da sala de composição, praticamente escondido pela caixa que continha todos os tipos móveis. Às vezes, tirava os olhos do trabalho quando eu passava pela porta. Sempre sorria, mas nunca acenou para eu ir falar com ele. Eu nunca soube que aquele homem vinha a Sunnyside.

Além de mim, a única pessoa que estava no Scriptorium era o Sr. Dankworth. Vi que levantou a cabeça de supetão, prestando atenção em quem acabara de entrar. E levou alguns instantes para julgar a pessoa.

— Sim? — disse ele, naquele tom que reservava para os homens de unhas sujas. Cerrei o punho, apertando bem o lápis que estava segurando.

– Estou com as provas do Dr. Murray. "Se a simples."

– Eu fico com elas – declarou o Sr. Dankworth, estendendo a mão sem levantar da cadeira.

– E o senhor é? – perguntou o compositor.

– O que foi que você disse?

– O Controlador quer saber quem recebe as provas, na ausência do próprio Dr. Murray.

O Sr. Dankworth levantou da mesa e se aproximou do compositor.

– Você pode dizer para o Controlador que foi o Sr. Dankworth que recebeu as provas.

E pegou as páginas da mão do rapaz antes que ele as oferecesse.

Lá no fundo da sala, sentada em meu lugar, segurei a respiração, invadida pela irritação e pela vergonha. Tive vontade de intervir, de convidar o compositor para entrar no Scriptorium. Mas, como não lembrava seu nome, passaria por tola.

– Com certeza farei isso, Sr. Dankworth – respondeu o compositor, olhando bem na cara dele. – Aliás, meu nome é Gareth. Prazer em conhecê-lo.

Então estendeu sua mão manchada de tinta, mas o Sr. Dankworth ficou só olhando para ela e passou a própria mão pela calça, de cima a baixo. Gareth baixou o braço e, à guisa de cumprimento, balançou levemente a cabeça. Olhou rapidamente para onde eu estava, então deu as costas e foi embora do Scriptorium.

Peguei uma ficha em branco na minha mesa e escrevi:

GARETH
Compositor.

Eu estava perto da porta do Scriptorium, lendo um artigo do *Oxford Chronicle*, enquanto aguardava o Dr. Murray terminar de escrever um bilhete que eu deveria levar ao Sr. Bradley.

Era um artigo pequeno, enterrado nas páginas centrais.

Três suffragettes, *presas depois de fazerem um protesto contra o primeiro-ministro Herbert Asquith no alto de um prédio, receberam alimentos à força no Cárcere de Winson Green depois de passar diversos*

*dias em greve de fome. As mulheres estão encarceradas por desobe-
diência civil e danos ao patrimônio, depois de terem jogado tijolos na
polícia do teto do Bingley Hall, em Birmingham, onde o Sr. Asquith
estava realizando uma reunião de orçamento aberta ao público. As
mulheres são proibidas de participar.*

Comecei a sentir um nó na garganta.

— Como se alimenta uma mulher adulta à força? — indaguei, sem
me dirigir a ninguém em específico.

Fiz uma leitura transversal da coluna de palavras, mas não havia
nenhuma explicação do procedimento nem citava o nome das mulheres. Pensei em Tilda. O último cartão-postal que me enviara era de
Birmingham, onde, escrevera ela, "as mulheres estão dispostas a fazer
mais do que simplesmente pôr o nome em abaixo-assinados".

— Uma coisinha para o Sr. Hart, da Gráfica — disse o Dr. Murray,
e levei um susto. — Mas vá ao Old Ashmolean primeiro: o Sr. Bradley
está esperando por isto. — Ele me entregou uma carta e, no envelope,
estava escrito "Bradley", junto com as primeiras provas da letra T.

O que o Scriptorium tinha de modesto, o Old Ashmolean tinha
de grandioso. Era de pedra, e não de lata; e, dos dois lados da entrada, havia bustos de homens que conquistaram algo. Não sei o quê. A
primeira vez que os vi, me senti pequena e deslocada. Mas, depois de
um tempo, eles incentivaram uma ambição rebelde, e me imaginei
entrando naquele lugar e sentando à minha mesa de editora. Mas, se
podiam proibir mulheres de participar de uma reunião de orçamento
aberta ao público, eu não tinha o direito de ter aquela ambição. Pensei
em Tilda, em sua avidez pela luta. E pensei nas mulheres que haviam
ido para o cárcere. Será que eu seria capaz de morrer de fome por livre e
espontânea vontade? Faria isso se pensasse que me ajudaria a ser editora?

Subi as escadas que levavam às grandes portas duplas da Sala do
Dicionário. O local era arejado e iluminado, com paredes de pedra e
pé-direito alto, suportado por colunas em estilo grego. O Dicionário merecia aquele espaço e, a primeira vez que o vi, me perguntei por que o Sr.
Bradley e o Sr. Craigie tiveram a honra de ocupá-lo, e não o Dr. Murray.

— O Dr. Murray é o mártir do Dicionário — respondeu papai, quando
lhe perguntei. — O Scrippy é perfeito para ele.

Olhei para o ambiente vasto à minha volta, tentando adivinhar quais assistentes estavam atrás do amontoado de papéis que cobria cada uma das mesas. Eleanor Bradley olhou por cima do parapeito de livros que havia em sua mesa e acenou para mim.

Ela tirou alguns papéis de uma cadeira, e eu sentei.

– Tenho uma carta para o seu pai – falei.

– Ah, que ótimo. Ele está esperando a decisão do Dr. Murray a respeito de uma questão que ele e o Sr. Craigie têm discutido.

– Discutido? – perguntei, levantando a sobrancelha.

– Bem, ambos são educados, mas os dois estão esperando uma palavra vinda do chefe a favor de sua opinião. – Eleanor olhou para o envelope que eu segurava e completou: – Papai ficará feliz se a questão for resolvida, seja qual for a decisão.

– É alguma palavra específica?

– Uma língua inteira. – Eleanor se aproximou de mim, para fofocar, e seus olhos estavam arregalados por trás dos óculos de armação de metal. Falou baixinho: – O Sr. Craigie está querendo ir novamente para a Escandinávia. Ao que parece, manifestou seu apoio a uma campanha para que o frísio seja reconhecido como língua.

– Nunca ouvi falar.

– É germânico.

– Claro – falei, lembrando-me de uma conversa que tive com o Sr. Craigie no piquenique de comemoração da publicação de *O e P*, quando só ele falou. O assunto da língua islandesa o animou por mais de uma hora.

– Papai acha que está fora do escopo de um editor do nosso Dicionário de *inglês*. Teme que a letra R jamais seja terminada se o Sr. Craigie continuar se dedicando a outros objetivos.

– Se esse for o argumento dele, tenho certeza de que contará com o apoio do Dr. Murray – falei. Fiquei de pé, mas não me afastei. – Eleanor, você leu as notícias sobre as *suffragettes* que estão encarceradas em Birmingham? Estão sendo alimentadas à força.

Ela ficou vermelha e cerrou os dentes.

– Li. É uma vergonha. Assim como o Dicionário, o voto feminino me parece algo inevitável. Por que temos que sofrer tanto e por tanto tempo é algo que não consigo entender.

– Você acha que vamos estar vivas quando for aprovado?

Eleanor sorriu.

– A esse respeito, sou mais otimista do que papai e o Sr. James. Tenho certeza de que vamos.

Eu não tinha tanta certeza. Mas, antes que eu pudesse dizer algo mais, o Sr. Bradley se aproximou.

Pedalei o mais rápido que pude entre o Old Ashmolean e a Walton Street. Não foi tanto o céu que escurecia que me fez acelerar, mas meus temores por Tilda e pelas mulheres como ela – e por todas nós –, se seus esforços fracassassem. O esforço físico não aquietou minha preocupação.

Quando cheguei à Gráfica, enfiei minha bicicleta entre outras duas, com raiva de nunca encontrar espaço para estacioná-la com facilidade. Atravessei o quadrângulo correndo, xingando os homens e observando a expressão das mulheres: se sabiam a respeito da alimentação forçada, não demonstravam. Fiquei me perguntando quantas delas se sentiam tão inúteis quanto eu.

Em vez de ir à sala do Sr. Hart, entrei na sala de composição. A ficha com o nome do compositor estava em meu bolso. Eu a peguei e olhei, mas não precisava reavivar a memória. Quando cheguei lá, já havia desacelerado o passo.

Gareth estava compondo uma página. Não olhou quando entrei, mas eu não estava disposta a esperar um convite para entrar. Respirei fundo e comecei a andar entre as bancadas de tipos móveis.

Os homens me cumprimentavam balançando a cabeça, e eu correspondia. Minha raiva se dissipava um pouco a cada gesto de simpatia.

– Olá, moça. Está procurando o Sr. Hart? – perguntou alguém conhecido cujo nome eu não sabia.

– Na verdade, queria dizer "olá" para Gareth – respondi. Mal reconheci que aquela voz tão confiante era minha.

Ninguém parecia se importar com o fato de eu estar zanzando pela sala de composição, e me ocorreu que a impressão de intimidação que eu sempre tinha poderia ter sido criada por mim. Quando cheguei à bancada de Gareth, a emoção que me impulsionou já havia se exaurido, e a minha autoconfiança se fora.

Ele ergueu os olhos, com as feições ainda concentradas. Então um sorriso se esboçou em seu rosto.

– Bom, que bela surpresa. Esme, não é?

Balancei a cabeça, de repente me dando conta de que não havia ensaiado nada para dizer ao rapaz.

– Você se importa se eu só terminar de compor esta seção? Meu componedor está quase cheio.

Gareth segurava o componedor com a mão esquerda. Era uma espécie de suporte que segurava linhas de tipos de metal. Ele mantinha tudo no lugar apertando bem com o dedão. A mão direita voava pela bancada à sua frente, pegando mais tipos em compartimentos pequenos que me lembraram os escaninhos do Dr. Murray, em escala minúscula: cada compartimento era dedicado a uma só letra, não a amontoados de palavras. Quando dei por mim, o componedor estava cheio.

Gareth ergueu os olhos e percebeu o meu interesse.

– O próximo passo é colocar no clichê – falou, apontando para uma moldura de madeira que ficava ao lado da bancada. – Não lhe parece algo conhecido?

Olhei para o clichê. Com exceção de um espaço onde os novos tipos entrariam, era do tamanho e do formato de uma página de palavras – mas de que página de palavras eu não saberia dizer.

– Parece uma língua diferente.

– Está de trás para frente, mas será uma página do próximo fascículo do Dicionário, assim que eu fizer esta correção. – Ele posicionou o componedor com todo o cuidado e o esfregou com o dedão. – Dedão de compositor – disse ele, levantando-o para eu ver mais de perto.

– Sei que eu não deveria ficar olhando.

– Pode olhar. É uma marca do meu ofício, só isso. – Gareth desceu da banqueta e completou: – Todos temos. Mas tenho certeza de que você não veio até aqui para falar de dedões.

Eu entrara na sala de composição para desafiar uma barreira que só existia em minha cabeça. Agora, me sentia tola.

– O Sr. Hart – balbuciei. – Achei que poderia encontrá-lo aqui.

Olhei ao meu redor, como se o Controlador pudesse estar escondido atrás de uma das bancadas.

– Vou ver se consigo descobrir onde ele está. – Gareth passou um pano branco no assento da banqueta e disse: – Pode sentar aqui, se quiser, enquanto espera.

Balancei a cabeça e permiti que o compositor puxasse a banqueta para eu sentar. Olhei para os tipos que ainda estavam no componedor. Era quase impossível de decifrar: não apenas porque as letras estavam de trás para frente, mas porque o contraste com o fundo era muito sutil. Tudo era cinza-chumbo.

Os outros compositores até podiam ter se interessado pela mulher estranha que conversava com Gareth, mas já haviam perdido o interesse. Peguei um tipo do compartimento mais próximo.

Parecia um carimbo minúsculo. A letra se erguia levemente na ponta de um pedaço de metal com cerca de dois centímetros e meio de comprimento e um pouco mais largo do que um palito de dente. Pressionei o tipo na ponta do dedo: ficou uma marca em formato de "e" minúsculo.

Olhei para o componedor novamente. Gareth havia dito que aquele texto entraria em uma página do Dicionário. Levei um tempo, mas as palavras finalmente começaram a fazer sentido. Quando isso aconteceu, senti um pânico crescente.

b. Saliente: mulher que perturba a paz da vizinhança com suas constantes saliências, futricos e escarcéus.

Era isso que elas eram, aquelas mulheres em Winson Green? Olhei para as provas que estavam ao lado do clichê. Parecia que aquela linha não estava sendo composta pela primeira vez: pelo contrário, Gareth estava fazendo as correções. Havia um bilhete do Dr. Murray preso com alfinete junto a um verbete.

Não é necessário definir SOSSEGA-SALIENTE; simplesmente remeter à acepção correspondente de MORDAÇA.

Li o verbete que seria cortado.

c. Sossega-saliente ou freio-de-fofoqueira: instrumento de tortura usado no caso de mulheres salientes, fofoqueiras etc., que consiste em uma espécie de moldura de ferro para encaixar a cabeça, com uma mordaça de metal afiada ou haste que entrava na boca e prendia a língua.

Eu as imaginei sendo seguradas, forçadas a abrir a boca, tendo um tubo enfiado nelas. Seus gritos silenciados. Que danos não deveria causar à membrana sensível dos lábios, do interior da boca e da garganta? Quando o procedimento terminava, será que ainda seriam capazes de falar?

Olhei para a bancada e peguei cada letra em um compartimento diferente. O S, o A, o L, o I, dois E, o N, o T. Tinham peso, essas letras. Fiquei rolando-as na mão. As pontas afiadas dos tipos pinicaram minha pele, que ficou marcada pela tinta de páginas esquecidas.

A porta da sala de composição se abriu e Gareth entrou, acompanhado do Sr. Hart. Enfiei os tipos no bolso e arrastei a banqueta para trás.

– As primeiras correções da letra T – falei, entregando as provas para o Sr. Hart.

Ele as pegou sem perceber as manchas de tinta em meus dedos. Fui logo colocando a mão no bolso. Gareth já não era tão distraído e, pelo canto do olho, percebi que olhou para a linha que estava compondo. Não percebeu nada faltando e voltou os olhos para a caixa de tipos. Apertei os tipos na minha mão, senti suas pontas afiadas e as apertei tanto que doeu.

– Excelente – disse o Sr. Hart, ao conferir as páginas. – Estamos avançando um centímetro por vez. – Então se dirigiu a Gareth: – Vamos revisar estas páginas amanhã. Venha falar comigo às 9h.

– Sim, senhor – disse Gareth.

O Sr. Hart se dirigiu à sua sala, ainda examinando as provas.

– Preciso ir – falei, me afastando de Gareth, sem olhar para ele.

– Espero que você venha me visitar de novo – ouvi o compositor falar.

Quando saí da Gráfica, arrastando minha bicicleta, o céu havia escurecido. Antes de eu chegar à Banbury Road, caiu a tempestade. Cheguei ao Scriptorium pingando e tremendo.

– Pare! – gritou o Sr. Dankworth, quando eu abri a porta.

Eu parei, e só aí me dei conta de que deveria estar parecendo uma coisa de outro mundo. Todos olhavam para mim.

Rosfrith, que estava sentada à mesa do pai, levantou.

– Sr. Dankworth, por acaso está propondo que Esme fique lá fora, na chuva, a tarde inteira?

– Ela vai pingar água em todos os nossos papéis – argumentou ele, falando mais baixo.

Então se debruçou sobre o trabalho como se não tivesse interesse no que aconteceria em seguida. Fiquei onde estava. Comecei a bater os dentes.

– Meu pai jamais deveria ter lhe pedido que fosse à rua hoje. Qualquer um seria capaz de ver que ia chover. – Rosfrith pegou um guarda-chuva em um mancebo e me pegou pelo braço em seguida. – Venha comigo. Ele e seu pai devem voltar logo, e ambos ficarão zangados se virem você nesse estado.

Rosfrith segurou o guarda-chuva sobre nós duas e atravessamos o jardim até a frente da casa. Eu raramente era convidada a entrar na parte principal do lar da família Murray e poderia contar nos dedos de uma mão as vezes que entrei pela porta da frente. Naquele momento, imaginei que estava sentindo um pouco do que Lizzie deveria sentir todos os dias de sua vida.

– Espere aqui – disse Rosfrith, depois de fechar a porta da frente. Ela se dirigiu à cozinha, e pude ouvi-la chamando por Lizzie. Um minuto depois, Lizzie estava na minha frente, me secando com uma toalha quente tirada do armário das roupas de cama, mesa e banho.

– Por que você não esperou na Gráfica até a chuva passar? – perguntou Lizzie, já se ajoelhando para desamarrar meus sapatos e tirar minhas meias encharcadas.

– Obrigada, Lizzie. Pode deixar que agora eu cuido dela.

Rosfrith pegou a toalha e me levou pelas escadas até o seu quarto, no andar de cima.

Eu era quase dois anos mais velha do que Rosfrith e sempre me sentia mais nova. Enquanto procurava no armário roupas que pudessem me servir, vi nela a praticidade autoconfiante de sua mãe. "A Sra. Murray merece receber o título de Dama, tanto quanto o Dr. Murray mereceu o título de Cavaleiro da Rainha", papai dissera certa vez. "Sem ela, o Dicionário teria afundado há muito tempo."

Como deveria ser reconfortante saber como se comportar: deveria ser como ter sua própria definição impressa claramente, em letras pretas.

– Você é mais alta e mais magra, mas acho que vão servir.

Rosfrith colocou uma saia, uma blusa, um casaco e roupas de baixo em cima da cama e saiu em seguida, para eu me trocar.

Antes de tirar minha saia, pus as mãos nos bolsos. Dentro de um, havia um lenço, um lápis e um bolo de fichas em branco molhadas. Fui jogar o bolo no cesto de lixo e não pude evitar de olhar os papéis que havia em cima da escrivaninha de Rosfrith. Tudo estava perfeitamente organizado. Havia uma foto do pai dela depois de receber o título de Cavaleiro e uma de toda a família no jardim de Sunnyside. Também havia provas e cartas em diversos estágios. Reconheci o destinatário da carta que ela estava escrevendo por último. Era para o administrador do Cárcere de Winson Green. "Caro senhor", dizia. "Gostaria de objetar." Rosfrith só havia chegado até ali. Do lado da carta, havia um exemplar do *Times of London*.

Do outro bolso, tirei os tipos que roubara de Gareth e a ficha com seu nome escrito. Ela estava quase translúcida por causa da chuva, mas o nome dele ainda estava legível.

Depois de colocar as roupas de Rosfrith, enrolei os tipos em meu lenço molhado e guardei em um dos bolsos da saia. Peguei a ficha com o nome de Gareth. Ele sabia que eu roubara os tipos. Eu teria vergonha de visitá-lo novamente. Joguei a ficha na lixeira.

Em seguida, voltei a examinar a escrivaninha de Rosfrith. *O Times of London* dera mais espaço às mulheres encarceradas no Winson Green. Tilda não estava entre elas: *Não desta vez*, pensei. Charlotte Marsh era filha do artista Arthur Hardwick Marsh. O pai de Laura Ainsworth era um inspetor escolar respeitado. Mary Leigh era esposa de um empreiteiro. As mulheres foram definidas assim.

"Ama-cativa." A palavra me veio à mente neste momento, e me dei conta de que as palavras empregadas com mais frequência para nos definir são palavras que descrevem nossa função em relação aos outros. Até as mais inocentes – "donzela", "esposa", "mãe" – comunicavam ao mundo se éramos ou não virgens. Qual era o equivalente masculino de "donzela"? Eu não conseguia pensar em um. Qual era o masculino de "senhorita", de "puta" ou de "saliente"? Olhei para o Scriptorium pela janela, o lugar onde as definições de todas essas palavras estavam sendo jogadas para debaixo do tapete. Quais palavras me definiriam? Quais seriam empregadas para julgar ou conter? Eu não era mais donzela, mas tampouco era esposa de algum homem. E não tinha vontade de ser.

Enquanto lia como o "tratamento" era administrado, senti, como um leve reflexo, vontade de vomitar e a dor de ter um tubo raspando a membrana da bochecha, passando pela garganta e indo até o estômago. Era uma espécie de estupro. O peso de outros corpos segurando você, restringindo suas mãos, que tentam arranhar, e seus pés, que tentam chutar. Forçando você a se abrir. Naquele momento, eu não sabia ao certo quem tinha sua dignidade humana mais comprometida: se as mulheres ou as autoridades. Se fossem as autoridades, então a vergonha era de todos nós. O que, afinal de contas, eu fizera pela causa desde que Tilda fora embora de Oxford?

Rosfrith voltou e descemos as escadas juntas.

– Você é *suffragette*, Rosfrith? – perguntei.

– Eu não saio escondida à noite para quebrar vidraças, se é isso que está perguntando. Prefiro me definir como "sufragista".

– Acho que eu não conseguiria fazer o que certas mulheres fazem.

– Greve de fome ou perturbar a ordem pública?

– Nenhuma das duas.

Rosfrith parou de descer a escada e se virou para mim.

– Acho que eu também não conseguiria. E não consigo imaginar... bem, você leu os jornais. Mas a militância não é o único caminho, Esme.

Rosfrith continuou a descer, e eu a acompanhei, ficando dois degraus mais para trás. Havia tanta coisa que eu queria perguntar a ela, mas, apesar de nós duas termos crescido à sombra do Dicionário, eu tinha a impressão de que éramos de mundos diferentes.

Ficamos paradas por um tempo na porta da cozinha, vendo a chuva.

– É melhor eu ir correndo – disse Rosfrith, enfim. – Mas você já se molhou o bastante por hoje. Fique aqui esperando no quentinho até a chuva passar. Certamente não podemos permitir que você fique gripada.

Ela abriu o guarda-chuva e percorreu correndo a distância que separava a cozinha do Scriptorium.

Lizzie estava agachada na frente do forno.

– Olha só a sua cara, Essymay. Céus, qual é o problema?

– Os jornais, Lizzie. Você ficaria chocada se soubesse o que está acontecendo.

– Não preciso ler os jornais: ir ao mercado dá na mesma.

Lizzie colocou mais carvão nas chamas que se erguiam e fechou a pesada porta de ferro, ruidosamente. Parecia rígida quando levantou.

– E estão comentando no mercado sobre o que anda acontecendo com as *suffragettes* em Birmingham? – perguntei.

– Sim. Estão comentando.

– E as pessoas estão bravas? Por causa das greves de fome e da alimentação forçada?

– Algumas, sim – respondeu Lizzie, já começando a cortar legumes e a colocá-los em uma panela grande. – Outras acham que essas mulheres estão fazendo tudo errado. Que se pega mais mosca com mel.

– Mas acham que elas merecem o que está acontecendo? É tortura.

– Tem quem ache que não podem deixar essas mulheres morrerem de fome.

– E o que você acha, Lizzie?

Ela olhou para mim, com os olhos vermelhos e lacrimejantes de cortar cebolas.

– Eu não teria essa coragem.

Não foi uma resposta, mas eu poderia ter dito a mesma coisa se fosse sincera comigo mesma.

❧

11 de abril de 1910

Feliz aniversário, minha querida Esme,

Não posso acreditar que você completou 28 anos. Isso faz com que eu me sinta muito velha. Este ano, à luz de suas preocupações contínuas, incluo um livro escrito por Emily Davies. Emily era amiga da minha mãe e esteve envolvida no movimento pelo sufrágio feminino por meio século. Tem uma abordagem bem diferente da Sra. Pankhurst e acredita firmemente no efeito equalizador da educação feminina – seus argumentos são deveras convincentes. Espero que, se você ler seus pensamentos sobre algumas questões relativas às mulheres, possa considerar a possibilidade de obter um diploma. O que me traz de volta à sua carta.

Eu a li em voz alta durante o café da manhã. Eu e Beth temos as mesmas preocupações, apesar de não nos sentirmos tão impotentes quanto você parece se sentir.

Esta luta não é nova e, apesar de as ações do exército de mulheres de Emmeline Pankhurst certamente chamarem atenção para a causa, não trarão uma resolução satisfatória mais depressa. Vamos conquistar o direito ao voto uma hora ou outra, mas esse não será o fim. A luta continuará, e não pode depender apenas de mulheres preparadas para fazer greve de fome.

Nosso avô era bastante direto em relação à questão do direito das mulheres ao voto quando o "sufrágio universal" era a discussão política do momento. Fico imaginando como nosso Dicionário definirá "universal". Naquela época, significava todos os adultos, sem discriminação de raça, renda ou bens. Mas não significava mulheres e, contra isso, nosso avô muito se posicionou. "Será uma longa campanha", ele costumava dizer. Que, para ser bem-sucedida, teria que contar com muitas frentes de batalha.

Você não é covarde, Esme. Dói-me pensar que qualquer moça pensaria uma coisa dessas só porque não está sendo agredida por causa de suas convicções. Se Tilda está na campanha da USPM, é porque combina perfeitamente com ela. Sua amiga é atriz e sabe como provocar o público. Se você quer ser útil, continue fazendo o que sempre fez. Você já observou que algumas palavras são consideradas mais importantes do que outras simplesmente porque foram registradas por escrito. Você então argumentou que, por praxe, as palavras de homens educados eram mais importantes do que as palavras das classes sem educação, incluindo as mulheres.

Faça aquilo que você sabe fazer, minha querida Esme: continue refletindo sobre as palavras que usamos e as registrando. Quando a questão do sufrágio político feminino for resolvida, desigualdades menos óbvias terão de ser expostas. Sem perceber, você já está se dedicando a essa causa. Como vovô diria, "a partida será longa". Jogue na posição em que você é boa e deixe as demais jogarem na posição delas.

Agora, passemos a outras notícias. Eu pensei muito e por muito tempo se o silêncio era a melhor opção, mas Beth me convenceu de que o silêncio é um vazio repleto de ansiedades. Sarah escreveu contando que estão bem em Adelaide e que a *pequena Megan está crescendo. Tenho mais para contar sobre esse assunto, mas esperarei você me perguntar.*

O que não deixa de ter relação com as suas perguntas: Sarah acabou de votar pela primeira vez! Não é maravilhoso? As mulheres da Austrália Meridional têm exercido esse direito nos últimos quinze anos. Pelo que sei, nenhuma delas precisou quebrar vidraças nem fazer greve de fome para ter esse privilégio. Você, com certeza, sabe que algumas dessas bravas mulheres foram à Inglaterra para apoiar a causa. Você se lembra da jovem que se acorrentou na treliça do setor feminino e falou na Câmara dos Comuns? Bem, ela é de Adelaide. Até onde sei, a Austrália Meridional não é o pior dos lugares em relação ao sufrágio feminino. Muito pelo contrário: Sarah conta que é um lugar bastante agradável, depois que você se acostuma com o calor. A sociedade não parece ter sido corrompida de nenhum modo. É só uma questão de tempo até isso acontecer por aqui.

Antes de eu me despedir, Beth quer que eu lhe conte que A esposa do dragão acabou de ser reimpresso. Ao que parece, a luta pelo sufrágio não é incompatível com o romantismo de ficar perdidamente apaixonada. Somos uma espécie complicada.

Com carinho,
Ditte

Megan. Meg. MeggyMay.

Ela tinha nome e Ela estava crescendo. Era só isso que eu precisava saber. Só isso que eu era capaz de segurar sem explodir.

Mais dois aniversários passaram. Megan fez 3, depois 4 anos. Ter notícias d'Ela se tornou parte do presente anual de Ditte, como um dia foram as histórias a respeito de Amarílis. Ditte mandava um livro, uma carta, os primeiros passos d'Ela, as primeiras palavras d'Ela. O livro sempre era deixado de lado, e as notícias recebidas de Ditte logo eram esquecidas. Eu lutava para lembrar a movimentação de meus dias.

DEZEMBRO DE 1912

O tempo marcou o Scriptorium de modos sutis, de um ano para o outro. Havia pilhas mais altas de livros, mandaram fazer escaninhos para mais fichas, e as prateleiras criaram um cantinho para uma velha poltrona que Rosfrith trouxe de casa. Tornou-se o refúgio preferido do Sr. Maling quando ele precisava estudar algum texto em língua estrangeira. As barbas ao redor da mesa de triagem estavam mais grisalhas, e a do Dr. Murray ficou ainda mais comprida.

O Scriptorium nunca foi um lugar barulhento, mas havia um conjunto de sons que se combinavam para criar um murmúrio reconfortante. Eu estava acostumada ao farfalhar dos papéis, ao riscar das canetas e aos ruídos de frustração que identificavam cada pessoa, como uma impressão digital. Se estivesse tendo problemas com alguma palavra, o Dr. Murray grunhia e levantava da cadeira para respirar fundo o ar que vinha da porta. O Sr. Dankworth transformava o lápis em metrônomo, um bater lento, marcando o ritmo de seus pensamentos. Papai parava de fazer qualquer ruído, tirava os óculos e massageava a ponte do nariz. Depois pousava o queixo na mão e erguia os olhos para o teto, exatamente como fazia se nossa conversa durante o jantar lhe deixasse perplexo.

Elsie e Rosfrith tinham os próprios sons que as acompanhavam, e eu adorava ouvir a bainha de suas saias varrendo o chão, pegando fichas que alguém deixara cair por descuido (*quantas palavras caídas*, eu às vezes pensava, e ficava observando aonde iriam parar para que eu pudesse recolhê-las se ninguém mais o fizesse). As meninas da família

Murray – eu ainda pensava nelas dessa forma, apesar de todas termos mais de 30 anos – também transformavam o ar com o aroma de lavanda e rosas. Eu inspirava esse perfume como se fosse um bálsamo contra a higiene dos homens, que tantas vezes deixava a desejar.

De vez em quando, o Scriptorium ficava parado, silencioso e todo meu. Geralmente, logo antes da publicação de um fascículo: os editores e os assistentes mais experientes se reuniam no Old Ashmolean para encerrar discussões de última hora, e Elsie e Rosfrith aproveitavam a oportunidade para ir a outro lugar.

Normalmente, quando ficava sozinha no Scriptorium, eu fazia meu percurso pelas mesas e estantes, procurando um tesouro de pequenas fichas. Mas, naquele dia específico, eu estava com pressa. Passara a minha pausa para o chá matinal no quarto de Lizzie, organizando mais fichas guardadas no baú, e agora havia um montinho de palavras de mulheres que eu queria catalogar.

Levantei a tampa de minha mesa e tirei de lá de dentro a caixa de sapato que estava usando de escaninho para minhas palavras. Estava ocupada até a metade, com pequenos grupos de fichas, um para cada palavra, em que estavam presas com alfinete definições e citações feitas por várias mulheres. Espalhei as novas fichas em cima da mesa. Algumas pertenciam a palavras que eu já definira; outras eram novas e precisavam de uma ficha de identificação. Era isso que eu mais gostava de fazer: comparar todas as acepções de uma palavra e decidir qual seria a principal, depois criar uma definição para ela. Eu jamais enfrentava esse processo sozinha: toda vez, eu era guiada pela voz da mulher que empregara aquela palavra. Quando era Mabel, eu demorava um pouco mais, para garantir que havia entendido exatamente o significado e para imaginar seu sorriso desdentado quando acertava.

O porta-alfinete de Lizzie agora morava em minha mesa, e peguei um para prender as citações de "lorpa". Tilda foi a primeira a me fornecer uma, mas Mabel gostava de empregar essa palavra sempre que comentava a respeito de um homem de quem não gostava. Até Lizzie a empregava de tempos em tempos. Então, era um insulto, mas não uma palavra chula. E, como Mabel jamais a empregara para se referir à Sra. Stiles, só podia se referir a homens. Prendi as fichas com alfinete no canto e comecei a redigir uma ficha de identificação em pensamento.

– O que é isso?

O alfinete furou meu dedão, e soltei um suspiro de dor. Olhei para cima. O Sr. Dankworth estava ao meu lado, bisbilhotando aquela confusão de fichas espalhadas em minha mesa. Estavam expostas e vulneráveis. Obviamente não eram as palavras nas quais eu deveria estar trabalhando.

– Nada de relevante – falei, tentando amontoar as fichas e sorrindo para ele, com plena consciência de que deveria estar parecendo ridícula: uma mulher adulta encolhida atrás de uma carteira escolar.

O Sr. Dankworth se abaixou para ver as palavras mais de perto. Tentei arrastar a cadeira para trás, mas percebi que não podia. Por ora, eu estava presa, enquanto ele prosseguia com sua inspeção.

– Se não é relevante, por que você está fazendo isso? – perguntou ele, esticando o braço na minha direção.

Tive que me encolher para que não me tocasse. O Sr. Dankworth pegou a pilha de fichas.

Uma lembrança repentina se impôs, uma lembrança que eu acreditava ter sido enterrada debaixo do tempo e da gentileza. Eu era menor, a mesa era parecida, mas a sensação de que eu não tinha controle sobre o que ia acontecer era tão forte... Eu me senti sem ar. Eu havia me permitido imaginar que minha vida iria se desenrolar de maneira diferente da de tantas mulheres que eu observava. Mas, naquele momento, me senti tão coagida e impotente quanto qualquer uma delas.

E aí, fiquei furiosa.

– Não é relevante para *o senhor* – falei. – Mas é importante.

Empurrei a cadeira com mais força, até o Sr. Dankworth ser obrigado a sair do caminho.

Fiquei de pé perto dele, tão perto quanto ficaria se estivesse prestes a lhe dar um beijo. Ele estava com o cenho franzido, como se estivesse permanentemente concentrado, e seus cabelos brancos espetados se destacavam do preto escorrido, em ambos os lados de sua repartição perfeita. Eram cabelos rebeldes, e, para minha surpresa, o Sr. Dankworth não os arrancara. Ele foi cambaleando para trás. Estendi a mão para pegar as fichas, mas o homem não as entregou.

Foi para a mesa de triagem, levando minhas fichas consigo. Ele as espalhou como se fosse um baralho de cartas. Depois, ficou mudando as fichas de posição. *Arrastadas à força*, pensei. Quando ele terminasse, eu escreveria uma ficha para essa expressão, que denota um comportamento tão tipicamente masculino.

O Sr. Dankworth parava para ler duas ou três palavras, como se avaliasse o seu valor. Dava para ver que o filólogo que nele existia estava absolutamente entregue: sua testa relaxou, assim como os lábios, que antes estavam apertados. O que me fez lembrar daquelas raras vezes em que pensei que poderíamos ter algo em comum. Quanto mais tempo ele passava avaliando minhas palavras, mais eu me perguntava se minha reação não fora exagerada.

Meus ombros se soltaram, e minha mandíbula relaxou. Eu queria tanto conversar com alguém sobre as palavras das mulheres, seu lugar no Dicionário, as falhas no método que poderiam tê-las levado a ficarem de fora. Naquele momento, imaginei que eu e o Sr. Dankworth éramos aliados. De repente, ele passou a mão na mesa, juntando as fichas, sem se preocupar com a ordem.

– A senhorita estava certa e também errada, Srta. Nicoll – disse. – O seu projeto não é relevante. Não tem importância para mim, mas também não tem importância alguma.

Eu fiquei chocada demais para responder. Quando ele me entregou a pilha de fichas, minhas mãos tremiam tanto que eu as deixei cair.

O Sr. Dankworth olhou para as fichas espalhadas no chão empoeirado e não se dignou a me ajudar a recolhê-las. Em vez disso, virou-se para a mesa de triagem e ficou mexendo nos próprios papéis, encontrou o que estava procurando e saiu.

O tremor em minha mão percorreu todo o meu corpo. Eu me ajoelhei para juntar as fichas, mas não consegui colocá-las em nenhuma ordem. Eu não conseguia me concentrar, e elas pareciam sem sentido. Quando ouvi a porta do Scriptorium se abrir de novo, fechei os olhos de medo que pudesse ser o Sr. Dankworth – a humilhação de ele me ver de joelhos.

Alguém se ajoelhou do meu lado e começou a recolher as fichas. Ele tinha dedos compridos e belos, mas o dedão da mão esquerda era malformado. Gareth, o compositor. Eu tinha uma vaga lembrança de isso já ter acontecido. Ele pegou ficha por ficha, tirando o pó de cada uma antes de me entregar.

– Você consegue organizá-las depois – falou. – Por ora, é melhor apenas tirar essas fichas e você deste chão gelado.

– Foi culpa minha – ouvi minha voz pronunciar.

Gareth não respondeu, só continuou a me entregar as fichas. Fazia anos que eu tinha roubado seus tipos móveis e, apesar de tratá-lo com simpatia, eu havia conseguido desencorajar que ele fosse algo além de um conhecido, com quem eu tinha um relacionamento por educação.

– É apenas um *hobby*. Essas fichas não deveriam mesmo estar aqui – falei.

Gareth ficou parado por alguns instantes, mas não disse nada. Então pegou a última ficha do chão, passou o dedo nela e leu a palavra em voz alta: "pascácio". O compositor ergueu a cabeça, sorrindo, e a pele ao redor dos seus olhos estava enrugada.

– Veja um exemplo de como é empregada – comentei, aproximando-me para apontar a citação escrita na ficha.

– Parece certa – disse ele, lendo a citação. – E quem é Tilda Taylor?

– É a mulher que empregou essa palavra.

– Então essas palavras não estão no Dicionário?

Fiquei rígida e respondi:

– Não. Nenhuma delas está.

– Mas são muito usadas – falou, lendo algumas das fichas.

– Entre as pessoas que as empregam, são, sim. Mas ser muito usada não é um pré-requisito para uma palavra entrar no Dicionário.

– E quem as usa?

Eu já estava preparada, àquela altura, para ter a briga que evitara fazia poucos minutos.

– Os pobres. Gente que trabalha no Mercado Coberto. Mulheres. E é por isso que não há registro escrito dessas palavras, e é por isso que foram excluídas. Apesar de, às vezes, *terem sido* registradas por escrito, mesmo assim são deixadas de fora porque não são empregadas pela *sociedade educada.* – Eu estava exausta, mas me sentia contestadora. Minhas mãos ainda tremiam, mas eu estava pronta para prosseguir. Olhei Gareth nos olhos e completei: – Elas são importantes.

– Então é melhor você guardá-las bem – disse ele, ficando de pé e me entregando a última ficha. Em seguida, estendeu a mão e me ajudou a levantar.

Levei as fichas para a minha mesa e guardei-as na parte de dentro. Então virei para Gareth e perguntei:

– Por que você está aqui?

O compositor abriu a pasta e tirou dela as provas do último fascículo.

– "Sono a sovela" – disse, segurando as provas no ar. – Se não houver muitas correções, podemos imprimir antes do Natal.

Gareth sorriu, balançou a cabeça, deixou as provas na mesa do Dr. Murray e saiu do Scriptorium. Achei que ele poderia virar para trás e sorrir de novo, mas não o fez. Se tivesse feito, eu teria lhe contado que, provavelmente, haveria muitas correções.

⌒

Todo mundo voltou para o Scriptorium depois do almoço, e fiquei esperando o Sr. Dankworth me trair. Eu já não tinha idade para me colocarem de castigo, mas havia tempo e silêncio o bastante para eu imaginar uma dezena de outras punições. Todas começavam com a humilhação de ter meus bolsos esvaziados e terminavam com a minha saída do Scriptorium, para nunca mais voltar.

Mas o Sr. Dankworth jamais comentou sobre as minhas palavras com o Dr. Murray. Por dias, fiquei observando-o, segurando a respiração toda vez que ele tinha motivo para consultar o editor, mas os dois nunca olharam para mim. Eu me dei conta de que não apenas as minhas palavras eram sem importância para o Sr. Dankworth: o fato de eu gastar tempo com elas quando deveria estar trabalhando no Dicionário tampouco lhe causava preocupação.

⌒

Eu estava respondendo a uma pergunta sobre grafia, uma pergunta que se tornara bastante comum desde que "Reles a romanita" fora publicado. "Por que o novo Dicionário dá preferência a 'rheuma' quando 'reuma' é tão ubíquo?", perguntava o remetente. "A força do hábito e o bom senso insistem na segunda opção. Devo me julgar uma pessoa ignara?" Aquela era uma tarefa ingrata porque não havia uma resposta razoável. O som conhecido da bicicleta de Gareth foi motivo bastante para eu deixar a resposta inacabada. Larguei a caneta e olhei para a porta.

Aquela era a terceira vez que ele vinha ao Scriptorium desde que me ajudara a juntar minhas palavras do chão, algumas semanas antes.

– Que rapaz agradável – disse papai, a primeira vez que viu Gareth dizendo "olá".

– Tão agradável quanto o Sr. Pope e o Sr. Cushing? – perguntei.

– Não sei o que você quer dizer com isso – respondeu papai. – Ele é encarregado. Uma das poucas pessoas nas quais o Sr. Hart confia para transmitir questões de estilo. – Papai olhou para mim, levantou as sobrancelhas e completou: – Mas normalmente essas conversas acontecem na Gráfica.

A porta se abriu e uma pálida luz entrou. Os assistentes tiraram os olhos do trabalho, e papai cumprimentou Gareth balançando a cabeça, depois olhou para mim. O Dr. Murray desceu da banqueta.

Eu estava longe demais para ouvir o que estavam dizendo, mas Gareth apontava para uma parte da prova e explicava algo ao Dr. Murray. Pude ver que o editor concordou: perguntou algo, ouviu a resposta, balançou a cabeça e depois chamou Gareth para ir até a sua mesa. Juntos, examinaram algumas das outras páginas. Percebi que o Sr. Dankworth ignorou propositadamente toda a conversa.

Gareth ficou esperando enquanto o Dr. Murray escrevia uma mensagem para o Sr. Hart. Após o compositor guardar o bilhete na pasta, o jovem e o velho foram juntos até o jardim.

Eu os enxergava logo depois da porta. O Dr. Murray se espreguiçou, como fazia de vez em quando, ao passar a manhã inteira debruçado sobre as provas. A postura dos dois mudou, a conversa se tornou mais íntima. O Sr. Hart estava doente de exaustão, papai havia me contado, e eu presumi que essa era uma preocupação tanto do compositor quanto do editor.

O Dr. Murray voltou para o Scriptorium sozinho. Fiquei surpresa com o suspiro pesado que deixei escapar. O editor deixou a porta aberta, e o ar frio de dezembro começou a circular entre as mesas. Dois dos assistentes vestiram o casaco, Rosfrith enrolou um xale em volta dos ombros. Eu não costumava concordar com a crença que o Dr. Murray tinha de que o ar fresco ajudava a manter a mente aguçada, mas ficara com calor demais para pensar direito e, pela primeira vez, fiquei feliz pelo ar gelado. Voltei à tarefa de justificar "rheuma".

– Para você.

Era Gareth.

Por um instante, foi impossível olhar para ele. Todo o calor que circulava no meu corpo fora parar no meu rosto.

– Uma palavra para sua coleção. Da minha mãe. Ela costumava empregá-la dessa forma o tempo todo, mas não consegui encontrá-la nas provas que guardamos na Gráfica.

Gareth falava baixo, mas ouvi cada palavra. E ainda não conseguia olhar para ele: não acreditava que seria capaz de falar. Sendo assim, concentrei-me na tira de papel que ele colocara à minha frente. Devia tê-la tirado da pilha de fichas em branco que ficava na estante perto da porta. Era a mais comum das palavras, mas o significado era diferente. Eu a reconheci, do tempo em que eu era uma menininha.

REPOLHO
"Vem cá, meu repolhinho, e me dá um abraço".
Deryth Owen

Deryth, que nome bonito. A frase era mais ou menos a mesma que Lizzie diria.

– As mães têm seu próprio vocabulário, você não acha? – perguntou ele.

– Na verdade, eu não saberia dizer. – Olhei para papai e completei: – Não cheguei a conhecer minha mãe.

Gareth ficou chocado.

– Ah, desculpe.

– Por favor, não se desculpe. Como você pode bem imaginar, meu pai também possui um jeito peculiar com as palavras.

Gareth riu e falou:

– Bem, sim, acho que sim.

– E o seu pai? – perguntei. – Também trabalha na Gráfica?

– Minha mãe é que trabalhava. Era encadernadora. Conseguiu que eu fosse aprendiz lá, quando eu tinha 14 anos.

– Mas e seu pai?

– Éramos só mamãe e eu.

Olhei para a ficha que estava na minha mão e tentei imaginar a mulher que chamava aquele homem de "meu repolhinho".

– Obrigada pela ficha – falei.

– Espero que não se importe de eu vir procurar você.

Olhei para a mesa de triagem. Vi dois ou três olhares furtivos na direção de minha mesa e um sorriso estranho no rosto de papai, apesar de ele estar com os olhos fixos no trabalho.

– Fico muito feliz que você tenha me procurado – respondi, olhando no seu rosto e logo voltando a olhar para a ficha.

– Bem, garanto que farei isso de novo.

Quando ele foi embora, abri a tampa de minha mesa e fiquei procurando entre as fichas da minha caixa de sapatos até encontrar o lugar certo para a que Gareth havia me dado.

JANEIRO DE 1913

Uma multidão se reunia em volta do Memorial dos Mártires quando eu ia de bicicleta até a Bodleiana. Poderia ter desviado indo pela Parks Road, como sempre fazia, mas fui pedalando por toda a Banbury Road até a multidão me obrigar a desviar.

Avisos haviam sido colocados por toda a Oxford. Havia folhetos espalhados nas ruas, e todos os jornais publicaram reportagens contra e a favor. As sociedades sufragistas de Oxford estavam se reunindo para uma passeata pacífica da Igreja de São Clemente até o Memorial dos Mártires. Ainda faltavam horas para começar, mas estavam organizando tudo e já havia um clima de expectativa, de empolgação. Poderia até ser uma feira, mas com aquele ribombar dos raios, quando uma tempestade está prestes a cair.

Havia menos gente do que de costume na Bodleiana. Procurei nas prateleiras do gabinete de leitura de Humanas, na antiga Biblioteca do Duque Humphrey, com toda a calma. Os livros que o Dr. Murray queria que eu consultasse eram antigos, as citações em suas páginas quase pareciam escritas em outra língua, e era fácil se enganar. Sentei em um banco que estava liso de tanto ser usado por gerações de eruditos há muito falecidos e fiquei me perguntando quantos entre eles eram mulheres.

Voltei pelo mesmo caminho. A passeata havia chegado, e a multidão estava maior. Havia três mulheres para cada homem, mas fiquei surpresa com os homens presentes: de todos os tipos. Homens com e sem gravata. Homens de braços dados com mulheres. Homens sozinhos.

Homens reunidos em pequenos grupos, de boné e sem colarinho, de braços cruzados, com as pernas bem afastadas.

Encostei a bicicleta na cerca do pequeno cemitério ao lado da igreja de Santa Maria Madalena e fiquei parada próximo à multidão.

Quando li a respeito da passeata, torci para que Tilda voltasse a Oxford para participar. Eu havia escrito para ela e incluíra um panfleto: "Espero você na igrejinha perto do Memorial dos Mártires".

Ela me respondeu com um cartão-postal.

Veremos. A USPM não foi convidada (os métodos da Sra. Pankhurst não são apoiados por muitas das damas instruídas de Oxford). Mas fico feliz que você tenha se juntado à irmandade e que sua voz será ouvida entre os brados – já não era sem tempo.

Uma mulher falava em cima de uma plataforma montada perto do Memorial dos Mártires. Mas, de onde eu estava, era difícil ver quem era e mal conseguia ouvir o que dizia por causa da balbúrdia. Os panfletos nos orientaram a NÃO PRESTAR ATENÇÃO a quem tentasse causar confusão. E, em sua maioria, os homens e mulheres que apoiavam a palestrante estavam simplesmente fazendo isso. Mas eram muitos os detratores, e gritavam de todos os cantos da multidão. Uma música começou a tocar a todo volume em um gramofone posicionado em uma janela aberta da St. John's College. Uma nuvem de fumaça de cachimbo se ergueu, saindo de um grupo de homens ao lado da plataforma da palestrante. Outro grupo começou a cantar tão alto que era impossível ouvir qualquer outra coisa. Ali, posicionada no ponto de partida da multidão, eu me senti estranhamente vulnerável.

Houve uma comoção entre a multidão que rodeava o Memorial dos Mártires. Fiquei na ponta dos pés para ver o que estava acontecendo e vi a confusão se deslocar, atravessando o mar de pessoas. Veio na minha direção, mas só me dei conta do que era quando dois homens apareceram à minha frente, de braços dados, trocando socos. O homem engravatado era maior, mas seus braços eram desengonçados, e seus punhos cerrados não paravam de errar o alvo. O outro homem era mais preciso. Estava sem casaco, apesar do frio, com as mangas da camisa arregaçadas até a altura dos cotovelos. Fui para trás. Mas, como a Magdalen Street continuava congestionada, fui empurrada contra as bicicletas que estavam encostadas na cerca do cemitério da igreja.

Vi policiais a cavalo entrarem no meio da turba. Os cavalos assustaram a multidão, que dispersou. As pessoas começaram a correr: metade foi em direção à Broad Street; a outra, em direção à St. Giles. Dei um passo e fui derrubada no chão. Sapatos masculinos e femininos, bainhas de vestidos sujos de terra. Alguém me levantou, fui derrubada de novo. Duas mulheres que eu não conhecia me puxaram e disseram que eu deveria voltar para casa, mas fiquei ali, paralisada.

– Puta!

Um rosto vermelho e bruto, quase encostando no meu: o nariz fora quebrado havia anos e nunca voltara ao normal. Depois, um monte de cuspe. Eu mal conseguia respirar. Levantei os dois braços para me proteger, mas o soco que eu esperava não veio.

– Ei! Pare com isso.

Uma voz de mulher. Alta. Feroz... e em seguida gentil.

– São covardes – disse. As palavras e o tom me eram conhecidos. Baixei os braços, abri os olhos. Era Tilda. Ela me puxou para longe dali e limpou o cuspe de meu rosto. – Têm medo de que as esposas parem de obedecer às ordens deles. – Tilda atirou o lenço no chão e deu um passo para trás. – Esme. Mais linda do que nunca.

Tilda riu da minha expressão.

Outra briga começou ao nosso lado e, por um instante, fiquei feliz pela distração. Mas aí vi quem estava brigando.

– Gareth?

Ele se virou para olhar, e o outro homem tentou a sorte. Um punho cerrado acertou com força os lábios do compositor, e um risinho debochado se esboçou no rosto do desconhecido. Reconheci o nariz quebrado do agressor. Gareth conseguiu ficar de pé, mas o homem fugiu correndo antes que ele tivesse oportunidade de revidar.

– Seu lábio está sangrando – falei, quando Gareth se aproximou.

Ele encostou na própria boca e se encolheu de dor, mas sorriu em seguida quando percebeu que eu estava preocupada e se encolheu de dor de novo.

– Vou sobreviver – disse. – O que você fez para deixar aquele cara tão bravo? Ele estava vindo direto até vocês duas.

– Bastardo! – exclamou Tilda. Gareth virou a cabeça na direção dela. – Ah, você é nosso cavaleiro de armadura brilhante – completou, fazendo uma reverência teatral, com sorriso debochado. Gareth percebeu e ficou constrangido.

– Tilda – falei, segurando-a pelo braço. – Esse é Gareth. Ele trabalha na Gráfica. É meu amigo.

– Amigo? – repetiu ela, levantando as sobrancelhas.

Eu a ignorei, mas não conseguia olhar nos olhos de Gareth.

– Gareth, essa é Tilda. Nós nos conhecemos anos atrás, quando o grupo de teatro dela veio para Oxford.

– Prazer em conhecê-la, Tilda. Você está aqui por causa de uma peça ou para participar disso? – perguntou Gareth, olhando para toda aquela confusão.

– Esme me convidou. E, como a Sra. Pankhurst achou que era uma boa oportunidade para divulgar o movimento, aqui estou.

Estavam gritando muito, e soou uma sirene. Mulheres estavam sendo perseguidas Broad Street afora.

– Acho melhor irmos embora – falei.

Tilda me deu um abraço e falou:

– Pode ir: acho que você está em boas mãos. Mas apareça no Velho Tom sexta à noite. Temos tanto que conversar... – Tilda então se dirigiu a Gareth: – E você precisa vir também. Prometa que virá.

Gareth olhou para mim, buscando orientação. Tilda ficou observando, esperando minha reação. Parecia que o tempo não havia passado desde a última vez que eu a vira. A ousadia e o medo se debatiam dentro de mim. Eu não queria que o medo vencesse.

– Claro – respondi, olhando para Gareth. – Quem sabe podemos ir juntos?

O sorriso de Gareth reabriu o corte em seu lábio, que começou a sangrar de novo. Pus a mão no bolso do vestido, mas não encontrei um lenço.

– Um pedacinho de papel deve resolver – falou Gareth, tentando impedir que o sorriso em seus olhos se espalhasse até seus lábios. – Não é muito pior do que quando me corto fazendo a barba.

Peguei uma ficha em branco e rasguei um pedacinho. Ele pressionou o lábio com a manga da camisa e depois colocou o pedaço de papel em cima do corte. O papel ficou vermelho de imediato, mas não caiu.

– Vejo vocês dois na sexta-feira – disse Tilda, me dando uma piscadela.

Em seguida, foi para a Broad Street, onde a confusão parecia se concentrar.

Eu e Gareth fomos na direção contrária.

***

– Esme! Deus meu, o que foi que aconteceu?

Rosfrith nos viu quando passamos pelo portão de Sunnyside. Então olhou para Gareth, em busca de explicação.

– A passeata do Memorial dos Mártires saiu do controle – disse ele.

Eu e Gareth mal falamos enquanto andávamos pela Banbury Road. Tilda havia nos deixado constrangidos e tímidos.

– Isso aconteceu na passeata? – perguntou Rosfrith.

Ela me olhou de cima a baixo. Minha saia estava rasgada e suja, meu cabelo havia se soltado, e meu rosto estava parecendo esfolado, porque eu não parava de esfregá-lo, tentando tirar a sujeira do ódio daquele homem.

– Ah, céus – prosseguiu ela. – Mamãe foi com Hilda e Gwyneth. Vocês fizeram bem de ir juntos, apesar de não ter adiantado muito, ao que parece.

Finalmente encontrei minha língua.

– Ah, não, nos encontramos por acaso. Não sei como Gareth apareceu por lá.

Rosfrith olhou para Gareth e para mim, cética.

Como não consegui suportar seu olhar, virei para Gareth e indaguei:

– Por que *você* estava lá?

– Pelo mesmo motivo que você.

– Eu não sei ao certo por que eu estava lá – falei, tanto para ele quanto para mim mesma.

Bem nessa hora, a Sra. Murray passou pelo portão com a filha mais velha e a mais nova. As três estavam ilesas e empolgadas. Rosfrith foi correndo na direção delas.

Gareth foi comigo até a cozinha, e eu o apresentei para Lizzie. Ele me ajudou a explicar o que havia acontecido. Então, tirou o pedacinho de papel do lábio machucado e o ergueu, para nós duas vermos.

– O que é isso? – perguntou Lizzie, olhando.

– Uma pontinha de ficha – respondeu Gareth, sorrindo para mim. – Esse pedacinho impediu que eu sangrasse até morrer.

– Bem, deixa eu pegar alguma coisa para esse lábio.

Lizzie saiu da cozinha por um instante, e eu aproveitei para agradecer Gareth.

– Estou muito grata, sabe? Aquele homem era apavorante. Tilda foi injusta em debochar de você.

– Ela só estava me provocando.

– O que você quer dizer com isso?

– Estava se certificando de que eu estava do lado certo.

Dei um sorriso e perguntei:

– E por acaso você *está* do lado certo?

Gareth também sorriu e respondeu:

– Sim, estou.

Ele parecia mais seguro disso do que eu, e me senti um tanto envergonhada.

– Às vezes, acho que podem existir mais do que dois lados – falei.

Lizzie voltou à cozinha bem na hora. Havia umedecido um pano limpo, que estendeu para Gareth.

– Você faz bem de não ficar do lado das *suffragettes* – comentou Lizzie. – Elas estão atrasando tudo com suas transgressões.

Então, ela ofereceu um copo d'água para Gareth.

– Obrigado, Srta. Lester.

– Pode me chamar de Lizzie. Nem respondo se não me chamarem assim.

Ficamos observando Gareth beber toda a água. Quando terminou, ele levou o copo até a pia e o lavou. Lizzie olhou para mim, perplexa.

– As pessoas sempre tomaram caminhos diferentes para chegar ao mesmo lugar – declarou Gareth, virando de frente para nós. – Com o sufrágio feminino, não será diferente.

Depois que ele foi embora, Lizzie me fez sentar e limpou meu rosto. Penteou meu cabelo e o prendeu novamente, fazendo um coque.

– Nunca conheci um homem assim. Com exceção, talvez, do seu pai. Que também lava o próprio copo.

Lizzie estava com a mesma cara que papai fazia sempre que Gareth vinha ao Scriptorium. Eu a ignorei.

– Você não chegou a dizer por que estava lá.

Eu não podia contar para Lizzie que havia encontrado Tilda. Esse era o único assunto sobre o qual evitávamos falar, e os acontecimentos do dia não ajudariam em nada para Lizzie ter uma imagem melhor dela.

– Eu estava saindo da Bodleiana e vindo para casa – respondi.

– Você teria chegado mais rápido se viesse pela Parks Road.

– Vi tanto ódio, Lizzie.

– Bom, só fico feliz por você não ter se machucado feio nem ter sido presa.

– Do que as pessoas têm tanto medo?

Lizzie soltou um suspiro.

– Todos estão com medo de perder alguma coisa. Mas os homens do tipo que cuspiu no seu rosto não querem que as esposas fiquem pensando que merecem mais do que já têm. Fico feliz de ser criada quando penso que homens assim poderiam ser minha alternativa.

O dia estava quase chegando ao fim quando voltei ao Scriptorium. O cartão-postal de Tilda estava em cima da mesa. Eu o reli e escrevi uma ficha nova, com duas cópias.

IRMANDADE
"Fico feliz que você tenha se juntado à irmandade e que sua voz será ouvida entre os brados."
Tilda Taylor, 1912

Procurei nos volumes do Dicionário. "Irmandade" já fora publicada. Todas as acepções principais se referiam a grupos de homens, de uma maneira ou outra. Havia uma menção a "irmandade de freiras". A citação de Tilda se encaixava em uma acepção secundária: "empregada informalmente para denotar certo número de mulheres que têm um objetivo, uma característica ou uma vocação comum. Frequentemente, em sentido pejorativo".

Fui até os escaninhos e encontrei as fichas originais. A maioria das citações fora tirada de recortes de jornal. Em um excerto sobre mulheres que se dedicam a questões sobre as quais não sabem nada, um voluntário sublinhara "a irmandade estridente". A ficha mais recente, tirada de um artigo escrito em 1909, descrevia as mulheres do tipo *suffragette* como "uma irmandade de mulheres muito bem-educadas, gritalhonas, sem filhos e sem marido".

Todas eram insultantes, e fiquei animada ao pensar que o Dr. Murray as rejeitara. Mesmo assim, copiei a definição em uma ficha nova, tirando "em sentido pejorativo", e prendi uma das cópias da frase de Tilda na frente, com alfinete. Então as guardei nos escaninhos reservados para palavras suplementares.

Quando me afastei das estantes, papai estava olhando para mim.

– Qual é a *sua* opinião em relação a usar jornais como fonte para as acepções? – perguntou.

– O que mais você viu?

Ele sorriu, mas pareceu forçado.

– Não me importo que você coloque *mais* fichas nos escaninhos, Essy. Mesmo se as citações não vierem de fonte escrita, podem incentivar que se pesquise algo similar. O mais próximo que podemos chegar de compreender palavras novas são artigos de jornal. Ultimamente, James tem passado boa parte do tempo dele defendendo sua validade.

Pensei nos recortes que acabara de ler.

– Não sei. Muitas vezes, mais parecem opinião, e, se queremos que a opinião defina o que algo significa, então devemos, pelos menos, considerar todos os lados da questão. Nem todos os lados têm um jornal para defender seus pontos de vista.

– Então é bom que alguns lados possam contar com você.

❦

Eu e papai estávamos sentados juntos na sala de estar, ambos tentando puxar papo sem conseguir: ambos tentando não dar na vista que estávamos ansiosos para atender a porta. Já eram 18h. Papai estava de frente para a janela que dava para a rua. Sempre que seus olhos percebiam alguém passando, eu segurava a respiração, esperando ouvir o ruído do portão, e soltava quando o portão não cantava.

Fazia muito tempo que papai não ficava tão animado. Quando contei que Gareth se oferecera para ir comigo ao Velho Tom, ele sorriu, como se estivesse aliviado, mas não fui capaz de interpretar seu sorriso. Será que ele estava feliz por eu ter quem me acompanhasse quando fosse encontrar Tilda ou será que estava feliz por eu ter um pretendente? Ele deve ter pensado que a segunda opção jamais aconteceria. Fosse o que fosse, era a primeira vez em semanas que as rugas de sua testa haviam relaxado.

— Você me parece cansado ultimamente, papai.

— É a letra S. Quatro anos e não estamos nem na metade. É secador, sensaborão, soporífero... — Ele parou para pensar em mais uma palavra.

— Soporífico, sonolento, sonífero — sugeri.

— Excelente — elogiou papai, dando um sorriso que me levou de volta às nossas brincadeiras de anos atrás. Então olhou reto por mim, para a janela. Seu sorriso ficou mais pronunciado. O portão cantou. Senti o formigar da perspiração debaixo de meus braços e fiquei feliz quando papai levantou para atender a porta. Ele e Gareth ficaram de pé conversando no corredor por alguns minutos. Levantei e me olhei no espelho que havia acima da lareira. Dei umas beliscadinhas nas bochechas.

❦

Eu não entrava no Velho Tom desde a outra vez que Tilda estivera em Oxford. À medida que eu e Gareth nos aproximávamos de lá, as lembranças que eu tinha de Bill me invadiram. Em seguida, as lembranças d'Ela.

— Está tudo bem, Esme?

Olhei para a placa que havia em cima da porta do pequeno *pub*: um desenho da torre do sino da Igreja de Cristo.

— Está — respondi.

Gareth abriu a porta para eu entrar. O Velho Tom estava lotado como sempre e, em princípio, pensei que Tilda não tivesse vindo. Então a vi, sentada a uma mesa com outras três mulheres, lá no fundo. Ela deve ter causado a costumeira agitação quando entrou, mas não a incentivava como fazia sete anos antes: tivemos que nos acotovelar com grupinhos de homens para conseguir chegar até onde Tilda estava, mas ninguém tentou flertar com ela. O lugar não me pareceu tão convidativo quanto costumava ser.

Tilda levantou e me abraçou.

— Damas, essa é Esme. Ficamos muito amigas da última vez que estive em Oxford.

— Você mora aqui? — perguntou uma delas.

— Mora, sim — respondeu Tilda, me puxando mais para perto. — Só que ela fica escondida dentro de um galpão.

A mulher franziu o cenho. Tilda dirigiu-se a mim:

— E como anda seu Dicionário, Esme?

— Estamos na letra S.

— Santo Deus, mesmo? Como você aguenta esse progresso tão lento?

Tilda soltou meu braço e voltou a se sentar.

As outras mulheres estavam todas olhando para mim, esperando por uma resposta. Não havia nenhuma cadeira a mais na mesa.

— Coletamos palavras com outras letras ao mesmo tempo: não é tão tedioso quanto parece.

Por um instante, ninguém falou nada. Senti que Gareth se aproximou sutilmente e fiquei feliz por ele ter vindo comigo.

— E esse é... — Tilda deixou a frase no ar e fingiu, ostensivamente, que estava tentando se lembrar — ...Gareth, sim?

— É um prazer revê-la, Srta. Taylor — disse ele.

— Tilda, por favor. E as damas encantadoras são Shona, Betty e Gert.

Shona era a mais nova das três, não devia ter mais do que 20 anos. As outras duas eram pelo menos dez anos mais velhas do que eu.

— Agora me lembrei de você — disse Gert. — Você foi a ajudante de Tilda, aquela noite, lá no Eagle and Child. — Então se dirigiu a Tilda: — Você lembra, Tilda? Aquela foi minha primeira ação de verdade.

— A primeira de muitas — completou Tilda.

— E muitas ainda virão, pelo andar da carruagem. — Nesta hora, Gert olhou para mim. — Não estamos mais perto de conquistar o direito ao voto do que estávamos uma década atrás.

Algumas cabeças se viraram na nossa direção. Tilda olhou feio para elas.

— E o que você acha disso, Gareth? — perguntou Tilda.

— Do sufrágio feminino?

— Não, do preço da carne de porco. É claro que do sufrágio feminino.

— É algo que afeta a todos nós — respondeu Gareth.

— Então você apoia — disse Betty. Sua voz denunciou suas origens, do norte da Inglaterra, e fiquei imaginando se havia vindo de Manchester com Tilda.

— Claro.

— Mas até onde você estaria disposto a ir? — indagou Betty.

— Em que sentido?

– Bom, *falar* é fácil... – Ela me lançou um olhar. – Mas palavras não têm significado sem ações.

– E, às vezes, uma ação pode desmentir boas palavras – completou Gareth.

– E o que você sabe da nossa luta, Gareth? – interveio Tilda, recostada na cadeira e bebericando uísque.

Fiquei olhando de um para o outro, sem parar.

– Minha mãe teve que me criar sozinha, enquanto trabalhava na Gráfica – respondeu ele. – Eu sei muita coisa.

Gert soltou uma risada debochada. Tilda lhe lançou um olhar que a fez parar de rir. Gert levou a taça de xerez aos lábios, e percebi que havia uma aliança de ouro e um grande anel de diamante em sua mão. Ela era mais rica do que Betty, devia estar uma ou duas classes acima dela. Shona permaneceu calada durante toda a conversa, com a cabeça baixa, reverente. De repente, pensei que ela poderia ser criada de Gert. Meu coração começou a bater mais forte.

– E o que *você* acha da nossa luta, Gert? – perguntei.

Shona fez o que pôde para disfarçar o sorriso.

– Como assim?

– Bem, me parece que nem todas lutamos do mesmo modo. Não é verdade que a Sra. Pankhurst estava disposta a aceitar que o direito ao voto fosse concedido às mulheres que têm propriedades e são instruídas, mas não a mulheres como a mãe de Gareth, por exemplo?

Tilda ficou boquiaberta, sorrindo com os olhos. Gert e Betty ficaram horrorizadas, mas caladas. Shona levantou os olhos por um instante e logo tornou a baixá-los. Os homens sentados na mesa ao lado ficaram no mais completo silêncio.

– Excelente, Esme – elogiou Tilda, erguendo o copo, já vazio. – Eu estava mesmo me perguntando quando é que você iria participar.

A noite de janeiro estava fria, e Gareth me ofereceu seu casaco para que eu o usasse durante a caminhada pelas ruas de Oxford, até chegar a Jericho.

– Estou bem. E você vai morrer de frio se tirar o casaco.

Ele não insistiu.

– O que Tilda quis dizer quando falou de você participar?

– Ela sempre achou que eu não tinha opinião formada a respeito do sufrágio feminino.

– As suas ideias me pareceram bem claras.

– Bem, aquele deve ter sido o comentário mais longo que já fiz sobre esse assunto, mas aquela tal de Gert era tão terrível que não consegui ser agradável.

– Não gostei das indiretas delas.

– Que indiretas?

– "Ações, não palavras." – Gareth ficou pensativo por alguns instantes, então perguntou: – Essy, você sabe por que Tilda está em Oxford?

"Essy." Gareth nunca se dirigia a mim por outra forma de tratamento que não "Srta. Nicoll" ou "Esme". Um arrepio atravessou meu corpo.

– Você *está* com frio – disse ele.

Então tirou o casaco e o colocou sobre meus ombros. Sua mão roçou no meu pescoço quando ele endireitou a gola. Tentei me lembrar do que Gareth acabara de me perguntar.

– Ela veio para a passeata – respondi, enrolando-me em seu casaco. O calor do corpo de Gareth ainda estava na roupa. – E me ver. Fomos muito amigas por um tempo.

Diminuímos o passo na Walton Street, passamos por trás da Somerville College e paramos quando chegamos à Gráfica. O lugar estava completamente às escuras, com exceção da luminosidade alaranjada que vinha de uma sala logo acima do arco da entrada.

– Hart – comentou Gareth.

– Ele nunca vai para casa?

– A Gráfica é a casa dele. Hart mora aqui com a esposa.

– E onde você mora?

– Perto do canal. Na mesma casinha de operário em que cresci com mamãe. Quando ela morreu, me deixaram continuar lá. É pequena demais e úmida demais para uma família morar.

– Você gosta de trabalhar na Gráfica?

Gareth encostou na cerca de metal e respondeu:

– Nunca fiz outra coisa. Não é questão de gostar.

– Você nunca imagina outra vida?

Ele olhou para mim e inclinou a cabeça de leve.

– Você nunca faz as perguntas de sempre, não é mesmo? – Fiquei sem saber o que dizer. – As perguntas de sempre costumam ser bem pouco interessantes – prosseguiu Gareth. – Às vezes, me imagino viajando para a França ou Alemanha. Aprendi a ler nas duas línguas.

– Só a ler?

– É só isso que meu trabalho exige. Estudo desde que era aprendiz. Coisa do Hart. Ele montou o Instituto Clarendon para educar sua mão de obra ignorante. E para a banda ter onde ensaiar.

– A Gráfica tem uma banda?

– Claro. E um coral também.

Quando começamos a andar de novo, a distância entre nós diminuiu, mas ficamos em silêncio ao virar na Observatory Street. Fiquei imaginando se Gareth iria me convidar para caminhar com ele de novo. Eu torcia para que o compositor estivesse pensando nisso e imaginando se eu aceitaria. Quando chegamos em casa, percebi que papai estava na sala de estar. De frente para a janela, como fizera anteriormente, naquela mesma noite. Abriu a porta antes que eu pudesse bater. Eu e Gareth só pudemos dizer "boa-noite".

Tilda ficou em Oxford.

– Estou ficando com uma amiga – contou. – Ela tem uma casa-barco ancorada no riacho Castle Mill. Dá para ver a torre do sino de St. Barnabas pela janela ao lado da minha cama.

– E é confortável?

– Até que sim. E bem quentinho. Como minha amiga mora lá com a irmã, é meio apertado. Precisamos nos revezar na hora de nos arrumar para sair.

Tilda deu um grande sorriso.

Escrevi meu endereço em uma ficha e lhe entreguei.

– Caso você precise – falei.

O inverno passou, e a primavera dava lugar ao verão. Quando perguntei por que Tilda ainda estava em Oxford, ela disse que estava prospectando novas integrantes para a USPM. Quando a pressionei, Tilda mudou de assunto.

— Pensei que nos veríamos mais enquanto estou aqui – disse ela, certa tarde, enquanto andávamos pelo caminho de sirga do riacho Castle Mill. – Mas, pelo jeito, você passa todo o seu tempo livre com Gareth.

— Não é verdade. Nós só almoçamos em Jericho de vez em quando. E ele me levou algumas vezes ao teatro.

— Você sempre *adorou* teatro – comentou Tilda. – Ah, Esme, você fica corada como uma menininha. – Ela me deu o braço e completou: – Aposto que ainda é virgem.

Fiquei ainda mais corada e baixei a cabeça. Se Tilda notou alguma coisa, optou por não dizer nada, e andamos por um tempo em silêncio. A superfície do riacho estava agitada, e senti um mosquito picar minha nuca.

— Como vão as coisas na casa-barco, Till, agora que o clima está mais quente?

— Ah, meu Deus. Tenho a sensação de estar morando em uma lata de sardinha que ficou no sol. Estamos todas meio estremecidas.

— Você é bem-vinda em nossa casa, sabia? Tenho certeza de que papai não vai se importar de ter mais companhia – ofereci, sabendo que ela recusaria de novo.

— Não vou ficar por muito mais tempo. Minha missão está quase acabando.

— Você fala como se estivesse no exército.

— Ah, mas eu estou, Esme. No exército da Sra. Pankhurst. – Ela fez uma saudação militar de brincadeira. – A USPM.

— Comecei a ir a algumas reuniões locais pelo sufrágio que a Sra. Murray e as filhas frequentam – contei. – Muitos homens comparecem, mas são as mulheres que falam quase sempre.

— Elas só sabem falar – comentou Tilda.

— Não creio que isso seja verdade. Elas publicam um jornal e organizam todo tipo de evento.

— Mas tudo isso é falação, não é mesmo? As mesmas palavras, repetidas tantas e tantas vezes... E o que mudou?

Lembrei-me de Gareth me perguntando qual o verdadeiro motivo para Tilda estar em Oxford. Eu já havia entendido, havia muito tempo, que não era por minha causa, mas achava que talvez fosse por causa da amiga que morava na casa-barco. Agora eu me dava conta de que havia algo a mais, desde o início. Mas não queria saber o que era.

— E como vai Bill? — perguntei, sem olhar para Tilda.

Tilda falava de Bill de vez em quando. Era sempre um comentário breve, e eu sempre ficava grata por isso. Mas ela logo iria embora de Oxford e, de repente, senti necessidade de saber como ele estava.

— Bill? Aquele patife. Partiu meu coração. Embarrigou uma tola qualquer e parou de estar sempre à minha disposição. Fiquei furiosa.

— Embarrigou?

Ela deu um sorriso.

— Conheço essa cara. Você ainda anda com aqueles pedaços de papel nos bolsos?

Balancei a cabeça.

— Então pegue um.

Paramos de andar, e Tilda esticou o xale que estava usando em cima da grama, ao lado do caminho de sirga. Sentamos.

— Isso é agradável — disse ela, enquanto eu pegava a ficha e o lápis. — É como antes.

Eu também tinha essa sensação, mas sabia que nada jamais seria como antes.

— "Embarrigar" — falei, anotando a palavra na ficha. — Forme uma frase com ela.

Tilda esticou as pernas e se apoiou nos cotovelos, depois ergueu o rosto para sentir o primeiro dia do verão. Ela demorou, como sempre, porque queria me fornecer uma citação perfeita.

— Bill embarrigou uma tola qualquer e agora é papai. Trabalha o dia inteiro e metade da noite para alimentar seu bebê, que não para de chorar.

Devia ter ficado óbvio o que "embarrigou" significava na primeira vez que Tilda disse, mas a novidade dessa palavra me deixou surda para as palavras que vieram antes e depois dela. Minha mão tremia de leve quando terminei de escrever a frase.

— Ele é pai? — perguntei, observando a expressão de Tilda. Ela continuou de olhos fechados, por causa do sol, e sua mandíbula não estremeceu.

— Billy Bunting Júnior, é assim que eu o chamo. Tem 5 anos. É uma graça e adora a titia Tiddy. — Foi só aí que ela olhou para mim. — Ainda me chama assim, apesar de já saber falar tão bem quanto qualquer adulto. É inteligente como Bill era na idade dele.

Olhei para a ficha.

EMBARRIGAR
Engravidar.
"Bill embarrigou uma tola qualquer e agora é papai. Trabalha o dia inteiro e metade da noite para alimentar seu bebê, que não para de chorar."
Tilda Taylor, 1913

Bill não contara para a irmã sobre nosso envolvimento. Não se gabara nem confessara. Foi a primeira vez, desde que eu entregara Ela, que tive vontade de ser capaz de amá-lo.

O Dr. Murray me chamou.

— Esme, prevejo que sua carga de trabalho e suas responsabilidades aumentarão nos próximos meses.

Balancei a cabeça, como se não fosse nada, mas ansiava por mais responsabilidades.

— O Sr. Dankworth vai nos deixar no fim do dia e começará a trabalhar na equipe do Sr. Craigie amanhã — continuou o Dr. Murray. — Acredito que ele será de grande valia para nosso terceiro editor. Você sabe, melhor que a maioria das pessoas, o quanto ele prima pela exatidão. — Um estremecer dos bigodes e sobrancelhas levemente erguidas. — Tais qualidades serão muito úteis para acelerar as seções de Craigie.

Duas boas notícias em uma única conversa: eu mal sabia o que responder.

— Bem, o que você tem a dizer a respeito disso? É aceitável?

— Sim, Dr. Murray. Claro. Darei o meu melhor para preencher essa lacuna.

— O seu melhor é muito mais do que o necessário, Esme.

Dito isso, ele voltou sua atenção para os papéis que estavam sobre a mesa.

Fui dispensada, mas não me afastei. Mordi o lábio e retorci as mãos. Falei rápido, antes que pudesse me censurar.

– Dr. Murray?

– Sim?

O editor não tirou os olhos dos papéis.

– Se vou trabalhar mais, isso será refletido em meu pagamento?

– Sim, sim. Claro. A partir do mês que vem.

Ficou claro que o Sr. Dankworth gostaria de ter ido embora sem ser notado, mas o Sr. Sweatman não iria deixar barato. No fim do dia, ele levantou da cadeira e deu início às despedidas. Os demais assistentes fizeram a mesma coisa, todos repetindo elogios genéricos e comentários a respeito dos olhos de lince do Sr. Dankworth. Ninguém sabia o suficiente sobre ele para dizer algo específico.

O assistente suportou nossos desejos de boa sorte e apertos de mão e ficou passando a mão na perna da calça sem parar.

– Obrigada, Sr. Dankworth – falei, poupando-lhe do incômodo de ter que apertar outra mão e lhe dando apenas um leve inclinar de cabeça. Ele me pareceu aliviado. – Aprendi muito com o senhor. – Essa declaração o deixou confuso. – Desculpe se nem sempre demonstrei gratidão.

O Sr. Sweatman tentou disfarçar um sorriso. Tossiu e voltou para seu lugar, na mesa de triagem. Os outros se afastaram discretamente. Tentei olhar o Sr. Dankworth nos olhos, mas ele dirigiu o olhar para um ponto logo acima de meu ombro direito.

– Não tem de que, Srta. Nicoll.

Então me deu as costas e saiu do Scriptorium.

Gareth chegou pouco depois. Entregou algumas provas que o Dr. Murray esperava, cumprimentou papai e o Sr. Sweatman e veio até a minha mesa.

– Desculpe o atraso. O Sr. Hart escolheu justo esta tarde para relembrar a todos a respeito das regras.

– As regras daquele livrinho dele?

Gareth riu.

– São só a ponta do *iceberg*, Es. Cada sala da Gráfica tem suas próprias regras. Com certeza você deve tê-las visto na parede, quando entrou?

Encolhi os ombros, constrangida.

– Bem, o Controlador acha que nós não as enxergamos mais e fez questão de que cada um as lesse em voz alta antes de ir embora hoje. – Gareth deu um sorriso e completou: – Sendo o novo gerente, tive que ser o último a sair.

– Gerente? Ah, Gareth, parabéns.

Sem sequer pensar, pulei da cadeira e lhe dei um abraço.

– Se eu soubesse que essa seria a sua reação, teria pedido uma promoção antes – ele falou.

Papai e o Sr. Sweatman se viraram para ver qual era a causa de tamanha empolgação, e me afastei de Gareth antes que ele pudesse retribuir meu abraço.

Enrubescida, peguei minha bolsa e prendi o chapéu. Fui até a mesa e dei um beijo na testa de papai.

– Talvez eu chegue em casa tarde hoje, papai. A Sra. Murray disse que a reunião pode ser longa.

– Não vou esperar acordado, Essy, se não tiver problema. Mas acredito que Gareth lhe trará para casa sã e salva.

O sorriso que papai deu espantou a fadiga.

Quando chegamos à Banbury Road, contei sobre minha promoção para Gareth.

– Bem, não é uma promoção de verdade: ainda faço parte do último escalão, com Rosfrith. Mas é um reconhecimento.

– E muito merecido.

– Por que você acha que os homens comparecem a essas reuniões? – perguntei.

– Porque foram convidados pelas organizadoras da Sociedade pelo Sufrágio Feminino de Oxford.

– Além disso.

– Suspeito que por diferentes motivos. Alguns querem a mesma coisa que suas esposas e irmãs. Outros ouviram que precisam apoiar, senão...

– E em qual dos dois você se encaixa?

Gareth deu um sorriso.

– Na primeira alternativa, claro. – Então sua expressão ficou mais séria. – Minha mãe teve uma vida difícil, Es. Difícil demais. E sua opinião nunca foi levada em conta. Vou a essas reuniões por ela.

Já era mais de meia-noite quando a reunião terminou. Fomos andando em um silêncio de cansaço e intimidade até a Observatory Street.

Tentei abrir o portão sem fazer barulho, mas mesmo assim ele cantou uma nota doce, assustando um vulto que eu não havia percebido, escondido na escuridão.

– Tilda, o que você está fazendo aqui?

Gareth pegou a chave de minha mão e abriu a porta. Levamos Tilda para a cozinha e ligamos as luzes. Ela estava em frangalhos.

– O que foi que aconteceu? – perguntou Gareth.

– Você não vai querer saber, e não vou contar. Mas preciso de ajuda. Desculpe, Esme. Eu jamais teria vindo se não estivesse machucada.

A manga de seu vestido estava imunda – não, não apenas imunda, estava queimada. Tinha pedaços carbonizados pendurados. Tilda segurava uma mão com a outra.

– Mostre para mim – falei.

A pele de sua mão estava chamuscada, vermelha e preta – de terra ou de pele queimada, não pude distinguir. Meus dedos estranhos formigaram, com uma espécie de lembrança.

– Por que você não foi direto ver um médico? – indagou Gareth.

– Não podia correr esse risco.

Procurei faixas e unguentos nos armários, mas só encontrei emplastros e xarope para tosse. *Amarílis teria fornido melhor os armários*, pensei. E ela saberia o que fazer.

– Gareth, você precisa chamar Lizzie. Diga para ela trazer a bolsinha de remédios, algo para queimaduras.

– Já passa muito da meia-noite, Es. Ela deve estar dormindo.

– Talvez. A porta da cozinha está sempre aberta. Chame na escada: não a assuste. Ela virá.

Depois que Gareth saiu, enchi uma tigela de água fria e a coloquei em cima da mesa da cozinha, na frente de Tilda.

– Você vai me contar o que aconteceu?

– Não.

– Por quê? Você acha que eu reprovaria?

– Sei que você reprovaria.

Fiz a pergunta da qual mal queria ouvir a resposta:

– Alguém mais se feriu, Till?

Tilda olhou para mim. Uma sombra de dúvida, de medo, passou pelo seu rosto.

— Sinceramente, não sei.

A pena surgiu no meu peito, mas a raiva a dominou. Virei o rosto e abri uma gaveta, peguei um pano de prato limpo e fechei a gaveta com força.

— Seja lá o que você tenha feito, o que acha que vai conseguir com isso?

Quando virei de novo para Tilda, a dúvida e o medo a haviam abandonado.

— O governo não está dando ouvidos a todas essas palavras eloquentes e sensíveis das suas sufragistas. Mas não podem ignorar o que nós estamos *fazendo*.

Respirei fundo e tentei me concentrar na mão dela.

— Dói?

— Um pouco.

— A minha não doeu, então isso deve ser bom. — Levantei o braço de Tilda para que sua mão pairasse sobre a tigela de água. Ela resistiu. Eu a empurrei. Ela não reclamou. Bolhas enormes haviam deformado seus dedos. A mão inteira começou a inchar. Debaixo d'água, a pele queimada e em carne viva foi aumentada, como se vista através de uma lupa, e era chocante o contraste com a finura clara de seu pulso.

— Eu quero as mesmas coisas que você quer, Till, mas esse não é o jeito certo de alcançá-las. Não pode ser.

— Não existe jeito certo, Esme. Se existisse, teríamos votado na última eleição.

— Você tem certeza de que está de olho no voto e não na atenção que vai receber?

Ela deu um sorriso fraco.

— Você não está de todo errada. Mas, se o que faço pode obrigar as pessoas a prestar atenção em mim, também pode obrigá-las a pensar.

— Elas podem simplesmente pensar que você é louca e perigosa e não se deixarão levar.

Tilda olhou para mim.

— Bem, talvez seja aí que as palavras sensíveis das suas sufragistas devam entrar.

O portão cantou. Pulei para abrir a porta. Lizzie ficou parada debaixo da soleira, desnorteada. Ela olhou para o corredor, sem pousar os olhos em mim, e me dei conta de que aquela era a primeira vez que Lizzie entrava em minha casa.

– Ah, Lizzie, graças a Deus.

Fechei a porta quando ela e Gareth entraram e os levei até a cozinha.

Lizzie mal olhou para Tilda, mas sacudiu o braço dela com cuidado e tirou sua mão da tigela d'água. Em seguida, a colocou em cima do pano de prato e soprou a pele queimada para que ficasse seca.

– Pode parecer pior do que é – disse, por fim. – Normalmente, as bolhas significam que tem pele boa por baixo. Tente não estourá-las tão cedo.

Lizzie pegou um vidrinho de unguento da bolsinha de couro e tirou a tampa. Gareth ficou segurando o vidro enquanto Lizzie espalhava o unguento na pele descascada de Tilda, tomando cuidado para não encostar nas bolhas. Tilda suspirou de dor uma única vez. Só então Lizzie olhou para ela, e as duas se olharam nos olhos pela primeira vez. Pude perceber que a expressão de Lizzie era de pura preocupação.

Ela enrolou a mão de Tilda com gaze e falou:

– Não posso prometer que não ficará cicatriz.

– Se ficar, tenho uma companheira ilustre – respondeu Tilda, olhando para mim.

– E você deveria ir ao médico.

Tilda balançou a cabeça.

– Bom – falou Lizzie –, se não precisam mais de mim, vou voltar para a minha cama.

Tilda pousou a mão que não estava machucada no braço de Lizzie.

– Sei que você não me vê com bons olhos, Lizzie, e entendo por quê. Mas sou muito grata por tudo.

– Você é amiga de Esme.

– Você poderia ter se recusado – argumentou Tilda.

– Não, não poderia.

Dito isso, Lizzie ficou de pé e deixou que Gareth a levasse até a porta da frente. Tentei cruzar o olhar com o dela, mas Lizzie virou o rosto.

Eram 3h quando Gareth voltou, depois de levar Lizzie para casa.

– Será que ela vai me perdoar? – perguntei.

– Que engraçado, Lizzie perguntou a mesma coisa a seu respeito.
– Ele então se dirigiu a Tilda: – Tem um trem para Londres partindo às 6h. Você acha que deveria embarcar nele?

– Sim. Acho que deveria.

Gareth se virou para mim e perguntou:

– Será que seu pai se incomodaria se Tilda ficasse aqui até lá?

– Papai nem ficará sabendo. Não deve acordar antes das 7h.

– Você tem muita coisa para pegar na casa-barco? – perguntou Gareth, para Tilda.

– Nada que não possa mandar buscar, se Esme não se importar de me emprestar roupas limpas.

Gareth vestiu o casaco.

– Volto dentro de duas horas para lhe acompanhar até a estação.

– Não preciso que um homem me acompanhe.

– Sim. Precisa, sim.

Gareth foi embora. Subi as escadas na ponta dos pés e encontrei um vestido que achei que Tilda poderia tolerar. Ficaria um pouco comprido e não estaria nem um pouco em voga para uma mulher como ela, mas a necessidade imperou. Quando voltei, Tilda havia pegado no sono.

Coloquei um cobertor em cima dela e fiquei me perguntando quando nos veríamos novamente. Eu a amava e a temia. Fiquei imaginando se essa era a sensação de ser irmã de alguém. Não camarada – eu sabia que não era isso para ela –, mas uma irmã de sangue. Como Rosfrith e Elsie. Como Ditte e Beth. Fiquei olhando o ar entrar e sair de seu corpo, fiquei olhando seus olhos estremecerem. Tentei imaginar o que ela estava sonhando.

Quando o sol raiou, pálido, através das janelas da frente, ouvi o portão cantar.

O *Oxford Times* publicou uma matéria sobre a Marina de Rough. A brigada de incêndio não pôde fazer nada para impedir que ela ardesse em chamas e estimava os danos em mais de três mil libras. Ninguém ficou ferido, dizia a reportagem, mas quatro mulheres foram vistas fugindo dali: três em um barco a remo e uma a pé. Nenhuma delas foi presa, mas suspeitavam que eram *suffragettes*, porque panfletos haviam sido distribuídos em clubes de remo, que proibiam mulheres de participar do esporte. O incêndio criminoso assinalou uma escalada na campanha delas. Em uma demonstração de medo e oposição à militância, as organizações sufragistas já estabelecidas em Oxford condenaram o ato e estavam angariando fundos para os trabalhadores que tiveram de ser demitidos por causa do incêndio.

Quando a Sra. Murray entrou no Scriptorium no dia seguinte, trazendo um vidro para arrecadar dinheiro, eu lhe dei todos os trocados que tinha.

– Muito generoso de sua parte, Esme – disse ela, sacudindo o vidro. – Um exemplo para os cavalheiros que estão na mesa de triagem.

Papai olhou para mim e deu um sorriso, orgulhoso e sem saber de nada.

MAIO DE 1913

＊

N em cheguei a me despedir de papai. Quando o levaram de casa, ele estava com um lado do rosto paralisado e não conseguia falar. Eu lhe dei um beijo e disse que iria em seguida, levando o pijama e o livro que estava em sua mesinha de cabeceira. Seus olhos estavam desesperados, enquanto eu não parava de falar.

Troquei os lençóis da cama dele e coloquei o vaso de rosas amarelas que tinha arrumado para meu quarto em sua mesinha de cabeceira. Peguei o livro, *A conquista da sabedoria*. "Um romance australiano", disse papai, "sobre uma jovem muito inteligente: é difícil de acreditar que foi um homem que escreveu. Acho que você gostaria muito de ler." Poderíamos ter conversado mais, mas não consegui. "Australiano." Dei uma desculpa e levantei da mesa.

Quando cheguei à Enfermaria Radcliffe, me disseram que papai se fora.

Se fora, pensei. Era completamente inadequado.

＊

Gareth subiu com um colchão pela escada estreita que levava ao quarto de Lizzie, e dormi lá até o dia do enterro. Lizzie pegou o que eu poderia precisar em casa, para eu não ter que encarar o vazio do lugar, mas eu não conseguia deixar de pensar nela indo de cômodo em cômodo, checando para ver se tudo estava bem. Na minha imaginação, eu entrava pela porta da frente com Lizzie, observava-a recolher a correspondência e ficar parada pensando no que fazer com as cartas. Eu suspeitava que ela me protegeria do que as cartas pudessem conter deixando-as no aparador da entrada.

Eu não queria ir adiante, mas Lizzie – disso eu sabia – espiaria a sala de estar, depois a sala de jantar, que eu e papai nunca usávamos. Entraria na cozinha e lavaria a louça suja. Checaria se as janelas estavam bem fechadas e também as trancas de todas as portas. Depois colocaria a mão no corrimão, no fim da escada, e lançaria um olhar para o andar de cima. Ficaria parada, respiraria fundo e começaria a subir. Ela ficava um pouco mais gordinha a cada ano e havia criado esse hábito. Eu já a vira fazer isso mil vezes, quando subia com ela pela escada que levava a seu quarto.

Queria parar, mas não conseguia controlar meus pensamentos, assim como não era capaz de controlar o clima. Imaginei Lizzie procurando um vestido preto no meu guarda-roupa e comecei a chorar. Depois me lembrei das rosas na cabeceira de papai. Lizzie as encontraria murchas. Pegaria o vaso para levá-lo lá para baixo e imaginaria se papai teve ou não o prazer de vê-las ainda frescas, antes de ter sido levado para a Radcliffe.

Eu queria que as flores ficassem ali. Não que apodrecessem, mas que ficassem, murchando devagar, por toda a eternidade.

❧

5 de maio de 1913
Minha querida Esme,

Chegarei a Oxford depois de amanhã e não sairei do seu lado enquanto estiver aí. Nós duas precisamos nos amparar. Você terá, claro, que apertar a mão de muita gente bem-intencionada e ouvir histórias a respeito da bondade de seu pai (serão muitas), mas, na hora certa, vou levar você para longe dos sanduíches e das pessoas bem-intencionadas, e vamos andar pela margem do riacho Castle Mill até chegarmos à ponte Walton. Harry adorava esse lugar: foi onde ele pediu a mão de Amarílis em casamento.

Agora não é hora de ser forte, minha doce menina. Harry foi seu pai e sua mãe, e seu falecimento fará você se sentir perdida.

Meu pai era muito próximo de mim, e sei um pouco do quanto seu coração deve estar doendo. Deixe-o doer.

Meu pai ainda ecoa em meus pensamentos sempre que preciso de um bom conselho: suspeito que o seu fará a mesma coisa, em seu devido tempo. Nesse ínterim, aproveite ao máximo a companhia desse jovem do qual você se aproximou tanto. "Amarílis teria gostado muito dele", Harry escreveu em sua última carta. Ele chegou a lhe falar isso? Não poderia existir benção maior.

Espero que você esteja acampada no quarto de Lizzie. Irei direto para Sunnyside assim que descer do trem.

Com todo o meu amor,
Ditte

❦

Como prometido, Ditte me afastou de todas as pessoas bem-intencionadas. Não nos despedimos de ninguém: simplesmente fomos para o jardim, passamos reto pelo Scriptorium e saímos na Banbury Road. Na St. Margaret's Road, eu me dei conta de que Gareth estava conosco, poucos passos para trás. Caminhamos em silêncio até chegarmos ao caminho de sirga que margeia o riacho Castle Mill.

– Harry caminhava por aqui todo domingo à tarde, Gareth – contou Ditte.

Gareth apertou o passo e ficou ao meu lado.

– Ele vinha aqui para conversar sobre a semana com Amarílis. Você sabia disso, Esme?

Eu não sabia.

– Eu falei conversar, mas na verdade, era uma meditação. Ele percorria esse caminho com a cabeça cheia das preocupações da semana que passara e, quando chegava à ponte Walton, as maiores já teriam se resolvido. Ele me contou que então sentava e ficava refletindo sobre essas preocupações da perspectiva de Amarílis.

Ditte olhou para mim para ver se deveria continuar. Eu torci para que fizesse isso, mas fiquei muda.

– É claro que você era o principal assunto da conversa, mas fiquei surpresa quando Harry me contou que também consultava Amarílis a respeito de tudo, do que vestir em algum evento a se devia comprar cordeiro ou carne bovina para o almoço de domingo, nas poucas ocasiões em que ele resolvia se arriscar a fazer um assado com todos os acompanhamentos.

Senti o mais leve dos sorrisos se esboçar em meu rosto, ao me lembrar da carne bovina, crua ou queimada, e dos nossos passeios dominicais até chegar a Jericho.

– De verdade – falou Ditte, apertando o meu braço.

Era um presente, essa história. Enquanto ouvia Ditte falar, minhas lembranças da vida que tive com papai foram sutilmente retocadas, como um pintor faria, adicionando uma pincelada de cor para dar a impressão de luz matutina. Amarílis, sempre tão ausente, de repente não era mais.

– Chegamos – falou Ditte, quando nos aproximamos da ponte. – O lugar dos dois era bem aqui.

Eu já havia passado por baixo daquela ponte tantas vezes, mas agora ela me parecia completamente diferente. Gareth pegou minha mão, me levou até o banco que ficava na beira do caminho e sentou tão perto que pôde sentir meu tremor.

Não era assim que deveria acontecer, pensei. Mas será que eu estava pensando em papai ou em Gareth? Gareth nunca havia segurado minha mão. Eu pensei que teria papai para sempre.

Sentamos. O riacho mal se movimentava debaixo da ponte, mas pequenas ondulações surgiam na superfície de quando em quando. Eu podia facilmente imaginar papai sentado ali, deixando seus pensamentos fluírem.

– Alguém deixou flores – disse Gareth.

Olhei para onde ele estava apontando, Ditte também, e vi um maço de flores cuidadosamente disposto ao lado do arco da ponte. Não eram frescas, mas não tinham murchado completamente. Dois ou três botões ainda mantinham sua forma e sua cor.

– Ah, meu Deus – ouvi Ditte falar, com a voz embargada. – São para Amarílis.

Fiquei confusa. Gareth chegou mais perto.

Lágrimas rolaram, silenciosas, pelas rugas em volta dos olhos de Ditte.

– Eu estava com Harry na primeira vez que fez isso, depois do enterro dela. Não fazia ideia de que ele continuava trazendo flores para Amarílis.

Olhei em volta, meio esperando ver papai. Só fazia alguns dias, mas eu estava me acostumando com esse truque do luto. E, pela primeira vez, não fui derrotada por ele. O ar que enchia meus pulmões estava mais leve. Antes de soltá-lo, senti o cheiro de decomposição de um narciso. Papai nunca gostou deles, mas havia me contado que era a flor preferida de Amarílis.

Eu não conseguia fugir da ausência de papai. Sentia quando virava na Observatory Street e, ao abrir a porta de nossa casa, precisava me obrigar a passar por ela. Lizzie ficou comigo por algumas semanas, e o cheiro do cachimbo de papai foi sumindo debaixo dos aromas da comida dela. Pela manhã, eu acordava quando Lizzie acordava, e íamos caminhando juntas até Sunnyside. Eu a ajudava na cozinha por uma hora, para compensar o tempo que ela perdera ficando comigo. E, quando a primeira pessoa chegava ao Scriptorium, eu atravessava o jardim e entrava lá.

Havia um espaço vazio na mesa de triagem que ninguém preencheu. Talvez fosse por respeito a mim. Mas, de onde eu ficava sentada, via o modo como o Sr. Sweatman empurrava a cadeira de papai embaixo da mesa e quantas vezes o Sr. Maling olhou naquela direção com uma pergunta na ponta da língua. O Dr. Murray envelheceu durante as semanas e os meses que se seguiram ao falecimento de papai. Ele ficava olhando para a mesa de triagem de um lado ao outro e não fez nenhum esforço para procurar um novo assistente. Eu odiava o espaço vazio que papai havia deixado e evitava olhar para ele sempre que entrava no Scriptorium. Eu só conseguia sentir a dor do luto. Ela preenchia meus pensamentos, enchia meu coração e não deixava espaço para mais nada. Eu caminhava com Gareth de vez em quando. Se chovia, almoçávamos em Jericho. Mas, se o tempo estivesse bom, caminhávamos à beira do Cherwell. Os espinheiros marcavam os meses desde a morte de papai: frutinhas silvestres amadureceram, depois as folhas caíram. Ficamos imaginando se nevaria no inverno. Eu me aproveitei da amizade de Gareth. Precisava que ela preenchesse o vazio e não conseguia pensar em nada além do que já mais ou menos era. Se Gareth tentava me dar o braço, eu só percebia quando ele desistia de fazer isso.

O Natal se aproximava, e minha tia insistiu que eu fosse à Escócia, fazer uma visita para ela e meus primos. Sem papai, eles quase eram desconhecidos para mim. Dei uma desculpa e, em vez de ir para a Escócia, fui para Bath, onde Ditte e Beth me administraram grandes quantidades de bom humor, pragmatismo e pão de ló. Voltei para Oxford me sentindo mais leve do que quando saí.

Entrei no Scriptorium no terceiro dia de 1914 e havia um novo lexicógrafo sentado onde papai costumava sentar. O Sr. Rawlings não era jovem nem velho. Não tinha nada de especial nem fazia ideia de quem havia sentado naquele lugar da mesa de triagem antes dele.

Foi um grande alívio para todos nós.

PARTE V

1914-1915

SOFRÓSINA – SULFÚRICO

AGOSTO DE 1914

Havia um novo zunido no Scriptorium. Eu me sentia como um animal deve se sentir quando a pressão do ar diminui antes de uma tempestade. A perspectiva da guerra aguçara nossos sentidos. Por toda a Oxford, rapazes estavam andando mais rápido. Com passos mais largos e falando mais alto – ou, pelo menos, era o que parecia. Os universitários sempre falaram mais alto do que o necessário para impressionar uma garota bonita ou intimidar algum morador. Só que, antes, os assuntos variavam. Não mais. Universitários e moradores falavam apenas da guerra, e parecia que a maioria não podia esperar para que ela chegasse.

No Scriptorium, dois dos assistentes mais novos começaram a passar os intervalos falando de ficar cara a cara com o *kaiser* e de ganhar a guerra antes mesmo que ela começasse. Eram jovens, magros e pálidos. Usavam óculos e, se por acaso tivessem participado de alguma luta, no máximo seriam arremedos de rusga por causa de livros da biblioteca ou correção gramatical. Nenhum dos dois era capaz de se aproximar do Dr. Murray sem dar um passo hesitante ou gaguejar. Sendo assim, concluí que, provavelmente, nenhum dos dois conseguiria persuadir o *kaiser* a desistir da Bélgica. Os assistentes mais antigos tinham conversas menos acaloradas, com a expressão anuviada de um modo que raramente acontecia durante seus desentendimentos a respeito de palavras. O Sr. Rawlings perdera um irmão na Guerra dos Bôeres e disse para os mais jovens que matar não trazia glória nenhuma. Ambos balançaram a cabeça, educados. Não perceberam o tremor em sua voz e, antes que ele se afastasse o suficiente para não ouvi-los, já estavam falando de novo sobre os detalhes de entrar para o exército, imaginando por quanto tempo deveriam treinar antes de serem enviados para o combate. O Sr. Rawlings se encolheu sob o peso da conversa.

– Esta guerra vai retardar o Dicionário – ouvi o Sr. Maling dizer ao Dr. Murray. – Querem que esses rapazes empunhem uma arma, não um lápis.

Daí em diante, eu acordava todas as manhãs tomada pelo pavor.

Ninguém dormiu na noite de 3 de agosto, por mais que tenha ido para a cama e tentado. Nossos dois jovens assistentes foram para Londres e passaram a noite amena farreando na rua Pall Mall, esperando pela notícia de que a Alemanha havia se retirado da Bélgica. A notícia não veio. Quando o Big Ben bateu a primeira hora do novo dia, cantaram "Deus salve o Rei".

No dia seguinte, retornaram ao Scriptorium com uma bravata que não combinava com eles. Foram falar com o Dr. Murray juntos e contaram que haviam se alistado.

– Vocês dois não têm visão e são inadequados – ouvi o Dr. Murray dizer. – Ajudariam mais seu país se permanecessem aqui.

Como me concentrar era impossível, fui de bicicleta até a Gráfica. Nunca vi o lugar tão silencioso. Na sala de composição, apenas metade das bancadas estava ocupada.

– Só dois? – perguntou Gareth, quando contei o que havia acontecido no Scriptorium. – Sessenta e três homens marcharam da Gráfica hoje de manhã. A maioria, voluntários na Força Territorial, mas nem todos. Seriam sessenta e cinco, se o Sr. Hart não tivesse puxado dois pelo colarinho, porque sabia que eram menores de idade. Disse que lhes daria um corretivo depois que as mães também o fizessem.

O Sr. Maling tinha razão: a guerra retardou o Dicionário. Dentro de poucos meses, só restaram mulheres e velhos no Scriptorium. O Sr. Rawlings, que não chegava a ser velho, foi embora alegando problema dos nervos. E, mais uma vez, ficou um espaço vazio em uma das pontas da mesa de triagem. Ninguém o preencheu.

Lá no Old Ashmolean, as equipes do Sr. Bradley e do Sr. Craigie também ficaram reduzidas, e o Sr. Hart contava com metade da sua equipe de impressão e composição.

Nunca trabalhei tanto.

– Você está gostando disso – falou Gareth, certo dia em que estava parado ao lado de minha mesa, esperando que eu terminasse de escrever um verbete.

Eu tinha mais responsabilidades e não podia negar que estava feliz com isso. Gareth tirou um envelope da pasta.

– Nenhuma prova? – perguntei.

– Só um recado para o Dr. Murray.

– E agora você é garoto de recados?

– Meus deveres se multiplicaram. Todos os funcionários mais novos se alistaram.

– Então fico feliz que você não seja um funcionário novo.

– Tive que brigar para me passarem esta tarefa específica – prosseguiu Gareth. – Também estamos com falta de compositores e impressores, e o Sr. Hart pediu aos tipógrafos e gerentes que fizessem esses serviços sempre que possível. Ele bem que me colaria na minha antiga bancada, se pudesse, mas eu queria ver você.

– Não acho que o Sr. Hart está levando as novas circunstâncias em consideração.

Gareth olhou para mim como se eu tivesse dito algo que não precisava ser dito.

– Se ele não tomar cuidado, todos nós vamos nos alistar também.

– Não diga isso.

Gareth acabara de traduzir em palavras o medo que eu sentia ao acordar.

O calor inebriante de agosto dera lugar a um outono chuvoso. O Dr. Murray estava com tosse, e a Sra. Murray insistia que ele evitasse ir ao Scriptorium.

– É mais frio que uma geladeira – disse ela.

O que não era nenhum exagero, mesmo quando a lareira estava com o fogo alto.

– Que bobagem – foi a resposta do Dr. Murray. Mas os dois devem ter chegado a um meio-termo porque, dali em diante, o Dr. Murray chegava às 10h e ia embora às 14h – a menos que a Sra. Murray não estivesse em casa para ver. Nesse caso, ele ficava até as 17h, rouco e respirando com dificuldade, o que era um incentivo para todos nós trabalharmos com mais afinco e por mais tempo. Ele pouco falava da guerra, a não ser para reclamar do inconveniente que causava ao Dicionário. Apesar de nossos esforços, o ritmo de entrega diminuíra e a impressão estava atrasada. Foram adicionados mais anos à data de finalização esperada. Eu não devia ser a única pessoa que se perguntava se o Dr. Murray ainda estaria vivo quando isso acontecesse.

Ditte e outros voluntários de confiança foram obrigados a trabalhar mais, e todos os dias vinham provas e textos novos, enviados de toda a Grã-Bretanha. O Dr. Murray até começou a mandar provas para funcionários do Dicionário que estavam no *front* da França.

– Eles dão graças a Deus por ter uma distração – explicou.

Quando abri o primeiro envelope vindo do outro lado do Canal da Mancha, mal consegui respirar. Estava manchado de terra, do caminho que fizera para chegar até nós. Imaginei a rota que deveria ter tomado e as mãos pelas quais passara. Fiquei imaginando se todos os homens que tocaram naquele envelope ainda estavam vivos. Não reconheci a letra do remetente, mas conhecia o nome no verso do envelope. Tentei me lembrar dele, mas só consegui evocar a imagem de um rapaz baixinho, pálido, debruçado sobre a mesa em uma das pontas da Sala do Dicionário do Old Ashmolean. Ele, normalmente, trabalhava com o Sr. Bradley, e Eleanor Bradley o descrevera como "brilhante e silencioso, mas apavorado socialmente". Suas correções eram meticulosas e pouco exigiam de mim. *O Dr. Murray tem razão*, pensei. O rapaz deve ter dado graças a Deus por ter uma distração.

Na semana seguinte, encontrei Gareth para almoçar em um *pub* de Jericho.

– É uma pena que o Sr. Hart não possa mandar nada para ser impresso na França – falei. Gareth estava quieto, e eu estava preenchendo seu silêncio com a minha história. – Gosto da ideia de impressoras gigantescas sendo arrastadas até o *front* e dos soldados serem equipados com tipos de metal em vez de balas.

Gareth ficou olhando para a torta que estava em seu prato, fazendo buracos na massa com o garfo. Ergueu os olhos e franziu o cenho.

– Você não pode brincar com isso, Es.

Senti um calor no rosto, e aí me dei conta de que Gareth estava à beira das lágrimas. Peguei a outra mão dele por cima da mesa.

– O que foi que aconteceu? – perguntei.

Ele demorou um bom tempo para responder, sem desviar o olhar do meu.

– Só me parece sem sentido.

Então olhou de novo para a comida.

– Conte para mim – insisti.

– Eu estava compondo as correções de "sofrimento".

Ele deu um leve suspiro e olhou para o teto. Soltei sua mão, para que ele pudesse secar as lágrimas.

– Quem? – perguntei.

– Eram aprendizes. Estavam na Gráfica havia menos de dois anos. – Ele ficou alguns instantes em silêncio e completou: – Entraram juntos, saíram juntos. Eram unha e carne. – Gareth empurrou o prato para a frente, apoiou os cotovelos na mesa e segurou a cabeça com as duas mãos. Ficou com os olhos fixos na toalha e terminou de contar a história. – A mãe de Jed apareceu na sala de composição, procurando o Sr. Hart. Jed era o mais novo dos dois, não tinha nem 17 anos. Ela foi avisar o Sr. Hart que o filho não vai mais voltar. – Nesse momento, ele tirou os olhos da toalha. – A mulher estava em frangalhos, Essy. Ensandecida. Jed era seu único filho, e ela não conseguia parar de dizer que o garoto completaria 17 anos na semana que vem. Sem parar, como se esse fato fosse trazê-lo de volta. Porque, para começo de conversa, ele jamais deveria ter ido para lá. – Gareth respirou fundo. Pisquei para segurar minhas próprias lágrimas. – Alguém encontrou o Sr. Hart, e ele levou a mulher para a sua sala. Dava para ouvir a mãe de Jed chorando e se lamentando enquanto percorriam o corredor.

Empurrei meu prato também. Gareth bebeu metade do copo de cerveja e prosseguiu:

– Ficou impossível voltar para aquela palavra. Fiquei enjoado só de olhar para os tipos. A guerra só começou faz dois meses, e acham que durará anos. Quantos Jeds ainda vão morrer?

Fiquei sem resposta.

Ele suspirou.

— De repente, não consegui ver sentido nisso.

— Precisamos continuar fazendo o que sempre fizemos, Gareth. Não importa o que seja. Senão, ficaremos apenas esperando.

— Seria bom ter a sensação de que estou fazendo algo útil. Compor "sofrimento" não fará o sofrimento ir embora. A mãe de Jed continuará sentindo o que sente, independentemente do que estiver escrito no Dicionário.

— Mas talvez ajude outras pessoas a entender o que ela está sentindo.

Antes mesmo de terminar a frase, eu já não estava mais convencida dela. De certas experiências, o Dicionário só conseguiria oferecer uma aproximação. Eu já sabia que "sofrimento" era uma delas.

Não passava uma semana sequer sem que outra mãe batesse à porta do Controlador para dar a notícia de que seu filho não voltaria mais. Os editores do Scriptorium e do Old Ashmolean não carregavam tamanho fardo, mas nem por isso estavam imunes. Em razão do diploma ou de seus contatos, os lexicógrafos se tornaram oficiais, apesar de seu estudo pouco lhes qualificar para serem líderes de outros homens. Os funcionários da Gráfica vinham de um espectro mais amplo – "São das classes que servem de bucha de canhão", dissera Gareth. Ele parou de me contar toda vez que alguém da Gráfica morria.

A porta da sala do Sr. Hart estava entreaberta. Bati e a empurrei de leve.

— Sim – disse ele, sem tirar os olhos dos papéis.

Fui até a mesa do Controlador, mas ainda assim ele não olhou. Pigarreei.

— Correções de última hora, Sr. Hart. "Sofrósina a Spigélia."

Ele ergueu os olhos, e as rugas entre suas sobrancelhas ficaram ainda mais profundas quando pegou as provas e o bilhete do Dr. Murray. O Sr. Hart leu o bilhete, e percebi que cerrou os dentes. O Dr. Murray queria fazer outra correção – a terceira ou quarta, eu não sabia ao certo. Fiquei imaginando se as chapas já haviam sido fundidas. Não tive coragem de perguntar.

– O fato de estar doente não o torna menos pedante – declarou o Sr. Hart.

Como ele não se dirigiu a mim, permaneci em silêncio. O Controlador ficou de pé e foi em direção à porta. Como não me pediu para esperar, fui atrás dele.

Ninguém conversava na sala de composição, mas havia a percussão do bater dos tipos sendo colocados em componedores, depois virados nos clichês que conteriam uma página inteira de palavras. Fiquei esperando perto da porta, e o Sr. Hart foi até a bancada mais próxima. O compositor era jovem – não era mais aprendiz, mas era jovem demais para ir para a guerra. Pareceu nervoso quando o Sr. Hart deu uma olhada em seu clichê. Fiquei me perguntando se era fácil perceber erros quando tudo estava de trás para frente. O Sr. Hart me pareceu satisfeito e deu um tapinha nas costas do assistente, depois foi até a próxima bancada. As correções do Dr. Murray teriam que esperar. Continuei parada logo depois da porta e passei os olhos pela sala. Gareth estava em sua antiga bancada: apesar de agora ser gerente, precisavam que ele compusesse páginas algumas horas por dia. Fiquei olhando para Gareth como uma desconhecida olharia. Tinha algo nele que eu não reconhecia. Sua expressão estava mais concentrada, como eu jamais vira, e seu corpo parecia mais confiante. Ocorreu-me que nunca ficamos completamente à vontade quando temos consciência de que outra pessoa está nos olhando. Talvez, jamais sejamos completamente nós mesmos. No desejo de agradar ou de impressionar, persuadir ou dominar, nossos movimentos se tornam conscientes, e nossa expressão, forçada.

Eu sempre achei Gareth magro. Mas, ao vê-lo trabalhar, de mangas arregaçadas, deixando à mostra os músculos rígidos dos antebraços, percebi a elegância de sua força. Em sua concentração e na fluidez de seus movimentos, ele me parecia um pintor ou músico, os tipos que colocava no lugar eram tão deliberados quanto notas em uma partitura.

Senti uma pontada de culpa. Eu sabia tão pouco a respeito do que Gareth fazia. Presumi que não passava de uma monotonia mecânica. Afinal de contas, as palavras eram escolhidas pelos editores, e os significados, sugeridos pelos redatores. Ele só precisava transcrevê-los. Mas não foi isso que vi. Gareth examinou uma ficha e então selecionou tipos. Posicionou-os, refletindo sobre isso, pegou um lápis atrás da orelha e fez anotações na ficha. Será que ele estava corrigindo o texto? Com a certeza de ter resolvido um problema, tirou os tipos e os recolocou, com um arranjo melhor.

Só enquanto Gareth estivesse dormindo eu o veria assim, tão espontâneo. Fiquei surpresa quando me dei conta de que desejava vê-lo dormir. Essa ideia apunhalou meu coração.

Gareth estava de pé, bem ereto, e balançava a cabeça de um lado para o outro, alongando o pescoço. Esses movimentos devem ter chamado a atenção do Sr. Hart, porque o Controlador sugeriu uma correção nos tipos compostos no clichê que estava examinando e foi até a bancada de seu gerente em seguida. Gareth o viu, e os músculos de seus ombros e de seu rosto se tensionaram muito sutilmente: um ajuste, por estar sendo observado. Também comecei a me aproximar de Gareth. Quando ele me viu, esboçou um sorriso e voltou a ser completamente conhecido.

— Esme — falou. Seu prazer em me ver aqueceu cada parte do meu corpo.

Foi só aí que o Sr. Hart percebeu que eu estava lá.

— Ah, sim, claro.

Houve um instante de silêncio constrangedor enquanto eu e o Sr. Hart nos perguntávamos se estávamos atrapalhando a conversa do outro com Gareth.

— Desculpe — falei. —Talvez seja melhor eu esperar no corredor.

— De forma alguma, Srta. Nicoll — disse o Controlador.

— Sr. Hart — falou Gareth, fazendo todos nós voltarmos para o assunto que fomos até ali tratar. — Correções do Sir James?

— Sim. — O Sr. Hart chegou mais perto de Gareth, na bancada. — Como você previu. De agora em diante, me sinto tentado a deixar que você faça as mudanças quando percebê-las. Diabos, nos pouparia muito tempo. — Então, lembrando-se de que eu estava ali, ele pediu desculpas pelo seu linguajar, meio a contragosto. Gareth segurou o riso.

Quando os dois terminaram de discutir as correções, Gareth perguntou se poderia adiantar seu intervalo.

— Sim, sim. Fique mais quinze minutos além do tempo — respondeu o Sr. Hart.

– Você o deixou encabulado – comentou Gareth, quando o Sr. Hart se afastou. – Só vou terminar de compor esta linha.

Fiquei observando Gareth selecionar os minúsculos tipos móveis de metal, tirando-os da caixa que havia em cima de sua bancada. Sua mão se movimentava com rapidez, e o componedor logo foi preenchido. Ele o virou no clichê e passou o dedão por cima.

– Você acha que o Sr. Hart estava falando sério quando disse que vai permitir que você mude textos antes de compor a página?

Gareth riu.

– Deus me livre, não.

– Mas você deve ficar tentado a fazer isso – falei, com cautela.

– Por que está dizendo isso?

– Bem, nunca havia pensado nisso. Mas, vendo você aqui, eu me dei conta de que você passa a vida com palavras, colocando-as em seu devido lugar. Deve ter desenvolvido opiniões a respeito de como um bom texto deve ser.

– Não sou pago para ter opiniões, Es.

Gareth não estava olhando para mim, mas pude perceber o sorriso erguendo os cantos de sua boca.

– Não sei se posso gostar de um homem que não tenha opiniões – disparei.

Foi aí que ele sorriu.

– Bem, nesse caso, digamos apenas que tenho mais opiniões a respeito dos textos que vêm do Old Ashmolean do que dos textos que vêm do Scriptorium. – Ele levantou para tirar o avental e perguntou: – Você se importa se passarmos na sala de impressão?

A sala de impressão estava funcionando a pleno vapor: folhas enormes de papel desciam como as asas de um pássaro gigante ou eram desenroladas de grandes tambores, em rápida sucessão. "O novo e o velho", disse Gareth. Cada um tinha seu próprio ritmo, para os ouvidos e para os olhos, e achei estranhamente reconfortante ver as páginas se acumulando.

Gareth me levou até uma das impressoras antigas. Senti o ar se movimentar com a descida da asa gigante.

– Harold, estou com aquela peça que você me pediu. – Gareth tirou do bolso uma peça pequena, que parecia urna roda, e a entregou ao velho. – Se você não conseguir encaixar, posso voltar à tarde para fazer isso.

Harold pegou a peça, e percebi que suas mãos tremiam bem de leve.

– Esme, permita-me apresentar Harold Fairweather. Ele é um mestre impressor que recentemente abandonou a aposentadoria. Não é mesmo, Harold?

– Estou fazendo a minha parte – respondeu Harold.

– E esta é a Srta. Esme Nicoll – prosseguiu Gareth. – Esme trabalha no Dicionário com o Dr. Murray.

O impressor sorriu e falou:

– O que seria da língua inglesa sem nós?

Olhei para as páginas que saíam da máquina e perguntei:

– O senhor está imprimindo o Dicionário?

– Isso mesmo.

Ele inclinou a cabeça, indicando uma pilha de folhas impressas.

Segurei o canto de uma página, entre o dedão e o indicador, e esfreguei o papel. Fiquei com medo de encostar nas palavras, caso a tinta ainda estivesse úmida. Eu imaginava que, se borrasse alguma delas, a palavra seria apagada do vocabulário de quem comprasse o fascículo ao qual aquela página pertencia.

– Essas máquinas antigas têm personalidade – comentou Harold. – Gareth conhece esta aqui melhor do que ninguém.

Olhei para Gareth e perguntei:

– É mesmo?

– Comecei aqui nas máquinas – respondeu ele. – Fui aprendiz de Harold quando eu tinha 14 anos.

– Quando ela fica rebelde, Gareth é a única pessoa que consegue convencê-la a se comportar, mesmo antes de termos perdido metade dos mecânicos – confirmou Harold. – Não sei o que eu faria sem ele.

– Não consigo imaginar por que o senhor *teria* de ficar sem ele.

– É só uma hipótese, senhorita – Harold foi logo respondendo.

❧

– Você deveria aparecer com mais frequência – falou Gareth, enquanto caminhávamos pela Walton Street. – Ultimamente, Hart criou o hábito de tirar quinze minutos da nossa hora do almoço, não de dar mais quinze minutos.

– O Dr. Murray também. Parece que o Scriptorium e a Gráfica são o campo de batalha dos dois. Eles não têm outra contribuição a fazer.

Assim que disse isso, me arrependi.

– Hart sempre foi um capataz severo – comentou Gareth. – Mas, se não tomar cuidado, perderá mais homens por causa de suas exigências absurdas do que para a guerra.

Chegamos ao centro de Jericho. Estava movimentado por causa da hora do almoço, e Gareth cumprimentava uma a cada duas pessoas. Todas as famílias eram ligadas à Gráfica de algum modo.

– Ele perderá você? – perguntei.

Gareth pensou por alguns instantes.

– Hart é excêntrico, fica de mau humor de vez em quando, trabalha mais do que o necessário e obriga sua equipe a fazer a mesma coisa. Mas eu e ele temos um método de trabalho que funciona bem para nós dois. Com o passar dos anos, aprendi a gostar dele, Es. E acho que é recíproco.

Eu já vira isso com meus próprios olhos, muitas vezes. Gareth tinha uma tranquilidade e uma autoconfiança que amolecia o Sr. Hart, assim como amolecia o Dr. Murray.

Viramos na Little Clarendon Street e fomos até a casa de chá.

– Mas perderá você? – insisti.

Gareth abriu a porta, e o sininho tocou. Fiquei parada ali, esperando sua resposta.

– Você ouviu o que Harold disse. Foi só uma hipótese.

Ele me levou até uma mesa mais ao fundo e puxou a cadeira para eu sentar.

– Eu vi o modo como Harold olhou para você – falei, enquanto Gareth se sentava. – Foi um pedido de desculpas.

– Ele sabe que fico constrangido com elogios.

Gareth não conseguia olhar para mim. Ficou olhando em volta, procurando a garçonete. Conseguiu chamar sua atenção e se virou para ler o cardápio.

– O que lhe apetece? – perguntou, sem tirar os olhos do cardápio.

Pus a mão em cima da mesa e segurei a dele.

– A verdade me apetece, Gareth. O que você está planejando?

Ele olhou para mim.

– Essy... – disse, mas não falou mais nada.

– Você está me assustando.

Gareth pôs a mão no bolso da calça e tirou algo de dentro dele. Ficou segurando dentro da mão fechada em cima da mesa. Percebi que seu rosto ficou vermelho, e seus dentes se cerraram.

– O que é isso? – perguntei

Ele abriu os dedos, revelando os restos amassados de uma pena branca.

– Guarde isso – falei.

– Estava amarrada na porta dos fundos da Gráfica.

– Então, poderia ser para qualquer um. Centenas de pessoas trabalham lá.

– Sei disso. Não acho que era necessariamente para mim. Mas me fez pensar.

A garçonete nos interrompeu, e Gareth fez o pedido.

– Você é velho demais.

– Ter 36 anos não é ser velho demais. E é melhor do que ter 26 ou 16. Senhor, esses garotos mal viveram.

A garçonete colocou o bule de chá na mesa, entre nós dois. Eu mal respirava enquanto ela dispunha as xícaras e a jarrinha de leite com todo o cuidado.

Assim que ela se afastou, insisti:

– Pelo modo como você fala, parece que você quer ir.

– Só quem é muito jovem ou muito burro iria querer ir para a guerra, Essy. Não, eu não *quero* ir.

– Mas está pensando nisso.

– É impossível não pensar.

– Bem, pense em mim em vez disso.

Ouvi a criança em minha voz, a súplica desesperada. Eu jamais havia pedido isso para Gareth e evitei demonstrar qualquer sentimento que pudesse incentivar algo além da amizade.

– Ah, Essy. Eu nunca paro de pensar em você.

Quando os sanduíches chegaram, a garçonete não demorou muito para dispô-los sobre a mesa. Mesmo assim, nossa conversa se encerrou. Nenhum dos dois teve coragem para voltar ao assunto e passamos os quinze minutos seguintes comendo sem dizer uma palavra.

Depois do almoço, andamos pelo caminho de sirga do riacho Castle Mill. Flocos de neve cobriam a margem, como se desafiassem o inverno a se esforçar mais.

– Tenho uma palavra para você – disse Gareth. – Ela já existe, mas o Dicionário não registra seu emprego neste sentido. Achei que deveria fazer parte da sua coleção.

Ele tirou uma ficha do bolso, um quadrado de papel muito branco que reconheci ter sido cortado de uma das folhas enormes usadas nas máquinas. Gareth leu o que estava escrito em silêncio, e fiquei me perguntando se ele queria mudar de ideia e ficar com a ficha.

Quando chegamos ao próximo banco, sentamos.

– Eu compus esta palavra já faz um tempo. – Ele continuou segurando a ficha. – Significa tantas coisas, mas o modo como esta mulher a empregou me fez pensar que alguma coisa poderia estar faltando no Dicionário.

– Quem era a mulher?

Mas eu já sabia antes mesmo de ele responder.

– Uma mãe.

– E a palavra?

– "Perda."

Os jornais estavam cheios dessa palavra. Desde que a guerra tivera início, poderíamos fazer um volume inteiro só com citações contendo "perda". A lista de mortos do *Times of London* as contabilizava, e a Batalha de Ypres tomara conta das páginas. Entre os mortos, estavam homens de Oxford. Homens da Gráfica. Garotos de Jericho que Gareth conhecia desde que eram crianças. "Perda" era uma palavra útil e terrível em seu escopo.

– Posso ver?

Gareth olhou para a ficha mais uma vez e então me entregou.

PERDA

"'Lamento pela sua perda', dizem. E eu quero saber o que essas pessoas querem dizer com isso, porque não foram só meus filhos que eu perdi. Eu perdi minha maternidade, minha chance de ser avó. Perdi a conversa espontânea com os vizinhos e o conforto da família na minha velhice. Todos os dias, acordo e encontro uma perda nova,

*da qual ainda não havia me dado conta, e sei que logo vou perder
o juízo."*
Vivienne Blackman, 1915

Gareth pousou a mão em meu ombro. Foi reconfortante. Senti quando a apertou de leve, a carícia do seu dedão. Algo além da amizade que eu não podia desencorajar. Mas ele não fazia ideia.

"Perdi minha maternidade." Essas palavras forçaram uma lembrança a vir à tona: olhos bondosos em um rosto sardento, uma âncora durante um período de dor. Sarah, mãe de minha filha. Mãe d'Ela. Tentei lembrar algo a respeito d'Ela, mas o cheiro d'Ela só se fazia sentir como palavras que, um dia, eu havia escrito e guardado no baú. Quando fechava os olhos, não via nenhum detalhe do rosto d'Ela, mas lembrava de ter escrito que a pele d'Ela era "translúcida". Os cílios d'Ela eram "quase invisíveis". Aquela mulher, Vivienne Blackman, sabia algo a meu respeito. E era algo que Gareth não poderia sequer imaginar.

– Quem é ela? – perguntei.

– Os três filhos dela trabalhavam na Gráfica. Todos se alistaram em agosto, no 2nd Ox e Bucks, um dos regimentos de infantaria leve. E dois eram *mesmo* apenas garotos: jovens demais para ter bom senso. Só que o bom senso pode transformar homens mais velhos em covardes. – Ele percebeu que suas palavras se refletiram em minha expressão e foi logo completando: – O Sr. Hart não anda bem, foi o que ela me disse.

– Ela tem outros filhos?

Gareth sacudiu a cabeça. Não dissemos mais nada.

~

"Vou rezar para que seus filhos voltem sãos e salvos.
Da sua grande amiga, Lizzie"

Entreguei as páginas que eu havia transcrito para Lizzie. Ela as dobrou com cuidado, as colocou dentro de um envelope e, então, comeu o quarto biscoito.

– Tommy vai se sentir tão solitário sem os irmãos – disse ela.

– Você acha que ele vai se alistar?

– Se fizer isso, vai partir o coração de Natasha.

– Lizzie, você gostaria de poder contar seus maiores segredos para Natasha sem precisar de mim para escrevê-los?

– Eu não tenho grandes segredos, Essymay.

– Se tivesse, iria querer que ela soubesse, ainda que isso pudesse mudar a opinião dela a seu respeito?

Lizzie levou a mão ao crucifixo e ficou olhando para a mesa. Sempre atribuía a Deus qualquer conselho que me dava. Já fazia tempo que eu havia parado de acreditar que ele tinha algo a ver com isso.

Ela ergueu a cabeça e falou:

– Acho que eu poderia querer que ela soubesse, se fosse algo importante para mim ou algo que explicasse quem sou, de alguma maneira.

Sua resposta revirou meu estômago.

– Mas teria importância se você guardasse segredo?

Lizzie levantou e pôs mais água quente no bule.

– Acho que ele não vai julgar você – respondeu.

Eu me virei bem rápido, mas ela estava de costas para mim. Não tive como interpretar sua expressão. Lizzie poderia estar falando de Deus ou poderia estar falando de Gareth. Torci para que estivesse falando de ambos.

A noite clara trouxe um dia de céu azul e geada reluzente. Mas a manhã fria não durou muito, e senti meu casaco ficar pesado enquanto pedalava até a Gráfica, levando as provas corrigidas pelo Dr. Murray.

A porta da sala do Sr. Hart estava entreaberta. Bati, mas ninguém respondeu. Dei uma espiada e vi que ele estava sentado à mesa, com a cabeça entre as mãos. *Mais uma mãe*, pensei. Saíra um pequeno artigo no *Oxford Times* sobre a quantidade de homens da Gráfica que havia se alistado, a quantidade que havia morrido. A perda de tantos funcionários atrasaria a publicação de alguns livros importantes, dizia o artigo. Incluindo A *Inglaterra de Shakespeare*.

Não acreditei que o Controlador estivesse de cabeça baixa por causa de A *Inglaterra de Shakespeare* e, de repente, o artigo me pareceu insensível. Publicar o título de um livro, mas não o nome de um único homem. Eu me afastei da porta e bati com mais força. Desta vez, o Sr. Hart olhou, meio confuso, meio amedrontado. Entreguei-lhe as provas corrigidas.

Em seguida, fui procurar Gareth, mas ele não estava em sua sala. Eu o encontrei na sala de composição, debruçado sobre a antiga bancada.

– Não consegue ficar longe daqui? – perguntei.

Gareth tirou os olhos dos tipos. Seu sorriso não me convenceu.

– Tem bancadas vazias demais – disse. – A sala de impressão está na mesma situação. Só a encadernação está com força total agora, apesar de algumas das mulheres terem se alistado no Destacamento de Ajuda Voluntária.

Ele limpou as mãos no avental.

– Talvez o Sr. Hart deva considerar contratar mulheres como impressoras e compositoras.

– Essa hipótese foi levantada, mas não é muito popular. Inevitável, contudo, acho eu.

– O Sr. Hart está péssimo.

Gareth tirou o avental e fomos juntos até o local da sala em que outros aventais idênticos ficavam pendurados, em ganchos individuais.

– Acho que está entrando em uma das suas depressões – contou. – É compreensível. A Gráfica é como um vilarejo: todo mundo é parente de alguém, e cada morte é sentida por todos.

Atravessamos o quadrângulo, e foi a primeira vez que me dei conta do quanto estava silencioso. Em vez de irmos em direção a Jericho, levei Gareth pela Great Clarendon Street.

– Não está tão frio – falei. – Pensei que poderíamos fazer um passeio pelas margens do riacho Castle Mill. Trouxe sanduíches.

Não consegui pensar em nada ameno para dizer enquanto caminhávamos, mas Gareth não percebeu. Viramos na Canal Street e passamos pela Igreja de São Barnabé. Foi só quando chegamos ao caminho de sirga que ele perguntou se estava tudo bem. Tentei sorrir, mas não consegui.

– Você está me deixando nervoso.

Escolhi um lugar silencioso banhado pelo sol fraco. Gareth tirou o casaco e o estendeu no chão, e eu coloquei o meu ao lado do dele. Sentamos um pouco perto demais, já que eu previa um certo desdém. Tirei os sanduíches de minha pasta e dei um para ele.

– Fala – disse Gareth.

– Falar o quê?

– O que está passando pela sua cabeça.

Tentei interpretar sua expressão. Não queria que nada mudasse o modo como Gareth me via, mas também queria que ele me compreendesse completamente. Minha cabeça girava, cheia de imagens e emoções, e não consegui lembrar uma única palavra do que havia ensaiado. Eu me sentia sem ar. Fiquei de pé. Caminhei pela margem do riacho, engolindo ar, mas mesmo assim não consegui respirar. Gareth me chamou, mas o zumbido em meus ouvidos fez sua voz parecer distante.

Eu estava prestes a lhe contar a respeito d'Ela, sabia disso. Mas talvez não fosse perdoada. Tive vontade de vomitar, mas voltei.

Sentamos um de frente para o outro. Cada um em cima do próprio casaco, Gareth de cabeça baixa, perplexo e calado. Eu lhe contei tudo. Eu lhe disse palavras das quais tinha medo – "virgem", "grávida", "confinamento", "parto", "bebê", "adotada" – e fiquei mais calma. O enjoo havia passado.

Fiquei observando Gareth, que parecia alheio a tudo. Eu poderia até tê-lo perdido, mas a perda d'Ela era certa. Gareth poderia até ficar decepcionado comigo, mas eu estava decepcionada comigo mesma.

Levantei e comecei a me afastar. Quando olhei para trás, ele ainda estava sentado no mesmo lugar, passando a mão no casaco que eu havia deixado ali.

Caminhando pela Canal Street, descobri que as portas da São Barnabé estavam abertas. Sentei na capela matutina. Não sei por quanto tempo fiquei ali até Gareth me encontrar e colocar o casaco sobre meus ombros. Ele se sentou ao meu lado. Algum tempo depois, pegou no meu braço, e permiti que me levasse de volta para o sol do inverno.

Voltamos para a Gráfica, peguei minha bicicleta e insisti que poderia voltar pedalando sozinha para o Scriptorium.

Gareth olhou para mim – sem desdém, mas havia certa tristeza em seu olhar.

– Isso não muda nada – declarou.

– Como pode não mudar?

– Não sei. Simplesmente não muda.

– Mas pode mudar, com o tempo.

Ele sacudiu a cabeça e prosseguiu:

– Eu não acho. A guerra tornou o presente mais importante do que o passado e muito mais certo do que o futuro. Só posso contar com o que estou sentindo agora. Depois de tudo o que você me disse, acho que te amo ainda mais.

Poucas palavras têm tantas acepções quanto "amor". Senti essa palavra reverberar no fundo de meu peito e sabia que significava algo diferente de qualquer outra versão que eu já ouvira ou pronunciara. Mas a tristeza na expressão de Gareth permaneceu. Ele pegou minha mão e beijou as cicatrizes. Em seguida, deu as costas e foi para a Gráfica.

Quando despertei, na manhã seguinte, a casa estava gélida. Eu mal conseguia tirar meu corpo da cama. As palavras de Gareth deveriam ter sido um alívio, mas foram temperadas por sua tristeza. Ele estava escondendo algo de mim, assim como eu escondera dele. Tremi e desejei que Lizzie estivesse ali.

Troquei rápido de roupa e fui andando, na quase escuridão, até Sunnyside.

Lizzie estava com espuma até os cotovelos quando entrei na cozinha. A bancada estava lotada com coisas do café da manhã: xícaras e tigelas sujas, pratos com migalhas de torrada.

– O fogão está tinindo – disse ela. – Vai se aquecer enquanto termino de lavar a louça.

– Onde está a moça que costuma vir pela manhã? – perguntei.

Várias mulheres já haviam trabalhado ali, e o nome da atual me escapou.

– Foi embora. Pelo menos a guerra tem sido boa para algumas pessoas: as fábricas pagam mais do que a família Murray poderia pagar.

Tirei o casaco e peguei um pano de prato.

– Existe alguma chance de a Sra. Ballard voltar da aposentadoria?

– Ela tem dificuldade até para levantar da cadeira ultimamente.

Cortei uma fatia grossa de pão e passei geleia nela.

– Fiz um pão a mais. Leva para casa quando for embora, à noite.

– Você não precisa mesmo fazer isso – respondi, lambendo os dedos sujos de geleia.

– Você fica no Scrippy do sol raiar até o sol se pôr e não tem empregada. Eu realmente não sei por que você demitiu a sua. Alguém precisa cuidar de você.

Quando aqueci até os ossos e fiquei de barriga cheia, atravessei o jardim e fui até o Scriptorium. Fiquei feliz por encontrá-lo vazio. Ninguém chegaria, pelo menos, na próxima hora.

Eu mal mudara desde que me escondia debaixo da mesa de triagem. E, por um instante, consegui imaginar meu mundo com papai e sem guerra. Passei os dedos nas prateleiras: era uma maneira de lembrar.

Sentei à minha mesa e fiquei prestando atenção aos ruídos. Um sussurro passava pelo buraco na parede, e levantei a mão para sentir a lufada de ar frio. O ar estava gelado, quase doeu, e pensei naqueles povos nativos que marcam a pele em momentos da vida que os definem. Poderiam inscrever palavras em mim. Mas quais seriam?

Ouvi algo tilintar, batendo na parede do Scriptorium, e o sussurro parou. Tirei a mão do buraco e espiei por ele. Era Gareth. Ele encostou a bicicleta e endireitou a postura, olhou dentro da pasta e a fechou com cuidado. Eu já o havia espiado centenas de vezes e passei a adorar o modo como trazia e levava palavras, como se fossem frágeis e preciosas.

Mas eu estava nervosa. Olhei no espelho. Alguns cachos haviam se soltado de meu coque, e os prendi. Belisquei as bochechas e mordi os lábios. Sentei com as costas dolorosamente retas, esperando Gareth entrar pela porta do Scriptorium. Eu estava com medo do que ele iria dizer.

Gareth não entrou. Eu me debrucei sobre o trabalho e deixei os cachos caírem.

Passaram-se quinze minutos até eu ouvir a porta do Scriptorium se abrir.

– Por acaso o Dr. Murray sabe que você acordou com as galinhas e já está aqui? – perguntou ele.

– Gosto da solidão – respondi, examinando seu rosto em busca de uma pista do que passava em seus pensamentos. – Mas fico feliz com a interrupção. Ouvi você chegar: por que demorou tanto?

– Achei que encontraria você na cozinha, com Lizzie. Não pude recusar o chá que ela me ofereceu.

– Ela gosta de você.

– Eu gosto dela.

Olhei para a pasta de Gareth, apoiada em sua mão.

– É um pouco cedo para entregar provas.

Gareth não respondeu de imediato. Ficou olhando para mim como se estivesse se lembrando de minha confissão. Baixei a cabeça.

– Não tenho provas. Só um convite para fazer um piquenique na hora do almoço. Vai fazer um dia bonito de novo.

Só consegui balançar a cabeça.

– Volto ao meio-dia, então.

Ele sorriu.

– Tudo bem – falei.

Quando Gareth foi embora, respirei fundo, tremendo, e encostei a cabeça na parede. A luz que vinha do buraco bateu nas cicatrizes antigas de minha mão. Gareth foi para a parte de trás do Scriptorium pegar a bicicleta, e a luz diminuiu, depois voltou a brilhar. Diminuiu de novo. *Código Morse*, pensei, mas não era capaz de decodificá-lo. Senti o peso de seu corpo quando ele encostou na parede de metal, ouvi o zumbido do ferro atravessar meu crânio. Será que Gareth sabia o quanto estava perto de mim? Ele ficou ali por um bom tempo.

Pouco antes do meio-dia, eu já estava sentada à mesa da cozinha com Lizzie.

– Deixa eu ajeitar esse seu cabelo – disse ela.

– Não adianta. Ele sempre dá um jeito de se soltar.

– Quando *você* prende, dá mesmo.

Lizzie ficou de pé atrás de mim e recolocou os grampos. Quando terminou, sacudi bem a cabeça. Os cachos continuaram em seu devido lugar.

Pela janela da cozinha, vimos Gareth. Ele atravessava o jardim rápido, vindo em nossa direção, com a pasta pendurada no ombro, uma cesta de piquenique na mão. Lizzie levantou de supetão para abrir a porta e convidá-lo a entrar.

Gareth cumprimentou Lizzie balançando a cabeça e dando um grande sorriso.

– Lizzie...

– Gareth – respondeu ela.

Seu sorriso era um reflexo do dele.

Havia frases inteiras por trás desse cumprimento que eu não conseguia entender. Gareth colocou a cesta de piquenique em cima da mesa da cozinha, e Lizzie se abaixou para pegar um *flan* que estava aquecendo no forno. Colocou no fundo da cesta e o cobriu com um pano. Então encheu uma garrafinha de chá e entregou para Gareth, com uma jarrinha de leite.

– Você trouxe um cobertor? – perguntou ela.

– Trouxe, sim.

Lizzie tirou seu xale de lã das costas da cadeira.

– Pode até estar quente para dezembro, mas você vai precisar pôr isso por cima do seu casaco – disse ela, me entregando o xale.

Eu aceitei, achando graça do prazer que aquele piquenique proporcionava a Lizzie.

– Quer vir conosco? – convidei.

Ela riu.

– Ah, não. Tenho muito o que fazer.

Gareth pegou a cesta de cima da mesa.

– Vamos?

Eu lhe dei a mão, e ele me levou da cozinha.

Fomos andando até o riacho Castle Mill e continuamos pelo caminho de sirga até a ponte Walton.

– É difícil de acreditar que o inverno chegou – comentou Gareth, enquanto estendia o cobertor e colocava o *flan* bem no meio. Saiu vapor do doce.

Ele alisou o lugar onde queria que eu sentasse, tirou a garrafinha do cesto e serviu o chá em uma caneca. Colocou a quantidade exata de leite e um torrão de açúcar. Fechei as mãos em torno da caneca e fui bebericando. Estava exatamente do jeito que eu gostava. Não dissemos nada.

Gareth terminou de tomar seu chá e se serviu de mais. Sua mão foi, inconscientemente, até a pasta, que estava do seu lado. Então sua caneca ficou vazia, e ele demorou para colocá-la de volta na cesta, como se fosse de cristal, e não de metal. Suas mãos tremiam, bem de leve.

Depois de guardar a caneca na cesta, respirou fundo e se virou para mim. Um sorriso se esboçava em seu rosto. Sem desviar o olhar, ele pegou minha caneca e a colocou em cima da grama, com bem menos cuidado. E então segurou minhas mãos.

Gareth beijou meus dedos, e o calor da sua respiração me deixou arrepiada. Meu corpo inteiro queria se encostar no dele, mas minha mente se contentou com olhar para os traços de seu rosto, memorizar cada ruga em sua testa, suas sobrancelhas castanho-escuras e seus cílios compridos, seus olhos azuis como o céu do crepúsculo durante o verão. Seu cabelo era grisalho nas têmporas, e eu ansiava para que o cinza se espalhasse, ao longo dos anos, por sua cabeleira castanho-escura.

Não sei por quanto tempo ficamos sentados ali, assim, mas eu sentia seus olhos percorrendo meu rosto, assim como os meus percorriam o dele. Nada nos escondia, nenhum gesto de educação pairava no ar. Estávamos nus.

Quando nossos olhares finalmente se cruzaram, foi como se tivéssemos feito uma viagem juntos e voltado para casa mais íntimos. Gareth me soltou e pegou a pasta. Um tremor súbito fez seus dedos terem dificuldade de abrir as fivelas. Eu até podia não saber ao certo antes. Mas, naquele momento, tive certeza do que estava guardado dentro dela.

Só que não era o que eu esperava.

Ele tirou um pacote da pasta. Feito em papel pardo e amarrado com barbante: o embrulho característico da Gráfica. Tinha as dimensões de uma resma de papel, mas era mais fino.

– Para você – disse, me entregando o pacote.

– Não são provas, com certeza.

– Não são provas, mas é uma prova, de certo modo.

Soltei o laço, e o papel grosso caiu.

Era um lindo objeto, com encadernação de couro e letras douradas. Devia ter custado um mês do salário de Gareth. *Palavras de mulheres e seus significados* estava gravado no couro verde, com a mesma fonte usada nos volumes do Dicionário. Abri na primeira página, que repetia o título. Abaixo, "editado por Esme Nicoll".

Era um livro fino, e a fonte, maior do que a utilizada no Dicionário do Dr. Murray: cada página tinha duas colunas de texto, e não três. Abri na letra B e deixei meu dedo acompanhar o traçado conhecido das palavras. Cada uma representava a voz de uma mulher: algumas eram suaves e refinadas; outras, como a de Mabel, roucas, cobertas de fleuma. E então cheguei nela, uma das primeiras palavras que escrevi em uma ficha. Vê-la impressa me deixou eufórica. O versinho vibrou em meus lábios.

Será que era mais obsceno dizer aquela palavra, escrevê-la ou imprimi-la? Pronunciada, poderia ser confundida com a brisa ou abafada pelas conversas; poderia ser mal-entendida ou ignorada. Ali, na página, era algo real. Fora pega, letra por letra, e presa em uma tábua, suas letras se espalhavam de um modo específico, para que qualquer um que a visse soubesse o que era.

– O que você não deve ter pensado de mim!

– Fiquei feliz por, finalmente, saber o que queria dizer – falou Gareth, com a expressão séria se transformando em um sorriso.

Continuei virando as páginas.

– Levou um ano, Es. E, a cada dia que eu segurava uma ficha com a sua letra, fui lhe conhecendo melhor. Eu me apaixonei por você, palavra por palavra. Eu sempre amei a forma e a sensação delas, as combinações infinitas. Mas você me mostrou suas limitações e seu potencial.

– Mas como?

– Poucas fichas por vez. E sempre tomei o cuidado de colocá-las de volta exatamente onde as havia encontrado. Metade da Gráfica acabou participando, mais para o fim. Eu queria que tivesse um dedo meu em todas as partes do processo, não apenas na composição. Escolhi o papel e fiz a impressão. Cortei as páginas, e as mulheres da encadernação fizeram de tudo para me ensinar a costurá-las.

– Aposto que sim.

Eu sorri.

– Fred Sweatman era meu vigia no Scrippy, mas nada disso seria possível sem Lizzie. Ela sabe de todos os seus movimentos e de todos os seus esconderijos. Não fique brava com ela por tê-los revelado.

Pensei na caixa de sapatos dentro de minha mesa e no baú debaixo da cama de Lizzie. Meu *Dicionário das palavras perdidas*. Lizzie era sua guardiã, me dei conta. E ela queria que as palavras fossem encontradas.

– Eu jamais seria capaz de ficar brava com Lizzie.

Gareth segurou minhas mãos de novo. O tremor dele havia passado.

– Tive que escolher – falou. – Entre um anel e as palavras.

Olhei para meu dicionário, passei o dedo no título e ouvi as palavras pronunciadas por minha voz. Imaginei um anel no meu dedo e fiquei feliz com sua ausência. Fiquei me perguntando como era possível sentir tanto. Eu não tinha capacidade para sentir mais.

Não trocamos mais nenhuma palavra. Gareth não perguntou, e eu não respondi, mas senti aqueles momentos como sentiria o ritmo de um poema. Eram o prefácio de tudo o que estava por vir, e eu já estava tramando o futuro. Segurei seu rosto, tive uma sensação diferente na pele de cada mão e o trouxe mais para perto. Senti seus lábios mornos, o gosto do chá em sua língua ainda era agradável. Sua mão nas minhas costas não pediram nada, mas eu me aninhei em Gareth, queria que ele sentisse o formato de meu corpo. O *flan* esfriou e permaneceu intocado.

—

— Quando vai ser, então? – perguntou Lizzie, quando entrei na cozinha. Nós duas olhamos para minha mão, sem nenhum anel, como sempre fora.

— Por acaso existe alguma coisa que você não saiba, Lizzie Lester?

— Muita coisa, mas sei que ele te ama e que você o ama, e pensei que veria um anel nesse seu dedo quando voltasse do piquenique.

Tirei aquele livro fino de minha pasta e o coloquei em cima da mesa da cozinha, na frente dela.

— Gareth me deu uma coisa muito mais preciosa do que um anel.

Sorrindo, Lizzie limpou as mãos no avental e verificou se estavam limpas antes de encostar na capa de couro.

— Eu sabia que as palavras iam te conquistar, ainda mais assim, todas encadernadas e lindas. Eu falei isso quando Gareth me mostrou. E aí ele me mostrou o meu próprio nome impresso e me fez uma xícara de chá enquanto eu choramingava. – As lágrimas rolaram de novo, e Lizzie secou-as rapidamente. – Mas Gareth não me contou que não tinha anel nenhum.

Ela empurrou o livro em minha direção. Eu o embrulhei no papel pardo e amarrei o barbante.

— Posso ir lá em cima rapidinho, Lizzie?

— Não me diga que você vai esconder o livro!

— Não para sempre. Mas ainda não estou disposta a compartilhá-lo.

— Você é engraçada, Essymay.

Se Gareth coubesse, eu o teria trancado dentro de meu baú e escondido a chave. Mas era tarde demais para isso. O Sr. Hart e o Dr. Murray havia meses escreviam cartas pedindo que ele fosse aceito no treinamento de oficiais.

MAIO DE 1915

O treinamento de oficiais terminou no dia 4 de maio. Íamos nos casar no dia 5, uma quarta-feira. O Dr. Murray concedeu a todos no Scriptorium duas horas pagas, para as pessoas terem a oportunidade de nos felicitar.

Dormi no quarto de Lizzie na noite anterior e, pela manhã, ela me ajudou a colocar um vestido simples, cor de creme, com uma saia dupla e uma gola alta de renda. Lizzie bordara folhinhas em volta dos punhos e da bainha e colocara missangas minúsculas aqui e ali, "para, quando o sol brilhar e bater em você, ficar parecendo o orvalho da manhã".

O Dr. Murray não estava bem, mas se ofereceu para me acompanhar até a Igreja de São Barnabé de táxi. Na última hora, recusei. O sol estava *mesmo* brilhando, e eu sabia que Gareth iria caminhando, partindo da Gráfica, com o Sr. Hart e o Sr. Sweatman. Eu não vi Gareth durante os três meses em que ele ficou no treinamento de oficiais e gostei da ideia de encontrá-lo por acaso, quando nossos caminhos convergissem na Canal Street.

A Sra. Murray tirou três fotografias minhas, apressada, debaixo do freixo, uma com o Dr. Murray, uma com Ditte e outra com Elsie e Rosfrith. Quando ela foi guardar a câmera, perguntei se poderia tirar mais uma.

Lizzie estava parada perto da porta da cozinha, toda sem jeito, de vestido novo. Fiz sinal para que se aproximasse. Ela sacudiu a cabeça.

– Lizzie! – gritei. – Você precisa vir aqui. É o dia de meu casamento.

Ela veio, com a cabeça levemente baixa, para não ver todos os olhares que se voltaram na sua direção. Ficou do meu lado, e vi o prendedor de chapéu de sua mãe, brilhando contra o verde opaco de seu chapéu de feltro.

– Vire um pouquinho para cá, Lizzie – falei. Queria que a câmera capturasse o alfinete. Queria lhe dar a fotografia de presente.

Gareth usou o uniforme de oficial no casamento. Estava mais alto do que eu lembrava que ele era, e fiquei me perguntando se era uma ilusão ou se eram os benefícios de ter sido dispensado do trabalho de compositor. Estava bonito, e eu, mais linda do que nunca. Essas foram nossas primeiras impressões quando nos aproximamos da Igreja de São Barnabé, cada um vindo de um lado da rua.

Lá dentro, fiquei com Gareth diante do vigário. O Sr. Hart ficou à esquerda de Gareth; Ditte, à minha direita. Quatro fileiras de bancos estavam ocupadas por funcionários do Dicionário e da Gráfica. Sentados, na frente, estavam o Dr. e a Sra. Murray, o Sr. Sweatman, Beth e Lizzie. Poderia ter mais gente, mas os amigos mais próximos de Gareth, funcionários da Gráfica, estavam na França, e Tilda havia entrado para o Destacamento de Ajuda Voluntária. Sua superiora no Hospital de São Bartolomeu, em Londres, não lhe deu folga para comparecer ao casamento.

Não tenho lembrança do que foi dito. Não me lembro do rosto do vigário. Devo ter passado muito tempo olhando para o buquê que Lizzie fez para mim, porque suas delicadas flores brancas e seu perfume forte ficaram comigo. Lírios-do-vale. Quando Ditte foi pegar o buquê para Gareth conseguir colocar a aliança em meu dedo, eu me recusei a soltá-lo.

Saímos da igreja e fomos atingidos por uma enxurrada de arroz, jogado por um pequeno grupo de mulheres do setor de encadernação da Gráfica. Em seguida, vi o coral de impressores e tipógrafos, todos de avental. Eu e Gareth ficamos parados, encantados, de braço dado enquanto cantavam o sucesso romântico "By the Light of the Silvery Moon".

Rosfrith tirou uma fotografia. Por um instante terrível, imaginei nós dois congelados em cima de uma lareira. Gareth, sem envelhecer. Eu, velha e enrolada em xales, sentada sozinha diante do fogo.

Andamos em procissão pelas ruas de Jericho. Quando chegamos à Walton Street, as encadernadoras e o coral de impressores voltaram para a Gráfica, e alguns integrantes das equipes do Sr. Bradley e do Sr.

Craigie foram caminhando de volta para o Old Ashmolean. Nós e os demais continuamos até Sunnyside, onde comemos sanduíches e bolo, debaixo do freixo. O que me lembrou todos os chás da tarde que tivemos ao longo dos anos, para comemorar o fim de uma letra ou a publicação de um volume. Quando a Sra. Murray foi ajudar o Dr. Murray a entrar em casa, interpretamos como um sinal de que as duas horas concedidas a todos haviam chegado ao fim. O Sr. Bradley e Eleanor voltaram para o Old Ashmolean; o Sr. Hart levou todos os demais de volta à Gráfica. Ditte e Beth acompanharam a Sra. Ballard até a cozinha. Rosfrith e Elsie insistiram em ajudar Lizzie com a limpeza. Entre os homens do Scriptorium, o Sr. Sweatman foi o último a voltar ao trabalho. Apertou a mão de Gareth e beijou a minha.

— Seu pai estaria tão orgulhoso e feliz — disse. E eu o olhei nos olhos, sabendo que a lembrança de papai ficava mais forte quando era compartilhada.

Ficamos parados diante da porta da casa de papai. Minha casa. Como se esperássemos que alguém abrisse. Houve certa confusão a respeito de quem deveria abri-la.

— A casa agora é nossa, Gareth.

Ele sorriu.

— Pode até ser, mas eu não tenho a chave.

— Ah, claro. — Eu me abaixei e tirei a chave guardada debaixo de um vaso. E a ofereci para ele. — Agora tem.

Gareth olhou para a chave.

— Bom, acho que você não deveria entregá-la com tanta facilidade. Não é um dote.

Antes que eu pudesse responder, ele se abaixou e me pegou no colo.

— Certo. Você abre a porta, e passamos pela soleira juntos. Mas seja rápida, Es. Se não for incômodo.

A casa estava repleta de lírios-do-vale, e cada cômodo, impecável. O fogão aquecia a cozinha naquela noite gelada, e nosso jantar cozinhava lentamente.

— É muita sorte a sua ter Lizzie, sabia? — comentou Gareth, colocando-me no chão.

– Sabia. E também sei que é muita sorte a minha ter você.

Sem discutir, peguei Gareth pela mão e o levei para o andar de cima.

Abri a porta do quarto que fora de papai. Havia uma colcha nova sobre a cama, feita à mão, cheia de detalhes feitos com os delicados pontos de Lizzie. Eu nunca havia dormido ali e fiquei feliz por isso. Seria nossa cama de núpcias.

Não tivemos vergonha de nossos corpos, mas protegemos o que sabíamos e o que não sabíamos. Quando uma lembrança de Bill surgiu do nada, fiquei horrorizada. Lembrei-me dele passando o dedo na repartição do meu cabelo e descendo pelo meu rosto, por todo meu corpo, fazendo paradas pelo caminho. "Nariz", ele havia sussurrado em meu ouvido. "Lábios, pescoço, peito, umbigo..."

Eu tremi, e Gareth se afastou um pouco. Peguei sua mão e a beijei. Em seguida, guiei seus dedos pelo meu corpo, descendo, fazendo paradas pelo caminho.

– Monte de Vênus – falei, quando chegamos ao emaranhado de pelos sedosos.

Gareth ficaria alocado no regimento 2nd Ox and Bucks, mas lhe deram um mês de folga antes que tivesse de se apresentar à Caserna Cowley, em Oxford. Apesar de o Dr. Murray raramente me poupar, concordou que eu fizesse turnos menores durante esse período. À tarde, eu ia andando do Scriptorium até a Gráfica, onde encontrava Gareth mostrando como segurar um rifle para homens que eram jovens demais, velhos demais ou enxergavam mal demais. A Gráfica estava treinando uma guarda de defesa local, voluntária. Eu o observava, como antes costumava observar. Ele estava mostrando como segurar um rifle para um menino que não devia ter mais de 15 anos. Colocou a mão esquerda do garoto sob o cano e posicionou a outra mão em volta da coronha, então empurrou o dedo indicador do jovem para trás, para que apenas a ponta ficasse parada em cima do gatilho. Gareth estava concentrado, como se selecionasse tipos para posicionar em seu componedor e formar uma palavra. Percebi que ele foi para trás, avaliando a postura do menino. Deu uma instrução, e o garoto tirou o rifle do ombro e o trouxe para perto do peito.

Quando o garoto fingiu atirar, como se estivesse brincando de caubói, Gareth abaixou o cano, apontando-o para o chão, e falou com ele. Não consegui ouvir o que disse, mas vi algo na expressão do garoto que me lembrou o que Lizzie havia me dito ao saber que Gareth estava prestes a se tornar oficial.

– O exército pode se virar com um homem adulto liderando moleques. Sotaques refinados, pelo jeito, não se enquadram nesse serviço, de acordo com o que eu ouvi.

Ela tinha razão. Gareth tinha autoridade de líder. Eu já presenciara isso, quando ele falava com os compositores mais novos, e na sala de impressão também. Tentei imaginar a mesma coisa acontecendo na França, mas não consegui.

Andamos à margem do riacho Castle Mill. Gareth estava de uniforme e, apesar de reclamar que a roupa era nova demais, todos por quem passamos o cumprimentavam, balançando a cabeça, sorrindo ou com um aperto vigoroso de mão. Uma única pessoa desviou o olhar quando nos aproximamos: um rapaz, com roupas obviamente civis.

Parei de querer que Gareth jamais tivesse se alistado, mas não consegui parar de pensar que ele estava se dirigindo à morte certa. Como esse pensamento não me deixava dormir, eu ficava observando-o dormir. Esse mesmo pensamento me fazia tocar nele sem necessidade, em momentos estranhos. Eu queria saber o que Gareth pensava a respeito de tudo e o fatigava com perguntas sobre o bem e o mal; se nós, ingleses, éramos o amigo, e os alemães, o inimigo. Eu estava tentando revelar mais camadas, para que restasse mais de Gareth comigo, caso ele morresse.

Gareth foi convocado depois da Batalha de Festubert. A lista "*In Memoriam*" do *Times of London* incluiu quatrocentos homens do regimento Ox and Bucks. Estávamos casados havia menos de um mês.

– Não estão me mandando para a França, Es.

– Mas vão mandar.

– Provavelmente. Só que, como tem uma centena de novos recrutas que precisam ser treinados antes de serem mandados para qualquer lugar, ficarei na Caserna Cowley por um bom tempo. Estarei perto ao ponto de poder pegar um daqueles ônibus novos que vêm para Oxford. Posso lhe encontrar para almoçar. E, nos dias de folga, posso vir para casa.

– Mas eu me acostumei com seu purê de batatas encaroçado. E acho que posso ter me esquecido de como se lava louça – falei, tentando manter um tom ameno. Mas eu já havia passado muitas noites sozinha nos últimos anos e sabia o quanto me sentiria só. – O que eu vou fazer da vida?

– Os hospitais estão pedindo voluntárias – comentou ele, feliz porque achou ter encontrado uma solução. – Nem todos os rapazes internados são daqui, e alguns nunca recebem visita.

Balancei a cabeça, mas aquilo não era solução.

❧

Quando Gareth foi para a Caserna Cowley, deixou para trás pedacinhos de si mesmo. Suas roupas de civil ficaram penduradas em nosso guarda-roupa, prontas para serem vestidas a qualquer momento. Um pente, com fios de cabelo ainda entre os dentes – alguns negros e outros brancos e duros –, ficou na pia do banheiro. Na cabeceira da cama, uma antologia de poemas de Rupert Brooke estava aberta, virada para baixo, a lombada dobrada no meio. Peguei o livro para ver qual poema Gareth estava lendo. "Os Mortos." Coloquei-o de volta no lugar.

❧

Eu me refugiei no Scriptorium. Ficava me perguntando quanto faltava para as fichas começarem a fazer menção àquela guerra.

Ditte me enviou *Por trás do front*, de Phyllis Campbell. Eu deixei o livro dentro de minha mesa e lia quando todos já haviam ido embora. A guerra da autora era tão diferente da guerra dos jornais.

"É o contexto", papai sempre dizia, "que dá o significado."

Phyllis escreveu que soldados alemães empalaram os bebês das mulheres belgas, depois as estupraram e cortaram seus seios.

Pensei em todos os eruditos alemães que o Dr. Murray havia consultado a respeito da etimologia germânica de tantas palavras do inglês. Estavam em silêncio desde o início da guerra. Ou foram silenciados. Será que esses delicados homens da língua seriam capazes de fazer tais coisas? E, se um alemão era capaz de cometer tais atos, por que não um francês ou um inglês?

Phyllis Campbell, e mulheres como ela, cuidaram dessas mulheres belgas – das que ainda estavam vivas. Chegavam na traseira de caminhões, com trapos amarrados em volta do peito para absorver sangue, e não leite, com os bebês mortos aos seus pés.

Minhas mãos tremiam quando eu transcrevia frases em fichas e mais fichas, identificando cada uma com a palavra "guerra". Essas fichas adicionaram algo de pavoroso às fichas já classificadas que esperavam ser transformadas em verbetes. Quando terminei, estava exausta. Levantei e procurei o escaninho certo na estante. Tirei as fichas que já estavam lá e as folheei. As fichas que eu acabara de escrever trariam algo novo, algo terrível, ao significado de "guerra". Mas não consegui colocá-las lá. Devolvi as fichas originais para o escaninho de onde as havia tirado, depois fui até a lareira. Atirei as frases de Phyllis Campbell e fiquei observando enquanto se tornavam sombras de si mesmas.

Lembrei-me de "Amarílis". Naquela ocasião, achei que, se salvasse a palavra, algo de minha mãe seria lembrado. Não cabia a mim apagar o que "guerra" significava para Phyllis Campbell, o que a palavra representava para aquelas mulheres belgas. Em meio à propaganda ideológica da glória e às experiências dos homens nas trincheiras e com a morte, algo do que havia acontecido com as mulheres precisava ser conhecido. Voltei para minha mesa, abri *Por trás do front* e comecei de novo. Mais uma vez, obriguei cada frase terrível a sair de minha caneta trêmula.

Se a guerra é capaz de mudar a natureza dos homens, certamente é capaz de mudar a natureza das palavras, pensei. Mas tanto na língua inglesa já fora composto e impresso. Estávamos perto do fim.

– Acabará entrando nos últimos volumes, creio eu – o Sr. Sweatman havia dito quando conversamos a esse respeito. – Os poetas garantirão que isso ocorra. Eles levam jeito para relativizar o significado das coisas.

❧

5 de junho de 1915
Minha querida Sra. Owen,

Não consigo me imaginar tratando você por qualquer forma que não "Esme", mas só desta vez quis que minha caneta reconhecesse a mulher que você se tornou. Eu não dou muito valor ao casamento, mas o seu com Gareth está certo em todos os sentidos. E, se todos os matrimônios pudessem ser assim tão bons, eu, provavelmente, mudaria de ideia em relação a essa instituição.

Você deve achar que minha caneta ficou parada durante este último mês. Eu lhe garanto que não. Todos os dias, desde que você se casou, tive vontade de escrever para seu pai e contar como você estava linda e como estava perfeitamente à vontade, de pé ao lado de Gareth, com a Igreja de São Barnabé logo atrás e lírios-do-vale na mão.

Escrevo para o seu pai há quatro décadas, e esse foi um hábito difícil de abandonar. Tentei, mas descobri que era incapaz de pensar direito sem a perspectiva de suas reflexões tão atenciosas. Não tenho vergonha de admitir (e espero que você não se ofenda com isso de modo algum) que resolvi voltar a me corresponder com Harry. O seu casamento foi o catalisador disso: a quem mais eu iria reportar tal dia em todas as suas gloriosas minúcias? Então, quando digo que tive vontade de escrever para seu pai, o que quero dizer na verdade é que escrevi mesmo para seu pai. Ele não está calado em minha cabeça, Esme.

Harry ficaria especialmente encantado com sua decisão de atirar o buquê, apesar de a maioria das mulheres convidadas serem casadas ou solteironas convictas. Que surpresa foi quando você virou de costas para aquele pequeno grupo de pessoas. Vi você tirar um raminho para guardar e tive certeza do que estava por vir. Fiquei esperando as meninas da encadernação se posicionarem mais à frente. Mas, quando o buquê saiu de sua mão, ficou claro aonde estava se dirigindo. Eu e Lizzie devemos ter feito uma cara apavorada – ambas sem coragem de pegá-lo, mas ambas sem querer que as flores caíssem no chão. Vi que Lizzie ficou em dúvida, e coube a mim acabar com seu sofrimento. Devo admitir que tive um instante de frivolidade (mas não me arrependo): as flores foram minhas doces companheiras ao longo do caminho, até chegar em Bath. E agora eu as devolvo, secas e prontas para serem preservadas como você bem entender. Imagino que vai usá-las como marcador de página, e não consigo pensar em nada melhor do que abrir um livro que você se permitiu negligenciar por meses ou mesmo anos e a lembrança daquele dia cair de dentro do volume. É claro que você pode decidir emoldurá-las com vidro e pendurar *embaixo da fotografia do casamento, mas acredito que seu bom gosto vai além disso.*

As cartas que escrevi para seu pai não foram meu único passatempo desde o dia de seu casamento. James Murray não está bem de saúde, como você bem sabe, e me enviaram mais provas do que sou capaz de ler. Valorizo a confiança que James deposita em mim, mas tenho vontade de escrever para os donos do dinheiro e pedir uma pequena remuneração em troca de minha contribuição. Ela tem crescido ano a ano, e ter meu nome na página de agradecimentos já não me serve de recompensa, como antes. Beth tem andado muito animada com esse assunto e me ajudou a redigir uma carta fazendo esse pedido. Mas ainda não vou enviá-la. Parece-me algo mercenário, dadas as circunstâncias. Devo continuar trabalhando, como todos nós.

Não quero terminar esta carta sem mencionar a partida de Gareth, que está por vir. Isso será uma provação para você, minha querida, assim como a guerra tem sido uma provação para muitos. Por favor, conte comigo. Escreva, venha me visitar, conte comigo para o que precisar. Mantenha-se ocupada – eu não tenho como exagerar nos elogios aos benefícios de um dia corrido para uma mente ansiosa ou um coração solitário.

Da sua,

Ditte

Lizzie espiou pela porta do Scriptorium.

– Por que você ainda está aqui? – perguntou. – Já passa das 19h.

– Só estou conferindo o verbete de "tardinha". O Dr. Murray quer que terminemos a letra T até o fim do mês. É impossível, mas estamos tentando.

– Não acho que seja por isso que você está aqui.

– Você sabe o que eu faço quando chego em casa, Lizzie? Tricoto. Meias para os soldados. Levei três semanas para fazer o primeiro par e, quando Gareth as experimentou, disse que eram tão apertadas que ele seria mandado para casa com gangrena dentro de uma semana. E me acusou de ter feito isso de propósito.

– E você fez?

– Muito engraçado. Não, eu só odeio o tricô, e o tricô me odeia. Já fiz cinco pares de meia. E, ao que parece, uma sai pior do que a outra. Mas preciso fazer alguma coisa ou começo a me apavorar com o fato de que Gareth será enviado ao exterior. Como eu gostaria de poder cair na cama, exausta, todas as noites, e dormir sem pensar em nada.

– Esse não é um desejo que você quer que se realize, Essymay. Chegou a pensar melhor sobre o trabalho voluntário?

– Sim, mas não tive forças para me sentar entre os feridos. Quando imagino, todos têm o rosto de Gareth.

– Sempre precisam de mulheres para fazer curativos e coisas assim – insistiu Lizzie. – E ouvi dizer que os homens gostam de conversar quando a companhia tem um rosto bonito. Se você ficar de ouvidos abertos, pode até pegar duas ou três palavras.

– Pensarei nisso.

– Você anda falando com Lizzie? – perguntei a Gareth.

A caserna lhe dera a tarde de folga, e estávamos comendo sanduíches perto da ponte Walton. Ele ignorou minha pergunta.

– Sam é da Gráfica. Mas nasceu no norte do país. Bem que alguém podia visitá-lo.

– Ele não tem nenhum amigo na Gráfica?

– Tem eu, mas mal tenho tempo de vir ver você. E os outros... bom, os outros ainda estão na França.

Ainda estão na França, pensei. Vivos ou mortos?

– Ele se lembra de você – prosseguiu Gareth. – Diz que sou um homem de sorte. Falei que iria consultar você.

A Enfermaria Radcliffe mudara muito pouco desde que papai lá estivera, tirando o fato de as alas estarem cheias de homens jovens, e não de velhos. Eram recrutas. Alguns ainda possuíam todos os braços, todas as pernas e todo o bom humor. Outros não possuíam nada disso. Aqueles que conseguiam, sorriam e faziam piadas quando eu passava. Nenhum deles tinha o rosto de Gareth. Fiquei aliviada e envergonhada por não ter ido antes.

Uma enfermeira apontou a cama de Sam, que ficava do outro lado da ala. Enquanto me dirigi até lá, passei os olhos nas fichas de vinte e cinco jovens. Seus nomes e postos estavam escritos em letras grandes e claras, seus ferimentos eram obscurecidos pela terminologia médica e por lençóis brancos e limpos. Era apenas uma ala, de um hospital. Agora havia dez na região de Oxford.

Sam estava sentado, jantando. Tive a impressão de que o conhecia, mas apenas como conheceria alguém que vi algumas vezes na rua. Eu me apresentei, e ele ficou radiante. Sua perna direita estava elevada por baixo das cobertas.

— Meu pé já era — contou, com a mesma emoção de alguém que informa as horas. — Não é nada, comparado com o que eu vi.

Nem eu nem Sam queríamos falar do que ele havia visto. No mesmo instante, o rapaz começou a falar da Gráfica e perguntar sobre todo mundo que poderíamos conhecer em comum. Eu prestava muito pouca atenção a todos os rapazes de avental que circulavam entre o almoxarifado, a sala de impressão, o setor de encadernação e a expedição, e não sabia dizer quem permanecia lá e quem se fora.

— Eu posso contar quem se foi para a senhora — disse ele, com o mesmo tom objetivo que empregara para informar a respeito de seu pé.

Então me falou o nome e o setor de cada menino que conhecia e tinha morrido. Foi um relato monótono, em sua riqueza de detalhes, e Sam mal parou para respirar. Mas o garoto precisava se lembrar deles e, enquanto fazia isso, imaginei os caminhos percorridos pelos rapazes ao longo de um único dia como fios que uniam as diferentes partes da Gráfica. Como aquele lugar podia funcionar sem eles?

— Já foram todos — declarou Sam, como se tivesse feito um levantamento do estoque de material ou de equipamentos, e não de homens. Então olhou para mim e sorriu.

— Gareth, quer dizer, o tenente Owen, diz que a senhorita gosta de colecionar palavras. — Ele percebeu que fiquei surpresa pela minha expressão. — Acho que posso ter uma que o Dicionário não conhece.

Peguei uma ficha e um lápis.

— Buchunda — disse Sam.

— Você pode formar uma frase com ela?

Alguém do outro lado da ala interveio:

– Você sabe o que é uma frase, não sabe, Brinks?

– Por que chamam você de Brinks? – perguntei a Sam.

– Ele deu um tiro no próprio pé brincando com o rifle – respondeu o homem que estava na cama ao lado. – Tem quem faça isso de propósito.

Sam não respondeu, mas se virou e disse baixinho para mim:

– Me passa os panfletos: falta buchunda na latrina.

Levei um tempo para me dar conta de que ele estava me dando a frase que eu pedira. Eu a anotei na ficha e escrevi seu nome.

– Por que "buchunda"? De onde saiu essa palavra? – perguntei.

– Eu, provavelmente, não deveria lhe contar, Sra. Owen.

– Pode me chamar de Esme. E não tenha receio de me ofender, Sam. Conheço mais palavras crassas do que você pode imaginar.

Sam sorriu e respondeu:

– De "bucha de bunda". Vem muita do quartel-general. Não vale a pena ler, mas vale ouro quando a gente tem caganeira. Desculpa, madame.

– Eu tenho uma palavra, moça – gritou outro homem.

– Eu também.

– Se quer algo crasso, vem sentar um tempinho perto da minha cama – disse um homem, sem um dos braços.

Então, com a mão que lhe sobrara, bateu na beira da cama, depois fez biquinho com os lábios finos.

A Irmã Morley, encarregada da ala, veio correndo até mim. A balbúrdia parou.

– Por favor, posso dar uma palavrinha com a senhora, Sra. Owen?

– Ela tem muitas, irmã – disse meu pretendente de um braço só. – É só olhar nos bolsos dela.

Pousei a mão no ombro de Sam e perguntei:

– Posso vir amanhã?

– Eu gostaria muito, madame.

– Esme, lembra?

– Ontem chegou um paciente novo – disse a Irmã Morley assim que saímos da ala. – Estava imaginando se a senhora poderia sentar um pouco com ele. Eu lhe darei uma cesta de bandagens para enrolar: isso manterá suas mãos ocupadas.

– Claro – respondi, grata por ela não ter me pedido para esvaziar os bolsos.

Andamos pelos longos corredores até chegar à outra ala. Todas pareciam extraordinariamente iguais: duas fileiras de camas, com homens deitados nelas, cobertos como se fossem crianças. Alguns estavam sentados, quase prestes a sair para brincar. Outros estavam em decúbito dorsal e mal se mexiam.

O soldado Albert Northrop sentou na cama, mas algo em seu olhar vazio me fez pensar que ele não iria a lugar nenhum, por um bom tempo.

– Chamam você de Bert? Ou Bertie? – perguntei para ele.

– Nós o chamamos de Bertie – respondeu a Irmã Morley. – Não sabemos se é assim que ele prefere, porque Bertie não fala. Consegue ouvir bem, ao que parece. Mas, por algum motivo, é incapaz de compreender o significado das palavras. Com uma exceção.

– Qual?

A Irmã Morley pôs a mão no ombro de Bertie e se despediu balançando a cabeça. Ele ficou apenas olhando. E então a freira andou comigo pela ala. Só quando Bertie não podia mais nos ouvir é que respondeu à minha pergunta.

– A palavra é "bomba", Sra. Owen. Quando Bertie a ouve, reage com absoluto pavor. Uma reação adquirida, de acordo com o psiquiatra: é uma forma incomum de neurose de guerra. Bertie estava presente na Batalha de Festubert, mas é incapaz de lembrar qualquer coisa. Quando lhe mostram fotografias dos homens com os quais serviu, não demonstra reconhecê-los. Nem seus próprios objetos pessoais lhe parecem conhecidos. Seus ferimentos físicos são relativamente pequenos. Temo que o ferimento em sua mente demore mais para sarar. – Ela olhou para Bertie e completou: – Se a senhora tiver motivos para tirar um de seus pedacinhos de papel do bolso enquanto estiver sentada na cama de Bertie, Sra. Owen, será um pequeno motivo para comemoração.

A Irmã Morley me desejou boa-noite e disse que esperava me ver às 18h no dia seguinte.

– E, aliás, todos os pacientes desta ala foram instruídos a não dizer essa palavra, ainda que nenhum goste muito dela. Ficaríamos todos muito gratos se a senhora também a evitasse.

Não fiquei muito tempo com Bertie naquele dia. Fiquei enrolando bandagens e tagarelando sobre o meu dia. De início, olhava de quando em quando para o rosto dele, para ver se entendera algo do que eu havia dito. Quando ficou claro que não, tomei a liberdade de examinar seus traços. Bertie era uma criança, foi o que me pareceu. Seu rosto tinha mais espinhas do que bigodes.

Continuei a visitar Sam e outros dois rapazes da Gráfica que logo saíram da Radcliffe, mas Bertie se tornou minha distração. Falando com ele, pude entrar em uma bolha, onde a guerra não existia. Eu quase sempre falava do Dicionário, dos lexicógrafos e de seus hábitos específicos. Descrevi minha infância passada debaixo da mesa de triagem e a alegria de sentar no joelho de papai e de aprender a ler com as fichas. Bertie não parecia assimilar nada do que eu dizia.

— Você não está se apaixonando por ele, está? – debochou Gareth, quando veio para casa em um dia de folga.

— Pelo que posso me apaixonar? Não sei o que ele pensa a respeito de nada. Além disso, o rapaz só tem 18 anos.

À medida que os dias foram transcorrendo, passei a levar livros do Scriptorium e lia trechos que achava que Bertie poderia gostar. Eu os escolhia mais pelo ritmo do que pelas palavras, apesar de sempre tomar o cuidado de checar se todas as palavras eram inócuas. A poesia parecia firmar seu olhar e, às vezes, Bertie olhava para mim com tamanha atenção que eu pensava que, talvez, ele tivesse entendido parte do significado. Durante o que restava do mês de junho e boa parte do mês de julho, tive um sono pesado.

JULHO DE 1915

Lá por julho, o Dr. Murray quase não ficava mais no Scriptorium. Rosfrith disse que ele estava com dificuldade de se recuperar de uma gripe, mas eu não me lembrava de ter visto o editor permitir que uma gripe tivesse prioridade em relação ao Dicionário – ele sempre banira os resfriados com a mesma impaciência mal-humorada que utilizava para banir críticas indesejadas. Mas o trabalho continuou: os funcionários do Dicionário se reuniam com o editor na casa dele, e os textos iam e vinham. Quando "Trama a turno" ficou pronto, comemoramos em volta da mesa de triagem, com nosso costumeiro chá da tarde. O Dr. Murray participou, mais pálido e magro do que eu jamais vira.

Foi uma comemoração silenciosa. Falamos de palavras, não da guerra, e o Dr. Murray propôs um cronograma revisto para finalizar a letra T. Ainda me parecia otimista, mas ninguém o contrariou.

Enquanto comíamos o bolo, Rosfrith se aproximou de mim.

– A *Periodical* publicará uma página dupla ilustrada sobre o Dicionário na próxima edição. Estão organizando uma sessão de fotos dos três editores e suas equipes.

– Que empolgante – comentei.

Ela olhou para o pai, que ainda não havia encostado em sua fatia de bolo.

– É, sim, mas o fotógrafo só deve vir no final de julho, e estou com medo... – Mas ela não conseguiu terminar a frase. – Você se importaria de tirar uma fotografia usando a Brownie de mamãe? Só por garantia?

O Dicionário sem o Dr. Murray. Espantei esse pensamento.

– Com todo o prazer – respondi.

Rosfrith pousou a mão no meu joelho, com um sorriso triste no rosto.

– Receio que você então não sairá na foto.

– Garanto que estarei aqui quando o fotógrafo de verdade vier.

– Sim, claro. Eu odiaria que você ficasse de fora da reportagem oficial. Você faz parte desse projeto desde que me conheço por gente.

Ela foi até a casa buscar a Brownie. Eu já a havia usado duas ou três vezes, para tirar fotos da família Murray no jardim, mas Rosfrith me explicou o funcionamento novamente, mesmo assim. Quando Lizzie terminou de tirar a mesa do chá, Elsie posicionou todos onde achava que deveriam ficar.

Restavam apenas sete de nós. Ajudaram o Dr. Murray a se sentar em uma cadeira, na frente das estantes de livros, e Elsie e Rosfrith sentaram cada uma de um lado do pai. O Sr. Maling, o Sr. Sweatman e o Sr. Yockney ficaram de pé, logo atrás.

Olhei pela lente e acertei o foco no Dr. Murray. Era o mesmo rosto que antes me espiava debaixo da mesa de triagem e piscava para mim com um ar de confidência. O mesmo rosto que ficava sério, quando lia cartas da Delegação da Gráfica, ou agitado, quando lia textos de algum dos outros editores. Era o rosto que costumava ficar encantado ao falar em dialeto escocês quando conversava com papai e que dava lugar a um sorriso contido quando Gareth lhe entregava provas. O Dr. Murray estava sentado no meio do quadro, com todos os elementos do Dicionário à sua volta: livros e fascículos, escaninhos lotados de fichas, suas filhas e seus assistentes. Como poderia ser de outro modo?

– Está faltando alguma coisa – falei.

Fui até a estante atrás da mesa do Dr. Murray. Que guardava oito volumes de palavras, com espaço para acomodar mais quatro ou cinco. Nesse espaço vazio, estava o capelo que o Dr. Murray costumava usar quando eu era criança. Peguei o chapéu e bati nele para tirar o pó. Deixei o pendão escorregar devagar entre meus dedos e me permiti ter um breve instante de lembrança. Eu já o usara uma vez, quando estávamos só eu e papai no Scriptorium. Papai o colocou na minha cabeça e me sentou na banqueta do Dr. Murray. Com uma cara bem séria, me perguntou se eu aprovava as correções que ele fizera à palavra "cão". "Estão adequadas", respondi, e papai sorriu.

– Acho que o senhor deveria colocar isso, Dr. Murray.

Ele me agradeceu, mas mal consegui ouvir.

Rosfrith o ajudou a posicionar o capelo adequadamente, e eu peguei de novo a câmera.

– Pronto – falei.

Todos olharam para mim, com uma expressão séria. *Até o fim dos tempos*, pensei. Pisquei para segurar as lágrimas e tirei a foto.

Eu me arrumei para o funeral enquanto Gareth empacotava suas últimas coisas e as colocava dentro da mochila. Ele tirou o sobretudo do armário, apesar de o dia estar quente e mal dar para imaginar o inverno chegando.

Gareth se aproximou de mim e me deu um beijo na testa, passou os dedões debaixo de meus olhos e beijou cada uma de minhas pálpebras salgadas. Tirou uma mão, depois a outra, e abotoou os punhos de minha blusa.

Prendi meu chapéu, apertei mais os cachos no coque e fiquei diante do espelho. Gareth passou atrás de mim, foi para o corredor. Quando voltou, trouxe sua escova e seu pente. Vi seu reflexo colocá-los na mochila e fiquei me perguntando se conseguiria tirá-los dali e devolvê-los à pia do banheiro sem que ele visse.

Estávamos prontos.

Ficamos parados ao pé da cama onde dormimos juntos por uma quantidade de noites que, no total, mal completavam um mês. Nossos lábios se uniram, e me lembrei da primeira vez – do gosto de chá, doce pelo açúcar. Este beijo tinha gosto de mar. Foi suave, silencioso e longo. Nós dois infundimos nele o que precisávamos que fosse. Aquela lembrança teria que nos sustentar.

Vi de relance nosso reflexo no espelho. Poderíamos ser qualquer casal, logo antes de soar o apito para um de nós embarcar no trem. Só que eu não iria acompanhar Gareth à estação. Não seria capaz de suportar.

Gareth partiria logo após o funeral. Amarrou a mochila e a colocou no ombro. Peguei minha bolsa e coloquei um lenço limpo dentro dela. Saí do quarto quando Gareth saiu, mas olhei para trás no último instante, para me certificar de que nada fora esquecido. Os poemas de Rupert Brooke ainda estavam na cabeceira da cama. Voltei correndo e os coloquei dentro de minha bolsa, depois descemos a escada com pressa.

Durante o enterro, fiquei com Gareth atrás da multidão enlutada – pelo menos duzentas pessoas, apesar de ter sido de última hora. Chorei mais do que o decoro permitiria: mais do que a Sra. Murray, mais do que Elsie e Rosfrith e todos os filhos e netos juntos. Quando a última palavra foi dita, e a família se aproximou, eu dei as costas para ir embora.

Gareth pegou minha mão, e implorei, o mais silenciosamente que consegui, para ele me soltar.

– Volte andando com Lizzie quando tudo terminar – falei. – Vejo você em Sunnyside.

Ao passar pelo portão, percebi uma estranha calmaria. A casa não passava de um conjunto de pedras, sua pulsação e sua respiração estavam reunidas no cemitério. Pela primeira vez na vida, o Scriptorium me pareceu algo impermanente – um velho barracão de ferro que não fazia jus ao seu propósito.

Abri a porta da cozinha. O cheiro do pão assado naquela manhã se tornara mais forte com o calor do dia, e colocou-me de volta em meu lugar.

Subi a escada de dois em dois degraus e puxei o baú que estava debaixo da cama de Lizzie. Senti seu peso e fiz um cálculo dos anos. O presente de Gareth estava embrulhado, mal-amarrado, com um punhado de fichas novas espalhadas por cima. *São buchunda*, pensei, *para qualquer pessoa, menos para mim.*

Puxei o barbante e o papel se soltou, como da primeira vez. *Palavras de mulheres e seus significados.* O mesmo bater acelerado do coração, causado pela emoção. Mas havia um sedimento de sofrimento desta vez. E de medo. Olhei meu presente com mais atenção, examinei cada página. Queria encontrar algo que substituísse o pente, o sobretudo, o livro de poemas de Gareth. Era insensato esperar que encontraria, e irracional pensar que faria alguma diferença. Depois das últimas palavras, só havia as guardas.

E aí, na terceira capa:

Este Dicionário foi impresso em Baskerville. Fonte projetada para livros relevantes e de mérito intrínseco, foi escolhida por sua legibilidade e beleza.
Gareth Owen
Compositor, impressor, encadernador

Desci correndo a escada e fui para o jardim. A porta se abriu, e o Scriptorium me acolheu. As palavras das quais eu precisava já estavam impressas, mas eu queria escolher o significado delas.

Procurei nos escaninhos, encontrei uma palavra e depois a outra. Peguei uma ficha em branco e transcrevi.

AMOR
Afeição apaixonada.

Virei a ficha.

ETERNO
Perpétuo, infindável, além da morte.

Voltei para o quarto de Lizzie e coloquei a ficha entre as páginas do livro de poemas de Rupert Brooke.

– Ela deve estar lá em cima – ouvi Lizzie dizer, na cozinha. – Com aquele baú aberto e, posso até apostar, uma mixórdia de palavras em cima da cama e no chão.

Então ouvi as botas pesadas de Gareth subindo a escada.

– Ah, Rupert Brooke – disse ele, vendo o livro de poesia em minha mão.

– Você deixou ao lado da cama.

Levantei e entreguei o livro para ele, e Gareth o colocou no bolso da camisa sem sequer olhar.

– Encontrou o que estava procurando? – perguntou, inclinando a cabeça em direção ao baú, que estava no chão, e *Palavras de mulheres e seu significados*, ainda aberto na terceira capa, em cima da cama.

Peguei o presente que ele me dera e o apertei contra o peito.

– Você sabia que eu o aceitaria?

– Eu sentia que você me amava, assim como eu amava você. Mas nunca tive certeza de que diria "sim". – Ele me abraçou, e o livro de palavras ficou entre nós. Em seguida, me sentou na cama de Lizzie e ajoelhou na minha frente. O dicionário estava no meu colo. – Estou presente em cada página, Es, assim como você. – Gareth entrelaçou seus dedos nos meus e completou: – Este livro nos representa. E ainda estará aqui muito depois de nós já termos ido.

Quando Gareth foi embora, fiquei ouvindo suas botas pesadas descendo a escada. Contei cada passo. Ele se despediu de Lizzie e deve tê-la abraçado enquanto ela chorava, porque todos os sons ficaram abafados por alguns minutos. Então a porta da cozinha se abriu, e ouvi Lizzie gritar.

– Faça-me o favor de voltar para casa, Gareth. Não posso aguentar ela morando no meu quarto para sempre.

– Eu lhe dou minha palavra, Lizzie – gritou Gareth.

Fiquei sentada na cama de Lizzie até ter certeza de que o trem já partira e Gareth se fora. Meus dedos estranhos estavam duros de tanto apertar o presente que ele me dera. Eu o soltei, massageei meus dedos e olhei para o baú, ainda aberto no chão do quarto de Lizzie. Abaixei-me para colocar meu volume de palavras de volta em seu ninho de fichas e cartas.

Mas parei de repente. Um ano, fora isso que Gareth havia levado. Mais anos, fora isso que eu havia levado. Todas aquelas mulheres: suas palavras. A alegria de ver seus nomes por escrito. A esperança de que algo delas permaneceria muito tempo depois que elas fossem esquecidas.

Lizzie já estava servindo sanduíches quando desci para a cozinha.

– Já devem ter saído do cemitério a essa altura – disse. – Ninguém vai lhe condenar se não ficar aqui.

Ela limpou as mãos no avental e me abraçou. Eu poderia ter ficado ali por uma eternidade, mas precisava ir até a Gráfica.

O Sr. Hart estava na sala de impressão. Eu já imaginava que ele pularia a parte dos sanduíches e da conversa depois do enterro: o ruído das impressoras e o cheiro de óleo eram um bálsamo para sua melancolia. Gareth me contara que, à medida que a guerra prosseguia, o Controlador passava cada vez mais tempo lá. E ali parada, perto da porta, entendi o porquê. O Sr. Hart me viu e, por um instante, pareceu não saber quem eu era. Quando se deu conta, respirou fundo e veio na minha direção.

– Sra. Owen.

– Por favor, me chame de Esme.

– Esme.

Ficamos ali parados, em silêncio. Pensei no que poderia significar para o Sr. Hart perder o Dr. Murray e Gareth na mesma semana. Talvez ele tenha pensado a mesma coisa a meu respeito.

Mostrei *Palavras de mulheres e seus significados* para o Controlador.

– Por favor, não pense mal de Gareth, Sr. Hart, mas ele fez isso para mim. São palavras. Palavras que eu reuni. Gareth as imprimiu em vez de comprar um anel para mim. – Minha voz ficou embargada. O Sr. Hart ficou só olhando para o livro em minhas mãos. – Espero que ele tenha feito chapas. Quero imprimir mais exemplares.

O Sr. Hart pegou o livro de minhas mãos e foi até uma mesa pequena, no canto da sala. Sentou-se. As impressoras continuaram com seu refrão.

Segui o Controlador e fiquei atrás dele enquanto ele folheava as páginas e acompanhava as palavras com a ponta dos dedos, como se estivesse lendo em braile.

O Sr. Hart fechou o livro com um cuidado extraordinário e colocou a mão em cima da capa.

– Não temos chapas, Sra. Owen. Sai muito caro produzir chapas para pequenas tiragens, ainda mais se forem para um único exemplar.

Até aquele momento, eu havia sentido uma espécie de força, uma clareza de propósito, que eu sabia que seria capaz de me sustentar. Peguei a outra cadeira e mal consegui sentar em tempo.

– Quando o compositor acha que haverá mudanças, edições, correções, ele guarda os clichês que mantêm os tipos no lugar. Os tipos são soltos, sabe? É fácil de ajustar.

– Gareth não teria esperado correções – falei.

– Ele era meu melhor... *é* meu melhor compositor. É nossa praxe guardar os clichês por um período.

A ideia deixou nós dois animados. Ficamos de pé juntos e andamos em silêncio até a sala de composição. Ela estava um pouco vazia, mas a antiga bancada de Gareth estava ocupada por um aprendiz. O Sr. Hart abriu uma das gavetas largas que continham os clichês ainda em uso. Abriu outra, depois mais uma. Parei de acompanhar seus movimentos tão de perto e comecei a imaginar nossa casa vazia.

– Aqui estão.

O Sr. Hart agachou-se diante da última gaveta, e eu agachei junto com ele. Nossos dedos traçaram os tipos ao mesmo tempo. Fechei os olhos e senti a diferença de nível com as pontas de meus dedos estranhos.

As palavras, para mim, sempre foram tangíveis, mas nunca daquele modo. Era assim que Gareth as conhecia, e subitamente tive vontade de aprender a lê-las de olhos fechados.

– Talvez ele tenha previsto a impressão de mais exemplares – disse o velho Controlador.

Talvez ele tenha mesmo.

Fui a primeira a voltar ao Scriptorium, poucos dias depois do enterro. O capelo do Dr. Murray estava exatamente no mesmo lugar em que eu o deixara, depois de tirar a fotografia, havia menos de duas semanas. Estava cheio de pó de novo. Não tive forças para limpá-lo. Rosfrith havia me contado, depois do enterro, que a fotografia sairia na edição de setembro da *Periodical*. Mesmo de luto, ela teve a presença de espírito de me pedir desculpas por eu ter sido excluída.

Mas essa não era a pior notícia que Rosfrith tinha para me dar.

– Vamos nos mudar – disse ela, com os olhos cheios de lágrimas de novo. – Em setembro. Para o Old Ashmolean. Todos nós. Tudo.

Fiquei perplexa. Continuei ali parada, como se não tivesse entendido uma palavra do que Rosfrith acabara de dizer. Setembro seria dentro de apenas um mês.

– E o que vai acontecer com o Scriptorium? – perguntei, enfim.

Ela deu de ombros, triste.

– Vai se tornar um galpão de jardim.

Ao me dirigir à minha mesa, passando os dedos nas prateleiras de fichas, lembrei-me de papai lendo a história de Aladim para mim.

O Scriptorium era minha caverna, desde então. Mas, ao contrário de Aladim, eu não tinha vontade de ser libertada. Meu lugar era no Scriptorium: eu era sua prisioneira por livre e espontânea vontade. Meu único desejo fora o de servir ao Dicionário e se tornara realidade. Mas meu serviço estava contido por aquelas quatro paredes. Eu era cativa daquele lugar, assim como Lizzie era cativa da cozinha e de seu quarto acima da escada.

Sentei à minha mesa e apoiei a cabeça nos braços por alguns instantes.

Senti o peso de uma mão em meu ombro. Achei que era Gareth e acordei assustada. Era o Sr. Sweatman. Eu havia pegado no sono de tão cansada.

— Por que você não vai para casa, Esme?

— Não posso.

Ele deve ter entendido, porque balançou a cabeça e pôs uma pilha de fichas em cima de minha mesa.

— Palavras novas, de A a S. Precisam ser classificadas para a publicação do suplemento, seja lá quando for.

Era a mais simples das tarefas, mas tomaria um bom tempo.

— Obrigada, Sr. Sweatman.

— Você não acha que já está na hora de me chamar de Fred?

— Obrigada, Fred.

— Que estranho ouvir isso saindo da sua boca. Tenho certeza de que vamos nos acostumar. Assim como temos que nos acostumar a qualquer mudança.

10 de agosto de 1915
Minha amada Es,

Parti há dez dias e sinto que fiquei fora um século. Oxford bem poderia ser um lugar que visitei uma única vez; e você, um sonho. Mas então abri meu livro de Rupert Brooke, e sua ficha caiu de dentro dele. As palavras, sua letra, a textura conhecida do papel – serão um lembrete diário de que você é de verdade.

Resolvi deixar Brooke no bolso o tempo todo. Se eu for ferido e tiver que ficar esperando pela maca, quero ter algo para ler e as suas palavras para me acalmar. Mas, por enquanto, não existe essa possibilidade. Estamos alocados em Hébuterne, um vilarejo pequeno e rural, não muito distante de Arras. Disseram que teremos tempo para nos acomodar, e nossos dias são preenchidos por simulações e vadiagem. Alguns dos rapazes confundiram toda essa aventura com uma viagem de férias, já que jamais fizeram uma, e passo boa parte do meu tempo pedindo desculpas para as mães de moças bonitas. Meu francês está melhorando.

Uma tropa de indianos está alocada aqui perto. Você já conheceu algum indiano? Eu não conhecia. Eles andam de bicicleta pelo vilarejo aos pares e são uma visão magnífica, com seus turbantes e bigodes elaborados. Os homens mais velhos, pelo menos, têm bigodes: como acontece com os ingleses, há muitos meninos indianos que se alistam mesmo antes de chegar à idade de ter pelos no rosto. Alguém me contou que aceitam meninos a partir dos 10 anos, mas não vi nenhum tão novo. Acho que os mantêm bem longe, seria de se esperar.

Ontem à noite, em um gesto de camaradagem, convidamos os oficiais indianos para jantar conosco. Eles mal encostaram na comida e beberam muito pouco, mas ficamos até tarde dando muitas risadas. Eu era um dos oficiais mais verdes, e acontece que tenho muito a aprender. Aqui tem todo um vocabulário que eu desconhecia, Es. A maioria se refere às trincheiras, de algum modo, e há muitas palavras que ficariam bem ao lado de algumas das melhores palavras ditas por Mabel. Mas a palavra que estou lhe mandando de presente é minha favorita até agora.

Fiz a ficha em um papel com instruções para cozinhar arroz. Um dos oficiais indianos estava com ele amassado dentro do bolso e me ofereceu quando percebeu que eu estava procurando um pedaço de papel. Fiquei empolgado, sabendo que você iria adorar os escritos em hindi no verso. O nome do oficial é Ajit, e ele me explicou a origem da palavra. Também quis que eu lhe contasse que seu nome significa "invencível" – e insistiu que eu escrevesse isso na ficha. Quando lhe falei que eu não fazia ideia do que meu nome significava, ele balançou a cabeça e disse: "Isso não é bom. O nome de um homem é seu destino". Seguindo essa lógica, ele está bem equipado para a guerra.

Até o presente momento, a vida tem sido bem nababesca (perceba com que facilidade eu absorvi o novo vernáculo), mas quero muito ter notícias suas, Es. Fui informado que começaremos a receber correspondência amanhã, o Departamento de Guerra finalmente registrou nosso paradeiro. Estou ansioso para receber um relato dos seus dias e qualquer notícia da Gráfica, do Scriptorium e de Bertie, claro. Não tenha medo de incluir os detalhes mais tediosos: será um deleite para mim. Por favor, mande lembranças para Lizzie e visite o Sr. Hart por mim. Eu escreverei para ele em separado, mas temo que sua depressão só terminará quando esta guerra tiver terminado. Sua companhia vai animá-lo.

Com amor eterno,
Gareth

NABABESCO

Do árabe nuwwab, príncipe das províncias muçulmanas da Índia. Por extensão, qualquer europeu que enriquece na Índia. (Ajit Khatri, "o invencível")
"Não vá se acostumando com essas acomodações nababescas, tenente. Logo irá para as trincheiras e ficará com lama até a bunda."
Tenente Gerald Ainsworth, 1915

Nas semanas que se seguiram à partida de Gareth, eu o imaginei morrendo de centenas de modos diferentes. Meu sono era agitado, e eu acordava apavorada. Sendo assim, sua primeira carta foi um bálsamo.

– Lizzie! Carta!

– De quem? Do rei?

Ela sorriu e se acomodou na mesa, pronta para ouvir.

– Parece mesmo uma viagem de férias, não é? – comentei, assim que terminei de ler.

– Parece. E, pelo jeito, ele fez um amigo interessante.

– Sim. O Sr. Invencível. O que me faz lembrar...

Tirei a ficha do envelope e li o que Gareth havia escrito nela.

– Não é uma palavra maravilhosa? Resolvi empregá-la sempre que puder.

– Você tem mais motivos do que eu.

Mais cartas chegaram, uma a cada poucos dias, e agosto deu lugar a setembro. O trabalho não deu sinais de diminuir desde a morte do Dr. Murray. E, como ninguém empacotou uma caixa nem desocupou uma prateleira sequer, pensei que, talvez, o Scriptorium fosse continuar do jeito que estava. O Sr. Sweatman (nunca consegui falar "Fred" com desenvoltura) começou a me dar palavras para pesquisar, e tive a sensação de que um pouco de equilíbrio havia retornado aos meus dias. Voltei a desempenhar minhas tarefas, indo até o Old Ashmolean e à Gráfica. O Sr. Hart estava mesmo deprimido. Mas, ao contrário do que Gareth esperava, fui incapaz de lhe trazer qualquer alegria.

Todos os dias úteis, às 17h, eu saía do Scriptorium e ia direto para a Enfermaria Radcliffe. Aos sábados, passava boa parte da tarde lá. Quase sempre encontrava um garoto da Gráfica em uma das camas. Se tivesse acabado de chegar, as irmãs faziam questão que eu fosse avisada e que o garoto fosse incluído em minhas rondas, mas não faltavam visitas para a maioria dos rapazes. A Radcliffe ficava a poucos passos da Gráfica, e as mulheres de Jericho haviam tomado conta da enfermaria. As alas ficavam repletas de mães, irmãs e namoradas cuidando de desconhecidos feridos do jeito que cuidariam de pessoas da própria família, se pudessem. Quando algum rapaz local chegava, corriam para perto dele, trocando biscoitos e balas por fiapos de notícias capazes de convencê-las de que seus próprios garotos ainda estavam vivos.

Eu sempre jantava com Bertie.

– Bertie ainda não compreende nada – comentou a Irmã Morley. – Mas parece comer mais quando você fica ao lado dele.

A Radcliffe me oferecia o jantar na mesma bandeja que Bertie. Era sempre algo sem graça e repetitivo. A Irmã Morley se desculpou e pôs a culpa no racionamento, mas eu não me importava: aquilo significava que eu não precisava ir para casa cozinhar só para mim.

– Bertie – falei. Ele não esboçou reação. – Hoje deparei com uma palavra que eu acho que você vai gostar.

– Ele não gosta de palavra *nenhuma*, Sra. Owen – retrucou seu vizinho.

– Sei disso, Angus, mas os médicos só usam palavras conhecidas com ele. Esta será desconhecida.

– Bom, como é que ele vai saber o que significa?

– Ele não vai saber. Mas vou explicar.

– Mas você vai ter que usar palavras conhecidas para explicar.

– Não necessariamente.

Angus riu.

– A senhora vai ter um trabalho daqueles, madame.

– Bom, se você continuar ouvindo a conversa dos outros, pelo menos vai sair daqui com um vocabulário mais amplo.

– Acho que já sei todas as palavras que preciso saber.

Bertie comeu o jantar como qualquer outro homem e, durante todo o tempo, eu conseguia imaginá-lo arrotando e dizendo "desculpa, madame", quando terminasse, como tantos dos homens faziam. Mas, quando cansou de comer, voltou ao seu olhar vago e ficou calado como sempre.

– *Finita* – falei.

Os olhos de Bertie não sinalizaram nada.

– O que isso quer dizer? – perguntou Angus.

– Significa "terminada".

– Que língua é essa?

– Esperanto.

– Nunca ouvi falar.

– É uma língua inventada, de certo modo – expliquei. – Com o objetivo de ser fácil ao ponto de qualquer um ser capaz de aprender. Foi criada para incentivar a paz entre os países.

– E como é que isso está andando, madame?

Dei um sorriso desanimado e pousei os olhos aos pés da cama de Angus: não havia pés debaixo dos lençóis.

– Mesmo assim – prosseguiu ele –, se ajudar o nosso amigo Bertie, pode não ter sido perda de tempo terem inventado. – Angus fez sinal para a bandeja de Bertie e perguntou: – Posso comer as sobras, caso ele já tenha terminado?

Peguei o prato de comida e levei até a cama de Angus.

– Como é que a gente diz "obrigado" em esperanto?

Eu tinha uma lista de palavras no bolso, mas essa eu sabia de cor.

– *Dankon.*

– Bom, *dankon*, Sra. Owen.

– *Ne dankinde, Angus.*

A Sra. Murray bateu à porta do Scriptorium e a abriu em seguida. Todos nós tiramos os olhos do trabalho.

– Começa agora – anunciou ela. E, com uma expressão desanimada, pediu a um garoto usando o tão conhecido avental da Gráfica que entrasse. Ele empurrava um carrinho cheio de caixas de papelão desmontadas.

– A Gráfica se ofereceu para ajudar na mudança e mandará um rapaz toda tarde, trazendo um carrinho. Eles levarão as caixas que vocês tiverem fechado para o Old Ashmolean.

Parecia que a Sra. Murray iria dizer mais alguma coisa, mas as palavras não saíram. Ficamos observando a esposa do editor olhar em volta, examinando as prateleiras de escaninhos, os livros, as pilhas de papel. Aquele deveria ter sido um momento só dela. Seus olhos pousaram por último na mesa do Dr. Murray, no capelo colocado na prateleira, ao lado de *Q a S*. Ela deu as costas e foi embora.

Rosfrith e Elsie levantaram e foram atrás da mãe.

– Pode deixar as caixas no chão – disse Rosfrith, quando passou pelo menino do carrinho. – Tenho certeza de que conseguiremos descobrir como montá-las.

O trabalho não podia parar, mas montar caixas se tornou uma tarefa diária, na hora do chá da manhã. Na hora do almoço, nós as enchíamos com dicionários antigos e todos os livros e jornais de que não iríamos mais precisar. Um garoto aparecia todas as tardes, às 15h, para levá-las.

A cada dia, o Scriptorium perdia um pouco mais de si mesmo. Na última semana de setembro, as últimas caixas foram preenchidas com a parafernália de que cada assistente precisava para fazer seu trabalho. O clima era lúgubre e, no último dia, os assistentes foram embora sem cerimônia: pouco restara do Scriptorium para dizer adeus.

Eu não estava preparada para ir embora. Ofereci-me para ficar e encaixotar todas as fichas que seriam armazenadas ou realocadas no Old

Ashmolean. Além de mim, o Sr. Sweatman foi o último a terminar de empacotar suas coisas. Fechou sua caixa e a deixou em cima da mesa de triagem, para que o garoto da Gráfica a levasse. Em seguida, veio se despedir de mim.

— Você está pensando em ficar? — perguntou, olhando para minha mesa e todo o seu conteúdo, que estava exatamente no mesmo lugar em que sempre estivera.

— Talvez. Vocês eram um bando de baderneiros: trabalho mais agora que vocês foram embora.

O Sr. Sweatman soltou um suspiro, e toda a sua chacota se esvaiu. Fiquei de pé e lhe dei um abraço.

Quando fiquei sozinha, finalmente criei coragem de olhar à minha volta. A mesa de triagem continuava ali, palpável e conhecida: os escaninhos ainda estavam cheios de fichas, mas as estantes estavam vazias, e as mesas, sem nada em cima. O farfalhar de papéis e o arranhar de canetas haviam cessado. O Scriptorium perdera quase toda a carne, e os ossos não pareciam nada além de um galpão.

Passei as semanas seguintes indo e voltando do Scriptorium para a Enfermaria Radcliffe.

Encostei na mão de Bertie e falei:
— *Mano.*
Então apontei para a minha própria mão e repeti:
— *Mano.*

— É melhor você não fazer isso sozinha, Essymay — aconselhou Lizzie.

Ela devia ter me visto chegar e estava atravessando o jardim, andando em direção ao Scriptorium.

— Você já tem muito o que fazer — respondi.

— A Sra. Murray conseguiu chamar mais uma menina para trabalhar por algumas semanas. Minhas manhãs são suas.

Dei um beijo no rosto de Lizzie e abri a porta do Scriptorium.

Caixas de sapato vazias cobriam toda a mesa de triagem.

– Akvo – falei.

Bertie pegou o copo d'água. Ele tinha dedos compridos, e os calos de soldado já haviam quase desaparecido. Debaixo deles, a pele era macia. *Não fazia trabalho braçal*, pensei. Talvez fosse funcionário público.

Eu tinha a sensação de estar saindo do luto. Eu conhecia as fichas, mas me esquecera da metade. Continuava parando de lembrar.

Tirei meu prato da bandeja de Bertie e falei:
– Vespermango.
Tomei meu chá:
– Teon.

Empilhei as fichas, formando montinhos ao lado das caixas de sapato. Quando estavam soltas, Lizzie as amarrava com barbante e colocava um montinho ao lado do outro, até encher a caixa de sapato. Então eu anotava o conteúdo na frente da caixa e sinalizava "armazém" ou "Old Ash". Para mim, parecia extraordinário as fichas caberem tão perfeitamente, como se o próprio Dr. Murray também tivesse projetado as caixas de sapato.

– Por que ele sempre ganha o *vespermango* primeiro? – perguntou Angus.
– Porque ele não fica reclamando, como certas pessoas – respondi.

Lizzie fechou outra caixa e a colocou na ponta da mesa de triagem.
– Passamos da metade – falou.

– Amico.
Apontei para mim mesma.

– *Amico*.

Apontei para Angus.

– O que faz a senhora pensar que sou amigo dele? – questionou Angus.

– Eu vi você conversando com Bertie, usando palavras em esperanto. Isso é amizade, acho eu.

***

Amontoei as últimas fichas e as passei para Lizzie amarrá-las. Os escaninhos estavam completamente vazios. Tive a sensação de que minha vida até aquele momento se fora.

– Deve ser assim que uma palavra se sente ao ser extirpada de uma prova – comentei.

– E isso quer dizer... – disse Lizzie.

– Removida, cortada, apagada.

***

– Esta é importante, Angus – falei, segurando minha lista de palavras em esperanto –, mas não faço ideia de como defini-la para ele.

– Qual?

– *Sekura*.

– O que quer dizer?

– Em segurança.

Ficamos em silêncio por um tempo, Angus com a mão no queixo, fingindo que estava pensando, eu com os olhos fixos na palavra, mas sem ter uma ideia, e Bertie entre nós dois, sem esboçar reação.

– Abraça ele, madame – sugeriu Angus.

– Abraçar?

– É. Acho que a única hora que a gente se sente seguro de verdade é quando a nossa mãe nos abraça.

***

A mesa de triagem estava coberta de caixas de sapato, todas etiquetadas e cheias de fichas.

– A Sra. Murray está se programando para os escaninhos serem levados para o Old Ashmolean logo, logo – contei para Lizzie.

– A gente dá uma boa limpada neles, e aí nosso trabalho estará terminado.

—❦—

– *Sekura* – falei, abraçando Bertie.

Eu vinha abraçando Bertie quando chegava e quando ia embora, mais uma ou duas vezes entre uma coisa e outra. Mas ele permanecia rígido. Desta vez, senti seu corpo relaxar.

– Bertie? – falei, quando finalmente o soltei e consegui olhar em seus olhos. Mas não vi nada neles. Eu o abracei de novo.

– *Sekura*.

Mais uma vez, seu corpo relaxou, e sua cabeça veio descendo em direção ao meu peito.

SETEMBRO DE 1915

Loos, 28 de setembro de 1915
Minha querida Es,

Minha palavra da semana é "louquice". Foi empregada para falar de um rapaz que recebeu um rolo de papel higiênico da família e usou tudo para fazer um curativo nos olhos. Quando os colegas finalmente arrancaram o curativo, o pobre coitado estava cego. Foi ridicularizado por estar fingindo, mas ele realmente não conseguia enxergar nada. Neuroses de guerra, de acordo com o médico. Louquice, de acordo com seus colegas. Suponho que esta seja uma palavra fácil de gostar – deixa espaço para risadas.

Estou começando a sentir que a língua inglesa está mais pesada por causa desta guerra, Es. Todo mundo que eu conheço tem uma palavra nova para papel higiênico, e não ouvi uma sequer que não transmita com precisão sua origem ou a experiência de usá-lo. E, ainda assim, apenas um punhado de palavras existe para transmitir mil horrores.

Horror. É o fastio da guerra. Essa é a expressão que usamos quando ficamos sem palavras. Talvez certas coisas não devam ser descritas – pelo menos, não por gente como eu. Um poeta, quem sabe, conseguiria articular palavras de um modo que criasse aquele formigamento de medo ou o peso do pavor. Poderia criar um inimigo de lama e botas molhadas e fazer nossa pulsação acelerar só com a menção de seu nome. Um poeta poderia ser capaz de espichar esta ou aquela palavra para significar algo mais do que foi ordenado pelos nossos homens do Dicionário.

Eu não sou poeta, meu amor. As palavras que tenho são pálidas e fracas em comparação à força descomunal desta experiência. Posso lhe dizer que é uma desgraça, que a lama é mais enlameada, que a umidade é mais úmida, que o som da flauta tocada por um soldado alemão é mais belo e mais melancólico do que qualquer outro som que eu já ouvi. Mas você não entenderá. Não existe uma palavra no Dicionário do Dr. Murray que esteja à altura do desafio de descrever o fedor deste lugar. Eu poderia compará-lo ao mercado de peixe em uma tarde quente, a um curtume, um necrotério, um esgoto. É tudo isso, mas o modo como penetra na gente se transforma em um gosto e em uma câimbra na garganta e na barriga. Você imaginará algo horrível, mas é pior. E aí tem a matança. Que chega até você pelo Times. A "Lista de Honra". Colunas e mais colunas de nomes compostos em Monotype Modern. Não tenho como descrever a dor lancinante que sinto na alma quando a brasa de um cigarro ainda brilha na lama, apesar de os lábios que o seguravam terem sido estraçalhados. Eu acendi esse cigarro, Es. Sabia que seria o último desse homem. É assim que fazemos. Acendemos cigarros, balançamos a cabeça, olhamos nos olhos. E aí mandamos esses homens pular no abismo. Não há palavras.

E agora temos tempo para descansar, mas não podemos. Nossos pensamentos nunca mais vão se calar. Tudo começará de novo e, por isso, todos estão escrevendo cartas para casa. Para as esposas de três homens e as mães de quatro, eu é que escreverei as cartas. Disseram para não descrevermos o fato em si, como se isso fosse possível, mas alguns tentaram. A minha tarefa para hoje à noite é censurá-los, e risquei as palavras de garotos que mal aprenderam a ler, assim como palavras de garotos que poderiam se tornar poetas, para que suas mães continuem a achar que a guerra é uma glória e uma luta justa. Faço isso com prazer, pelas mães, mas desde o início pensei *em você, Es, e como você tentaria resgatar o que esses garotos disseram para ser capaz de entendê-los melhor. As palavras deles são comuns, mas articuladas em frases grotescas. Eu transcrevi cada uma delas e incluí essas páginas nesta carta. Não corrigi nem cortei, e cada frase tem o nome de quem a escreveu ao lado. Não consegui pensar em ninguém melhor do que você para honrá-los.*

Amor eterno,
Gareth
P.S. Ajit não era invencível.

Todas as luzes de nossa casa estavam apagadas, com exceção da luz do corredor de entrada, mas era só dela que eu precisava. Sentei no primeiro degrau da escada, ainda de casaco, e reli a carta de Gareth. Então li todas as palavras que ele riscara para os outros e transcrevera para mim. Passaram-se horas, e um arrepio tomou conta de mim. Olhei para a data da carta de Gareth: já tinha cinco dias.

Fui andando até Sunnyside, entrei de fininho na cozinha e subi a escada. Lizzie estava roncando. Abri a porta fazendo o mínimo de barulho, peguei a manta que estava no pé da cama e me aninhei nela, sentada no chão.

Pela manhã, fui acordada pelos movimentos silenciosos de Lizzie em volta do quarto. Quando percebeu que eu estava olhando para ela, repreendeu-me por não tê-la acordado no meio da noite. Eu lhe contei a respeito da carta de Gareth, e ela me ajudou a deitar em sua cama. O calor de seu corpo ainda estava presente nos lençóis.

– Vou começar a limpar o Scrippy. Você fica dormindo – falou, cobrindo-me, como costumava fazer.

Mas eu não consegui dormir. Quando Lizzie saiu, inclinei o corpo para baixo da cama e puxei o baú. *Palavras de mulheres e seus significados:* Gareth havia me dito que estava presente em todas as páginas. Fiquei na cama com ele, cheirei o couro e abri na primeira página. Li cada palavra. Um ano, foi isso que ele levou.

Quando terminamos nosso trabalho no Scriptorium, fiquei feliz de ainda ter a Radcliffe para ir. *Talvez Gareth acabe parando nessa enfermaria*, pensei, enquanto caminhava até lá. O que ele teria perdido? Um braço, uma perna? O juízo, como Bertie?

– Boa noite, madame – disse Angus. – O *vespermango* já veio e já foi. Eu e o Bertie tivemos uma conversa muito agradável a respeito das batatas. Acho que elas *foi amassada* com *akvo*. Bertie concordou, em silêncio.

– Estou muito bem, Angus. Obrigada.

– Bom, isso não faz muito sentido. Eu não perguntei como a senhora está, mas acho que posso perguntar. A senhora está bem?

– Ah, só estou cansada.

– Bom, tem um cara novo na ala. Um gritalhão. Não respeita ninguém. Dá muito trabalho para as enfermeiras. Ouvi chamarem ele de "atirador de um braço só", por causa da pontaria excelente que teve na França e a língua afiada que tem aqui. Faz um tempo que está na Radcliffe, dizem. A outra ala deve ter se cansado dele.

Eu acompanhei o olhar de Angus.

Eu conhecia o novo paciente do meu primeiro dia na enfermaria. Quando ele viu que eu estava olhando, fez biquinho. Eu o ignorei e me virei para Bertie.

– Você ainda coleciona palavras? – Era o atirador de um braço só. – Esse covarde aí não vai lhe dar nenhuma. Perdeu a língua no primeiro sinal de perigo, foi bem isso que ele fez.

– Só ignora ele, madame.

– É um bom conselho, Angus.

Mas ignorá-lo não funcionou.

– Eu tenho uma palavra que vai arrebentar com a senhora.

Alguns homens são muito gentis, e outros não são. Não faz diferença o uniforme que usam. Não havia como errar qual palavra seria gritada – precisa, na mosca, foi repetida sem parar, mesmo depois de ter alcançado o alvo.

– BOMBA. BOMBA. BOMBA. BOMBA. BOMBA.

Bertie se espichou no colchão e caiu da cama, me derrubando. Seus gritos ricocheteavam pelas paredes, e eu os ouvi vindo de todas as direções.

Fiquei de quatro e olhei para o final da ala. Por um instante de desorientação, pensei que poderia ser um ataque de zepelim, e não simples maldade.

A ala estava quase igual ao que estava quando eu entrara, mas todos olhavam para nós. Minha cadeira estava caída, e a cama de Bertie, torta. Ele estava escondido debaixo dela, com os joelhos perto do peito e as mãos nos ouvidos. Tremia como se estivesse nu em plena tempestade de neve. Havia feito xixi nas calças. Angus se jogou no chão ao lado de Bertie, e pensei que ele tinha caído da cama. Havia bandagens enroladas onde seu pé um dia existiu. "Pé de trincheira", disse ele. E se arrastou até ficar deitado ao lado de Bertie.

– *Amico* – falou, meio cantando, como uma criança brincando de parlenda. – *Amico, amico.*

O grito se transformou em um gemido terrível, e Bertie começou a balançar o corpo para frente e para trás. Fui rastejando até eles e ajoelhei ao lado de Bertie, abracei seu corpo, que não parava de balançar. Ele era pequeno e frágil – mal era um adulto.

– *Sekura* – falei, em seu ouvido. Lembrei-me de todas as vezes que Lizzie havia me sentado em seu colo e me embalado para afugentar meus medos, sua voz calma como um metrônomo. – *Sekura* – repeti, balançando meu corpo junto com Bertie. – *Sekura.*

E então Angus abraçou nós dois, e senti que começamos a balançar mais devagar. O gemido de Bertie se tornou um murmúrio, e eu sussurrei meu canto. Paramos de balançar completamente, e Bertie se jogou contra meu peito e chorou.

⬥

A Irmã Morley me fez sentar à mesa das enfermeiras e me trouxe uma xícara de chá.

– Temos muitos garotos como Bertie – disse ela. – Não com sua neurose de guerra específica, que acredito ser única, mas muitos que não falam apesar de os médicos dizerem que são perfeitamente capazes.

– O que acontece com eles?

– Muitos acabam no Hospital Netley, em Southampton. Lá, a equipe está aberta a experimentar todo tipo de tratamento. O Dr. Ostler acha que sua terapia do esperanto pode ter seu mérito e escreveu contando sobre ela para um colega de lá. O doutor está ciente do seu trabalho no Dicionário e acha que o conhecimento específico que a senhora tem pode contribuir para o programa de terapia linguística deles. O Dr. Ostler espera que a senhora possa fazer uma visita e conversar com a equipe sobre o que tem feito com Bertie.

– Mas Bertie não disse nem uma palavra. E não dá nenhum sinal de ter assimilado o que fiz.

– Essa foi a primeira vez que ele se acalmou com palavras, e não com clorofórmio, Sra. Owen. É um começo.

Sonhei que eu estava na França. Gareth estava de turbante, e Bertie era capaz de falar. Angus me embalava, dizendo *"Sekura, sekura"*. Olhei para baixo, e meus pés eram cotocos sangrentos.

Quando cheguei, na manhã seguinte, Lizzie já estava no Scriptorium, limpando os escaninhos com um pano úmido. Senti o cheiro de vinagre.

– Dormiu aqui? – perguntou ela.

– Tive uma noite péssima.

Lizzie balançou a cabeça.

– Virão buscar os escaninhos agora de manhã. Se você conseguir encaixotar o que estiver na sua mesa, já podem levar também.

Minha mesa. Eu não havia encaixotado nem uma coisa sequer. Havia até algumas fichas e uma página de texto do Dicionário em cima dela. Parecia um cômodo em uma daquelas casas transformadas em museu. Montei minha caixa e comecei a enchê-la.

Meu exemplar do dicionário de Samuel Johnson foi primeiro, depois os livros de papai – o que ele costumava chamar de sua "biblioteca do Scrippy". Peguei um volume gasto de *As mil e uma noites* e abri na história de Aladim. O passado veio em minha direção, e fechei o livro. Coloquei dentro da caixa, com os demais.

Esvaziei a parte de cima de minha mesa e abri a tampa. Havia um romance que eu não cheguei a terminar de ler. Uma ficha caiu do meio das páginas – uma palavra sem graça, dupla, provavelmente. Coloquei-a de volta no livro e pus o livro dentro da caixa. Lápis e uma caneta. Papel. As *Regras de Hart*, ainda com os bilhetes do Sr. Dankworth. Todos foram para dentro da caixa.

E aí uma caixa de sapatos repleta de fichas. Minhas fichas. As fichas que Gareth pegara com Lizzie ou pegara emprestado entrando de fininho no Scriptorium. Eu as coloquei dentro da caixa também. E aí dobrei a parte de cima, prendendo cada uma das abas embaixo de outra.

– Acho que terminamos, Lizzie.

– Quase.

Ela pôs o pano dentro do balde e torceu para tirar o excesso de água. Aí ficou de joelhos para limpar a última fileira de escaninhos. – Agora terminamos – falou, sentada em cima dos calcanhares. Eu a ajudei a ficar de pé.

Um homem mais velho e um garoto chegaram enquanto Lizzie esvaziava o balde d'água debaixo do freixo.

– Está tudo prontinho – falei.

O homem mais velho apontou para os escaninhos que ficavam mais perto da porta, e o garoto se abaixou para levantar uma das pontas. Ambos tinham o mesmo físico atarracado, o mesmo cabelo loiro. Torci para que a guerra chegasse ao fim antes de o menino ter idade para se alistar. Eles levaram as estantes até um caminhão pequeno, estacionado na entrada.

Lizzie voltou com o espanador e uma escova.

– Quando a gente acha que não tem mais nada...

Ela espanou décadas de poeira e sujeira acumuladas atrás dos escaninhos.

Estante por estante, o homem e o filho removeram todas as evidências de que houvera fichas ali um dia.

– O último – disse o homem. – Quer que eu volte para pegar aquela caixa? Vai para o Old Ash, creio eu?

É para lá que vou depois disso?, pensei. Antes não era uma pergunta, mas agora era.

– Pode deixar por ora – respondi.

O garoto foi andando, e o homem foi andando de costas, virando a cabeça para o lado aqui e ali, para se certificar de que não iria bater em nada. Saí com eles do Scriptorium e fiquei observando os dois carregarem os últimos escaninhos no caminhão. Fecharam as portas, entraram na cabine, saíram pelo portão e entraram na Banbury Road.

– Então é isso – falei para Lizzie, quando entrei novamente.

– Ainda não.

De joelhos, Lizzie segurava o espanador em uma mão e uma pequena pilha de fichas na outra.

– Cuidado, estão imundas – avisou, entregando-as para mim.

As fichas estavam presas por um alfinete enferrujado e teias de aranha. Levei-as lá para fora e soprei para limpá-las, então voltei para a mesa de triagem. Espalhei as fichas. Eram sete, cada uma escrita com uma letra diferente, com a citação tirada de um livro diferente, de uma época diferente na história.

– Leia! – gritou Lizzie, de onde estava ajoelhada. – Vamos ver se eu já ouvi falar destas palavras.

– Você já ouviu falar.

– Leia logo.

– Amma captiva. – Lizzie parou de espanar. – Amaa catiua, amaa quatjua, ama-cativa.

As citações eram quase inocentes, mas em três das fichas papai escrevera uma possível definição: escrava, criada mancípia, forçada a servir até a morte.

"Escrava" estava circulado.

Lembrei-me da ficha de identificação que me encontrou debaixo da mesa de triagem.

Lizzie sentou do meu lado e perguntou:

– O que deixou você chateada?

– Essas palavras.

Ela mudou as fichas de lugar, como se estivesse montando um quebra-cabeça.

– Você vai ficar com elas ou entregá-las ao Sr. Bradley?

"Ama-cativa" viera até mim – duas vezes, agora –, e eu relutava em devolvê-la ao Dicionário. *É uma palavra vulgar*, pensei. Mais ofensiva, em minha opinião, do que "babaca". Será que isso me daria o direito de cortá-la, se eu fosse editora?

– Quer dizer "escrava", Lizzie. Isso nunca lhe incomodou?

Ela pensou por um tempo.

– Não sou nenhuma escrava, Essymay. Mas, na minha cabeça, não consigo evitar de me ver como ama-cativa.

Lizzie levou a mão ao crucifixo, e tive certeza de que estava pensando no jeito certo de dizer algo.

Quando finalmente soltou o crucifixo, estava sorrindo.

– Você sempre disse que uma palavra pode mudar de significado dependendo de quem a emprega. Quem sabe, "ama-cativa" pode significar algo além do que está escrito nessas fichas. Eu fui sua ama-cativa desde que você era pequena, Essymay, e fiquei feliz por isso todos os dias.

Fechei a porta do Scriptorium, e Lizzie caminhou comigo no crepúsculo, até a Observatory Street. Comemos pão com manteiga na mesa da cozinha de minha casa e, quando meus olhos começaram a querer se fechar, perguntei se ela poderia ficar comigo.

– Você provavelmente ficaria melhor no meu antigo quarto – falei. – Mas se importa de dormir comigo?

Lá em cima, Lizzie deitou na cama embaixo das cobertas e me abraçou. Eu lhe contei a respeito de Bertie. A respeito do medo dele e do meu.

– Acho que agora consigo imaginar um pouco como deve ser para eles – sussurrei, na escuridão. Não pronunciei o nome de Gareth. Não falamos da carta dele. As fofocas e rumores sobre a Batalha de Loos se espalhavam por toda a Oxford.

Acordei sozinha, mas ouvindo Lizzie bater panelas na cozinha. Ela estava com o mingau no fogo e, quando me viu, serviu uma colherada na tigela, colocou leite, mel e uma pitada de canela. Eu me dei conta de que Lizzie já deveria ter ido ao mercado.

Comemos em um silêncio de cumplicidade. Quando esvaziamos nossas tigelas, Lizzie fez torradas e passou chá. Estava à vontade na cozinha, movimentando-se de um lado para o outro, de um jeito que eu não estava. Lembrei-me de nossa estada em Shropshire.

– É bom ver você sorrindo – disse ela.

– É bom ter você aqui.

As dobradiças do portão cantaram.

– A correspondência matutina – falei. – O carteiro veio mais cedo.

Esperei ouvir o som das cartas sendo empurradas pela abertura da porta da frente. Como isso não aconteceu, Lizzie foi até o corredor para ver se havia alguém lá fora. Fui atrás dela.

– O que ele está fazendo? – perguntei.

– Está segurando... – Lizzie tapou a boca com a mão e ficou sacudindo a cabeça para frente e para trás, muito de leve. Alguém bateu à porta, quase tão baixo que não pude ouvir. Lizzie deu um passo à frente.

– Pare. – A palavra saiu em um sussurro. – É para mim.

Mas eu era incapaz de me mexer.

O homem bateu de novo. Lágrimas rolaram silenciosas pelo rosto enrugado de Lizzie, que olhava para mim. Ela esticou o braço, e eu o segurei.

O homem era velho, velho demais para participar da guerra, por isso foi encarregado de entregar o sofrimento causado por ela. Segurei o telegrama e fiquei observando o homem voltar pela Observatory Street. Com os ombros curvados pelo peso da pasta.

Lizzie ficou comigo. Ela me alimentou, me deu banho e segurou meu braço para ir até o fim da rua, depois virar, até chegar à Igreja de São Barnabé. Lizzie rezou: eu fui incapaz de fazer isso.

Depois de duas semanas, insisti em voltar à Enfermaria Radcliffe. Angus fora mandado para um hospital de reabilitação perto de sua cidade natal. Bertie fora transferido para o Hospital Netley, em Southampton.

Ainda havia três outros garotos que foram silenciados por sua experiência. Eu ficava sentada com eles até a irmã me mandar voltar para casa.

Um mês depois do telegrama, chegou um pacote. Lizzie o trouxe até a sala de estar.

– Tem um bilhete – avisou, tirando-o debaixo do barbante que segurava o embrulho de papel pardo.

> *Cara Sra. Owen,*
> *Por favor, aceite estes dois exemplares de* Palavras de mulheres *e seus significados, com os meus cumprimentos. Peço desculpas*

*por não ter podido imprimir mais e pela encadernação não estar
à altura do original. O papel está escasso, como a senhora deve
saber. Tomei a liberdade de ficar com um terceiro exemplar para
a biblioteca da Gráfica da Universidade de Oxford. Se a senhora
algum dia precisar consultá-lo, vai encontrá-lo nas prateleiras
onde ficam os fascículos do Dicionário.*

Com meus sentimentos,
Horace Hart

Lizzie atiçou o fogo e sentou ao meu lado. Desamarrei o laço, e
o papel se soltou.

– É uma coisa boa – disse Lizzie.

– O quê?

– Ter mais exemplares.

Ela pegou um dos livros e folheou as páginas, contando-as em voz
baixa. Parou na página 15 e encontrou seu próprio nome impresso.

– Lizzie Lester – falou.

– Você lembra qual era a palavra?

– Esbodegada. – Ela passou o dedo debaixo da palavra e aí, olhando
para mim, disse, de memória: – "Eu acordo antes do sol raiar para garantir
que todo mundo no casarão esteja aquecido e seja alimentado assim que
acordar, e só vou dormir quando todos *está* roncando. Eu me sinto esbodegada o tempo todo, feito um cavalo velho, que não serve para nada".

– Palavra por palavra, Lizzie. Como você consegue se lembrar tão
bem dela?

– Eu pedi para Gareth ler para mim três vezes até decorar. Mas
não está perfeita. Eu deveria ter dito "quando todos *estão* roncando".
Por que você não corrigiu?

– Não cabia a mim julgar o que você disse nem como disse. Eu só
queria registrar e, talvez, compreender.

Lizzie balançou a cabeça e disse:

– Gareth me mostrou cada palavra que tinha meu nome. Eu me-
morizei as páginas e o que estava escrito.

– Por que é uma coisa boa ter mais exemplares?

– Porque agora elas vão poder tomar um ar. Você pode dar um para
o Sr. Bradley e um para a Bodleiana. Qualquer coisa importante que está

por escrito eles guardam. Você fala isso. Cada livro, cada manuscrito, cada carta escrita pelo Lorde Fulano para o Professor Sicrano.

— E você acha que isso é importante?

Era a primeira vez que eu sorria em semanas.

— Acho.

Lizzie ficou de pé e colocou seu exemplar de *Palavras de mulheres* em cima do pacote aberto que estava no meu colo. Deu um tapinha nele, encostou a mão em meu rosto e foi para a cozinha.

Lizzie foi comigo à Biblioteca Bodleiana.

Desde que havia permitido que eu me registrasse como leitora, o Sr. Nicholson havia se tornado mais permeável à presença de mulheres em sua biblioteca. Mas eu não sabia ao certo se o seu sucessor também seria. O Sr. Madan olhou para a folha de rosto e declarou:

— Acho que não, Sra. Owen.

Ele tirou os óculos e os limpou com um lenço, como se quisesse remover a imagem formada por meu nome.

— Mas por quê?

O Sr. Madan colocou os óculos de volta no nariz e folheou algumas páginas.

— É um projeto interessante, mas não tem relevância acadêmica.

— E o que seria preciso para que tivesse relevância acadêmica?

— Para início de conversa, teria que ter sido compilado por alguém da academia. Além do mais, teria que tratar de algum assunto relevante.

Eram 10h. Pessoas da academia passavam com suas togas esvoaçantes, compridas e curtas, mas havia menos homens e mais mulheres do que da primeira vez que estive diante daquela mesa. Virei e olhei para onde Lizzie estava sentada. Era o mesmo banco que eu havia ocupado anos antes, enquanto o Dr. Murray argumentava em minha defesa, para que eu pudesse me registrar como leitora naquele gabinete. Ela parecia tão deslocada quanto eu havia me sentido naquela ocasião. Fiquei bem ereta e virei para o Sr. Madan.

— É um assunto relevante, senhor. Preenche uma lacuna no conhecimento disponível e tenho certeza de que esse é o propósito da academia.

Ele teve que erguer um pouco a cabeça para me olhar nos olhos. Senti Lizzie inquieta atrás de mim, vi o olhar do Sr. Madan dirigir-se para ela e voltar para mim.

Ficarei aqui até Palavras de mulheres *ser aceito,* pensei. Se eu tivesse uma corrente, teria me acorrentado de bom grado na treliça que havia diante da mesa.

O Sr. Madan parou de folhear as páginas. Suas bochechas cora-ram, e ele disfarçou seu incômodo tossindo. Foi até a página seis. A letra B.

— É uma palavra antiga, Sr. Madan. Com uma longa história na língua inglesa. Chaucer gostava muito de empregá-la e, ainda assim, ela não aparece em nosso Dicionário. Uma lacuna, certamente.

Ele secou a testa com o lenço e olhou em volta, procurando um aliado. Eu também olhei em volta.

Nossa conversa estava sendo observada por três homens velhos e Eleanor Bradley, que estava lá para verificar citações, sem dúvida. Ela sorriu quando nossos olhares se cruzaram e balançou a cabeça, para me encorajar. Eu encarei o Sr. Madan de novo.

— O senhor não é o juiz do conhecimento. O senhor é o bibliote-cário. — Empurrei *Palavras de mulheres* por cima da mesa. — Não cabe ao senhor julgar a importância dessas palavras. Simplesmente lhe cabe permitir que outros o façam.

———

Eu e Lizzie caminhamos de braços dados pela Banbury Road até Sunnyside. Passamos pelo portão bem quando Elsie e Rosfrith estavam saindo. Elas me abraçaram, uma por vez.

— Vamos encontrar você hoje no Old Ashmolean, Esme? — per-guntou Elsie, pousando a mão delicadamente em meu braço. — Os escaninhos já foram todos instalados, e a única coisa que falta é você. Está um tanto apertado neste exato momento, mas o Sr. Sweatman abriu lugar para você na mesa dele.

Olhei para cada uma das irmãs Murray e depois para Lizzie. Já havíamos sido crianças juntas. Será que nos tornaríamos velhas juntas?

— Vocês podem esperar um instante, Elsie e Rosfrith? Eu já volto.

Atravessei o jardim. O freixo estava perdendo suas folhas, e os ventos de outono já as haviam soprado até o Scriptorium. Tive que tirá-las da frente da porta para conseguir entrar.

Lá dentro estava gelado, quase vazio, com exceção da mesa de triagem. As fichas de "ama-cativa" estavam exatamente onde eu e Lizzie havíamos deixado. Sentei onde Lizzie havia sentado, movimentando as palavras. Ela não era capaz de lê-las, mas as entendera melhor do que eu. Tateei os bolsos procurando um toco de lápis e uma ficha em branco.

AMA-CATIVA
Cativada pela vida inteira por amor, devoção ou obrigação.
"Eu fui sua ama-cativa desde que você era pequena, Essymay, e fiquei feliz por isso todos os dias."
Lizzie Lester, 1915

Fechei a porta do Scriptorium e ouvi seu ruído, que ecoou por aquele espaço quase vazio. *É só um galpão*, pensei e voltei até as três mulheres que estavam me esperando.

– Estas fichas são para o Sr. Bradley – falei, entregando o montinho para Elsie. – Lizzie as encontrou quando estávamos limpando. São as fichas perdidas de "ama-cativa".

Por um instante, Elsie não entendeu do que eu estava falando, mas então as rugas entre suas sobrancelhas deram lugar a olhos arregalados.

– Meu Deus – disse ela, olhando mais atentamente para as fichas, sem acreditar.

Rosfrith se inclinou para dar uma olhada e falou:

– Esse foi um mistério e tanto.

– Mas não encontramos a ficha de identificação, infelizmente – lancei o mais furtivo dos olhares para Lizzie e completei: – Mas há algumas sugestões de definição. Achamos que o Sr. Bradley gostaria de tê-las, depois de todo esse tempo.

– Não tenho dúvidas de que gostará – comentou Elsie. – Mas certamente você mesma pode entregá-las, não?

– Eu não irei para o Old Ashmolean, Elsie. Recebi uma oferta de emprego no Hospital Netley, em Southampton. Estou pensando em aceitar.

O baú estava em cima da mesa da cozinha. Eu e Lizzie sentamos frente a frente, com ele entre nós, cada uma com sua xícara de chá.

– Acho que deveria ficar aqui – falei. – Minhas acomodações são temporárias, e não sei quando vou conseguir algo mais permanente.

– Mas, com certeza, você vai coletar mais palavras.

Tomei um gole de chá e sorri.

– Talvez não. Estarei trabalhando com homens que não falam.

– Mas é o seu *Dicionário das palavras perdidas!*

Pensei no que havia dentro do baú.

– Ele me define, Lizzie. Eu não saberia dizer quem sou sem ele. Mas, como diria papai, eu segui todas as linhas de investigação e estou satisfeita por ter o suficiente para escrever um verbete preciso.

– Você não é uma palavra, Essymay.

– Não para você. Mas para Ela, isso é tudo que sou. E talvez não seja nem isso. Quando chegar o momento certo, quero que Ela fique com o baú. – Estiquei o braço por cima da mesa e segurei a mão de Lizzie, que estava apoiada em seu peito. – Eu quero que Ela saiba quem eu sou. O que Ela significava para mim. Está tudo aí dentro.

Olhamos para o baú, gasto de tanto ser manuseado, como um livro bem lido.

– Você sempre foi a guardiã dele, Lizzie, desde a primeira palavra. Por favor, cuide dele até eu conseguir me acomodar.

◆

Minhas malas já estavam prontas quando os pertences de Gareth chegaram.

Esvaziei a mochila com cuidado em cima da mesa da cozinha. Ainda havia lama nas meias que eu tricotara; terra e sangue em sua calça e camisa de baixo extra. Dele ou de outro homem, eu não sabia. Minhas cartas estavam todas lá, assim como os poemas de Rupert Brooke. Folheei as páginas e encontrei minha ficha – "amor", "eterno".

Abri o fecho de seu *kit* de barbear, esvaziei sua caixa de material de correspondência; virei cada bolso e rolei a poeira e a lama seca entre meus dedos. Queria que tudo o que Gareth havia deixado tocasse minha pele. Abri as cartas que escrevi para ele. As mais antigas estavam tão desgastadas nas dobras do papel que era difícil ler minhas palavras. Quando abri a última, páginas escritas por ele estavam entre as minhas. A letra era trêmula, apressada, mas era a letra de Gareth.

Loos, 1º de outubro de 1915
Minha querida Es,

Já faz três dias. Como isso é possível? Parece mais. Foram dias intermináveis. Era para termos ficado descansando por um dia, mas não ficamos. Já estávamos exaustos, mas tínhamos que continuar lutando. Será que é isso que estamos fazendo?

A maior parte de nós morreu.

Eu não dormi. Não consigo pensar direito, mas sei que tenho que escrever para você, Es. Es. Es. Es. Es. Es. Essy. Esme. Sempre adorei o fato de Lizzie lhe chamar de Essymay. Eu também queria lhe chamar assim: ficou ali, na ponta da língua. Mas esse apelido é dela. Representa tudo o que você era antes de eu lhe conhecer. Será que é por isso que eu o adoro tanto?

Perdoe-me. Estou desesperado para deitar, encostar minha cabeça na sua barriga. Quero ouvir o bater do seu coração. Eu encostei a cabeça no peito do meu subordinado e não ouvi nada. Por que ouviria? Suas pernas foram arrancadas. Suas pernas que fizeram tudo o que pedi não estavam mais presas ao corpo.

Perdi sete dos meus homens, Es. Para alguns, as semanas que antecederam esta batalha foram as melhores de suas vidas. Três já deviam ser pais quando os músculos se soltaram dos seus ossos.

Escrevo isso, minha amada Es, porque você diz que a sua imaginação cria imagens que palavras não chegam nem perto de descrever, e que você prefere saber a verdade. Acho um grande alívio poder escrever sem censura, e é o mais próximo que posso chegar de encostar no seu peito e chorar. Sou tão grato. Mas você não imaginou a angústia que sentiria. Meu relato penetrará nos seus sonhos e serei eu que estarei deitado na lama, com olhos vidrados, pedaços de mim arrancados. Todas as manhãs você acordará com medo de que isso seja verdade, e a imagem vai lhe assombrar ao longo do dia.

Estou exaurido, minha amada Es. Há um zumbido nos meus ouvidos e imagens nos meus pensamentos que se tornam mais claras e mais grotescas toda vez que fecho os olhos. É o desafio que terei de encarar se for dormir de novo um dia. Seria covarde de minha parte compartilhar isso com você.

Quando a batalha terminar, eu rasgarei esta carta e começarei outra com um arranjo mais tolerável de palavras. Mas, neste exato momento, tendo-as arranjado exatamente como eu precisava arranjar, sinto que me livrei de um peso. Quando minhas pálpebras se fecharem, serei poupado do pior, e aparecerá uma imagem sua que me levará ao sono.

Amor eterno,
Gareth

Dobrei a carta e coloquei minha ficha dentro dela. Folheei as páginas do livro de Brooke até encontrar "Os mortos". Li os primeiros versos em silêncio.

– Tudo isso acabou – falei, para a casa vazia. Não fui capaz de continuar lendo.

Fechei o poema em volta de nossas derradeiras palavras. Fiquei de pé. Subi a escada e fui até o banheiro. Coloquei o pente de Gareth de volta na pia. Eu estava indo embora: não fazia nenhum sentido. Mas nada fazia sentido.

Soltei a tranca e a tampa foi para trás, revelando "Dicionário das palavras perdidas" riscado do lado de dentro. O baú estava lotado, mas ainda tinha espaço suficiente.

Por cima de tudo, estava nosso dicionário. Abri na página de rosto.

Palavras de mulheres e seus significados
Editado por Esme Nicoll

Coloquei o livro de Rupert Brooke que fora de Gareth ao lado dele.

Segurei as frases grotescas dos soldados, escritas com a letra de Gareth. Não as guardei no baú. Ele não queria que eu as trancasse em algum lugar.

Não ouvia nenhum som vindo da cozinha e sabia que Lizzie devia estar esperando, não queria me apressar. Mas ela estaria preocupada com o horário. O trem para Southampton estava previsto para partir ao meio-dia.

Tirei o telegrama do bolso e o coloquei em cima de *Palavras de mulheres*. O papel era pardo, como papel de açougueiro, e pálido em contraste com o belo verde do couro. A metade da mensagem era datilografada: "Lamentamos informar-lhe que...". Eficiente, já que a mensagem era a mesma com tanta frequência. O restante estava escrito à mão. O funcionário do telégrafo que transcreveu a mensagem havia adicionado "profundamente" depois de "Lamentamos".

Fechei o baú.

PARTE VI

1928

WICLEFISMO – WULFFENITA

NOVEMBRO DE 1928

15 de agosto de 1928
Cara Srta. Megan Brooks,

Eu me chamo Edith Thompson. Seus pais devem ter lhe falado a meu respeito. Sarah, sua falecida mãe, era uma das minhas amigas mais queridas e uma das poucas pessoas dispostas a me acompanhar no que ela chamava, por troça, de minhas "peram-bulações na História" (nunca ficava claro se o "perambulações" se referia à caminhada ou aos meus comentários – ela achava graça que eu continuasse tentando adivinhar). Quando todos vocês tomaram o navio para a Austrália, tive dificuldade para substituí-la, mas deliciava-me com suas cartas. Que, sem falta, traziam notícias suas, do jardim dela e da política local – três coisas das quais ela tinha muito orgulho. Ah, como sinto falta dos conselhos práticos e da sagacidade de sua mãe.

Estou lhe enviando esta carta e o baú que a acompanha por meio de seu pai, por razões que logo serão esclarecidas. Eu queria ter certeza de que você, de algum modo, fosse preparada para receber o conteúdo de ambos. Como se pode preparar alguém para isso, não sei ao certo, mas um pai deve saber. E, de todos os pais, o seu é certamente um dos mais sábios.

O baú pertencia a outra amiga muito querida. Ela se cha-mava Esme Owen. Nicoll, de solteira. Estou ciente de que você sempre teve conhecimento do fato de ser adotada, mas talvez não soubesse de todos os detalhes. Acho que a história que tenho para contar lhe trará fortes emoções. Sinto muito. Mas sentiria muito mais se jamais a revelasse.

Minha querida Megan... Há 21 anos, Esme lhe deu a vida, mas não tinha condições de mantê-la. Esse tipo de circunstância sempre é delicado, mas sua mãe e seu pai passaram muito tempo com Esme durante os meses que antecederam seu nascimento. Ficou óbvio para mim que eles passaram a amá-la e admirá-la, como eu a amei e admirei. Quando chegou a hora, sua mãe apoiou Esme de um modo que eu não poderia apoiar. Para ela, foi muito natural ficar no quarto durante o parto. E, por um mês, sua mãe ficou ao pé de Esme, enquanto você, linda criança, se tornava um elo entre as duas.

É dolorido lhe escrever estas palavras. Sua verdade será uma tristeza da qual não acho que vou me recuperar. Esme faleceu na manhã do dia 2 de julho deste ano, 1928. Tinha apenas 46 anos de idade.

Os detalhes parecem corriqueiros – ela foi atropelada por um caminhão na ponte de Westminster. Mas nada em Esme era corriqueiro. Ela havia ido para Londres para a votação da Lei da Franquia Igualitária, não para se juntar ao coro nem para segurar cartazes, mas para registrar o que isso significava para as pessoas que ficavam à margem da multidão. Foi isso que ela fez, percebe? Esme percebeu quem estava faltando nos registros oficiais e lhes deu uma oportunidade para falar. Escrevia uma coluna semanal no jornal local – "Palavras perdidas", era o nome – e, a cada semana, conversava com pessoas corriqueiras, ignaras, esquecidas, para entender o que grandes eventos significavam para elas. No dia 2 de julho, Esme estava conversando com uma mulher que vendia flores na ponte de Westminster, quando a multidão a empurrou para o meio da rua.

Sinto que devo lhe contar mais sobre ela, além das circunstâncias de sua morte. Nosso último encontro, acho eu, é uma anedota tão boa quanto qualquer outra.

Fui convidada a sentar no mezanino do Goldsmith's Hall, onde seria servido um jantar para marcar a publicação completa do Dicionário Oxford da Língua Inglesa. *Fui acompanhada de Rosfrith Murray e Eleanor Bradley, filhas de editores que dedicaram a vida à obra dos pais. Houve um burburinho em relação à nossa presença, devido ao nosso sexo, mas concluíram que seria justo, ainda que não pudéssemos jantar com os homens, permitir que, ao menos, testemunhássemos os discursos. Stanley Baldwin, o primeiro-ministro, falou maravilhosamente, agradecendo aos editores e à equipe, mas não dirigiu o olhar ao mezanino. O Dicionário foi uma empreitada na qual estive envolvida desde a publicação das primeiras palavras, em 1884, até a publicação das últimas. Disseram-me que poucas pessoas naquele recinto poderiam se gabar de terem se dedicado por um período tão longo. Rosfrith e Eleanor também deram ao Dicionário décadas de suas vidas. Assim como Esme.*

Ela me disse, não faz muito tempo, que sempre fora uma criada-cativa do Dicionário. "O Dicionário é meu dono", dizia. Mesmo depois de Esme ter saído da equipe, o Dicionário a definia. Ainda assim, apesar desses grilhões, ela não teve direito sequer a ver a comemoração do mezanino.

Os homens comeram saumon souilli com sauce hollandaise e, de sobremesa, receberam uma mousse glacée favorite. Beberam um Château Margaux de 1907. Recebemos o programa da noite, e o menu estava incluído – uma crueldade não intencional, estou certa.

Estávamos morrendo de fome quando tudo acabou, mas Esme viera de Southampton para nos encontrar e, quando saímos do Goldsmith's Hall, lá estava ela, com um cesto de comida. Como estava uma noite agradável, pegamos um táxi até o rio Tâmisa e sentamos debaixo de um poste com nosso piquenique, aproveitando nossa comemoração particular. "Um brinde às mulheres do Dicionário", disse Esme, e erguemos nossas taças.

Eu só fiquei sabendo do caminhão depois do enterro, quando Lizzie Lester, amiga de Esme, sugeriu que o baú deveria ser enviado para você. Ela tirou essa coisa velha e surrada debaixo da própria cama e explicou o que eu iria encontrar caso o abrisse. Aquela pobre moça estava transtornada pelo luto. Mas, quando lhe garanti que enviaria o baú para você assim que possível, ela se acalmou.

O baú ficou ao pé da minha cama por uma semana, sem ser aberto. Quando as minhas lágrimas por causa de Esme secaram, eu não precisei explorar seu conteúdo. Para mim, Esme é como uma palavra predileta que entendo em um sentido específico e não tenho vontade de entender de outro modo.

O baú é seu, Megan. Pode abri-lo ou deixá-lo trancado. Seja qual for sua escolha, por favor, saiba que terei todo o prazer em responder perguntas a respeito de Esme, caso você tenha alguma. Aliás, ela me chamava de Ditte. Sentirei falta de ouvir esse apelido e ficaria feliz de ser chamada assim novamente, se você se der ao trabalho de escrever para mim.

Com amor e muita empatia,
Ditte Thompson

Meg ficou sentada com o baú por tanto tempo que o quarto ficou às escuras. Ao lado do objeto, a carta de Ditte. Lida e relida. Uma página estava amarrotada, porque Meg a amassara em um ataque de raiva. Instantes depois, ela a alisou até ficar como era antes.

Seu pai bateu à porta, uma batida leve, acabrunhada. Ofereceu chá, e Meg recusou. Ele bateu novamente e perguntou como a filha estava se sentindo. "Muito bem", respondeu ela, apesar de ter quase certeza de que não estava. Quando o relógio do corredor bateu 20h, uma espécie de feitiço se desfez. Meg levantou da cadeira onde ficara sentada durante as últimas quatro horas e acendeu o abajur. Abriu a porta da sala de estar e chamou o pai.

– Aceito aquele chá agora, papai – disse ela. – Com uns biscoitinhos, se o senhor não se importar.

Depois de colocar a bandeja ao lado da filha, ele serviu o chá na caneca de porcelana preferida da mãe de Meg. Colocou uma rodela de limão, lhe deu um beijo na testa e saiu da sala. Nem comentou que o jantar já havia esfriado.

Fazia três anos que aquela xícara não era aquecida por chá. Meg a segurou como a mãe segurava: com as duas mãos e a alça virada para frente, em uma tentativa de não encostar no pequeno trincado na borda, bem onde alguém normalmente beberia. Esse gesto borrou os contornos do ser de Meg, e ela imaginou seus dedos elegantes sendo os dedos gordos da mãe, com os calos amolecendo sob o calor, um toque de terra debaixo das unhas. As pernas curtas e pesadas da mãe cabiam melhor na poltrona do que as compridas de Meg, mas havia criado o hábito de sentar ali. Apesar de o dia ter sido quente, Meg tremia, como a mãe fazia com certa frequência, quando entrava em casa, vinda do jardim, para tomar chá com ela.

O que teria pensado do baú?, perguntou-se Meg. Será que teria lhe dito para abri-lo ou mantê-lo fechado? O baú estava em cima do divã, onde passara a tarde toda. Meg olhou para ele de novo e pensou que o objeto havia se tornado estranhamente conhecido. "Quando você quiser", sua mãe teria dito.

Meg terminou de tomar o chá e levantou da poltrona velha. Sentou-se no divã ao lado do baú. A tranca se abriu sem esforço, e a tampa foi para trás.

Alguém gravara *Dicionário das palavras perdidas*, toscamente, na parte interna da tampa. Era uma letra de criança, e Meg de repente se deu conta de que o conteúdo não pertencia apenas a uma mulher que entregara sua filha, mas a uma menina que jamais sonhou que teria de fazer isso um dia.

Um telegrama, um livro fino encadernado em couro com *Palavras de mulheres e seus significados* gravado na capa, cartas, papéis soltos — alguns panfletos do sufrágio, programas de teatro e recortes de jornais. Havia três desenhos de uma mulher, nua. No primeiro, estava olhando por uma janela, e a barriga inchada mal era visível. No terceiro, suas mãos e seu olhar abraçavam o bebê, que deveria estar chutando.

Mas, a maior parte do conteúdo era formada por pequenos pedaços de papel, do tamanho de cartões-postais. Alguns estavam presos com alfinete, outros soltos. Havia uma caixa de sapato cheia deles, organizados em ordem alfabética, com pequenos cartões entre cada letra, como uma gaveta de catálogo de biblioteca. Cada tira de papel tinha uma palavra escrita no alto e uma frase embaixo. Às vezes, havia o nome de um livro, mas a maioria tinha apenas um nome de mulher, às vezes de um homem.

A luz da manhã atravessou o janelão, aquecendo o rosto de Meg. Ela acordou assustada. Suas costas doíam das horas que havia dormido no divã. *Mais um dia escaldante*, pensou, enquanto o baú e seu conteúdo permaneciam submersos, como em um sonho. Mas *Palavras de mulheres* estava aberto em seu colo, e ela sentia a pele do rosto repuxar, por causa das lágrimas que haviam secado. Sob o olhar do sol de Adelaide, as palavras de Esme, em todas as suas formas, estavam espalhadas no chão, expostas e reais.

Meg começou a organizá-las. Reuniu as cartas de Ditte e fez uma pilha com elas, outra com os cartões-postais de Tilda. Os panfletos do sufrágio e recortes de jornal tinham sua própria pilha. Havia um programa de *Muito barulho por nada* e um punhado de entradas de teatro, que ela colocou com outros papéis soltos, formando uma pilha de papéis diversos.

Quase todas as fichas da caixa de sapatos haviam sido escritas com a mesma letra. Meg checou, e todas tinham um verbete em *Palavras de mulheres*. Deixou-as onde estavam e se virou para o restante. Eram tantas, cem ou mais, cada uma única em sua letra e conteúdo. Havia palavras corriqueiras e palavras que Meg nunca havia ouvido. Algumas das citações eram tão antigas que Meg não conseguiu entender nada. Mas leu cada uma delas.

As fichas eram todas mais ou menos do mesmo tamanho, e a maioria parecia ter sido feita especialmente para esse propósito. Mas algumas foram feitas com o material que estava à mão: havia fichas recortadas de cadernos escolares ou de contabilidade; de páginas de romances ou panfletos, com uma palavra circulada, e a frase, sublinhada. Uma palavra fora escrita no verso de uma lista de compras, e o remetente provavelmente já teria comprado seus três litros de leite, a caixa de soda, banha, dois quilos de farinha, carmim e biscoitos McVitie's. Será que ele havia feito um bolo antes de se sentar para redigir a frase que representava perfeitamente um dos sentidos da palavra "pitada"? A citação fora tirada das páginas femininas do informativo de uma igreja local, datada de 1874. A lista de compras, já desnecessária, era do tamanho e do formato perfeitos. Meg imaginou uma mulher, nem rica nem pobre, sentada à mesa da cozinha, com o informativo à sua frente, um bule de chá perto do cotovelo; a espera para o bolo crescer sendo uma pausa bem-vinda em seu dia. E então uma criança entrando na cozinha, enchendo as narinas com a delícia que estava por vir, correndo em volta da mesa até chegar a hora de soprar as velas.

Vivas irromperam, vindos do parque do outro lado da rua, fazendo Meg voltar a si mesma e a Esme. O som conhecido do taco batendo na bola, as palmas frequentes e bem-educadas e a ocasional animação por um ponto marcado no jogo de críquete a fizeram lembrar que era manhã de sábado, que estava em pleno calor do verão de Adelaide e bem longe do clima úmido e gelado daquelas palavras e de seus defensores. Meg se sentiu rígida, desgrenhada. Levantou e olhou para os jogadores. Era um sábado como outro qualquer, mas não era.

Mais vivas, mas Meg se afastou da janela e foi até a estante de livros. Que continha todos os doze volumes do *Dicionário Oxford da Língua Inglesa*. Estavam em uma prateleira baixa, para ficarem mais acessíveis, apesar de Megan mal conseguir levantá-los quando era pequena. Seus pais colecionavam os volumes desde que ela se entendia por gente: o último só chegara havia uma semana.

Meg tirou V *a* Z do lugar, no final da prateleira, e abriu na primeira página. Podia sentir o cheiro de novo, a resistência da lombada ao abri-lo. Publicado em 1928.

Poucos meses antes, o volume não existia. Poucos meses antes, Esme existia.

Meg foi até a outra ponta da prateleira e passou os dedos por cima das letras douradas do Volume 1, A *e* B. A lombada estava rachada de tanto ser aberta, a ponta de cima, danificada por suas mãos de criança que o tiraram do lugar. Desta vez, Meg foi cuidadosa ao tirá-lo da prateleira. O peso do volume era sempre uma surpresa. Levou-o até a poltrona da mãe e o colocou no colo. E aí abriu na folha de rosto.

Novo Dicionário da Língua Inglesa
segundo Princípios Históricos
Editado por James A. H. Murray
Volume 1. A e B
Oxford: Gráfica Clarendon
1888

Fazia quarenta anos. Esme deveria ter 6.
Meg pegou a ficha de "bater" e leu a citação.
"Bata até o açúcar se dissolver bem e a mistura ficar mais clara."

Ela virou as páginas do Dicionário até encontrar a palavra. "Bater" tinha cinquenta e nove acepções, distribuídas em dez colunas. A violência caracterizava tantas delas... Foi descendo o dedo pelas colunas até chegar a uma definição que combinasse com a da ficha. Quatro citações, todas sobre bater ovos. A citação na ficha de Esme não estava ali.

Meg colocou A e B no chão, ao lado do baú. Abriu a caixa de sapatos e remexeu nas fichas.

FILHO ILEGÍTIMO
"Ficar com um filho ilegítimo é uma condenação, para ela e para a criança. Vou providenciar uma ama de leite."
Sra. Mead, parteira, 1907

A letra de Esme já lhe era conhecida. Meg pegou o Volume 6 do Dicionário e encontrou a página correspondente. "Filho ilegítimo" estava completamente ausente, mas ela entendeu o significado. Voltou ao Volume 1 e abriu em "bastardo".

Gerado e nascido fora do matrimônio.
Adulterino, não reconhecido, não autorizado.
Não genuíno, falsificado, espúrio, degenerado, adulterado, corrompido.

Meg fechou o volume com força. Levantou do chão, mas suas pernas tremiam. Ela se sentia frágil: de repente, era desconhecida para si mesma. Caiu na poltrona e começou a chorar. "Bastardo" tinha duas colunas. E, mesmo assim, o que a palavra significava para ela não fora capturado por uma única citação sequer.

Meg tinha saudade da mãe, tinha saudade de suas palavras e gestos, coisas que tinha certeza de que encontrariam um sentido naquela bagunça que tapava o chão da sala de estar. Enterrou o rosto no tecido da poltrona e sentiu o cheiro do cabelo da mãe, o aroma tão conhecido de sabonete Pears, que ela sempre usava para lavá-lo. E que Megan ainda usava. Chorou ao ponto de soluçar. Será que era isso que significava ser filha de alguém? Ter o cabelo com o mesmo cheiro do da mãe? Usar o mesmo sabonete? Ou era uma paixão em comum, uma frustração em comum? Meg nunca teve vontade de se ajoelhar na terra e plantar bulbos como a mãe: ela ansiava ser levada em consideração – não por gentileza, mas por curiosidade, interesse por seus pensamentos, respeito por suas palavras.

Será que era isso, aquela bagunça no chão? Prova de uma mente curiosa? Fragmentos de frustração? Uma tentativa de compreender e explicar? Será que os anseios de Meg eram semelhantes aos de Esme e será que era isso que significava ser filha de alguém?

Quando seu pai bateu à porta, Meg havia parado de chorar. Algo tentava emergir de dentro de seu luto – se para complicá-lo ou simplificá-lo, ela não sabia.

– Meg, querida?

Seu pai foi delicado como fora na noite anterior e entrou na sala como um observador de pássaros que tem medo de assustar uma corruíra.

Meg não disse nada: seus pensamentos não paravam de tropeçar em algo incômodo.

– Você gostaria de tomar café? – perguntou ele.

– Eu gostaria de papel, papai. Se o senhor não se importar.

– Papel de carta?

– Sim, o papel sulfite da mamãe, aquele azul-claro que fica na escrivaninha dela.

Meg examinou a expressão do pai em busca de algum sinal de resistência, mas não encontrou.

***

Adelaide, 12 de novembro de 1928

Ao lhe escrever tudo isso, fico insegura. Chamar Esme de "mãe" me parece uma traição à mamãe, mas como lhe negar tal título? Ainda assim, fico insegura. A noite toda contemplei o significado de palavras. Em sua maioria, palavras que jamais empreguei ou mesmo ouvi falar. Aceitei sua importância nos contextos em que foram proferidas e, pela primeira vez na vida, questionei a autoridade dos muitos volumes que preenchem uma prateleira da estante de livros na frente da qual estou sentada.

"Mãe" estaria ali. Claro que estaria, apesar de eu jamais ter tido motivo para procurá-la no dicionário. Até o presente momento, eu pensaria que qualquer falante da língua inglesa, seja qual for seu nível de instrução, saberia o significado dessa

palavra, saberia como empregá-la. Saberia a quem o termo se aplica. Mas, agora, fico insegura. O significado se tornou relativo.

Quero levantar e tirar o volume da prateleira, mas tenho medo de que a definição que lerei não se aplique à mamãe. Então fico sentada mais um pouco, e as lembranças que tenho de mamãe apagam todos os meus temores. Mas, agora, temo que "mãe" não se aplique a Esme.

Meg dobrou a folha e a guardou dentro do baú.

Pouco depois, Philip Brooks colocou uma bandeja de café da manhã na mesinha que havia ao lado da filha. Um bule de chá, duas rodelas de limão em um pratinho, quatro fatias de torrada e um vidro recémaberto de geleia de laranja e lima. Havia o bastante para duas pessoas.

– Sente comigo, papai.

– Tem certeza?

– Sim.

Meg pegou a xícara de porcelana de sua mãe no lugar onde a havia deixado, na noite anterior, e a estendeu para o pai servir o chá. Ele primeiro serviu à filha, depois a si mesmo. Colocou uma rodela de limão em cada xícara.

– Isso muda alguma coisa? – perguntou ele.

– Muda tudo – respondeu Meg.

O pai baixou a cabeça para tomar o chá: suas mãos tremiam muito sutilmente. Quando Megan olhou para o rosto dele, viu que cada músculo estava se esforçando para segurar uma emoção da qual ele queria lhe poupar.

– Quase tudo – disse ela.

O pai levantou a cabeça.

– Não muda o que sinto pelo senhor, papai. E não muda o que sinto pela mamãe ou como vou me lembrar dela. Acho que, talvez, eu a ame ainda mais. Neste exato momento, tenho uma saudade terrível dela.

Os dois ficaram sentados em silêncio, em meio às coisas de Esme. E, do outro lado da rua, vindo do parque, o som repetitivo e tranquilizante do taco batendo na bola marcou a passagem do tempo.

EPÍLOGO

ADELAIDE, 1989

O homem detrás do atril pigarreia, mas não adianta: o auditório zumbe como uma colmeia. Ele organiza os papéis, olha para o relógio de pulso, espia os eruditos ali reunidos por cima dos óculos de leitura. Então pigarreia de novo, desta vez um pouco mais alto, no microfone.

O clamor se esvai: uns poucos retardatários sentam-se em seus lugares. O homem atrás do atril começa a falar.

– Bem-vindos à décima reunião anual da Sociedade Australiana de Lexicografia – diz, com a voz baixa levemente trêmula.

Então, depois de ficar em silêncio por alguns instantes, quase demais, continua:

– *Naa Manni* – diz, um pouco mais alto, percorrendo o recinto com o olhar. – É assim que se diz "olá" em kaurna, quando há mais de uma pessoa, e fico muito feliz de ver que há mais de uma pessoa aqui neste dia. – Ouve-se um murmúrio, de uma leve graça. – Para aqueles de vocês que estão visitando nossa cidade, os Kaurna são um povo aborígene que chamava esta terra de lar antes que este grande auditório fosse construído, e antes mesmo de a língua inglesa ser falada neste país. Estamos na terra deles e, apesar disso, não falamos a língua deles.

O homem olha mais uma vez ao redor e então prossegue:

– Estou empregando expressões kaurna esta manhã como um argumento. Nas décadas de 1830 e 1840, essas expressões eram empregadas por Mullawirraburka, Kadlitpinna e Ityamaiitpinna, anciões do povo kaurna mais conhecidos pelos colonizadores brancos como Rei John, Capitão Jack e Rei Rodney. Esses homens aborígenes sentaram com dois homens alemães que tinham interesse em aprender a língua originária. Os alemães escreveram o que ouviram e criaram modos de escrita que poderiam ser compreendidos por outros. Estavam fazendo o trabalho de linguistas e lexicógrafos, apesar de não usarem esses termos. Eram missionários, mas qualquer um de nós é capaz de reconhecer sua paixão pela língua, seu desejo de registrar e entender as expressões orais, não apenas para poder informar seu uso contemporâneo correto, mas também para preservá-las e para que seu contexto histórico pudesse ser compreendido. Se não fosse pelos esforços desses dois homens, o universo linguístico do povo kaurna estaria perdido para nós, assim como nosso entendimento do que era importante para eles, do que é importante para eles. Poucas pessoas do povo kaurna falam a própria língua nos dias de hoje. Mas, como foi registrada por escrito, assim como os significados das palavras, é possível que esse povo (e, ouso sugerir, brancos como eu) fale o idioma novamente.

Sua voz havia ficado mais alta e aguda, de empolgação, e sua testa brilhava sob os fortes refletores do palco. O homem fez uma pausa para recuperar o fôlego.

– O ano de 1989 é um ano muito significativo para a língua inglesa, mas provavelmente também é correto dizer que poucas pessoas além das presentes neste auditório sabem disso.

Ouviram-se leves risadas, e o homem tirou os olhos do papel, visivelmente satisfeito.

– Este ano, a segunda edição do *Dicionário Oxford da Língua Inglesa* foi publicada, sessenta e um anos depois de ter sido encerrada a primeira edição. Combina a primeira edição e todos os suplementos, assim como cinco mil novas palavras e seus significados. Este trabalho, essa documentação da língua, foi feito por lexicógrafos, alguns deles presentes aqui neste auditório. Por esse grande esforço, lhes damos os parabéns.

Ele bate palmas, e a plateia o acompanha, alguns assoviam e dão vivas.

– Acalmem-se, pessoal, temos uma reputação séria e tediosa a zelar. Mais risos. O homem espera as risadas silenciarem, já relaxado.

– O grande James Murray disse, certa vez: "Não sou um homem das letras. Sou um homem da ciência e tenho interesse naquele ramo da Antropologia que lida com a história da fala humana". As palavras nos definem, nos explicam e, de quando em vez, servem para nos controlar e nos isolar. Mas o que acontece quando as palavras faladas não são registradas?

Que efeito isso tem sobre o falante dessas palavras? Uma lexicógrafa, a quem todos devemos agradecer, leu nas entrelinhas dos maiores dicionários da língua inglesa, incluindo o DOLI do Dr. Murray. É a professora-doutora Megan Brooks: professora emérita da Universidade de Adelaide, presidente da Sociedade Filológica da Australásia, que já recebeu a medalha Ordem da Austrália pelos seus serviços prestados à língua.

Ele sorri antes de finalmente anunciar:

– Sem mais delongas, cedo a palavra à professora-doutora Megan Brooks, que fará a palestra de abertura. Sua fala é intitulada "Dicionário das palavras perdidas".

Os aplausos acompanham a subida de uma mulher alta e altiva ao palco. À medida que ela se aproxima do atril, ajeita uma mecha rebelde de cabelo ruivo claro atrás da orelha. O homem lhe estende a mão, e ela o cumprimenta, com um sorriso estampado no rosto cheio de rugas. O homem faz uma reverência discreta e se afasta.

Do bolso do casaco, Megan Brooks tira um envelope branco. E, de dentro do envelope, tira com todo o cuidado uma delicada tira de papel, amarelada pelo tempo. É isso, e apenas isso, que ela deposita sobre o atril, alisando o papel com todo o cuidado, com as mãos enluvadas.

Ela olha para o auditório. Já fez isso mil vezes, mas esta será a última. Levou uma vida para compreender o que está prestes a dizer e sabe que é algo importante.

Concentra o olhar na fileira do meio e observa rapidamente cada um dos rostos, sem se fixar em nenhum deles. A maioria é de homens, mas há várias mulheres. Que são muito bem-sucedidas em suas carreiras. Ela consegue sentir uma impaciência começando a surgir naquele espaço amplo, mas a ignora e observa as fileiras de baixo, depois as fileiras abaixo dessas. Percebe os rostos começando a se virar para a pessoa do lado, sussurrando. Ainda assim, continua procurando.

Na segunda fileira da frente, ela para. Há uma mulher jovem, com certeza deve ser apenas uma estudante de graduação. Está no início de sua trajetória com as palavras, e sua expressão de curiosidade satisfaz a mulher idosa. Ela sorri. É o motivo para começar a falar. Megan Brooks pega a papeleta.

– Ama-cativa – diz. – Por um tempo, essa bela e inquietante palavra pertenceu à minha mãe.

NOTA DA AUTORA

Este livro começou com duas perguntas simples: as palavras têm significados diferentes para homens e mulheres? E, se têm, é possível que tenhamos deixado algo escapar no processo de defini-las?

Tive uma relação de amor e ódio com as palavras e os dicionários a vida toda. Tenho dificuldades com a ortografia e, com frequência, emprego as palavras de forma incorreta ("afluente", afinal de contas, é tão parecido com "efluente" que é um erro fácil mesmo de cometer). Quando era criança e pedia ajuda para os adultos que faziam parte da minha vida, eles diziam "olhe no dicionário". Mas, quando a gente não sabe a grafia, o dicionário pode ser uma coisa impenetrável. Apesar da minha falta de jeito com a língua inglesa, sempre amei o fato de que escrever palavras de uma maneira específica pode criar ritmo, evocar uma imagem ou expressar uma emoção. É a maior ironia da minha vida ter que escolher palavras para explorar o meu mundo interior e exterior.

Há alguns anos, uma grande amiga sugeriu que eu lesse *O professor e o demente*, de Simon Winchester, um livro de não ficção que relata a relação entre James Murray, editor do *Dicionário Oxford da Língua Inglesa*, e o Dr. William Chester Minor, um de seus mais prolíficos (e notórios) voluntários. No geral, gostei do livro, mas fiquei com a impressão de que o Dicionário foi uma empreitada exclusivamente masculina. Pelo que pude captar, todos os editores eram homens, a maioria dos assistentes eram homens, a maioria dos voluntários eram homens, e a maioria das obras literárias, dos manuais e artigos de jornal usados como evidência do emprego das palavras havia sido escrita por homens. Até a delegação da Gráfica da Universidade de Oxford – que controlava o dinheiro – era formada por homens.

Onde estão as mulheres nesta história e será que a sua ausência tem importância?, me perguntei.

Levei um bom tempo para encontrar as mulheres e, quando as encontrei, descobri que estavam desempenhando papéis menores, coadjuvantes. Havia Ada Murray, que criou onze filhos, cuidou da casa e, ao mesmo tempo, ajudava o marido a cumprir suas tarefas de editor. Havia Edith Thompson e sua irmã, Elizabeth Thompson, que juntas forneceram quinze mil citações, só para *A e B*, e continuaram a enviar citações e a prestar assistência editorial até a última palavra ser publicada. Havia Hilda, Elsie e Rosfrith Murray, e todas trabalhavam no Scriptorium, ajudando o pai. E também havia Eleanor Bradley, que trabalhava no Old Ashmolean, fazendo parte da equipe de assistentes do pai. Havia também um sem-número de mulheres que mandaram sugestões de palavras e citações. Por fim, havia mulheres que escreveram romances, biografias e poemas que foram considerados evidências do uso de uma ou outra palavra. Mas, em todos esses casos, estavam em menor número do que os homens que desempenharam as mesmas tarefas, e a história tem dificuldade para se lembrar de todas elas.

Decidi que a ausência das mulheres tinha importância, sim. Essa falta de representatividade poderia significar que a primeira edição do *Dicionário Oxford da Língua Inglesa* era parcial e favorecia as experiências e sensibilidades masculinas. De homens brancos, mais velhos e vitorianos.

Este livro é minha tentativa de entender de que forma o modo como definimos a língua pode nos definir. No geral, tentei evocar imagens e expressar emoções que questionam o entendimento que temos das palavras. Ao colocar Esme entre as palavras, pude imaginar o efeito que as palavras teriam sobre ela, e o efeito que ela teria sobre as palavras.

Desde o início, foi importante mesclar a história ficcional de Esme com a história real do *Dicionário Oxford da Língua Inglesa* ou o que sabemos dela. Não demorei para perceber que essa história também incluía o movimento sufragista na Inglaterra, assim como a Primeira Guerra Mundial. Nesses três casos, as linhas do tempo dos acontecimentos e os fatos mais gerais foram preservados. Possíveis erros não são intencionais.

Talvez o maior desafio de escrever este livro fosse ser fiel às pessoas reais que habitam esse contexto histórico. Não sou a única pessoa fascinada pelo *Dicionário Oxford da Língua Inglesa* e devoro o trabalho de dicionaristas e biógrafos. O livro *Lost for Words* ("Sem palavras", em tradução livre), de Lynda Mugglestone, me deu a confiança necessária para aceitar que as palavras das mulheres são mesmo tratadas de forma diferente que as palavras dos homens, pelo menos de vez em quando. O livro *The Making of the* Oxford English Dictionary [A feitura do *Dicionário Oxford da Língua Inglesa*, em tradução livre], de Peter Gilliver, recheou minha história com fatos e anedotas que – assim espero – estão ancoradas na verdade. Por duas vezes, tive o privilégio de visitar a Editora/Gráfica da Universidade de Oxford, onde ficam os arquivos do *Dicionário Oxford da Língua Inglesa*. Pesquisei as provas do Dicionário, procurando evidências de que esta ou aquela palavra fora cortada de última hora, e tive acesso às fichas originais. Muitas ainda estavam amarradas em montinhos, com o barbante original que as segurava no início do século XX. Encontrei as fichas de "ama-cativa": essa bela e preocupante palavra que se tornou um personagem da história, tanto quanto Esme. Mas não havia nem sinal da ficha de identificação que poderia conter a definição – foi perdida. Quando as caixas e mais caixas de papéis se revelaram opressoras, recorri às pessoas que cuidavam delas. Beverley McCulloch, Peter Gilliver e Martin Maw compartilharam comigo histórias e achados que só poderiam ter surgido de um fascínio e um respeito profundos pelo Dicionário e pela gráfica/editora que o produziu. Nossas conversas animam o livro.

A maioria dos homens que participaram do DOLI podem ser facilmente encontrados nos registros históricos. Com exceção do Sr. Crane, do Sr. Dankworth e de dois ou três personagens esparsos, os editores e assistentes homens são baseados em pessoas reais. É claro que ficcionalizei suas interações com os demais personagens da história, mas busquei capturar algo de seus interesses e personalidades. O discurso feito pelo Dr. Murray durante a festa no jardim em comemoração ao lançamento de *A e B* foi tirado *ipsis litteris* do prefácio desse volume.

O Sr. Nicholson e o Sr. Madan eram bibliotecários da Biblioteca Bodleiana no tempo em que se passa o livro. Apesar de só terem poucas falas, espero ter capturado algo de seu comportamento.

Tentei retratar a personalidade de Rosfrith Murray, Elsie Murray e Eleanor Bradley o melhor que pude, mas a informação biográfica disponível é escassa, e não posso garantir que as pessoas da família delas concordariam com os traços de personalidade que eu presumi.

Edith Thompson talvez seja a personagem da vida real mais importante neste livro. Ela e a irmã, Elizabeth, eram voluntárias dedicadas e muito valorizadas. Edith esteve envolvida com o Dicionário desde a publicação da primeira palavra até a última. Ela morreu em 1929, apenas um ano após o Dicionário ter sido concluído. Pude conhecê-la um pouco por meio dos materiais que foram conservados nos arquivos do DOLI. É uma sensação extraordinária encontrar uma anotação escrita à mão por Edith anexada às margens de uma prova. As cartas originais que ela mandou para James Murray revelam sua inteligência, senso de humor e ironia. Quando queria explicar melhor alguma palavra, tinha o hábito de fazer desenhos com comentários.

Tomei a liberdade de fazer de Edith Thompson uma personagem central deste livro. Como aconteceu com as demais mulheres, é difícil encontrar um relato amplo da vida dela, mas tudo o que sei entremeei nesta narrativa. Por exemplo: ela escreveu mesmo uma história da Inglaterra que se tornou um livro didático bem popular. E também viveu em Bath com a irmã. A carta que enviou para James Murray a respeito da expressão "lápis labial" é verdadeira, mas o restante é ficção. Era importante para mim que a mulher de verdade por trás da personagem fosse nomeada e reconhecida por sua contribuição. Mas, para denunciar o tratamento ficcional que dei à sua vida, Esme lhe dá o apelido de Ditte. Em relação a Elizabeth Thompson (conhecida como EP Thompson), ela realmente escreveu *A esposa do dragão* (e eu tenho uma edição original de 1907 em cima da minha mesa de trabalho), mas não pude encontrar mais nada capaz de me guiar a respeito de sua personalidade. Então a transformei em uma mulher que eu gostaria de conhecer, e lhe dei o apelido de Beth para deixar claro esse tratamento ficcional.

Por fim, vamos às palavras. Todos os livros citados nesta história são reais, assim como a sucessão de acontecimentos da publicação dos fascículos do DOLI, os verbetes do Dicionário, palavras e citações cortadas e rejeitadas. As palavras recolhidas por Esme são reais,[*] apesar de as citações serem tão ficcionais quanto as personagens que as pronunciam.

---

[*] Nesta tradução, algumas palavras foram adaptadas para seguir a ordem alfabética, embora todos os esforços tenham sido feitos para respeitar, sempre que possível, o campo semântico dos vocábulos originais. [N. E.]

No final do livro, faço menção aos anciãos do povo aborígene Kaurna, que compartilharam a sua língua com os missionários alemães. É preciso ressaltar que a grafia dos nomes e palavras kaurna não é algo simples. A língua kaurna ficou, por muito tempo depois da colonização europeia, esperando para ser falada e compreendida. Isso está acontecendo agora. E, à medida que mais pessoas aprendem o idioma, questões a respeito de grafia, pronúncia e significados são levantadas e submetidas à reflexão. Fui guiada pelos conselhos do Kaurna Warra Karrpanthi ("Criando a língua kaurna"), um comitê criado para ajudar a nomear lugares kaurna e traduções. Seu trabalho continua a dar vida à língua kaurna e à política de Reconciliação, que visa a fortalecer as relações entre os povos aborígenes e os povos não indígenas da Austrália.

Quando terminei a primeira versão do manuscrito deste livro, me tornei absolutamente consciente de que o texto da primeira edição do *Dicionário Oxford da Língua Inglesa* era falho e tinha recortes de gênero. Mas que também era extraordinário e muito menos falho e com menos recortes de gênero do que se estivesse a cargo de qualquer outra pessoa que não James Murray. Eu me dei conta de que o Dicionário era uma iniciativa da era vitoriana, mas toda a publicação (desde o primeiro fascículo, "A to ant", em 1884) refletiu algum pequeno passo na direção de uma maior representatividade de todos aqueles que falam a língua inglesa.

Durante minhas visitas a Oxford, conversei com muitos lexicógrafos, arquivistas e dicionaristas, tanto homens quanto mulheres. Fiquei impressionada com seu fascínio apaixonado pelas palavras e por como essas palavras foram empregadas ao longo de sua história. Hoje, o *Dicionário Oxford da Língua Inglesa* está passando por um grande processo de revisão. Essa revisão não apenas incluirá palavras novas e seus significados, mas também atualizará as informações sobre como as palavras eram empregadas no passado, com base no entendimento mais amplo da história e dos textos históricos.

O Dicionário, assim como a língua inglesa, é um projeto em andamento.

NOTA DA TRADUTORA

Traduzir uma obra é um desafio composto por muitas escolhas. Isso acontece porque não é apenas uma questão de verter cada palavra do texto original para a língua que queremos traduzir: também é preciso transmitir toda uma outra cultura, às vezes, outras épocas, como é o caso de *Dicionário das palavras perdidas*.

Só que o desafio não parou por aí. Além de transmitir a cultura e a história dessas palavras, também precisei fazer isso em ordem alfabética e seguindo a lógica interna da organização dos verbetes em um dicionário. Como você pôde ver, a trama se desenrola à medida que os fascículos e volumes do *Dicionário Oxford* vão sendo publicados, e as palavras desempenham um papel fundamental na história. A autora usou a divisão original dos volumes do *Oxford* para dar nome às partes de seu livro.

O melhor exemplo desse desafio é o termo "ama-cativa", que, como disse a própria autora, "se tornou um personagem da história". A palavra que Pip Williams escolheu no original é *"bondmaid"*, cuja tradução mais direta seria "escravizada". Mas, por conta da ordem alfabética da trama, o termo em português só poderia começar com as letras A, B ou C.

O primeiro passo foi pesquisar o significado mais específico da palavra na língua inglesa. Uma *"bondmaid"* é uma criada que tem um vínculo vitalício com seu patrão. Não apenas vitalício, mas também de escravidão, porque não recebe nada por seu trabalho nem tem liberdade para mudar sua situação.

No livro, Lizzie, criada da família Murray, ao tomar conhecimento do significado dessa palavra, imediatamente reconhece nela sua condição, já em 1901. Na Inglaterra, na época em que Lizzie vivia, a mobilidade social era praticamente impossível. Uma criada como ela seria criada pelo resto da vida, passando de família em família, até morrer.

Essa realidade perdura ainda hoje, de forma mais velada, talvez, e não está restrita à Inglaterra. Quantas mulheres pobres continuam trabalhando em "casas de família" em condições análogas à escravidão? Não é para menos que Pip Williams define *"bondmaid"* como uma "bela e preocupante palavra".

Depois de ler esse diálogo entre Lizzie e Esme, meu cérebro fez uma associação livre com uma expressão também "bela e preocupante", mas que faz parte da nossa história: "ama-de-leite". Mulheres negras escravizadas que tinham dado à luz recentemente e eram obrigadas a amamentar os filhos de seus proprietários.

E eis que "ama-de-leite" é uma palavra que designa uma mulher em condição de escravidão que começa com A, B ou C. Mas ainda estava longe de ser ideal, porque o termo em inglês não designa apenas mulheres escravizadas obrigadas a amamentar filhos que não eram seus. Fiquei com "ama" e descartei o resto da expressão. Hora de pesquisar em fontes históricas do português.

Mais uma vez, meu cérebro desencavou algo que já havia visto há muito tempo, fazendo outro trabalho. Algo que me causou uma dor no coração semelhante à que senti ao pensar em tudo o que a palavra "bondmaid" significa: anúncios de patrões procurando amas-de-leite no jornal, da época em que pessoas escravizadas "podiam" comprar sua liberdade, adquirindo a chamada "carta de alforria".

Pesquisando na hemeroteca da Biblioteca Nacional, encontrei anúncios do Diário de Pernambuco de meados do século XIX. Uma expressão chamou minha atenção: "ama-cativa". Ou seja: uma mulher ainda escravizada, que não foi alforriada e que podia ser comprada. Achei que tinha encontrado o termo certo para traduzir *"bondmaid"*. Mas aí...

...restava um detalhe na trama. O Dr. Murray recebe uma correspondência avisando que a palavra não constava do dicionário (porque Esme a tinha roubado). No original, o leitor questionava a exclusão, já que encontrara seu masculino. E, aqui, a solução que eu havia pensado esbarrou tanto nas diferenças entre o inglês e o português quanto na lógica que determina a organização dos verbetes em um dicionário.

Em inglês, o masculino de *"bondmaid"* é *"bondservant"*. Duas palavras parecidas, mas bem diferentes, que teriam cada qual seu próprio verbete. Mas, em português, é comum que palavras em que o gênero é determinado apenas pela terminação "a" ou "o" (como "ama" e "amo") tenham um único verbete, o masculino.

É por isso que você lê no livro "ama-cativa", com hífen. Foi uma liberdade que tomei, já que, gramaticalmente, o termo não tem hífen. Mas, se tivesse, poderia ganhar seu próprio verbete no dicionário.

Resumindo: *Dicionário das palavras perdidas* é uma declaração de amor à força da linguagem, ao seu poder de transmitir e moldar a realidade. Acompanhando a história das incríveis mulheres que dedicaram sua vida às palavras sem nunca terem sido reconhecidas por isso, também podemos refletir sobre o quanto de desigualdade, preconceito e injustiça as palavras que usamos carregam.

Como tradutora absolutamente apaixonada por palavras, foi um fascinante desafio trazer toda essa riqueza para o português. É um daqueles trabalhos que a gente encara como presente e guarda para sempre na lista dos mais queridos.

Lavínia Fávero

AGRADECIMENTOS

AGRADECIMENTO
Ato de agradecer, expressar gratidão, reconhecimento, retribuição.
Esta é apenas uma das histórias. Contá-la me ajudou a entender coisas que considero importantes. Eu a inventei, mas está repleta de verdade. Eu gostaria de agradecer às mulheres e aos homens do *Dicionário Oxford da Língua Inglesa* – do passado e do presente, conhecidos e desconhecidos.

EDITAR
Publicar, lançar no mercado (uma obra literária de outrem, previamente existente em manuscrito).
Este livro seria apenas uma ideia se não fosse pelas seguintes pessoas: Obrigada a todos da Affirm Press por terem trabalhado tanto para fazer este belo livro que não diz nada além e nada aquém do que precisa dizer. Em especial, agradeço a Martin Hughes pela extraordinária confiança na história, e a Ruby Ashby-Orr por suas reconhecidas habilidades de edição. Resumindo, este livro é melhor por causa dela. Também agradeço a Kieran Rogers, Grace Breen, Stephanie Bishop-Hall, Cosima McGrath e a toda a equipe.
Por seu maravilhoso apoio a este livro e seus comentários editoriais inestimáveis, agradeço a Clara Farmer e Charlotte Humphery, da editora Chatto & Windus, do Reino Unido, e a Susanna Porter, da Ballantine Books, nos Estados Unidos.

MENTOR
Conselheiro experiente e confiável.
Sempre amei trilhar caminhos com pessoas que são mais sábias do que eu. Obrigada, Toni Jordan, por andar ao meu lado durante esta aventura e tornar a experiência mais rica e bem-articulada.

ENCORAJAR
Inspirar, transmitir coragem suficiente para realizar qualquer tarefa; incentivar, aumentar a autoconfiança.
Durante todo o período em que escrevi este livro, tive a sorte de ser encorajada por outros escritores. Pelas suas sacadas e pelo seu entusiasmo, agradeço a Suzanne Verrall, Rebekah Clarkson, Neel Mukherjee, Amanda Smyth e Carol Major. Também agradeço a todos os escritores que, assim como eu, fizeram residências artísticas na The Hurst – Arvon, no Reino Unido; e na Varuna, a Casa Nacional dos Escritores, em Katoomba, na Austrália. Também agradeço muito à comunidade de escritores que faz parte da Escritores SA, e sou muito grata ao incentivo contínuo de Sarah Tooth. Um agradecimento especial a Peter Gross, por sua generosidade e seus conselhos oportunos, e a Thomas Keneally e Melissa Ashley, por terem me dado uma resposta tão generosa quando pedi que lessem o manuscrito.

APOIO
Fortalecer a posição (de uma pessoa ou comunidade) prestando ajuda, aprovação ou adesão; ficar do lado, defender.
Esta história foi tramada através da história inicial do *Dicionário Oxford da Língua Inglesa*, e tentei ser verdadeira em relação às pessoas e aos acontecimentos daquela época. Tenho uma dívida com três pessoas específicas, por sua generosidade. Sem elas, este livro não poderia ter acontecido: Beverley McCulloch, arquivista do *Dicionário Oxford da Língua Inglesa*, que me trouxe as fichas, provas, cartas e fotos que enriquecem este livro. Ela também leu o manuscrito e apontou onde eu tinha errado. Sou tão grata por isso, e os erros que restaram na história são todos meus. Peter Gilliver, lexicógrafo da Gráfica/Editora da Universidade de Oxford (OUP),

me forneceu um texto que se tornou minha Bíblia. Ele também concedeu generosamente seu tempo e me abasteceu com anedotas maravilhosas que deram substância aos lexicógrafos do passado. Dr. Martin Maw, arquivista da OUP, também forneceu textos e registros em filme raros do processo de composição e impressão do *Dicionário Oxford da Língua Inglesa*. Sou muito grata pelo tempo que ele passou conversando comigo sobre a gráfica durante a Primeira Guerra Mundial e me acompanhando no Museu da OUP.

Por seu conhecimento acadêmico, ajuda e/ou atenção, também sou grata a Lynda Mugglestone; a K. M. Elizabeth Murray, autora de *Caught in the Web of Words: James Murray and the* Oxford English Dictionary ("Preso na teia das palavras: James Murray e o *Dicionário Oxford da Língua Inglesa*", em tradução livre); a Amanda Capern, por seu artigo sobre Edith Thompson; a Katherine Bradley, pelo livreto *Women on the March* ("Mulheres em marcha", em tradução livre), guia de uma caminhada sufragista pelo centro de Oxford; ao Centro Histórico de Oxford; e às grandes pessoas da Biblioteca Estadual da Austrália Meridional, principalmente Neil Charter, Suzy Russell e quem mais tiver carregado os doze volumes da primeira edição do *Dicionário Oxford da Língua Inglesa* pelas escadas em caracol da Biblioteca Symon e os levado até o gabinete de leitura.

Gostaria de agradecer a Kaurna Warra Karrpanthi (KWK) por ter me aconselhado a respeito dos nomes da cultura kaurna e sua grafia, e à Tia Lynette, por compartilhar comigo sua língua e suas histórias. Por fim, agradeço ao Sazón, meu café local, por toda a substância e todo o incentivo. Ultrapassei os limites de permanência que a compra de uma ou duas canecas de café dá direito e sou grata por vocês terem me deixado ficar padecendo na mesa do canto pelo tempo necessário para concluir uma cena.

COMPANHEIRISMO
Unir-se por laços de companheirismo; convívio ou ligação com outras pessoas; relação de solidariedade.
Tantos amigos me ouviram falar dessa história e me transmitiram a confiança para contá-la. Obrigada por terem acreditado que eu era capaz de realizar essa tarefa. Gwenda Jarred, Nicola Williams, Matt

Turner, Ali Turner, Arlo Turner, Lisa Harrison, Ali Elder, Suzanne Verrall, Andrea Brydges, Krysta Brydges, Anne Beath, Ross Balharrie, Lou-Belle Barrett, Vanessa Iles, Jane Lawson, Rebekah Clarkson, David Washington, Jolie Thomas, Mark Thomas, Margie Sarre, Greg Sarre, Suzie Riley, Christine McCabe, Evan Jones, Anji Hill.

ACOMODAR
Adaptar, adequar, conformar ou ajustar.
Escrever pode se tornar um crime passional se as contas não são pagas e as crianças morrem de fome. Devo muitos agradecimentos a Angela Hazebroek e a Marcus Rolfe por terem entendido que este livro era minha prioridade e, mesmo assim, terem me oferecido emprego. E aos meus maravilhosos colegas da URPS por garantirem que meu emprego oficial não seja apenas possível, mas também significativo e gratificante.

AJUDA
Qualquer forma de assistência ao realizar uma ação; qualquer coisa útil, fonte de ajuda pessoal ou material.
Sou extremamente grata à Arts South Australia pela bolsa Makers and Presenters que recebi em 2019. E também estou em dívida com a Varuna, a Casa Nacional dos Escritores, pela Bolsa Varuna e por duas residências artísticas para ex-alunos em 2019. A chance de escrever em paz, ser alimentada e contar com o estímulo de outros escritores é um privilégio enorme.

AMOR
Disposição ou sentimento em relação a outra pessoa (surge do reconhecimento de qualidades atrativas, dos instintos de um relacionamento natural ou da empatia) que se manifesta em forma de solicitude pelo bem-estar do seu objeto e também, normalmente, em prazer por estar em sua presença e desejo de sua aprovação; afetuosidade, ligação.
Para papai e mamãe, que me deram um dicionário quando eu era jovem e insistiram para que eu o usasse. Obrigada por terem estimulado a minha curiosidade e me fornecido os meios para saciá-la. A Mary McCune, minha maravilhosa sogra nada típica, por sempre

ouvir minhas histórias quando ainda estão sendo desenvolvidas. E à minha irmã Nicola, por ser tudo o que uma irmã deveria ser.

Obrigada a Aidan e a Riley por darem ouvidos quando explico o mundo e então me desafiam a repensar tudo. Se eu pudesse incluir vocês no dicionário, seriam verbetes simples, descomplicadas variações de "amor".

E a Shannon, cuja atenção aos detalhes e gosto pelos limeriques fez toda a diferença. Não existe uma palavra para definir o que você significa para mim, não há verbete de dicionário que descreva meus sentimentos. Obrigada por receber minha vida de escritora em seu cotidiano de braços abertos e por fazer ajustes generosos sempre que eu precisava de mais espaço. Este livro, assim como tudo, é seu.

RESPEITO
Tratar ou considerar com deferência, estima ou honra; ter ou demonstrar respeito por algo ou por alguém.

Por fim, reconheço que este livro foi escrito em territórios kaurna e peramangk. Por milênios, as línguas desses povos originários da Oceania foram compartilhadas oralmente, por meio de histórias, e as palavras que eles empregavam davam sentido ao seu ambiente, às suas culturas e suas crenças. Muitas dessas palavras se perderam no tempo, mas muitas outras foram encontradas. Estão começando a ser compartilhadas novamente.

Todo o meu respeito e homenagem aos anciãos dos povos Kaurna e Peramangk, do passado, do presente e que ainda estão por vir. Agradeço por suas histórias e por suas línguas e tenho o mais profundo respeito pelo significado do que foi perdido.

LINHA DO TEMPO DO
DICIONÁRIO OXFORD DA LÍNGUA INGLESA

1857 O Comitê das Palavras Sem Registro da Sociedade Filológica de Londres anuncia um novo *Dicionário da Língua Inglesa* para substituir o *Dicionário da Língua Inglesa* de Samuel Johnson (1755).

1879 James Murray é indicado como editor.

1881 Edith Thompson publica *História da Inglaterra* (Curso pictórico para escolas). Diversas edições se seguem, bem como sua adaptação para os mercados estadunidense e canadense.

1884 É publicado o trecho de *A a ant* ("A a formiga", no original, e "A a anta" nesta tradução). O primeiro de aproximadamente 125 fascículos.

1885 James e Ada Murray mudam-se de Londres para Oxford. Constroem um grande galpão de ferro corrugado no jardim de sua casa. A casa é conhecida como Sunnyside. O galpão fica conhecido como Scriptorium.

1885 Uma caixa de coleta oficial do correio, estilo pilar, é instalada na parte externa de Sunnyside, em reconhecimento ao alto volume de correspondência gerado pelo Scriptorium.

1887 Henry Bradley é indicado como segundo editor.

1888 São publicadas as letras A e B. É o primeiro dos doze volumes originalmente intitulados *Novo dicionário da língua inglesa segundo princípios históricos.*

1901   William Craigie é indicado como terceiro editor.

1901   Bradley e Craigie se mudam para a "Sala do Dicionário" do Museu Old Ashmolean (hoje Museu de Ciências de Oxford).

1901   Descobre-se que a palavra *"bondmaid"* ("ama-cativa", nesta tradução) ficou faltando, graças à carta de um leitor.

1914   Charles Onions é indicado como quarto editor.

1915   Morre Sir James Murray.

1915   A equipe e o conteúdo do Scriptorium são transferidos para o Museu Old Ashmolean.

1928   Publicadas as letras V a Z, como Volume 12.

1928   Cento e cinquenta homens se reúnem no Goldsmith's Hall, em Londres, para comemorar a publicação completa do *Dicionário Oxford da Língua Inglesa*, setenta e um anos depois de ter sido proposto. O primeiro-ministro Stanley Baldwin preside a seção. Mulheres não são convidadas para o evento, mas três têm permissão para sentar no mezanino e observar os homens comerem. Edith Thompson é uma delas.

1929   Morre Edith Thompson, aos 81 anos.

1989   Publicação da segunda edição do *Dicionário Oxford da Língua Inglesa*.

A *equipe do Scriptorium, em Oxford. Fotografada para* The Periodical *em 10 de julho de 1915. Na fileira de trás: Arthur Maling, Frederick Sweatman e F. A. Yockney. Sentados: Elsie Murray, Sir James Murray, Rosfrith Murray. Foto reproduzida sob permissão da Oxford University Press.*

LINHA DO TEMPO DOS PRINCIPAIS ACONTECIMENTOS HISTÓRICOS QUE APARECEM NO LIVRO

1894 O Parlamento da Austrália Meridional aprova a Lei da Emenda Constitucional (Lei do Sufrágio Adulto). A lei garante a todas as mulheres maiores de idade (incluindo mulheres aborígenes) o direito ao voto e a se candidatar ao Parlamento. O Parlamento Australiano foi o primeiro do mundo a fazer isso.

1897 A União Nacional das Sociedades de Sufrágio de Mulheres (NUWSS) é formada no Reino Unido, liderada por Millicent Fawcett.

1901 Morre a Rainha Vitória. Eduardo VII se torna rei.

1902 O recém-fundado Parlamento Australiano aprova a Lei do Direito de Voto da Commonwealth de 1902, permitindo que todas as mulheres maiores de idade votem em eleições federais ou concorram ao Parlamento Federal (com exceção das "nativas aborígenes" da Austrália, África, Ásia e das Ilhas do Pacífico).

1903 A União Social e Política das Mulheres (WSPU) é formada no Reino Unido, liderada por Emmeline Pankhurst.

1905 A WSPU começa uma campanha de militância, incluindo atos de desobediência civil, destruição de propriedade, incêndios criminosos e uso de bombas.

1906 O termo *"suffragette"* é utilizado para se referir às sufragistas militantes.

1907 Elizabeth Perronet Thompson lança seu livro A *esposa do dragão*.

1908 Muriel Matters, da cidade australiana de Adelaide, se acorrenta à treliça de metal do setor feminino da Câmara dos Comuns como parte do protesto organizado pela Liga de Libertação das Mulheres (WFL), organização sufragista não militar.

1909 Marion Wallace Dunlop é a primeira sufragista encarcerada a fazer greve de fome – muitas seguirão seu exemplo.

1909 Charlotte Marsh, Laura Ainsworth e Mary Leigh (cujo nome de solteira era Mary Brown) recebem alimentação forçada no Cárcere de Winson Green, em Birmingham (Inglaterra).

1913 8 de janeiro: "Batalha das sufragistas". Uma manifestação pacífica de sociedades sufragistas em Oxford é interrompida por uma multidão antissufragista.

1913 3 de junho: A Marina de Oxford é destruída em um incêndio. Quatro mulheres são vistas fugindo do local, três de barco a remo, uma por terra. Sufragistas não militantes condenam o ato e arrecadam dinheiro para ajudar os trabalhadores que foram demitidos.

1914 O Reino Unido declara guerra à Alemanha.

1914 Sessenta e três funcionários da Oxford University Press abandonam seus postos para se alistar na guerra.

1914 Primeira Batalha de Ypres.

1915 Batalha de Festubert.

1915 Batalha de Loos.

1918 Fim da Primeira Guerra Mundial.

1918 O governo de coalizão do Reino Unido aprova a Lei de Representação do Povo, dando direito ao voto a todos os homens maiores de 21 anos e a todas as mulheres com mais de 30 anos que se enquadrem nos requisitos mínimos de propriedade.

1928 O governo conservador do Reino Unido aprova a Lei de Representação do Povo (Lei da Franquia Igualitária), concedendo o voto a todas as mulheres acima de 21 anos, nos mesmos termos que os homens.

Este livro foi composto com tipografia Electra Std e impresso
em papel Off-White 70 g/m² na Formato Artes Gráficas.